Hans-Jürgen Hartmann
Mitten durchs Herz

Hans-Jürgen Hartmann

Mitten durchs Herz

Rediroma-Verlag

Bibliografische Information der Deutschen
Nationalbibliothek:
Die Deutsche Nationalbibliothek verzeichnet diese
Publikation in der Deutschen Nationalbibliografie;
detaillierte bibliografische Daten sind im Internet über
http://portal.dnb.de abrufbar.

ISBN 978-3-98527-765-0

www.rediroma-verlag.de
15,95 Euro (D)

Kapitel 1

1995

Sie stand mit ihren langen blonden Haaren an Deck eines Schiffes gleich neben dem Ruderkasten und beobachtete, wie sich die weißen Segel vor ihr mächtig aufblähten und für rasche Fahrt sorgten.

Ihr entgegen kam ein Schiff mit roten Segeln und bunt gekleideten, freundlich winkenden Menschen an Bord. Ein weiteres Boot, dessen Besatzung sie nicht mehr genau erkennen konnte, befand sich weiter vorne und verdeckte mit seinen Segeln bedrohliche, schwarze Wolken, aus denen in unregelmäßigen Abständen wilde Blitze zuckten. Von einem der Schiffe wehte Musik herüber, laute und rhythmische Klänge, die sie so noch nie gehört hatte.

Das Meer war aufgewühlt und seine Schaumkronen überschlugen sich auf ihrem Ritt in die Ferne. Große, ihr unbekannte Vögel umkreisten die Boote mit wildem Geschrei. Trotz des aufkommenden Sturms brauchte sie sich nirgendwo festzuhalten, da das Schiff, vom Wind kraftvoll angetrieben, ganz ruhig dahinglitt. Einzig ihre Haare wurden hin und her gewirbelt und verdeckten ihr ab und zu die Sicht. Die Blitze wurden häufiger und leuchteten zeitweilig in Sekundenabständen vor ihr auf. Jetzt hörte sie einen dumpfen Knall, dann einen Schrei.

Eleonore schreckte hoch und konnte zunächst überhaupt nicht realisieren, wo sie sich befand und was mit ihr geschah. Mit weit aufgerissenen Augen starrte sie in die Dunkelheit. Angst stieg in ihr auf. Ihr Herz schlug ihr bis zum Hals.

Je schneller sie den Schlaf abschütteln konnte, desto eher konnte sie feststellen, dass sie in einem Bett lag, in einem

Zimmer eines ihr noch wenig vertrauten Hauses und dass in den Nebenräumen ihre Eltern und Geschwister schliefen.

Bevor sie nach ihrer Mutter rufen konnte, schrie diese: „Kinder bleibt in euren Zimmern und schließt sofort eure Türen ab! Lasst niemanden herein!"

Völlig verwirrt und zu Tode erschrocken, aber entschlossen, sich in Sicherheit zu bringen, kroch sie rasch, aber umso vorsichtiger und ohne Licht zu machen, aus ihrem Bett. Sie tastete sich mit zitternden Fingern an der Wand links neben ihrem Bett entlang bis sie eine Rille erfühlte. Hier befand sich, soweit konnte sie sich erinnern, eine geheime Tapetentüre, die in ein Kabuff führte, das sie vor ein paar Tagen mit ihren Geschwistern Maike und Chrissi entdeckt hatte.

Überhastet und voller Angst versuchte sie die Tür zu öffnen, aber sie klemmte. Erst beim dritten Versuch hatte sie Erfolg. Blitzschnell verschwand sie in dem kleinen, engen und unbeleuchteten Raum mit seiner schrägen Decke, den alten Büchern in der rechten und den Schuhkartons mit den losen Fotos in der linken Ecke. Völlig verkrampft und am ganzen Körper zitternd schloss sie den Riegel und hielt ihn so fest, als müsse sie die Tür gegen alle Feinde dieser Welt verteidigen.

Wenn sie in der Dunkelheit hockend ihren Atem kurz beruhigen konnte, hörte sie Poltern im Haus, das immer näher zu kommen schien. Völlig panisch und verstört hätte sie beinahe ihr Versteck wieder verlassen, um doch noch zu ihrer Mutter zu laufen. Aber sie blieb, wo sie war.

Jetzt wurde die Tür zu ihrem Zimmer mit großem Getöse aufgestoßen und Licht gemacht, sodass ganz dünne Lichtstrahlen durch die Ritzen der Tapetentür drangen und ihr Versteck ein wenig erhellten. Sie vernahm Stimmen, laute Männerstimmen in einer Sprache, die sie nicht verstand.

Überall gebellte Befehle, dann wieder Schritte. Jetzt irgendwo im Haus zwei heller klingende Schüsse. Dann ein sehr dumpfer Knall und ein schnell verstummender Schrei. Aus dem Nachbarzimmer hörte sie noch eine Weile Chrissi weinen. Danach hörte sie von ihren Eltern und Geschwistern nichts mehr.

Das Haus schien allmählich zu verstummen. Nur noch vereinzelt konnte sie eine ganze Weile schlurfende Geräusche und gelegentlich Stimmen vernehmen. Nach einer gefühlten Ewigkeit breitete sich dann im ganzen Haus totale Stille aus.

Ihre Hände waren inzwischen völlig verkrampft, aber immer noch hielt sie den Riegel der Tapetentür in gehockter Stellung fest. Ihre Beine spürte sie kaum noch. Lange würde sie sich in dieser Stellung nicht mehr halten können. Am ganzen Körper vor Angst und Kälte zitternd blieb ihr nichts anderes übrig, als das rettende Kabuff wieder zu verlassen, sehr vorsichtig zu verlassen.

Sie schob den Riegel erst nur ein kleines Stück zur Seite, dann ganz auf, wobei sie sich sehr bemühte, keine Geräusche zu verursachen. Zentimeterweise öffnete sie die Tür, um sofort vom grellen Deckenlicht geblendet zu werden. Schnell zog sie sich wieder zurück. Dann schlich sie doch hinaus und schaute sich hektisch im Zimmer um. Ihr Bettzeug und ihre Sachen lagen im ganzen Zimmer verteilt, der Kleiderschrank stand offen. Alles das reinste Chaos.

Ihren ganzen Mut zusammennehmend rief sie erst sehr leise, dann immer lauter nach ihrer Mutter. Sie rief auch nach ihren Geschwistern, aber sie erhielt keine Antwort. Auch wenn sie immer lauter um Hilfe schrie, konnte sie offenbar niemand hören. Kein Mensch schien mehr im Haus zu sein.

Mit dem Mut der Verzweiflung ging sie jetzt in das Schlafzimmer ihrer Eltern. Die Betten waren leer, alles lag wie bei ihr verstreut auf dem Boden. In den Zimmern ihrer Geschwister ein ganz ähnliches Bild. Sie geriet in Panik, lief mehrfach zwischen den Räumen hin und her. Sie schrie nach ihrer Mutter. Aber sie konnte sie nirgendwo finden. Noch traute sie sich nicht nach unten. Dann wagte sie zögernd einen Blick von der Empore in das darunter liegende Wohnzimmer. Die schwere, dunkelgraue, von oben noch imposantere Ledergarnitur mit den braunen Armlehnen und den von oben riesig wirkenden Eichentisch nahm sie nicht wirklich wahr. Das Einzige, was sie sah und was ihr einen neuerlichen Schrecken einjagte, war ein völlig unerwartetes Bild. Dort unten, neben dem Tisch, lag ein Mann und überall war Blut. Sie erstarrte, um gleich danach entsetzt zurückzuweichen. Eleonore unterdrückte einen Schrei. Dann wagte sie einen zweiten Blick nach unten. Wer war dieser Mann? Für weitere Überlegungen hatte sie eigentlich keine Zeit. Aber es könnte, so fiel ihr ein, einer ihrer Begleiter von der Polizei sein. Ihre Panik nahm weiter zu, weil sie nicht verstand, warum dieser Mann dort so reglos und verkrümmt lag und sich allem Anschein nach verletzt haben musste. Woher käme sonst das viele Blut?

Bruchstückartig tauchten einige Begegnungen mit ihren drei Begleitern auf, die mit ihnen in dem Ferienhaus wohnten und sich um sie und ihre Familie kümmerten. Aber jetzt das! Völlig verwirrt rief sie noch einmal nach ihren Eltern. Wieder erhielt sie keine Antwort.

Sie musste hier raus! Nur raus! Hastig zog sie ihren Schlafanzug aus und ihre Sachen vom Vortag an. Ihren rechten Strumpf fand sie nicht mehr, es würde auch so gehen müssen. Sie wollte nur weg, weg aus diesem Haus! Sie kramte ein paar Sachen zusammen und stopfte sie in ihre blaue Sporttasche. Sogar an ihren braunen Lieblingsbär dachte sie noch. Auch er wurde rasch eingepackt. Dabei war ihr überhaupt nicht bewusst, was sie tat und dass sie, wie sich später herausstellen sollte, eher unpassende Kleidung zusammengerafft hatte.

Sie musste so schnell wie möglich raus, nur raus aus diesem schrecklichen Haus. Sie musste ihre Eltern suchen. Hatte aber überhaupt keine Vorstellungen, wie sie das anstellen sollte. Sie war unfähig zu weinen, aber auch unfähig nachzudenken, weil diese Katastrophe, die so plötzlich über sie hereingebrochen war, sie völlig verwirrt und ihr den Boden unter den Füssen weggerissen hatte.

Hastig zog sie sich ihre Schuhe an und ging die Treppe hinunter, nicht ohne sich vorher ihre Tasche umgehängt zu haben. Unten im Flur angekommen, lagen ein Mann und eine Frau vor ihr, auch hier überall Blut. Sie erschrak erneut ganz fürchterlich und blieb wie angewurzelt stehen. Sie wagte nicht einmal zu atmen. Aber, wenn sie das Haus verlassen wollte, musste sie an ihnen vorbei. Sie zögerte noch eine Weile, dann nahm sie noch einmal all ihren Mut zusammen und schlich ganz vorsichtig, auf Zehenspitzen und, ohne genau hinzusehen, um die beiden vor ihr liegenden Menschen herum.

Kurz bevor sie die offen stehende Haustüre erreichte, sah sie es vor sich liegen. Erst verstand sie gar nicht, was ihr da im Weg lag, dann hob sie es einfach auf und stopfte es zu ihren Sachen. Warum, das wusste sie hinterher nicht mehr.

Nun huschte sie, so schnell sie konnte und ohne die Türe zu schließen, aus dem Haus, raus in die Nacht, die vom beginnenden Morgengrauen erst ganz schwach erleuchtet wurde.

Kapitel 2

Eleonore rannte voller Panik die Zufahrtstraße zum Ferienhaus hinab, bis vor ihr die ersten Bauernhäuser von Girkhausen, einem ihr noch fast völlig unbekannten Ort im Sauerland, auftauchten. Sie hätte in der Not, in der sie sich befand, selbst zu dieser frühen Stunde, an einer der Haustüren klingeln und um Hilfe bitten können. Aber das siebenjährige Mädchen stand so unter Schock, dass sie zu keinem klaren Gedanken fähig war. Aus Angst, die fremden Männer könnten ihr immer noch auflauern, verließ sie, wild durch die Gegend hetzend, jetzt die Dorfstraße und verschwand, ohne zu wissen, was sie tat, in einer Fichtenschonung. Sie rannte weiter, stolperte über Äste und riss sich an der rechten Wade die Haut auf. Sie bemerkte es nicht einmal.

Sie hatte inzwischen völlig die Orientierung verloren, rannte aber weiter abwärts durch die Dämmerung, wobei sie die vor ihr auftauchenden Bäume und Sträucher nur schemenhaft erkennen konnte. Immer weiter voran stolpernd befand sie sich jetzt in einem ihr völlig unbekannten, sehr dichten Wald, der ihre Angst nur noch vergrößerte. Sie fühlte sich so einsam und verlassen wie noch nie in ihrem jungen Leben. Dann stand sie plötzlich vor einer Lichtung und versuchte, sich ein wenig zu orientieren. Sollte sie dem Weg, auf den sie gerade gestoßen war, nach rechts oder nach links folgen? Doch sie lief einfach geradeaus weiter über eine taubenetzte Wiese, rutschte aus und fiel so unglücklich auf ihren linken Ellenbogen, dass er sehr schmerzte. Sie musste einen Augenblick sitzen bleiben, einerseits, weil sie völlig erschöpft war, andererseits, weil sie den stechenden Schmerz am Arm durch Gegendruck zu lindern versuchte. Dicke Tränen liefen ihr über die Wangen und über das ganze Gesicht.

Dann stand sie rasch auf und hängte sich ihre Tasche wieder über die linke Schulter. Nur weiter! Immer weiter! So verlangte es der Rest ihres Verstandes. Sie überquerte ohne Zögern einen kleinen Bachlauf und lief dann, jetzt leicht ansteigend, durch ein Kartoffelfeld. Völlig erschöpft und orientierungslos erreichte sie eine ihr unbekannte Straße. Frierend und verwirrt stand Eleonore da, unschlüssig, in welche Richtung sie weiter gehen sollte. So blieb sie eine Weile ratlos stehen und bemerkte erst jetzt die Blutspuren an ihrem rechten Bein. Der Schmerz im Ellenbogen hatte zum Glück nachgelassen.

Dann nahm sie zwei Scheinwerfer wahr, die sie beim Näherkommen immer stärker blendeten und ihr zusätzliche Angst machten. Sie versuchte, in die entgegengesetzte Richtung wegzulaufen, was ihr natürlich nicht gelingen konnte. Der unbekannte Wagen überholte sie und blieb einige Meter vor ihr stehen. Erneut überfiel sie Panik. Hatten die bösen Männer sie doch noch erwischt? Aber sie hatte keine Kraft mehr, ihnen zu entkommen.

Eine Frau, die älter war als ihre Mutter, stieg aus und kam langsam auf Eleonore zu. Sie hörte zwar, dass die Person mit ihr sprach, konnte ihre Worte aber nicht wahrnehmen. Zu verstörend war all das gerade Erlebte für die kleine, erschrockene Seele gewesen.

„Mein Mädchen, kann ich dir irgendwie helfen? Hast du dich vielleicht verlaufen?"

Eleonore war unfähig zu antworten. Zumindest war sie aber erleichtert, dass keiner von den bösen Männern vor ihr stand.

Jetzt betrachtete sie den weißen Lieferwagen vor ihr. Er erregte ihr Interesse und so las sie aufmerksam die für ihre Si-

tuation ziemlich unwichtige Aufschrift, die auf den Hinter-
türen des Wagens gemalt worden war: „Gemüse, Kartoffeln,
Eier. Frisch auf den Tisch."

Annegret Brückner kniete sich neben das Mädchen und
sprach erneut ruhig und begütigend auf sie ein.

Wie jeden Mittwoch waren sie und ihr Mann Manfred
schon früh losgefahren, um vormittags ihre Produkte auf
dem Wochenmarkt von Bad Berleburg anzubieten. Völlig
überraschend war ihnen dann auf ihrer Fahrt ein Schatten am
Straßenrand aufgefallen, der sich beim Näherkommen als ein
kleines Mädchen mit einer blauen Umhängetasche ent-
puppte. Sofort hatten sie ihre Fahrt verlangsamt und dann vor
ihr angehalten. „Was macht dieses kleine Wesen zu so früher
Stunde an dieser abgelegenen Straße?", war ihr beider Gedanke gewesen.

Ganz allmählich fasste Eleonore zu der vor ihr hockenden
Frau ein wenig Vertrauen. Auch wenn sie noch nichts antworten konnte oder wollte, gelang es den Brückners schließlich, Eleonore zum Einsteigen zu bewegen. Immer noch vor
Angst und Erschöpfung zitternd, saß sie auf dem Vordersitz
des Lieferwagens gleich neben Annegret, die ihr begütigend
den Rücken streichelte. Sie ließ es zu.

Ihr Mann wendete den Wagen und, ohne etwas zu sagen,
fuhr er zurück in ihr Dorf. Der Markt in Bad Berleburg würde
heute ohne sie auskommen müssen. Etwa nach einer viertel
Stunde hielt er auf dem Hofgrundstück an und parkte direkt
vor der Haustüre. Seine Frau führte das Mädchen behutsam
in das geräumige Wohnzimmer. Sie ließ die Kleine auf ihrem
Sofa Platz nehmen und legte eine Decke über das immer
noch zitternde Kind, das sie mit weit aufgerissenen, dunkel-
braunen Augen anstarrte.

Da saß das kleine Wesen und ließ alles mit sich geschehen. Ihre Tasche hielt sie allerdings mit beiden Armen auf ihrem Schoß fest, ganz fest, so als wollte sie ihr einziges Hab und Gut nie mehr loslassen.

Umsichtig wie immer ließ Annegret, eine rundliche Frau mit feinem Gesicht und streng nach hinten gekämmten graubraunen Haaren, das immer noch völlig irritierte und zitternde Kind für eine Weile in der Obhut ihres Mannes und bereitete in der Küche rasch einen heißen Kakao zu, um ihn anschließend noch dampfend vor ihren kleinen Gast zu stellen.

„Sei vorsichtig, der Kakao ist noch sehr heiß. Du musst sicher ein bisschen pusten.", begann sie erneut das bisher sehr einseitige Gespräch. Irgendetwas ganz Schreckliches musste dem kleinen Menschlein zugestoßen sein, dachte sie.

„Möchtest du uns sagen, was passiert ist? Bist du von zuhause weggelaufen oder was ist mit dir geschehen?"

Keine Antwort. Dann ließ Annegret die Kleine die ersten Schlucke des warmen Getränks schlürfen. Es tat ihr sichtlich gut.

„Möchtest du uns deinen Namen sagen?", versuchte es jetzt Manfred. Wieder keine Reaktion.

Annegret, die zwei Jungs großgezogen hatte, erinnerte sich, wie schwer es Kindern fällt, Vertrauen zu fremden Menschen zu fassen. Und eigentlich ist das ja auch gut so. Also sprach sie in ruhigem Ton weiter auf das immer noch völlig verunsicherte Kind ein, jetzt aber erst einmal, ohne weitere Fragen zu stellen. Da saß das kleine Mädchen in einer ziemlich leichten Bekleidung, bei der die rechte Socke fehlte, mit der Tasse Kakao in der Hand eine ganze Weile einfach nur da, während sie die Brückners weiter mit großen, fragenden Augen anschaute.

Jetzt meldete sich Manfred erneut vorsichtig zu Wort: „Vielleicht sollten wir besser einen Krankenwagen oder die Polizei rufen."

Annegret schüttelte energisch ihren Kopf und streichelte die blonden Haare des Mädchens. War es doch ein Wunder, dass sie diese Geste von Nähe überhaupt zuließ.

Manfred Brückner, ein für sein Alter sehr aufrechter und mächtiger Mann, versuchte nochmals nach ihrem Namen zu fragen. Erneut ohne Erfolg.

Jetzt entdecke Annegret die Schramme an der rechten Wade des Kindes. Sie ließ sich ein Pflaster bringen und verarztete die Kleine ganz behutsam. Sie ließ es nach einigem Zögern geschehen.

Nach einer gefühlten Ewigkeit hörten die beiden dann auf einmal:

„Ich, ich, ich heiße Jess…. ä Eleonore. Ich will zu meiner Mama!"

„Wo wohnt denn deine Mama?", versuchte es Annegret. Kopfschütteln und ein angsterfüllter Schauer war die einzige Antwort des Kindes.

Manfred versuchte es als handfester Realist, für den er sich gerne hielt, erneut mit einem durchaus vertretbaren, aber doch völlig unangemessenen Vorschlag:

„Ich glaube, wir sollten das Jugendamt einschalten. So hat das doch keinen Sinn. Die wissen am besten, wie man in einem solchen Fall vorgeht. Soll ich die Telefonnummer heraussuchen?"

Eleonore wehrte sich heftig. Sie schüttelte vehement ihren Kopf und hielt ihre Tasche noch fester als zuvor umklammert.

„Eleonore kannst du uns sagen, wo du wohnst?", versuchte es Annegret noch einmal ganz behutsam.

Aber das Mädchen war jetzt völlig erschöpft und legte sich in Embryonalstellung auf das dunkelblaue, schon etwas abgenutzte Ledersofa. Frau Brückner deckte sie, immer noch mit ihrer Tasche im Arm, behutsam zu. Kurze Zeit später schlief der kleine Überraschungsgast völlig erschöpft ein.

Die Brückners gaben ihr Zeit. Irgendetwas Schreckliches musste passiert sein. Sie holten zunächst weder Polizei noch Jugendamt, auch wenn Manfred damit eigentlich nicht einverstanden war.

So geschah es, dass die Brückners Eleonore ein paar Tage bei sich wohnen ließen, ohne nähere Angaben zur Person des Mädchens zu haben. Eleonore dankte es ihnen mit einem gelegentlichen Lächeln aus ihrem immer noch angespannten Gesicht. Sie schien auch etwas weniger weinen zu müssen.

Das Zimmer ihres ältesten Sohnes war schnell hergerichtet, dort fand Eleonore ihre erste Zuflucht. Die beiden kümmerten sich liebevoll und versorgten sie, so gut sie konnten.

Am nächsten Sonntag setzte sich Manfred ganz behutsam an das Bett von Eleonore und zählte einige Nachbarorte aus ihrer Gegend auf. Als er den Ort Girkhausen erwähnte, erschreckte die Kleine und brach in Tränen aus. Offenbar verband sie etwas mit dieser Ortschaft. Weiter insistieren wollte er aber zunächst nicht.

Am Abend des dritten Tages brachte Annegret ihr noch eine warme Milchsuppe aufs Zimmer, die sie mit großem Appetit aß. Dann sagten sich die beiden „Gute Nacht." Und einmal mehr wünschte sich Eleonore, dass die Tür einen Spalt breit offen und das Licht im Flur an bleiben sollten. Annegret tat alles wie gewünscht.

Eleonore wartete bis die beiden schlafen gegangen waren, dann schlich sie sich aus ihrem Bett, schnappte sich ihre bisher unberührte Tasche, legte die mitgenommene Wäsche ordentlich auf eine Kommode und den Bär in ihr Bett.

Dann nahm sie das Teil, das sie aus dem Ferienhaus mitgenommen hatte, mutig in ihre Hände. Ein Schauer kroch beim Anblick des ihr so unbekannten Gegenstandes über ihren Rücken. Auf Zehenspitzen schlich sie zu einem alten Bauernschrank, der am Boden eine relativ breite Öffnung hatte. Sie nahm sich ein auf dem Tisch liegendes Handtuch und wickelte ihre Trophäe vorsichtig darin ein. Dann schob sie das Päckchen, auf den Knien hockend unter den Schrank, ganz bis nach hinten, sodass von ihm nichts mehr zu sehen war. Jetzt war sie mit sich zufrieden und schlief zum ersten Mal seit Tagen etwas erleichtert und ohne weinen zu müssen ein. Den kleinen Bär hielt sie dabei fest in ihren Armen.

Es sollten noch drei weitere Tage vergehen bis es Eleonore zuließ, dass sie die Polizei und eine Psychologin befragen durften. So erfuhren schließlich alle Beteiligten, wenn auch sehr zögerlich, dass das so traumatisiert wirkende Mädchen Eleonore Jung hieß, sieben Jahre alt war und mit ihren Eltern und zwei kleineren Geschwistern eines der Ferienhäuser am Ortsrand von Girkhausen bewohnt hatte. Näher dazu befragt, antwortete sie: „Wir sind dort zu Beginn der Ferien hingezogen. Wo wir vorher gewohnt haben, habe ich vergessen. Irgendwelche Leute von der Polizei haben mit uns in dem Haus gewohnt und sollten uns, glaube ich, beschützen."

Stockend berichtete sie weiter davon, dass sie eines Nachts aus einem Traum aufgewacht sei, um gleich darauf Knallgeräusche, Poltern und fremde Stimmen wahrzunehmen. Sie habe sich zunächst in einem Wandschrank versteckt, später habe sie nach ihren Eltern und Geschwistern gesucht, aber niemanden mehr im Haus gefunden. Voller Angst sei sie dann aus dem Haus gelaufen bis zu jener Straße, an der sie die Brückners aufgelesen hatten.

Was genau geschehen war, erfuhren weder die Polizei, noch die erfahrene Psychologin. Auch Annegret und Manfred Brückner mussten sich mit den eher dürftigen Aussagen des Kindes begnügen.

Kapitel 3

Der in dieser Nacht diensthabende Beamte im LKA Düsseldorf gab der Gruppe „Viola" noch zwei Minuten, um sich wieder zu melden. Die Uhr zeigte 4 Uhr und 3 Minuten. Die Rückmeldung war bereits drei Minuten überfällig. Denn im Einsatz befindliche Personenschützer mussten sich auch nachts alle zwei Stunden über eine geheime Nummer, die nicht zurückverfolgt werden konnte, bei ihrer Dienststelle melden. Nur so konnte das LKA mit seinen Leuten im Außendienst Kontakt halten. Innerhalb der jeweiligen Gruppe konnte man sich abstimmen, wer dienstbereit blieb, um den jeweils fälligen Anruf zu tätigen. Dabei wurde aus Sicherheitsgründen nur ein Code übermittelt, der den Beamten in Düsseldorf signalisierte, dass alles in Ordnung sei.

Die Gruppe „Viola" bestand aus Hauptkommissar Jens Meyer, Kommissar Helge Kaufmann und Kommissarin Anne Bergmann. Sie hatten die Aufgabe, die Familie Jung während ihres Zeugenschutzprogramms in einem Ferienhaus im Sauerland, das für die großen Ferien vorübergehend angemietet worden war, zu beschützen und sie mit ihren neuen Identitäten vertraut zu machen.

Auch wenn alles sehr präzise geplant worden war, konnte nie ganz ausgeschlossen werden, dass Kriminelle Wind von der neuen Adresse bekamen. Es drohte bei solchen Einsätzen immer Gefahr. Man konnte sich nie ganz sicher sein. Am Wichtigsten war, dass die neue Adresse nur ganz wenigen Beamten bekannt war, um die Zeugen bestmöglich zu schützen. Dennoch konnten gewaltsame Übergriffe nie ganz ausgeschlossen werden. Daher galt immer besondere Wachsamkeit und eine gute Kommunikation mit der Einsatzleitung.

Die Familie Jung befand sich seit fast vier Wochen in einem Zeugenschutzprogramm. Vater, Mutter und die älteste Tochter hatten eine neue Identität und dazu passende Legenden erhalten. Bei den beiden jüngeren Kindern hatte man darauf wohl oder übel verzichten müssen. Nur an den neuen Nachnamen Jung mussten auch sie sich gewöhnen.

Vater Ernst hieß jetzt Dietrich Jung. Als Kronzeuge stand er unter ganz besonderem Schutz. Seine Frau Agnes hatte sich sehr lange gegen das Zeugenschutzprogramm gewehrt, hatte aber schlussendlich eingesehen, dass es zum Schutz ihres Mannes und der Familie unumgänglich wurde. So musste sie sich schließlich mit ihrem neuen Namen Iris Jung anfreunden, besser gesagt, abfinden.

Für ihre älteste Tochter eine neue Identität zu finden, fiel allen Beteiligten besonders schwer, wurde die Siebenjährige doch nicht nur von der übrigen Familie und ihren Freundinnen getrennt, sondern auch aus der Schule gerissen, in die sie bisher sehr gerne und erfolgreich gegangen war.

Während also die beiden jüngeren Geschwister ihre Namen Christoph, genannt Chrissi, und Maike behalten durften, hieß die älteste Tochter ab jetzt Eleonore Jung.

Eigentlich stammte die Familie aus Bochum. Dort war der Vater als niedergelassener Arzt tätig. Seine Frau versorgte den Haushalt, betreute die Kinder und half ihrem Mann zusätzlich in der Praxis. Sie erledigte viele schriftliche Arbeiten.

Am 03. Juni 1995, jenem denkwürdigen Tag, veränderte sich für die Familie von einem auf den anderen Tag alles. Ihr ganzes Leben wurde auf den Kopf gestellt.

Anlass für das Zeugenschutzprogramm war ein unglückliches Zusammentreffen zweier, eigentlich dreier Personen.

Der Vater war nachts zu einem Hausbesuch in die Rottstraße in Bochum gerufen worden. Als er das Haus seines Patienten gerade wieder verlassen wollte, wurde er Zeuge einer „Hinrichtung".

Ein ihm unbekannter Mann schoss damals mit aufgesetztem Schalldämpfer auf einen vor ihm knienden Mann, sprang dann in ein mit laufendem Motor bereitstehendes Auto und verschwand in der Nacht. Der Täter hatte den Arzt nicht sehen können, da dieser im etwas zurückgesetzten Hauseingang stehen geblieben war. Aber Dietrich Jung hatte das Gesicht des Täters unter einer Laterne genau erkennen können.

Als ihm die Polizei, bei der er den Vorfall sofort gemeldet hatte, mehrere Fotos bekannter Krimineller vorlegte, konnte er rasch und zielsicher, ganz ohne jeden Zweifel, Dimitri Davidov, Chef der sogenannten Zigarrenbande mit Hauptsitz in Essen, als Täter identifizieren. Die Familie Davidov, russische Einwanderer, waren natürlich im Milieu bekannt. Sie lebten unter anderem, aber bevorzugt von Menschenhandel, Drogenhandel und von Schutzgelderpressungen.

Bis auf wenige Ausnahmen hatte es Dimitri Davidov bisher immer verstanden, sich einer Strafverfolgung zu entziehen. Er konnte auch bei schweren Delikten nie als Täter überführt werden. Deshalb sah die Staatsanwaltschaft jetzt ihre Chance gekommen, den Gangsterboss mit Hilfe eines sehr glaubwürdigen Zeugen wegen Mordes anzuklagen, der Tat zu überführen und ihn damit endlich hinter Gitter zu bringen.

Da Dietrich Jung nach längerem Zögern bereit war, seine Aussage vor Gericht zu wiederholen, war er von Stunde an höchst gefährdet. Er musste seine Praxis nach der Verhaftung des Gangsterbosses von einem auf den anderen Tag aufgeben und wurde nun rund um die Uhr bewacht. Sein Leben war ungeschützt sozusagen keinen Pfifferling mehr wert.

Schweren Herzens und nach vielen Stunden des Zweifelns hatte er sich entschlossen, sich und seiner Familie das Äußerste abzuverlangen, die Aufgabe ihrer Identität, den Verlust ihres gewohnten Lebens, ihrer Freunde und ihrer Verwandten. Niemand durfte wissen, wo und unter welchem Namen die Familie verborgen gehalten wurde.

Der ganzen Familie drohte eine völlig ungewisse Zukunft. Hinzu kam die ständige Angst, die sie noch Wochen, Monate, vielleicht sogar Jahre begleiten würde. Aber er war es sich schuldig. Nur mit seiner Hilfe konnte dieser Schwerverbrecher und Mörder verurteilt werden. Er musste der Gerechtigkeit zum Sieg verhelfen.

Nur deshalb war aus einem ganz normalen Leben einer Durchschnittsfamilie über Nacht ein Albtraum mit unendlich vielen Zumutungen für alle geworden.

Sehr rasch hatte sich das LKA Düsseldorf eingeschaltet und den Fall übernommen. Für den Schutz der Familie und das Zeugenschutzprogramm waren ab jetzt die Mitarbeiter des LKA zuständig. Sie organisierten auch alles für die weitere Unterbringung der Familie Jung.

Schnell war ein Ferienhaus in Girkhausen angemietet worden, das vorläufig Schutz bieten sollte. Später, also nach etwa sechs Wochen, wollte man eine neue Bleibe für die Familie, vermutlich irgendwo in Bayern, organisieren. Während der ersten sechs Wochen wurden sie zu Bürgern Paderborns. Dort, so die Legende, war das Familienoberhaupt als Internist im städtischen Krankenhaus tätig. Ihre Ferien wollten sie dieses Jahr im Sauerland verbringen.

Die drei ihnen zugewiesenen Personenschützer waren sehr freundlich und hilfsbereit. Sie bemühten sich sehr, der Familie Jung ein sicheres Gefühl zu geben. Sie lebten die ersten Wochen mit ihnen zusammen, sie sprachen viel mit ihnen und versuchten, alle Fragen zu beantworten. Sie arbeiteten viel an den Legenden der einzelnen Personen und fragten sie auch hin und wieder dazu ab.

Die Kinder waren fast so fröhlich und lebhaft wie sonst, verbrachten sie doch vermeintlich ihre Ferien in dem ihnen unbekannten Dorf.

Dennoch könnte gerade von den Kindern eine große Gefahr ausgehen, wenn sie mit Nachbarskindern oder später auch neuen Freunden spielen oder ins Gespräch kommen würden. Schnell könnten sie sich verplappern. Aber, sie völlig zu isolieren, das ging auch nicht.

Nach etwa zwei Wochen hatten sich fast alle an die neue Situation gewöhnt. Iris Jung, wie sie jetzt hieß, kochte zum Glück leidenschaftlich gerne und gut. Sie verwöhnte damit ihre Familie und die drei Polizeibeamten im Haus. Zwischen den Beteiligten hatte sich fast so etwas wie Freundschaft entwickelt.

Anne Bergmann war die jüngste der drei Personenschützer, eine sehr taffe 32jährige Polizistin mit einem Pferdeschwanz, der ihre pechschwarzen Haare zusammenhielt. Sie war schlank und hatte eine sportliche Figur. Sie konnte sehr verschmitzt schauen und brachte besonders die Kinder häufig zum Lachen. Nur bei den abendlichen Gesellschaftsspielen konnte sie nicht so gut verlieren.

Wenn es darauf ankam, konnte sie sehr präsent und professionell sein. Sie trainierte wie ihre Kollegen mit großem Ehrgeiz. Das tägliche Fitnessprogramm hatte es in sich. Selbstverständlich waren alle drei Personenschützer bewaffnet, was die Kinder, allen voran Chrissi, sehr spannend fanden.

So vergingen die Tage bis zu jener Nacht vom ersten auf den zweiten August, eine Nacht, die das Leben aller Beteiligten für immer verändern sollte.

Kapitel 4

Die fünf Minuten waren vorüber. Genau um 4 Uhr und 5 Minuten löste der diensthabende Beamte im LKA Düsseldorf Alarm aus. Ein Rückruf zur Einsatzgruppe „Viola" war nicht erlaubt, da man so die Operation hätte gefährden können. Nach genau 30 Minuten war das Sondereinsatzkommando startklar. Mit drei Limousinen und einem Notarztwagen startete man Richtung Sauerland.

Neun Mann unter der Leitung von Hauptkommissar Süterling saßen in voller Montur überwiegend schweigend in den schwarzen Wagen und rasten teilweise mit Sonderzeichen durch die Nacht, später durch den beginnenden Morgen.

Gegen 6 Uhr 45 näherten sie sich Girkhausen und stellten die Martinshörner ab. Mit gedrosselter Geschwindigkeit fuhren sie durch den Ort, hinauf zu den Ferienhäusern, in deren Nähe eine Sprungschanze lag, die sich jetzt im Sommerschlaf befand.

Das erste, was ihnen dann auffiel, war die offen stehende Eingangstür. Kein gutes Zeichen!

Sehr umsichtig und konzentriert näherte sich die erste Gruppe der Tür, eine zweite Gruppe ging nach hinten um das Haus. Die dritte Gruppe würde der ersten folgen, sobald man sich im Haus einen ersten Überblick hatte verschaffen können. Rasch wurde eine Blendgranate in den Hausflur geworfen, dann stürmten die ersten Polizisten mit vorgehaltener Schusswaffe das Haus.

Sofort im Flur stolperten sie über einen am Boden liegenden Mann, der dort in einer Blutlache lag. Es war ihr Kollege Jens Meyer. Der Hauptkommissar untersuchte ihn sofort, während die anderen Männer weiter ins Haus eindrangen und Raum für Raum „eroberten". Jens hatte einen Kopfschuss abbekommen und war definitiv tot.

Nicht weit von ihm lag Anne Bergmann am Boden mit dem Gesicht nach unten und überall Blut um sie herum. Süterling untersuchte auch sie, nachdem er das Opfer mit Hilfe eines zweiten Mannes auf den Rücken gedreht hatte. Dann ein Aufschrei:

„Sie atmet noch! Helft mir! Ich glaube, sie lebt noch. Holt schnell den Notarzt!"

Der herbeigerufene Arzt und die Sanitäter kümmerten sich sofort um Anne, die von all dem nichts mitbekam. Sie war tief bewusstlos. Die Beamten durchsuchten die übrigen Räume sehr rasch, nur im Wohnzimmer fanden sie noch den leblosen Körper von Helge Kaufmann. Er war fürchterlich zugerichtet, hatte sich möglicherweise am längsten gewehrt. Schlussendlich war wohl auch er durch einen Kopfschuss hingerichtet worden.

Von der Familie Jung allerdings fehlte jede Spur. Entweder hatten sie fliehen können oder waren alle fünf entführt worden.

Nach Sicherung des Hauses durchkämmten fünf Mann die Umgebung, konnten aber nichts Verdächtiges oder irgendeinen der Angreifer finden. Diese sollten schon längst über alle Berge sein. Hinter dem Haus entdeckten sie lediglich den BMW Kombi der Familie Jung. Also hatten sie sich augenscheinlich nicht mehr mit ihrem Auto in Sicherheit bringen können. Später konnte auch das im Ort abgestellte Einsatzfahrzeug ihrer drei Kollegen sichergestellt und mitgenommen werden.

Dem Notarzt war es inzwischen tatsächlich gelungen, den Kreislauf von Anne Bergmann zu stabilisieren, sie unterstützend zu beatmen und in ein künstliches Koma zu versetzen.

Die Blutungen konnten zumindest vorübergehend gestoppt werden. Ihre Schussverletzungen in Brust, Kopf und Bein hatten zwar zu nicht unerheblichen Blutverlusten, bis jetzt aber nicht zum Tode geführt. Offenbar waren keine größeren Blutgefäße getroffen worden.

Auch wenn ihre Kollegin lebensbedrohlich verletzt war, ein wenig Hoffnung bestand schon, dass wenigstens sie ihre schweren Verletzungen würde überstehen können. Soweit der erste Eindruck des Notarztes. Danach wurde Anne Bergmann mit einem inzwischen angeforderten Rettungshubschrauber in die Universitätsklinik Dortmund geflogen. Alle waren zumindest darüber einigermaßen erleichtert.

Jetzt wurde das Haus noch einmal gründlich durchsucht. Auch im Keller keine Spur der Familie. Die Schlafzimmer waren alle verwüstet, die Sachen durchwühlt. Fingerabdrücke von den Angreifern, da war man sich schnell einig, würde man hier nicht finden. Allerdings entdeckte man rudimentäre Abdrücke von Schuhsohlen in einigen Blutlachen. Alles wurde sorgfältig fotografiert und dokumentiert. Die Geschosshülsen und zwei Steckschüsse in einer Holzwand wurden gesichert. Zusätzlich wurde nach anderen verdächtigen Gegenständen oder Spuren gesucht. Es war nichts zu finden, nicht einmal fremde Reifenspuren vor dem Haus.

Eine einzige Katastrophe, dachte der Einsatzleiter und berichtete umgehend seinem Chef, dem Leiter des LKA. Den beiden wurde sehr schnell klar, dass man die Legenden der Familie Jung unter allen Umständen aufrecht erhalten müsste, da man nicht ausschließen konnte, dass sie dem Massaker zu Fuß hatten entkommen können. Also wurde eine Nachrichtensperre verhängt und Hauptkommissar Süterling beauftragt, das Haus so zu präparieren, als ob die Familie zwar vorzeitig, aber ganz normal abgereist sei.

25

Deshalb wurden rasch alle Sachen der Familie eingepackt, die Räume gereinigt und die Blutreste gründlich entfernt. Ein inzwischen beauftragtes Bestattungsunternehmen holte die Leichen der beiden Kollegen ab. Es wurde angewiesen, die Toten in die Gerichtsmedizin der Universität Düsseldorf zu bringen.

Auch der Hausmüll wurde in die dafür vorgesehene Tonne getan, die Reste der notärztlichen Versorgung wurden hingegen mitgenommen. Dann verriegelten sie die Haustüre ordnungsgemäß und fuhren mit ihren Fahrzeugen davon. Hierbei passierte ihnen ein gravierender Fehler. Sie vergaßen, das Auto der Gastfamilie mitzunehmen.

Auf der Rückfahrt waren alle noch schweigsamer als auf der Hinfahrt. Alle waren vom Tod der beiden Kollegen sehr betroffen. Man kannte sich untereinander und pflegte teilweise sogar freundschaftliche Beziehungen. Jetzt dieser Verlust von zwei ihrer besten Männer. Und, ob Anne Bergmann es schaffen würde zu überleben, war noch völlig unklar.

Obgleich die Bewachung der Familie Jung damit gescheitert war, versuchten alle Beteiligten immer noch daran zu glauben, die Familie irgendwo lebend zu finden.

Kapitel 5

Aus dem Sauerlandkurier vom 04.08.95 von Pit Ganzow

„Gästefamilie aus Girkhausen verschollen"

Wie wir erfahren konnten, ist am 02.08. eine fünfköpfige Familie aus Paderborn spurlos verschwunden.

Der Vermieter eines Ferienhauses am Rande von Girkhausen, Werner S. (48), erzählte uns aufgewühlt folgende unfassbare Geschichte:

„Vor knapp vier Wochen ist die Familie J. aus Paderborn mit ihren drei Kindern in mein schönes Haus am Rande unserer Ortschaft eingezogen. Sie wollten hier für etwa 6 Wochen ihre Sommerferien verbringen. In den Ferienzeiten sind unsere Ferienhäuser unterhalb unserer Sprungschanze fast immer ausgebucht.

Es war ein sehr freundliches Ehepaar mit ihren drei, sehr lebhaften Kindern (zwei Mädchen und ein Junge). Bezahlt haben sie sogar im Voraus."

Dann berichtete Werner S. vom Donnerstag, den 02.08.:

„Ich kann von meinem Haus im Dorf mein Ferienhaus gerade so ein Stück weit einsehen. So beobachtete ich am Morgen, also so etwa gegen 7 Uhr, wie dort mehrere Fahrzeuge vorfuhren. Zunächst habe ich mich gewundert, dann habe ich an ein Familientreffen gedacht.

Als aber etwa ein bis zwei Stunden später die gleichen Fahrzeuge in Kolonne wieder durchs Dorf zurückfuhren, wurde ich misstrauisch. Deshalb ging ich noch am späten Vormittag zu meinem Ferienhaus, um nachzusehen. Irgendwie war ich beunruhigt.

Auf dem Parkplatz hinter dem Haus fand ich den BMW Kombi der Gastfamilie. Also, alles in Ordnung, dachte ich. Um aber ganz sicher zu gehen, läutete ich an der Haustüre. Niemand öffnete, auch auf mehrfaches Klingeln nicht. Dann entdeckte ich den im Schloss steckenden Schlüssel. Sehr ungewöhnlich! Ich öffnete vorsichtig die Tür und rief nach der Familie, erhielt aber keine Antwort. Von Zimmer zu Zimmer bin ich gegangen, habe aber niemanden angetroffen. Doch nicht nur das, auch alle Schränke waren leer. Außerdem wirkte das ganze Haus frisch geputzt. Im Flur des Erdgeschosses schien besonders gründlich gereinigt worden zu sein. Also muss die Familie wohl vorzeitig abgereist sein, ohne sich bei mir zu verabschieden. Kommt nicht alle Tage vor.

Doch die Tatsache, dass das Auto der Familie noch hinter dem Haus stand, verwirrte mich sehr. Ich weiß bis heute wirklich nicht, was aus der Familie geworden ist. Denn auch die nächsten Tage tauchten sie nicht mehr bei uns auf."

Eine Nachfrage auf der Polizeiwache Brilon unsererseits brachte keinerlei zusätzliche Hinweise zum Verschwinden der Familie. Dort war man völlig ahnungslos.

Daher fragen wir uns: „Was könnte passiert sein? Was für Geheimnisse umgibt diese Familie?"

Bei unserer Recherche im Dorf konnten uns die meisten Bewohner keine sachdienlichen Hinweise geben. Nur Walter V. (73) berichtete uns von der Nacht vor dem Verschwinden der Gastfamilie. Da der alte Mann nur noch schlecht schlafen kann, war er gegen drei Uhr in der Früh schon wach und hörte mehrere Fahrzeuge durch das Dorf rasen, hinauf zu den Ferienhäusern. Etwa eine Stunde später seien die gleichen Fahrzeuge wieder mit hoher Geschwindigkeit, dieses Mal

aber in entgegengesetzter Richtung, an seinem Haus vorbei-
gefahren.

Also geschah wohl bereits in der Nacht davor irgendetwas
Geheimnisvolles.

Eine Nachfrage zur Adresse der Familie J. im Paderborner
Einwohnermeldeamt ergab noch: Dort ist die Familie seit
Ende Juni diesen Jahres, also erst seit etwa fünf Wochen gemeldet! Wo sie vorher gewohnt hatte, wollte man uns nicht
mitteilen.

Wir werden dran bleiben und weiter zu den mysteriösen
Vorfällen im Sauerland berichten. P.G.

Kapitel 6

Der Chef des LKA Düsseldorf stellte persönlich eine Sonderkommission zusammen und beauftragte Bereichsleiter Süterling mit der Leitung.

Die vordringliche Aufgabe der Sonderkommission „Sauerland" bestand darin, weiter beharrlich nach Familie Jung zu suchen. Gegenüber der Öffentlichkeit und der örtlichen Polizei wurde an der bisher vereinbarten Version festgehalten, jetzt mit der Variante, die Familie sei vorzeitig abgereist und wohlauf. Der Überfall auf das Haus mit dem desaströsen Ende wurde verschwiegen. Umso mehr musste die örtliche Polizei davon abgehalten werden, auf eigene Faust zu ermitteln.

So galt bis auf weiteres die folgende Version: Familie Jung ist aus unbekannten Gründen vorzeitig abgereist, hat alle ihre Sachen mitgenommen und den Haustürschlüssel nach gründlicher Reinigung aller Räume einfach stecken lassen. Vom Vermieter haben sie sich nicht verabschiedet, sind ihm aber auch nichts schuldig geblieben, da der Mietzins bereits im Voraus bezahlt worden war.

Allerdings war ihnen bekanntermaßen ein schwerer Fehler unterlaufen, als sie in dem Durcheinander des Morgens den BMW der Familie Jung hinter dem Haus hatten stehen lassen.

Wie nicht anders zu erwarten, ging nach zwei Tagen eine diesbezügliche Meldung auf der Polizeistation Brilon ein. Zum Glück hatte Hauptkommissar Süterling die dortigen Beamten im Vorhinein umfassend über ihr Versäumnis informiert. Sie waren von ihm vergattert worden, der offiziellen Version zu folgen und nicht weiter zu ermitteln.

Zwei Tage später holten Beamte der Sonderkommission den Wagen, um möglichst kein Aufsehen zu erregen, bei Dunkelheit ab. Es war nun nicht mehr zu ändern, dass der zunächst vergessene und später auf wundersame Weise verschwundene Wagen die ohnehin im Dorf bestehende Verwirrung noch verstärken würde.

So wurde es auch unumgänglich, mit der Redaktion des Sauerland Kuriers zu sprechen. Man forderte die Zeitung auf, nicht mehr zu diesem Fall zu recherchieren, um das Wohl der Familie Jung nicht unnötig zu gefährden. Der Artikel vom 04.08. habe schon für genug Unruhe gesorgt.

Sechs Tage später erhielt Hauptkommissar Süterling von der inzwischen gut mitspielenden Polizeistation Brilon eine kaum zu glaubende Nachricht. Eleonore Jung, die älteste Tochter der Familie, hatte sich bei dem Überfall überraschenderweise verstecken und anschließend fliehen können. Sie befand sich jetzt in Obhut einer Familie Brückner in Schmallenberg und war soweit wohlauf.

Bis auf einen nicht unwichtigen Hinweis, dass die Entführer sich in einer ihr nicht bekannten Sprache unterhalten hätten, konnte Eleonore Jung offenbar keine weiteren Angaben zum Geschehen machen. Hauptkommissar Süterling beauftragte allerdings die Kollegen, Eleonore weiter im Auge zu behalten, um von ihr möglicherweise später noch sachdienliche Hinweise zu den Tätern zu erhalten.

Alle Beteiligten waren über die waghalsige Flucht der kleinen Eleonore erstaunt, wobei man besonders davon überrascht war, dass das Mädchen es geschafft hatte, überhaupt an den blutüberströmten, am Boden liegenden Kommissaren vorbei gekommen zu sein. Normalerweise schrecken Kinder in diesem Alter vor so schwer verletzten oder toten Menschen instinktiv zurück. Allen war klar: Sie musste die erschossenen Beamten gesehen haben, berichtete davon aber mit keinem Wort. Um das Mädchen nicht erneut mit den schockierenden Erlebnissen zu konfrontieren, verzichtete man zunächst auf weitere Fragen.

Dennoch waren alle Beamten der Sonderkommission einigermaßen erleichtert, dass zumindest ein Kind der Familie Jung in Sicherheit war. Dafür blieben ihre nächsten Schritte schwierig genug und waren zunächst wenig Erfolg versprechend.

Schließlich konnten sie Familie Jung nicht zur Fahndung ausschreiben, jedenfalls nicht offiziell. Wo also anfangen? Lange trat man auf der Stelle. Dann stellte man sich drei entscheidende Fragen:

Die erste Frage lautete: Wo könnte sich Familie Jung aufhalten, beziehungsweise, wie könnte man sie finden?

Die zweite Frage hieß: Wer hatte ein Interesse daran, Familie Jung zu entführen?

Die dritte Frage war die heikelste: Wo gibt es eine undichte Stelle im LKA?

Denn eines war allen Beteiligten sehr schnell klar. Wenn die Unterwelt so rasch reagieren konnte, müsste ein mit der Sachlage Vertrauter Informationen ans Milieu weitergegeben haben. Da nur genau sieben Personen, jetzt nur noch fünf, über das Zeugenschutzprogramm der Familie Jung Bescheid wussten, musste bei diesen angesetzt werden.

Sofort begann ein Spießrutenlaufen unter den möglichen Kandidaten. Jeder beargwöhnte jeden, ohne dass es zunächst konkrete Verdachtsmomente gegeben hätte.

Die nicht betroffenen Kollegen der Sonderkommission wurden beauftragt, die in Frage kommenden Kollegen verdeckt zu überwachen. Sie untersuchten auch Kontenbewegungen, fahndeten nach möglichen Schulden und befragten andere Kollegen zum Privatleben der potentiell Verdächtigen.

Das Wichtigste, was allerdings bei der Spurensicherung im Ferienhaus festgestellt werden konnte, war die Tatsache, dass die Haustüre nicht aufgebrochen worden war. Also müsste ein Personenschützer während der Nacht entweder zufällig nach draußen gegangen sein oder die Türe bewusst offen gelassen haben. Und, da Jens Meyer relativ nah an der Eingangstür erschossen aufgefunden worden war, fiel tatsächlich ein erster Verdacht auf ihn. Er könnte die Haustüre auf ein vereinbartes Zeichen geöffnet haben.

Bestätigt wurde dieser Verdacht durch die Tatsache, dass Jens Meyer in dieser Nacht sehr wahrscheinlich Dienst hatte. Es dauerte auch nicht sehr lange, bis man in Erfahrung bringen konnte, dass genau dieser Beamte nach seiner Scheidung nicht unerhebliche Schulden angehäuft hatte.

Die übrigen fünf Kollegen, die in den Fall eingeweiht gewesen waren, konnten zwar nicht grundsätzlich entlastet werden, man verständigte sich aber zunächst darauf, dass sehr wahrscheinlich Jens Meyer der Informant und damit der Verräter gewesen sein könnte. Genützt hatte es ihm allerdings nichts. Denn er war ja eines der Opfer geworden.

Allen Beteiligten war relativ schnell klar, dass es Sinn und Zweck dieser Aktion war, den Prozess gegen Dimitri Davidov zu verhindern und den einzigen Zeugen auszuschalten. Da es sonst keine Indizien oder andere Zeugen gab, die gegen den Gangsterboss hätten aussagen können, würde man ihn am Ende sogar freisprechen müssen.

Deshalb beeilte sich die Sonderkommission, weitere Maßnahmen einzuleiten. Dimitri Davidov war bereits verhaftet
und saß isoliert in einer Einzelzelle. Kontakte zu anderen
Mithäftlingen wurden nach den neuen Erkenntnissen nunmehr strikt unterbunden. Außerdem überwachte das LKA
Dimitris Bruder und „Geschäftspartner" Igor Davidov die
nächsten Wochen rund um die Uhr.

Nach und nach wurde allen Beteiligten klar, warum die Familie Jung, allen voran Dietrich Jung, entführt worden war.
Es war nicht auszuschließen, ja sogar ziemlich wahrscheinlich, dass ein gegnerischer Clan, denen die Zigarrenbande im
Wege stand, ein Killerkommando hatte anheuern können,
das die Familie Jung an einen sicheren Ort verbringen sollte,
dies alles mit dem Hintergedanken, die Familie Davidov erfolgreich erpressen zu können.

Denn, warum hatten die Angreifer Dietrich Jung nach Ein-
dringen in das Ferienhaus nicht sofort erschossen oder die
ganze Familie liquidiert? Eine Verschleppung der Familie
machte doch eigentlich keinen Sinn und war ganz sicher
nicht aus Menschenfreundlichkeit geschehen.

Warum also hatte man die Familie bis auf ihre älteste Tochter, die sich hatte verstecken können, mitgenommen? Denn,
dass die Familie vielleicht doch noch zu Fuß hatte fliehen
können, ohne sich später von irgendwo zu melden, daran
glaubte in der Sonderkommission inzwischen niemand mehr.

Man intervenierte schließlich die Essener Kriminalpolizei,
deren Kollegen, mit der hiesigen Szene vertraut, zu dem Fall
entscheidende Hinweise geben konnten. Sie berichteten den
Kollegen des LKA, dass ein türkischer Clan mit dem Davidov Clan schon länger tief verfeindet war und sich beide
gegenseitig als Konkurrenten sahen. Denn die Russen waren

mehr und mehr dabei, die Türken aus einigen „Geschäftsfeldern", wie zum Beispiel Menschenhandel und Schutzgelderpressung, zu verdrängen.

Könnte es sein, dass die türkische Familie sich rächen und die Davidovs erpressen wollte? War Familie Jung deshalb zunächst verschont worden? Wollte man dem Davidov Clan, allen voran seinem Chef Dimitri Davidov mit dieser Aktion etwas klar machen?

„Wir haben für euch den Zeugen der Anklage ausgeschaltet. Dafür wollen wir wieder mehr Rechte, beziehungsweise mehr Einfluss in der Szene und unsere früheren Einkünfte zurück. Spielt ihr nicht mit, werden wir den einzigen Zeugen, der euren Chef belasten kann, frei lassen." Dann würde Dimitri Davidov wegen Mordes angeklagt und ganz sicher verurteilt werden können.

War das der Schlüssel zu diesem Fall?

Kapitel 7

„Hallo Frau Bergmann! Bleiben Sie bei uns! Und immer schön weiteratmen!", hörte sie aus ganz weiter Ferne.

Dabei konnte Anne die Frauenstimme, die zu ihr sprach, nicht wirklich erkennen oder zuordnen.

Ganz langsam verschwand der sie einhüllende Nebel. Sie konnte ein paar Konturen wahrnehmen und versuchte, ihre Gedanken zu ordnen. Wieso sprach sie eine ihr unbekannte Frau an? Wo waren Jens und Helge? Ihre vertrauten Stimmen hätte sie eher erwartet. Wahrscheinlich hatte sie verschlafen und wurde jetzt von den beiden etwas unsanft geweckt.

So überlegte sie, aber wieder spielte ihr das Gedächtnis einen Streich.

„Immer weiteratmen und schön wach bleiben!", hörte sie die ihr schon bekannte Stimme sagen.

Jetzt musste sie es schaffen! „Einmal recken und dehnen und dann raus aus den Federn!", forderte sie sich selbst auf.

Ihre Beine zu bewegen, verursachte jedoch besonders am rechten Knie starke Schmerzen. Mit den Armen schien auch etwas nicht zu stimmen. Jedenfalls konnte sie ihren rechten Arm nicht bewegen, weil sie am Handgelenk irgendwie fixiert zu sein schien. Verdammt, was war mit ihr geschehen? Sie versuchte nach ihren Kollegen zu rufen.

„Jens bist du da? Was ist mit mir los?"

Ihre ersten Worte nach langer Zeit konnte niemand wirklich verstehen, da nur ein Krächzen aus ihrem Mund zu vernehmen war.

„Gut, Frau Bergmann, Sie wollen etwas sagen. Sollen wir Sie ein wenig aufrichten?"

Anna verstand die Welt nicht mehr. Am Abend zuvor hatten sie zu dritt noch eine Runde ums Haus gedreht, dann hatte Jens die Nachtschicht übernommen. Sie selbst hatte es sich im Gästezimmer gleich neben dem Eingang des Hauses bequem gemacht und dann war sie relativ rasch eingeschlafen. Obwohl sie ihrer Meinung nach gut geschlafen hatte, fühlte sie sich jetzt völlig kraftlos und gerädert. Dazu kamen die Schmerzen im Knie, die sich bei jeder Bewegung verstärkten. Sie öffnete ihre Augen und erkannte weiß getünchte Wände sowie ganz im Hintergrund ein sehr weit oben an der ansonsten kahlen Wand aufgehängtes Kruzifix. Dieses sah sie allerdings nur verschwommen.

„Wir richten Ihren Oberkörper jetzt ganz langsam auf, dann können Sie uns besser sehen. Und immer schön tief atmen!" Das Kopfteil des Bettes wurde von Irgendjemandem entsprechend verstellt. Nun konnte sie vor sich eine Frau in grünen Sachen erkennen. Wo war sie? Was war geschehen? Wo waren Jens und Helge? Sie konnte die ersten Eindrücke noch nicht festhalten und ein Gedankenkarussell setzte sich in Bewegung, erst langsam, dann immer schneller. Manchmal war sie aber auch gewillt, wieder einzunicken.

„Frau Bergmann", hörte sie jetzt, „bitte nicht erschrecken. Sie befinden sich auf der Intensivstation der Universitätsklinik Dortmund. Sie wurden vor einigen Wochen schwer verletzt hier eingeliefert. Wir mussten Sie mehrfach operieren, eine Zeit lang beatmen und in einem künstlichen Koma halten. Aber jetzt wird alles wieder gut. Wenn alles so weitergeht, wie wir uns das erhoffen, können wir Sie bald auf die Normalstation verlegen."

So, als ob sie die Tragweite dieser Erklärungen nichts anginge, nickte sie der Frau vor ihr zu und zwang sich zu einem

Lächeln. Jetzt versuchte Anne sich etwas weiter umzuschauen. Rechts von ihr entdeckte sie eine zweite Frau, ebenfalls grün gekleidet, die an irgendwelchen Knöpfen hantierte. Hatte sie das richtig verstanden? Sie lag in einem Krankenhaus? Aber warum sah sie alles, was nicht in ihrer Reichweite war, überwiegend verschwommen?

Jetzt näherte sich ihr eine männliche Stimme, die sie keinem ihrer Bekannten zuordnen konnte.

„Guten Morgen, Frau Bergmann. Wie geht es Ihnen? Ich bin Ihr behandelnder Arzt, Dr. Zacharias ist mein Name. Nehmen Sie sich jetzt alle Zeit, um sich langsam zu erholen. Wir mussten Sie mehrfach an Ihrem rechten Bein und an Ihrem Brustkorb operieren. Ist aber alles gut verlaufen."

„Warum kann ich nicht richtig sehen, Herr Doktor?", bemühte sie sich mit noch brüchiger Stimme zu erfragen.

„Es tut mir Leid, Frau Bergmann, Sie haben durch eine Schussverletzung Ihr rechtes Auge verloren. Gleichwohl hatten Sie noch großes Glück, dass dieser Schuss nur Ihr Auge, aber nicht Ihr Gehirn getroffen hat. Sie werden sich bald daran gewöhnen, nur noch mit einem Auge sehen zu können. Jetzt steht erst einmal im Vordergrund, dass Sie sich langsam regenerieren und wieder zu Kräften kommen. Später werden Sie für Ihr rechtes Knie viel Training benötigen. Aber erst einmal eines nach dem anderen."

Die Flut der schlechten Nachrichten blockierte Annes Gehirn. Sie konnte das alles nicht richtig einordnen. Das Letzte, an das sie sich erinnern konnte, war jener Abend im Ferienhaus der Familie.......gewesen. Jetzt fiel ihr nicht einmal mehr deren Name ein. Und als hätte es der Arzt geahnt, fragte er jetzt: „Frau Bergmann, an was erinnern Sie sich zuletzt? Haben Sie den Überfall auf Ihre Gruppe mitbekommen?"

Was für einen Überfall?, dachte sie.

„Ich erinnere mich zuletzt an den gestrigen Abend, als ich mich mit meinen beiden Kollegen noch unterhalten habe und wir zwei, Helge und ich, auf unsere Zimmer gegangen sind. Ich habe bis heute Morgen gut geschlafen. An etwas anderes kann ich mich nicht erinnern."

„Frau Bergmann, das war nicht der gestrige Abend, Sie sind schon fast vier Wochen bei uns. Sie leiden an einer retrograden Amnesie. Wir werden das weiter beobachten."

Nachdem sich der Arzt verabschiedet hatte, waren auch die beiden Schwestern mit ihrer Arbeit fertig:

„Wir schauen immer wieder nach Ihnen. Wenn Sie uns brauchen, in der Nähe Ihrer linken Hand haben Sie den Notruf liegen. Sie brauchen nur auf den Knopf zu drücken, dann kommen wir. Und bitte nicht die Infusionsschläuche abreißen. Sie bekommen noch Flüssigkeit und Nahrung parenteral."

Mit diesen Worten verschwanden die beiden und Anne hatte zum ersten Mal die Gelegenheit, sich genauer umzuschauen.

Rechts und links von ihr standen Monitore, die sie überwachten, ob nun notwendig oder nicht. Schaden würde es ihr wohl nicht, dachte sie. Da lag sie doch tatsächlich in einem Krankenhaus und, wenn sie das alles richtig verstanden hatte, auf einer Intensivstation.

Was war geschehen?

Sie tastete mit der linken Hand unter der Bettdecke nach ihrem Knie. Sie trug dort einen Verband und konnte ihr Knie nur unter Schmerzen und nur ganz wenig bewegen. An der rechten Seite ihrer Brust klebte ein großes Pflaster. Wenn sie tief einatmete, schmerzte es an dieser Stelle.

Aber was war mit ihren Augen los? Panik stieg in ihr auf. Was hatte der Arzt vorhin zu ihr gesagt? Schuss ins rechte Auge oder so ähnlich. Völlig irritiert und in großer Sorge ertastete sie ihr Gesicht. Mit ihrem linken Auge konnte sie alles sehen, ihre Finger, den Monitor und sogar einen schwachen Sonnenstrahl, der sich auf ihre Bettdecke verirrt hatte. Schloss sie allerdings das linke Auge, sah sie gar nichts mehr.

Mit ihren Fingern tastete sie den Bereich ab, wo sie ihr rechtes Auge verorten würde. Sie erfühlte ein härteres Material, zum Beispiel das einer Augenklappe, wie sie richtig vermutete. Sie war ein wenig erleichtert. Na klar, wenn man den Verband und die Klappe abnehmen würde, dann könnte sie ganz bestimmt wieder mit beiden Augen sehen. War wohl noch zum Schutz des Auges notwendig.

Fast hätte Anne sich die Klappe vom Gesicht gerissen, so ungeduldig war sie. Doch sie ließ davon ab, war ihr doch eingefallen, was der Arzt zu ihr gesagt hatte: Rechtes Auge Schussverletzung. Noch mal gut gegangen, aber Auge verloren.

Ganz langsam begann sie zu begreifen, dass sie ihr rechtes Augenlicht für immer verloren hatte. Sie begann zu weinen und Tränen liefen ihr über die linke Wange, nur über die linke Wange.

Außerdem fehlten ihr so viele Informationen. Ihr Gedächtnis spielte ihr einen Streich nach dem anderen. Der Arzt hatte von Amnesie gesprochen und davon, dass sie fast vier Wochen ohne Bewusstsein gewesen sei.

Schüsse! Intensivstation! Gedächtnisverlust! Ihr Gehirn fing erneut an zu arbeiten. Sie mussten überfallen worden sein. Es muss zu einem Schusswechsel gekommen sein. Sie war dabei offenbar schwer verletzt worden. Ihr stockte der Atem.

Mit aller Kraft drückte sie mehrmals auf den Alarmknopf und bemühte sich krampfhaft, aber vergebens aufzustehen. Die Pflegerin kam hereingestürzt und bevor sie sich nach dem Anliegen von Anne Bergmann erkundigen konnte, schrie diese:

„Was ist mit Jens und Helge, meinen Kollegen?"

Kapitel 8

Noch drei Wochen durfte Eleonore bei den Brückners bleiben. Dann hatte das zuständige Jugendamt für sie einen Heimplatz gefunden.

Das kleine Mädchen durchlebte eine fürchterliche Zeit, die ihr kaum jemand erleichtern konnte. Jeden Tag, besonders am Abend und in der Nacht, wenn sie wach lag, dachte sie an ihre Mutter, ihren Vater und ihre beiden Geschwister. Was war nur aus ihnen geworden? Lebten sie überhaupt noch? Aber an ihren Tod wollte sie überhaupt nicht denken. Es war für sie unerträglich, nichts von ihnen zu hören oder sie wieder in die Arme schließen zu können.

Alle Nachforschungen der Polizei, so sagte man ihr, seien bisher ergebnislos geblieben. Es gab keine Spur von ihrer Familie!

Einige Male hatte man sie noch zu den schrecklichen Ereignissen in ihrem Ferienhaus befragt. Aber sie konnte keine weiteren Angaben zu den Geschehnissen dieser Nacht machen. Und so ließ man sie schließlich in Ruhe, nicht wissend, ob sie tatsächlich nicht mehr wusste, oder nur nicht mehr erzählen konnte, weil das Erlebte für sie so schrecklich gewesen war. Auch zu ihrem früheren Leben gab sie keine Auskunft. Man hatte ihr offenbar erfolgreich eingeimpft, diese Zeit zu vergessen.

Dennoch machte die Polizei ihr immer wieder Hoffnung, ihre Familie eines Tages zu finden. Und an diesen Gedanken klammerte sich Eleonore mit ihrem ganzen Herzen. Umso öfter wurde sie allerdings immer wieder enttäuscht.

Der Traurigkeit, der Verzweiflung und den Sorgen des Kindes hatten die Brückners nur wenig entgegenzusetzen. Doch sie hatten ihr Wärme, Geborgenheit und menschliche Nähe gegeben. Wenn sie mit ihr spielten, konnte Eleonore ihre Sorgen für kurze Zeit vergessen und für einige Augenblicke sogar richtig fröhlich sein.

Eleonore wäre gerne bei den Brückners geblieben, die sich auch schon so sehr an das kleine Mädchen gewöhnt hatten. Doch das Jugendamt hatte andere Vorstellungen, sozusagen amtliche Vorstellungen. Leider gab es keine jüngeren Verwandten, bei denen Eleonore hätte aufwachsen können. Nur die Großeltern beider Familien lebten noch, waren aber zu alt, zu schwach oder zu krank, um ihre Enkelin aufnehmen zu können. Geschwister von Mutter oder Vater existierten nicht.

Für das Jugendamt kamen die Brückners wegen ihres Alters - sie waren schon sechzig und dreiundsechzig Jahre alt - auch nicht als Pflegeeltern in Frage. Zudem mussten die beiden täglich zum Markt fahren, um ihre Waren zu verkaufen. So hätten sie sich nicht ausreichend um das Kind kümmern können.

Deshalb musste eine andere Lösung her. Nach zwei weiteren Wochen der Unsicherheit wurde schließlich ein Kinderheim in Brilon gefunden, das bereit war, Eleonore aufzunehmen.

Ein neues Kapitel ihrer tragischen Reise wurde aufgeschlagen.

Der Abschied von Annegret und Werner war fürchterlich, verlor sie doch einen gerade gefundenen Halt und ein kleines Stück Geborgenheit. Sie weinte so erbärmlich, dass es den Brückners das Herz zerriss.

Dennoch musste Eleonore loslassen, es gab keine andere Möglichkeit. Dann geschah ein kleines Wunder. Annegret und Eleonore versprachen sich, sich jedes Jahr im August wiederzusehen. Eleonore wollte immer in ihren Schulferien für ein paar Tage nach Schmallenberg kommen. So war sie schließlich bereit, mit der Betreuerin des Jugendamtes mitzugehen in eine für sie schon wieder neue und ungewisse Zukunft.

Nehmen wir es an dieser Stelle vorweg: Eleonore besuchte die Brückners, die sie von der Straße aufgesammelt und ihr nach dieser unfassbaren Katastrophe das erste Gefühl von Geborgenheit gegeben hatten, tatsächlich jedes Jahr bis zum Tod von Annegret, ganz egal, was gerade geschah.

Das Kinderheim Borkennest in Brilon war noch relativ neu und hatte zweckmäßig, aber auch liebevoll eingerichtete Schlafzimmer und Gemeinschaftsräume. Die jüngeren Kinder wohnten zu dritt oder zu viert auf einem Zimmer. Die Älteren, zu denen auch Eleonore gehörte, lebten zu zweit in einem Raum mit einem Hochbett. Alle Zimmer hatten einen Namen, sie waren nach verschiedenen Blumenarten benannt.

Ihre Bettnachbarin war elf Jahre alt und seit einem Monat hier, hatte sich aber noch nicht richtig einleben können. Sie hieß Daniela und war ihren Eltern weggenommen worden. Sie war sehr scheu und weinte oft.

Eleonore, inzwischen acht Jahre alt, war zwar deutlich jünger als Daniela, aber schon bald übernahm sie die Beschützerrolle ihrer Zimmergenossin. Die beiden verstanden sich zwar nicht so besonders gut, aber für Eleonore stellte Daniela zumindest keine Bedrohung dar. Im Gegenteil, sie hatte jemanden in ihrer Nähe, um den sie sich kümmern konnte. Das machte ihr die Anfangszeit im Heim etwas erträglicher und gab ihr einen gewissen Halt.

An einem schönen Herbsttag mit noch annehmbaren Temperaturen spielten viele Kinder draußen im Garten. Eleonore

44

stand etwas scheu, weil sie die meisten Mitbewohner noch nicht kannte, am Rande der Wiese und betrachtete das Spiel der anderen. Doch nicht sehr lange, denn plötzlich stand ein etwas jüngeres Mädchen vor ihr, das leicht humpelnd auf sie zugekommen war.

„Ich heiße Rosi und wer bist du?"

„Mein Name ist Eleonore, ich wohne auf Zimmer Sonnenblume, mit Daniela zusammen".

„Ich bin auf Zimmer Gänseblümchen untergebracht, ab nächster Woche wieder mit einer Neuen."

Und schon war der Bann gebrochen. Sie fassten sich an den Händen und Rosi führte ihre neue Freundin als erstes in ihr Zimmer, wo sie zurzeit noch alleine wohnte.

Von da an waren die beiden unzertrennlich. Rosi mit ihrem mächtigen dunklen Lockenkopf war lebhaft und hatte immer eine Idee, was die beiden unternehmen konnten. Sie wurden ein unschlagbares Team. Sie halfen sich bei den Schularbeiten gegenseitig, heckten aber auch so manchen Streich aus.

Rosi hatte ihre Eltern bei einem schweren Autounfall verloren. Sie selbst hatte nur knapp überlebt. Mit großer Energie hatte sich die Kleine ins Leben zurückgekämpft. Ihre Unterschenkelprothese, die sie inzwischen mit Stolz und wie selbstverständlich trug, behinderte ihr kindliches Leben kaum noch.

Lange hatte Eleonore sich nicht getraut, jetzt fasste sie sich ein Herz.

„Sag mal Rosi, warum humpelst du so ein bisschen? Bist Du irgendwann ausgerutscht oder hingefallen?"

Rosi brach in Lachen aus.

„Nein, nein, ich habe mein rechtes Bein bei einem Unfall verloren. Willst du mal meinen Stumpf sehen?"

Ohne auf eine Antwort von Eleonore zu warten, nahm sie in Windeseile ihre Prothese ab und präsentierte ihrer völlig überraschten Freundin den Rest ihres Beins, das ihr unterhalb des rechten Knies abgenommen worden war.

„Willst du mal anfassen?", fragte Rosi mit einladender Geste.

Eleonore wich erschrocken zurück, dann überwand sie sich und berührte ganz vorsichtig erst den elastischen weißen Strumpf, dann auch die nackte, vernarbte Haut.

„Tut das weh?", erkundigte sie sich voller Mitgefühl.

„Nein, eigentlich gar nicht. Nur wenn ich die Prothese zu lange getragen habe, dann drückt das schon mal am Stumpf. Aber du musst mir versprechen, mich beim Spielen nicht zu schonen und mich auch sonst nicht zu bemitleiden."

Eleonore versprach es.

Das zweite Standbein ihrer neuen Existenz hieß Sebastian und war ein junger Erzieher, wohl noch in der Ausbildung, der Eleonore mit seinem Witz, mit seiner mitreißenden, aber auch sehr menschlichen Art zur Seite stand und ihr immer mehr Widerstandskraft und Fröhlichkeit zurückgeben konnte.

Auch, wenn sie im Heim inzwischen ganz gut zurechtkam, den Verlust ihrer Eltern konnte ihr niemand ersetzen. Die Trauer um ihre Familie beschäftigte sie ganz besonders an Feiertagen, aber auch abends in ihrem Bett oder, wenn sie nachts nicht schlafen konnte. Das plötzliche Verschwinden von Mama, Papa, Chrissi und Maike blieb für sie völlig unerklärlich und eine immer offene Wunde in ihrer kleinen Seele.

Alle offiziellen Stellen, die mit dem Fall beschäftigt waren blieben ratlos. Sie konnten Eleonore nicht verständlich machen, was mit ihrer Familie geschehen sein könnte. Es gab zu viele Fragen, aber keine Antworten.

Manchmal hatte Eleonore das Gefühl, die Polizei nähme die Suche nach ihrer Familie gar nicht ernst. Deshalb wurde sie oft zornig und ungeduldig. Dann konnte es sein, dass sie ganz unvermittelt einen Teller zu Boden schmiss oder einem anderen Kind unnötig Schmerzen zufügte.

Für ihre Betreuer waren solche Wutattacken, die ihnen als Reaktionsmuster von traumatisierten Kindern bekannt waren, mitunter lieber, als wenn die betroffenen Kinder alles in sich hineinfraßen oder in sich zusammenfielen.

Auf jeden Fall schwor sich Eleonore: Sobald sie groß genug sein würde, wollte sie auf eigene Faust nach ihren Eltern und Geschwistern suchen, falls diese bis dahin immer noch nicht aufgetaucht sein sollten.

Kapitel 9

Anne Bergmann wurde von ihrem Vater im Rollstuhl sitzend in ihr Zimmer der Rehaklinik geschoben. Auf ihrem Schoß hielt sie eine Tasche, die ihre Schlafsachen, ihren Hygienebeutel und zusätzlich noch einige persönliche Gegenstände enthielt. Das Einzelzimmer war freundlich gestaltet. Am Fenster hatte man einen weiten Blick in die hinter dem Gebäude liegende Waldlandschaft.

Die Klinik liegt unweit der Ruhr auf der gegenüberliegenden Seite der sich einen Berg hinauf schlängelnden Altstadt von Essen-Kettwig. Gleich nach Überqueren des Flusses, der an dieser Stelle durch ein Wehr aufgestaut und dadurch verbreitert wurde, fährt man in mehreren Serpentinen einen steilen Hang hinauf und hat für einen Augenblick einen großartigen Blick auf das Tal und die nun sehr viel tiefer liegende Ortschaft. Dann sind es nur noch wenige hundert Meter, bis man die im weiten Umkreis bekannte und anerkannte Klinik erreicht.

Anne befand sich auf einer neuen, allerdings sehr mühsamen Etappe ihrer gesundheitlichen Wiederherstellung. Doch fast wäre sie hier nie angekommen.

Denn nach ihrem Aufenthalt auf der Intensivstation und nach weiteren vier Wochen auf der Normalstation der Universitätsklinik Dortmund stand sie zur Entlassung an, auch wenn sie noch nicht gehen, nicht einmal länger stehen konnte.

Im Gegenteil: In ihrem Verständnis, war sie ein hilfloser Krüppel mit nur noch einem Auge und unfähig, sich ohne Rollstuhl fortzubewegen. Nur unter starken Schmerzen konnte sie aufstehen, an Gehen war gar nicht zu denken.

So sehr sie letztendlich bei den schweren Verletzungen Glück gehabt hatte, nicht ihr Leben verloren zu haben, so weit war sie noch von der Wiederherstellung ihrer Gesundheit entfernt.

Ihr rechtes Auge war inzwischen durch ein Glasauge ersetzt worden. Einige Narben zeigten zudem den Weg, den das Geschoss, an der Nasenwurzel beginnend quer durch die Augenhöhle genommen hatte. Das nur noch einäugige Sehen machte Anne sehr zu schaffen, insbesondere, wenn sie sich länger auf etwas konzentrieren musste. Lesen strengte sie teilweise sehr an. Schlimmer war aber der Verlust des räumlichen Sehens in der Ferne.

Von der schweren Operation am Brustkorb, in der ihr in einer vierstündigen Sitzung ein Projektil aus der Lunge entfernt werden konnte, war nur eine relativ lange Narbe zurückgeblieben. Der Verlust einer Rippe störte sie nicht. Wenn sie tief einatmete, bemerkte sie nur noch einen leichten, stechenden Schmerz auf der operierten Seite. Später sollte sie allerdings feststellen, dass sie bei körperlicher Anstrengung schnell aus der Puste geriet, Folge davon, dass ein Teil ihrer rechten Lunge vernarbt war.

Aber ihr rechtes Knie! Durch die Schussverletzungen war nicht nur die rechte Kniescheibe zertrümmert, sondern auch das umgebende Gewebe und die Muskulatur teilweise zerstört worden. In drei Operationen hatte man bei ihr die Kniescheibe entfernt und die Muskulatur und die Sehnenansätze wieder notdürftig zusammengeflickt. Anne gelang es bisher allerdings nur, ihr rechtes Knie um etwa 25 Grad zu beugen und aus gebeugter Stellung um 30 Grad zu strecken, das alles verbunden mit starken Schmerzen.

So sehr sich eine Physiotherapeutin der Klinik auch bemüht hatte, Anne wieder auf die Beine zu bringen, messbare Erfolge hatten sich bisher leider nicht eingestellt. Anne war am Ende des Klinikaufenthalts völlig niedergeschlagen und hatte keine Hoffnung, je wieder gehen zu können.

Deshalb wollte sie nur nach Hause, in ihr gewohntes Umfeld, nicht überblickend, dass sie mit einem Rollstuhl in ihrer Wohnung vollkommen aufgeschmissen gewesen wäre.

Alle Ärzte, die ihr selbstverständlich mehrfach zu einer Rehabilitationsbehandlung rieten, trieb sie zur Verzweiflung.

Dabei war man sich ziemlich sicher, dass die Patientin, sollte sie bereit sein, die Therapie aktiv zu unterstützen, wieder vollständig rehabilitiert werden könnte. Fortschritte in der auf Monate angesetzten Behandlung würden sich ganz sicher positiv auf ihre Psyche auswirken. Letztendlich könnte der Gewinn neuer Selbständigkeit auch ihre Traurigkeit und Mutlosigkeit vertreiben, darüber waren sich alle einig.

Aber sie blieb stur, lehnte alle Bemühungen kategorisch ab und ließ sich nicht überreden, sich in der renommierten Rehabilitationsklinik weiter behandeln zu lassen.

Vielmehr grübelte sie immer öfter über das damalige Geschehen. Was hatten sie falsch gemacht? Warum mussten Jens und Helge sterben? Warum war das Zeugenschutzprogramm für Familie Jung so katastrophal gescheitert? All das beschäftigte sie immer stärker, ohne dass sie irgendwelche Antworten auf ihre Fragen erhielt.

Umso überraschter war sie, als sich eines Tages ihr Chef, Hauptkommissar Süterling, bei ihr meldete und um einen Besuch bat.

„Hallo Anne, wie geht es Dir?", strahlte sie ihr Vorgesetzter, bewaffnet mit einem Strauß gelber Rosen, fast ein wenig provozierend an.

Wie sollte es ihr schon gehen?

„Aber danke für die wundervollen Rosen! Sind doch wohl für mich bestimmt?"

Ihr Chef stand etwas unbeholfen vor ihrem Bett und wusste nicht recht, wohin mit dem Blumenstrauß.

Dann war die erste Peinlichkeit überwunden und Anne rief nach der Schwester, um sie um eine Vase zu bitten.

„Es geht mir so ganz gut. Die Ärzte hier haben wirklich alles für mich getan und mir das Leben gerettet. Ich dürfte eigentlich nur dankbar sein. Aber es ist so schwer, ohne irgendeine Erinnerung an den Überfall, jetzt mit diesem Zustand leben zu müssen."

„Das kann ich verstehen.", antwortete ihr Chef.

„Also hast du wirklich keine Erinnerung an die Nacht des Überfalls?"

„Nein, nichts, absolut nichts habe ich mitbekommen. Bin erst nach mehreren Wochen in der Klinik wieder aufgewacht."

„Ja, das ist sehr schade, sonst könntest du uns vielleicht bei der einen oder anderen Frage noch weiterhelfen."

„Tut mir leid, aber ich habe wirklich keine Erinnerung an die Nacht im Ferienhaus."

„Lassen wir das. Aber du willst doch bestimmt wissen, was wir bisher in Erfahrung gebracht haben.", lenkte Süterling das Gespräch in eine von ihm gewünschte Richtung.

„Ja, sicher, erzähl schon!"

„Also, die Türe des Ferienhauses wurde nicht aufgebrochen, sie war völlig intakt. Außerdem war bald klar, dass Jens während der fraglichen Nacht Dienst hatte."

„Ja, das kann ich bestätigen. So hatten wir es jedenfalls ab-gesprochen, bevor ich in mein Zimmer gegangen und bald darauf eingeschlafen bin."

Süterling dankte ihr für den Hinweis, dann führte er weiter aus: „Jens könnte in der Nacht zufällig aus dem Haus gegan-gen sein, vielleicht um frische Luft zu schnappen oder um einem verdächtigen Geräusch auf den Grund zu gehen. Hältst du das für möglich?"

„Nicht sehr wahrscheinlich, wenn du mich fragst."

„Also müsste er die Türe vorsätzlich oder auf ein abgespro-chenes Zeichen hin geöffnet haben. Eine andere Erklärung haben wir nicht, es sei denn, du oder Helge, einer von euch beiden, wäre aufgewacht und hätte seinerseits die Türe ge-öffnet."

„Verdächtigst du jetzt sogar mich?"

„Nein, nein, bleib ganz ruhig! Das tun wir nicht. Nur rein theoretisch, einer von euch dreien muss der Verräter gewe-sen sein. Aber unsere bisherige Arbeitshypothese ist, dass der Diensthabende, also Jens derjenige war, der mit den Ent-führern kooperiert hat. Er hatte zudem große Geldsorgen, wie wir herausgefunden haben. Außerdem lag er im Flur ganz nahe an der Eingangstür, als wir euch drei gefunden ha-ben. Der Verrat hat ihm allerdings, wie du weißt, nichts ge-nutzt."

„Das ist ja schrecklich! Noch schrecklicher als meine Trauer um die beiden. Das ist doch einfach nicht möglich!"

„Doch, leider ja! Dies scheint für uns die einzige Möglich-keit zu sein, was es aber für das ganze Amt nur noch viel schlimmer macht."

„Was wisst ihr vom Verbleib der Familie Jung?", wollte Anne jetzt wissen.

„Keine Spur! Nicht eine einzige! Wie vom Erdboden verschluckt."

„Das ist ja eine Katastrophe!", schrie es Anne hinaus.

„Ja, das ist es! Du hast Recht und das Schlimmste kommt noch:

Der Verteidiger von Dimitri Davidov hat Antrag auf Einstellung des Verfahrens und auf vorzeitige Haftentlassung seines Klienten gestellt. Noch kann die Staatsanwaltschaft dagegen halten und argumentieren, Dietrich Jung könnte zurückkommen oder gefunden werden. Aber sehr lange wird diese Taktik nicht verfangen. Dann bliebe Dimitri Davidov am Ende straffrei und könnte seiner Wege gehen."

Anne Bergmanns Gesicht erstarrte, alle Farbe schien aus ihm zu weichen. Sie lag wie versteinert in ihrem Bett und schien zu überlegen. Dann brach es aus ihr heraus:

„Das wäre die größte Scheiße überhaupt! Es würde alles auf den Kopf stellen. Eine gigantische Ungerechtigkeit!"

Voller Wut und jetzt mit hochrotem Kopf tobte sie und wäre bestimmt aufgesprungen, wenn sie es gekonnt hätte.

„Wofür ertrage ich meine Schmerzen, wofür habe ich mein rechtes Auge verloren? Wofür sind Jens und Helge gestorben? Nur dafür, dass dieses Arschloch weiter in Saus und Braus leben kann? Das darf doch nicht wahr sein! Ich zweifle an allem, was mir bei meinem Leben und dem meines Vaters heilig ist."

Süterling war über diesen Ausbruch seiner Mitarbeiterin völlig überrascht und versuchte, Anne etwas zu beruhigen. „Warten wir doch erst einmal ab. Noch ist nichts entschieden.", waren seine hilflosen Bemühungen.

Anne Bergmann schienen sie nicht zu erreichen.

Sie war inzwischen wie in sich zusammengesackt und unfähig, noch irgendetwas zu erwidern. Ziemlich wortkarg verabschiedeten sich die beiden. Es gab nichts mehr zu sagen, schon gar nichts, was Anne jetzt hätte trösten können.

Am nächsten Tag versuchte es der Oberarzt noch einmal, Anne von der Notwendigkeit einer Weiterbehandlung zu überzeugen. Er erwähnte auch, dass der von der Klinik gestellte Antrag auf Rehabilitationsbehandlung vom Kostenträger, wie nicht anders zu erwarten, genehmigt worden sei. Es sei viel zu früh aufzugeben. Im Gegenteil, es bestünde große Hoffnung auf vollständige Wiederherstellung. Allerdings läge noch viel Arbeit vor ihr, bis sie wieder schmerzfrei laufen könnte.

Aber Anne Bergmann lehnte weiter vehement alle Versuche ihrer Ärzte ab, sich in einer Rehabilitationsklinik weiter behandeln zu lassen.

„Ich will nach Hause!", war ihr sich monoton wiederholender Wunsch, dem sie keine Begründung folgen ließ. Alle waren ratlos!

Dann kam ihr dreiunddreißigster Geburtstag, genau zwei Tage vor ihrer geplanten Entlassung. Anne Bergmann lag apathisch in ihrem Bett, was früher überhaupt nicht ihre Art gewesen war. Wo war nur die so taffe, immer aktive und optimistische Anne geblieben?

Sie hörte gerade Musik über ihren Kopfhörer, als plötzlich ihr Vater eintrat und einen Korb mit Südfrüchten, Schokolade und einem Buch, gefüllt mit Reiseabenteuern, auf den Tisch stellte.

„Hallo mein Kind, du siehst gut aus. Herzlichen Glückwunsch zu deinem Geburtstag, Ich wünsche dir alles Gute und ganz schnelle Fortschritte bei deiner Genesung!"

Dann versuchte er seine Tochter zu umarmen, die sich ihm aber irgendwie entzog.

„Danke Papa! Schön, dass du gekommen bist.", war zunächst das Einzige, was sie erwiderte.

„Wie geht es Dir?"

„Ja, ja, so ganz gut.", war ihre kurze Antwort.

Ihr Vater spürte ihre Enttäuschung, ihre Wut und ihre Traurigkeit, aber er vermied es, näher darauf einzugehen. Vielmehr erzählte er dies und das, Anne schwieg sich aus.

„Ich habe gehört, dein Chef war gestern bei dir. Finde ich ja nett von ihm."

„Ja, hätte er sich aber schenken können. Es ist sowieso alles aus. Ich werde nie mehr als Kommissarin arbeiten können. Mit einem Auge und einer Gehbehinderung bin ich raus aus dem aktiven Dienst. Das weiß ich, das weiß mein Chef und das weiß das ganze Amt! Für die bin ich nicht mehr wichtig! Der Traum ist aus!"

Anne konnte ihre Tränen nicht mehr zurückhalten. Auch ihrem Vater ging das alles sehr nahe. Und so weinten die beiden still vor sich hin, an einem Tag, der doch eigentlich ein Freudentag sein sollte. Fritz Bergmann hatte seine Tochter noch nie so niedergeschlagen und verzweifelt gesehen.

„Ich weiß, du hast es im Augenblick sehr schwer mein Kind. Aber verlier nicht deinen Mut. Außerdem habe ich mir etwas überlegt und einen Entschluss gefasst. Wie du weißt, werde ich in diesem Jahr sechsundfünfzig Jahre alt. Egal, wie es mit dir weiter geht, ich habe beschlossen, eine Abfindung meiner Firma anzunehmen und in vier Jahren in Rente zu gehen, auch wenn ich dann leichte finanzielle Einbußen in Kauf nehmen müsste. Aber das kann ich, das können wir verkraften. So könnte ich besser für dich da sein und dich unterstützen."

Anne richtete sich im Bett auf und fast so energisch wie früher antwortete sie:

„Nein Papa! Ich komme wieder auf die Beine! Meinetwegen brauchst du nicht auf deinen Job zu verzichten. Lass uns abwarten! Ich werde bestimmt bald wieder die alte sein."

Das Gespräch mit ihrem Vater hatte endlich ihre Lebensgeister geweckt. Jetzt wollte sie ihrem Vater beweisen, dass sie ihr Schicksal wieder in ihre Hand nehmen und alles für ihre Genesung tun würde. Oder war es ein anderer Gedanke, den sie niemandem offenbaren wollte. Denn kurz vor ihrer Entlassung überraschte sie jedenfalls alle Ärzte der Klinik mit der Zusage, die Rehabilitationsbehandlung nun doch antreten zu wollen.

So wurde die Spezialklinik in Essen für die nächsten Monate ihr neues Zuhause, mal mit guten, meist aber mit harten Tagen und nur mit kleinen, schrittweisen Erfolgen. Sie erlebte noch viele Täler und ihr Selbstwertgefühl wurde auf harte Proben gestellt.

Aber schließlich stellten sich doch Erfolge ein. Sie nahm alle Schmerzen in Kauf und befolgte brav alle Anweisungen ihrer Therapeuten. Und tatsächlich, nach insgesamt vier Monaten konnte sie die Klinik nur noch an einem Stock gehend verlassen. Nach einem weiteren halben Jahr benötigte sie auch diesen nicht mehr. Dann war sie wieder in der Lage, normal zu gehen. Sportliche Belastungen waren mit dem zusammengeflickten rechten Knie allerdings nicht mehr möglich. Das hatte leider auch ein Amtsarzt bei seiner Untersuchung festgestellt, zu dessen Begutachtung sie aufgefordert worden war.

Alles schien sich wieder zum Guten zu wenden. Anne hatte sich wieder in ihrer Wohnung häuslich eingerichtet und ihren wiedergewonnenen Lebensmut dazu genutzt, etliche Veränderungen an ihrem Zuhause vorzunehmen. Sie fühlte sich seit langer Zeit wieder zufrieden und unternehmungslustig.

Zwei Monate später erreichte sie ein Schreiben ihres Arbeitgebers, der Landesregierung NRW. Man teilte ihr in klassischem Beamtendeutsch mit, dass ein Einsatz als Kommissarin für sie aufgrund der bleibenden körperlichen Einschränkungen nicht mehr möglich sei und sie daher Antrag auf Berufsunfähigkeitsrente stellen solle.

Ihr war schon lange klar, dass sie mit einem Auge und einem nicht ganz funktionstüchtigen Knie nie mehr in ihrem Beruf würde arbeiten können. Sie hatte diese Tatsache in der letzten Zeit allerdings erfolgreich verdrängen können. Es jetzt aber mit ihrem verbliebenen Auge lesen zu müssen, haute sie vollkommen aus den Latschen.

Mit dreiunddreißig Jahren Rentnerin! Was für Aussichten!

Kapitel 10

Als Familie Jung auch nach weiteren neun Monaten nicht wieder aufgetaucht, beziehungsweise von der Polizei gefunden worden war, entschloss man sich, für Eleonore eine Pflegefamilie zu suchen. Es dauerte nicht sehr lange, bis das Jugendamt fündig wurde.

An einem regnerischen Tag Anfang Juni 1996 rief der Heimleiter Eleonore nach dem Frühstück zu sich, um ihr die, wie er meinte, freudige Nachricht zu überbringen. Zunächst war sie einfach nur überrascht, dann völlig verunsichert und verwirrt. Einerseits, das war ihr schon bewusst, war es für sie eine Chance. Andererseits hieß diese Nachricht für sie aber auch, wieder einmal Abschied nehmen zu müssen, Abschied von dem Kinderheim, Abschied von Sebastian, ihrem Betreuer, Abschied von Rosi und von den anderen Kindern, an die sie sich inzwischen gewöhnt hatte. Sie war hin und her gerissen und konnte sich in den nächsten Stunden, ja sogar in den nächsten Tagen, nicht wirklich entscheiden.

Außerdem wurde ihr wieder einmal schmerzlich bewusst, dass ihre Eltern und Geschwister immer noch nicht gefunden worden waren.

Eleonore schlief schlecht, weinte ganz oft heimlich und konnte sich nur noch Rosi anvertrauen, die seit einem Monat ihre neue Zimmergenossin geworden war. Denn das Heim, Sebastian und vor allen Dingen ihre Freundin hatten ihr bei allen Nachteilen einer solchen Unterbringung einen gewissen Halt und irgendwie Sicherheit gegeben.

Bei Rosi konnte sie sich ausheulen. Oft hatte sie bei ihr Trost gefunden. Die beiden gingen durch dick und dünn. Sie weinten und lachten oft gemeinsam oder verzapften irgendwelchen Blödsinn. Sie waren immer füreinander da.

Doch nun beschlichen Eleonore Angstgefühle vor einer ganz und gar ungewissen Zukunft. Besondere Sorge hatte sie davor, „neue Eltern" zu bekommen, ein für sie unerträglicher Gedanke, so als würde sie Mama und Papa vergessen oder verraten müssen.

Selbstverständlich war die Erinnerung an ihre Eltern ein klein wenig verblasst. Dennoch litt sie weiter sehr darunter, nicht bei ihnen sein zu können. Die Ungewissheit über ihr Schicksal und das ihrer Geschwister nagte weiter an ihrer Seele.

Noch größere Sorgen bereitete ihr allerdings der Gedanke, wie ihre „neuen Eltern" denn so sein würden. Wären sie sehr streng oder lieb und verständnisvoll? Könnten sie vielleicht sogar Mama und Papa ersetzen? Aber nein! Dies durfte keinesfalls geschehen! Das durfte sie nicht einmal denken!

So fieberte sie mit großen Erwartungen, aber mit mindestens so vielen Ängsten dem Tag entgegen, an dem sie ihre möglicherweise zukünftigen Pflegeeltern zum ersten Mal im Kinderheim kennenlernen sollte.

In der Nacht vor dem großen Ereignis konnte sie fast überhaupt nicht schlafen, sie wälzte sich in ihrem Bett hin und her. Dabei musste sie immer wieder weinen. Nur mit großer Mühe konnte sie ein Zittern ihres Körpers unterdrücken, indem sie sich ganz eng zusammenrollte und ihre Hände zu einer Faust umschloss. Am Morgen wachte sie nach nur kurzem Schlaf ganz früh und völlig übermüdet auf, schlich sich vorsichtig aus ihrem Bett, um Rosi nicht aufzuwecken. Sie wusch sich nur Gesicht und Hände und stand dann lange vor ihrem Schrank, weil sie nicht wusste, was sie zu diesem Anlass tragen sollte. Dabei hatte sie eigentlich keine große Auswahl an Sachen, die sie hätte anziehen können. Sie entschied sich schließlich für ihr einziges Kleid, ein sehr schlichtes grünes Sommerkleid mit gelben Punkten, das zu ihren blonden Haaren gut passte. Jetzt war sie mit sich zufrieden, wollte sie doch bei der ersten Begegnung mit ihren „neuen Eltern" einen möglichst guten Eindruck hinterlassen.

Von Rosi, die inzwischen auch wach geworden war, ließ sie sich ihre langen Haare zu einem Zopf binden, was ihrer wilden Haarpracht eine gewisse Stabilität verlieh.

Nach dem Frühstück führte sie eine Betreuerin –Sebastian hatte heute frei - in das für solche Zwecke vorgesehene Besucherzimmer.

Da saß sie nun mit kalten Händen, die sie in ihrem Schoß knetete, und voller ungewisser Erwartungen. Irgendwie war ihr richtig übel.

Dann betraten Julia und Philipp Neubauer den eher schmucklosen Raum, stellten sich kurz vor und warteten einen Augenblick ab. Ganz zögerlich stand Eleonore auf und nahm die Hand der Betreuerin. Dann ging sie mit dieser, noch etwas widerstrebend, auf die Neubauers zu.

„Darf ich vorstellen", begann die Betreuerin, „das ist Eleonore Jung, acht Jahre alt und sehr, sehr neugierig auf Sie."

Die Spannung war zum Greifen und nur ganz langsam legte sich bei Eleonore die Aufregung. Erleichtert stellte sie fest, dass die Neubauers – hatte sie den Namen überhaupt richtig verstanden? - noch ziemlich jung waren und freundlich wirkten.

Jetzt ging Julia einen Schritt auf Eleonore zu, hockte sich vor sie und begann:

„Also, ich bin die Mama und heiße Julia. Das ist mein Mann Philipp, also der Papa. Guten Morgen Eleonore! Du hast aber einen schönen Namen."

Das Mädchen ging tatsächlich einen Schritt auf die ihr unbekannte junge Frau zu. Julia lächelte sie an und nahm sie ganz kurz in ihre Arme, was Eleonore erstaunlicher Weise zuließ. Dann ergriff sie die von Philipp ausgestreckte Hand, um auch ihn zu begrüßen. Julia stand vor dem immer noch unsicheren Mädchen und schlug ihr vor:

„Möchtest du vielleicht mit uns in den Garten gehen? Draußen ist ja so schönes Wetter."

Eleonore schaute zu ihrer Betreuerin und, als diese zustimmend nickte, antwortete sie:

„Ja, das wäre schön."

Die drei gingen mit der Betreuerin nach draußen, dabei wippte Eleonores Pferdeschwanz verheißungsvoll hin und her.

Der Garten war mit viel Liebe hergerichtet. Auf der linken Seite befand sich ein Gemüsegarten, in dem jedes Kind ein Beet eigenständig bearbeiten sollte und das mit seinem Namensschild gekennzeichnet war. Eleonore hatte sich für Blumenkohl, Karotten und Salat entschieden. Stolz zeigte sie das von ihr angebaute Gemüse.

Zum Parkplatz hin schlossen sich ein großes Rasengrundstück mit älteren Bäumen und ein Spielplatz an. Drei Bänke, die von rosafarbenen Rosen umgeben waren, komplettierten die kleine Anlage.

Da Eleonore offenbar Vertrauen zu den Neubauers gefasst hatte, ließ die Betreuerin die drei jetzt allein. Bei weiteren Fragen wäre sie im Speiseraum zu finden.

Philipp Neubauer machte Eleonore mit seiner jugendlich frischen Stimme ein Kompliment über ihr hübsches Sommerkleid und deutete strahlend auf die vor ihnen erblühten Rosen.

„ Wie alt bist du? Ich habe es schon wieder vergessen.", nahm Julia das Gespräch wieder auf.

„Acht Jahre", kam es wie aus der Pistole geschossen.

„Da bist du ja schon richtig groß. Wir haben eine kleine Tochter mit Namen Sophia, sie ist erst drei Jahre alt. Wir haben sie heute bei den Großeltern geparkt, um zu dir fahren zu können."

Eleonore musste über diese Worte schmunzeln und damit war das Eis erst einmal gebrochen.

„Wir haben schon gehört, dass du eine ziemlich gute Schülerin bist. Was ist denn dein Lieblingsfach?", erkundigte sich Philipp. „Biologie", antwortete Eleonore nach kurzem Zögern.

„Wo wohnen Sie denn?", wollte das immer noch etwas schüchtern wirkende Mädchen mit den strahlend braunen Kinderaugen wissen.

„In Ratingen, in der Nähe von Düsseldorf, falls du die Stadt kennst. Aber du darfst uns ruhig mit Du anreden, wenn du magst. Dort wohnen wir in einem Haus mit Garten. Wird dir bestimmt gefallen! In der Nähe haben wir auch ein Freibad. Schwimmst du gerne?"

Zögerlich und so, als sei sie ertappt worden, schüttelte Eleonore den Kopf.

„Ich kann noch nicht so gut schwimmen, aber Volleyball spiele ich sehr gerne."

„Das ist doch toll, spielen wir auch gerne", antwortete Philipp.

„Hast du eigentlich ein Lieblingsgericht?", wollte Julia jetzt wissen.

Eleonore verstummte und schüttelte nur mit ihrem Kopf. Sie konnte mit dieser Frage nicht wirklich viel anfangen, musste doch das, was im Kinderheim auf den Tisch kam, gegessen werden. Und meistens schmeckte es ihr nicht so besonders.

Nachdem Eleonore ihren Gästen noch alle Gemeinschaftsräume und ihr Zimmer gezeigt hatte, verabschiedeten Eleonore und die Betreuerin das Ehepaar Neubauer herzlich. Julia ihrerseits bedankte sich bei Eleonore für die interessante Führung und blieb noch einen Augenblick stehen.

„Uns hat es mit dir gut gefallen. Möchtest du uns vielleicht mal in Ratingen besuchen? Vielleicht schon am nächsten Wochenende? Dann kannst du auch die kleine Sophia kennenlernen."

Eleonore schien zu überlegen. Dann fasste sie sich ein Herz: „Vielleicht, ja, vielleicht am Sonntag."

„Wir freuen uns auf dich!", waren die letzten Worte von Julia. Sie blieben unbeantwortet.

Acht Tage später stand Eleonore etwas verloren im geräumigen Wohnzimmer der Neubauers. Sie wurde zum Glück von Sebastian begleitet. Aber auch er konnte ihr nur bedingt die nötige Sicherheit geben, die sie brauchte. Alles war halt völlig neu und unbekannt für das kleine Mädchen, das in den letzten Monaten so viel hatte durchmachen müssen. Sie spielte verlegen mit einem ihrer zwei Zöpfe, die Rosi ihr dieses Mal gebunden hatte und die fast synchron rechts und links neben ihrem Kopf wippten. Wie verloren kam sie sich in dem relativ großen Zimmer mit den bodentiefen Fenstern vor.

Dann begann sie ganz unvermittelt zu weinen. Wahrscheinlich war die Anspannung einfach zu groß für sie. Doch sogleich geschah etwas sehr Überraschendes. Die kleine Sophia, sonst gegenüber unbekannten Menschen eher schüchtern, ging einfach auf Eleonore zu, nahm sie an die Hand und sagte:

„Ist doch nicht so schlimm! Du brauchst nicht zu weinen!"

Alle Beteiligten rührte diese Szene und tatsächlich: Eleonore hörte auf zu schluchzen, wobei Sophia weiter ihre Hand hielt und sie zu ihrer Lieblingspuppe führte.

„Das ist Anna. Sie schläft gerade. Sag ihr guten Tag!"

Eleonore lächelte das kleine Mädchen vor ihr an und tat, wie ihr geheißen war. Schon war sie von der drolligen Art, ihrem Charme und ihrer lebhaften Redensweise eingenommen. Doch für ein erstes gemeinsames Spiel blieb nur wenig Zeit, denn jetzt wollten Julia und Philipp Eleonore endlich durch das Haus führen und ihr das Zimmer zeigen, was bald ihr gehören könnte.

Alles war sehr beeindruckend für Eleonore, verwirrte sie aber immer mehr. Einerseits hatte sie erstes Vertrauen zu den Neubauers und zu der kleinen Sophia gefasst, andererseits konnte sie sich noch nicht vorstellen, hier einzuziehen und dann neue Eltern zu bekommen. Julia und Philipp waren nett und das Haus gefiel ihr. Aber was war mit ihren Eltern? Sie vermisste sie so sehr!

Später zurück im Heim vertraute sie sich Sebastian an. Er sprach mit ihr sehr geduldig und hatte Verständnis für ihre innere Zerrissenheit. Schließlich konnte er sie überzeugen, zu den neuen Pflegeeltern ja zu sagen:

„Sieh mal, die Neubauers sind junge Eltern, sehr aufgeschlossen und wirklich herzlich. Du magst sie doch auch schon ein bisschen?"

Eleonore nickte.

„Wenn du es willst, ziehst du erst einmal bei ihnen ein und gewöhnst dich an sie. Zurück zu uns kannst du immer kommen, sollte es dir auf längere Sicht nicht gefallen."

„Ich finde die kleine Sophia ja auch so drollig. Mit ihr bekomme ich bestimmt viel Spaß.", erwiderte Eleonore.

„Ja sicher, ist doch toll. Dann kannst du dich um eine kleine Schwester kümmern."

Eleonore lächelte, aber noch immer schien sie nicht ganz überzeugt.

„Und sieh mal! Sollten Mama und Papa mit deinen Geschwistern wieder zurückkommen, müsstest du nicht bei den Neubauers bleiben, sondern könntest sofort zu deiner Familie zurück."

Das waren die entscheidenden Worte. Danach stimmte sie ihrer Pflegefamilie zu. Sie schien sich nun sogar ein wenig zu freuen, drückte sich an Sebastian und lief schnurstracks zu Rosi, um ihr alles zu erzählen.

Wieder einmal musste sie Abschied nehmen und wieder wurde ein neues und ungewisses Kapitel in ihrem noch jungen Leben aufgeschlagen. Natürlich war Eleonore auch irgendwie froh, das Kinderheim verlassen zu können, aber der Abschied von Rosi fiel ihr richtig schwer. Für beide war es eigentlich eine Katastrophe, gehörten sie doch einfach zusammen. Allerdings war inzwischen auch für Rosi eine Pflegefamilie in Marburg, einer Studentenstadt in Hessen, gefunden worden. Etwa sechs Wochen später sollte auch sie das Kinderheim verlassen. Das hätte bedeutet, dass sich die beiden in jedem Fall hätten trennen müssen. So war der Schmerz ein bisschen leichter zu ertragen.

Denn schon vor Monaten hatten die beiden sich Blutsbrüderschaft geschworen, sich dafür jeweils an ihrem rechten

Daumenballen einen kleinen Einschnitt zugefügt und das austretende Blut miteinander verrieben.

Beim Abschied mussten beide heftig weinen. Lange hielten sie sich an den Händen fest. Dann drückten sie sich noch einmal und versprachen sich erneut, sich niemals zu vergessen.

Würden sie sich jemals wiedersehen?

Kapitel 11

An einem warmen Sommertag stand Eleonore mit ihren wenigen Habseligkeiten vor der Tür der Neubauers. Sebastian begleitete sie. Er war der Einzige, der ihre Aufregung ein wenig lindern konnte. Julia öffnete die Tür und das erste, was sie zwischen den Beinen ihrer neuen Pflegeeltern sah, waren zwei erwartungsfrohe, dunkle Kinderaugen, die zu einer lebhaft hüpfenden, kleinen Person gehörten. In ihrer Kindersprache plappernd ging Sophia schnurstracks auf Eleonore zu, zog ihre immer noch überforderte neue Schwester ins Haus, die Treppe hinauf in ihr Kinderzimmer, auf dessen Boden Spielzeug, Luftballons und eine Puppe lagen. Eleonore hatte keine Chance, ihr zu entkommen.

Nach einer kleinen Ermahnung Philipps an Sophia, das neue Familienmitglied nicht sofort in Beschlag zu nehmen, durfte Eleonore nun ihr neues eigenes Zimmer betreten. Über ihrem Bett, auf dem mehrere farbige Kissen lagen, hatten die Neubauers eine Girlande mit der Aufschrift „Herzlich Willkommen" gehängt. Wieder war Eleonore den Tränen nah. Doch Julia überspielte die Situation, zeigte ihr den Kleiderschrank und den Schreibtisch am Fenster.

„Gefällt dir dein Zimmer? Wenn du noch etwas brauchst, lasse es uns wissen."

Eleonore konnte nur nicken. Dann entdeckte sie etwas auf dem Schreibtisch, das ihre ganze Aufmerksamkeit beanspruchte. „Ist das Handy für mich?", wollte sie wissen.

„Ja sicher, damit wir dich überall erreichen können und du uns. Und bald wirst du bestimmt auch neue Freundinnen finden, mit denen du dich austauschen möchtest.", antwortete Julia.

Ein Lächeln huschte über Eleonores Gesicht und sie bedankte sich ganz überschwänglich.

Das Gerät in den Händen haltend wurde sie unvermittelt wieder ernst.

„Und ich kann es wirklich behalten?"; fragte sie.

Als Philipp und Julia dies verwundert bejahten, begründete sie ihre Unsicherheit mit folgenden Worten:

„Als wir, meine Eltern und meine Geschwister in das Ferienhaus im Sauerland eingezogen waren, nahmen die Polizisten Mama, Papa und mir die Handys ab. Dabei hatte ich meines erst zu meinem siebten Geburtstag bekommen. Warum sie das taten, das habe ich damals nicht so richtig verstanden. Also, ich darf es ganz bestimmt behalten?"

„Aber ja doch. Es gehört dir ganz allein! Aber jetzt weiß ich, warum du eben so gezögert hast.", bestätigte Julia.

Nach dem ersten gemeinsamen Abendbrot verschwand Eleonore relativ rasch im Bett, ihrem neuen Bett. Obwohl sie von den vielen neuen Eindrücken völlig erschöpft war, lag sie nun da und konnte nicht einschlafen. Tausend Gedanken gingen ihr durch den Kopf und natürlich dachte sie auch an ihre Eltern. Aber zum ersten Mal seit langer Zeit brauchte sie dabei nicht zu weinen.

Julia, ihre neue Mama, war eine schlanke junge Frau mit langen braunen Haaren und einer guten Figur. Sie war sehr verständnisvoll und hatte eine sehr liebe Art. Philipp, ihr neuer Papa, war etwas lebhafter und energischer. Er hatte eine kräftige Stimme und konnte sich über so manche Ungerechtigkeit oder Dummheit in der Welt ziemlich aufregen. Er half viel im Haushalt mit und kümmerte sich auch vorbildlich um die kleine Sophia. Dass beide Pflegeeltern Lehrer waren, fand Eleonore zunächst nicht ganz so cool, aber bei der einen oder anderen Gelegenheit konnte sie doch von den beiden profitieren.

Den Neubauers wurde bei all ihren Bemühungen sehr bald klar – und dieser Eindruck verstärkte sich in den nächsten Jahren noch – ‚dass sie die Eltern von Eleonore niemals würden ganz ersetzen können, vielleicht auch deshalb, weil diese so völlig unerwartet und unerklärlich aus dem Leben von Eleonore verschwunden waren. Der Verlust ihrer Eltern und Geschwister, dieses große Trauma, blieb auch die stets offene Wunde im Leben des heranwachsenden Mädchens.

Nach und nach konnte sie sich einleben und mitunter sogar ihre Vergangenheit vergessen. Mit Sophia verbrachte sie viel Zeit. Sie spielte mit ihr erst Rollenspiele, später Gesellschaftsspiele, aber auch Fußball und noch etwas später Tennis. Diesen Sport liebte sie, ging sogar in den Ratinger Tennisclub und war eine der besten Spielerinnen ihrer Altersklasse. Sehr zur Freude von Julia Neubauer, die ebenfalls gerne und erfolgreich Tennis spielte.

Nur in Urlaub fahren wollte sie nie. Alle Vorschläge lehnte sie ab. Wahrscheinlich hing dies mit dem Überfall, der ja in einem Ferienhaus stattgefunden hatte, zusammen.

Obwohl sie von ihren Pflegeltern viel Liebe, Verständnis und Zuwendung bekam, konnte Eleonore zeitweilig sehr gereizt sein, mitunter sogar jähzornig, Dann war sie auch ungerecht gegenüber Julia und Philipp. Nur an der kleinen Sophia ließ sie nie ihre Wut aus.

So gingen die Jahre dahin. Eleonore war eine gute Schülerin und brauchte nur wenig Hilfe. Doch nicht nur zuhause, sondern auch in der Schule war sie häufig sehr verschlossen, hatte nur zwei Freundinnen, mit denen sie sich ab und zu traf. Ansonsten kapselte sie sich eher ab.

Später, als sie zu einer attraktiven jungen Frau herangereift war, hatte sie offenbar nur wenig Interesse an jungen Männern, auch wenn sie oft deren Blicke auf sich zog. Immer blieb sie eher eigenbrötlerisch und äußerte mitunter ungewöhnliche Gedanken zum Leben und zum Tod.

Eines allerdings war nicht mehr zu übersehen. Eleonore war immer schon schlank gewesen, jetzt wirkte sie noch etwas dünner. Häufig verweigerte sie das zubereitete Essen, immer mit der Ausrede, es würde ihr nicht schmecken. Ihre Pflegeeltern machten sich natürlich Sorgen. Aber immer, wenn sie mit ihr darüber sprechen wollten oder ihr vorschlugen, einen Arzt aufzusuchen, entzog sie sich vehement der Bevormundung, wie sie sich ausdrückte. Nur Obst schien sie in rauen Mengen essen zu können, was zumindest dafür sorgte, dass sie nicht weiter abnahm.

Kurz nach ihrem sechszehnten Geburtstag erhielt sie eine völlig überraschende amtliche Nachricht, die sie ratlos zurück ließ und die sie nicht verstand. Man hatte ihre weiter unauffindbaren Eltern und Geschwister offiziell für tot erklärt. Diese Nachricht war für sie ein großer Schock. Sie konnte es nicht verstehen. Ihr zunächst einziger Kommentar dazu war: „Jetzt haben sie meine Familie endgültig getötet. Vielleicht hätte es mich auch besser nie gegeben!"

Einige Wochen später saßen Julia, Philipp und Eleonore abends noch im Wohnzimmer zusammen, als sie ganz unvermittelt das Gespräch mit folgender Frage begann:

„Was glaubt ihr? Wenn jemand für tot erklärt wird, ist er dann auch wirklich tot? Nur, weil er nicht anwesend ist, ist er doch noch nicht tot. Dann könnte ich mich doch auch für tot erklären lassen. So befände ich mich auf derselben Ebene wie meine Eltern und Geschwister. Dann könnte ich ein völlig ungebundenes, unkontrollierbares und selbstbestimmtes Leben führen, was nie zu Ende ginge, weil ich ja schon tot wäre."

Ihre Pflegemutter war erschrocken und sprachlos. Was für krude Gedanken aus dem Munde einer Sechszehnjährigen! „Beschäftigt dich das so sehr?", wollte Philipp, der ebenso überrascht war, wissen.

„Ich denke", fuhr er fort, „wir müssen einfach davon ausgehen, dass deine Familie nicht mehr lebt. Inzwischen sind acht Jahre vergangen. Irgendein Lebenszeichen hätte uns in dieser Zeit doch erreichen müssen. Die Polizei hat sehr wahrscheinlich alles Menschen mögliche getan, um deine Familie zu finden. Alles ohne Erfolg. Ich denke, es war richtig, die Ermittlungen jetzt einzustellen."

„Nein, sehe ich ganz anders! Denn sie müssten doch, folgt man der Logik der Polizei, dann ermordet worden sein. Und Mord verjährt bekanntermaßen nicht. Ich werde nie aufgeben, meine Familie zu suchen, die zumindest keines natürlichen Todes gestorben sein dürfte."

„Es war doch so völlig aussichtslos geworden, nach ihnen zu suchen", entgegnete Julia.

„Nur deshalb hat man sich entschlossen, die Ermittlungen einzustellen. Willst du das Geschehene nicht allmählich auch vergessen? Es sollte nicht dein ganzes zukünftiges Leben bestimmen."

„Es bestimmt aber mein ganzes Leben. Nur, wenn ich sterbe oder mich für tot erklären lasse, dann nicht mehr."

„Was sagst du da Eleonore? So etwas darfst du nicht einmal denken. Du stehst doch noch ganz am Anfang deines Lebens, wirst vielleicht heiraten und Kinder krie…."

„Ich hasse euch! Ich hasse die unfähige Polizei! Ich hasse meinen Vater, der uns erst in diese Situation gebracht hat! Und ich hasse diese Leute, die uns das alles angetan haben und nie dafür bestraft wurden!"

Damit stürmte sie aus dem Zimmer, die Treppe hinauf und schlug die Tür zu ihrem Zimmer mit einem lauten Knall zu. Julia und Philipp blieben sprachlos und entsetzt zurück. Sie hatten keine Idee, wie sie Eleonore helfen könnten.

Die nächsten zwei Jahre ging Eleonore zunehmend ihre eigenen Wege. Und so waren Julia und Philipp auch nicht besonders überrascht, als sie ihnen nach bestandenem Abitur eröffnete, ausziehen zu wollen. Sie mussten ihre Tochter loslassen, eine Tochter, deren Herz sie nie ganz erobern konnten und die jetzt dabei war, ihre berufliche Zukunft und ihr Leben neu und ohne sie zu gestalten.

Kapitel 12

2005

Klaus Oblonsky war höherer Angestellter der Bundesknappschaft in Bochum und ein glühender Verehrer der Türkei, dem Land am Bosporus mit seinen vielfältigen Sehenswürdigkeiten und antiken Bauwerken. Er war seit ein paar Jahren geschieden und konnte seine Urlaubsreisen daher mehr oder weniger frei gestalten. Italien und Griechenland waren für den Absolventen eines humanistischen Gymnasiums auch lohnende Ziele, aber immer wieder zog es ihn in die Türkei, dann aber fernab des Touristenrummels an der Küste.

Früher hatte er, damals noch mit seiner Frau, eine beeindruckende Fahrt durch das landschaftlich so reizvolle Kappadokien gemacht, die Altstadt von Antalya erkundet und das antike Myra in Demre besucht. Istanbul war vor Jahren sein erstes Reiseziel gewesen. Nur nach Troja war er bisher nie gekommen. Dies hatte er in diesem Frühjahr nachgeholt.

Nun saß er auf dem Flur des Kommissariats im Polizeipräsidium an der Uhlandstraße und wartete auf Kommissar Busian, einen offenbar sehr beschäftigten Mann, wenn man die Länge der Wartezeit als Maßstab nahm.

Nach einer halben Stunde wurde er hereingerufen, der Kommissar bat ihn, Platz zu nehmen.

„Herr Oblonsky, wenn ich richtig verstanden habe, was kann ich für Sie tun?"

„Danke, dass Sie sich für mich Zeit nehmen. Ich möchte Ihnen eine Geschichte erzählen, die sehr mysteriös ist und die davon berichtet wird, dass mein früherer Hausarzt, der schon vor Jahren verschwunden ist, möglicherweise entführt wurde, wie ich glaube."

„Wie bitte? Sie vermuten eine Entführung? Könnten Sie etwas präziser werden!"

„Ja, sicher. Nur, dazu muss ich etwas ausholen. Ich hoffe, sie haben ein paar Minuten Zeit für mich."

„Ja, dann mal los!", entgegnete der schon etwas genervte Polizist.

„Also, vor etwa zehn Jahren hat mein damaliger Hausarzt, ein Dr. Keller, von einem auf den anderen Tag seine Praxis in der Mozartstraße geschlossen und ist seitdem unbekannt verzogen, respektive verschwunden."

„Er wird umgezogen sein", unterbrach ihn sein Gegenüber. „Das soll vorkommen."

„Nein, nein, Dr. Keller war ein allseits sehr beliebter Arzt, der auf seine Patienten einging und immer ein Wort für jeden hatte. Er war damals, so vermute ich, Anfang vierzig, also noch ein junger Arzt. Wenn er seine Praxis hätte verlagern wollen, er hätte es seinen Patienten mit Sicherheit vorher gesagt. Selbst wenn er sie in Bochum hätte aufgeben wollen, er hätte es uns ganz bestimmt mitgeteilt. Er war sehr kommunikativ und einfühlsam. So kannten ihn alle seine Patienten.

An einem Montag Ende Juni 1995 stand ich mit anderen Patienten vor der verschlossenen Praxis, an der, wenn ich mich recht erinnere, nur ein Schild mit folgender Aufschrift angebracht war:

Die Praxis ist geschlossen. Patientenunterlagen können über die kassenärztliche Vereinigung angefordert werden.

Daraus wird auch ersichtlich, dass nicht einmal mehr sein Assistenzpersonal anwesend war, um die völlig konsternierten Patienten entsprechend zu unterrichten.

Obgleich wir keinen Hinweis fanden, dass unser Hausarzt möglicherweise verstorben sein könnte, war das für uns, seine ratlosen Patienten, die einzig logische Erklärung. Wochenlang habe ich noch die Todesanzeigen in der Zeitung verfolgt, bin aber nicht fündig geworden. Irgendwann habe ich die Dinge auf sich beruhen lassen und mir einen neuen Hausarzt gesucht, mehr als verstimmt über die so überraschende Praxisschließung."

„Und wie soll ich Ihnen jetzt weiterhelfen?", entgegnete der schon ziemlich gelangweilte Kommissar.

„Lassen Sie mich weiter erzählen, der Clou kommt ja noch.

Sie müssen wissen, ich fahre häufig in die Türkei. Dieses Jahr hatte ich Troja als Ziel. Es liegt in der Nähe der Stadt Canakkale. Dort hatte ich mich für drei Tage in einem Hotel einquartiert.

Gleich am ersten Abend saß ich noch in einem Straßencafé, um den Tag ausklingen zu lassen. Da traute ich meinen Augen nicht: Auf einer Bank vor einem Brunnen saß Dr. Keller, mein früherer Hausarzt. Ich bin mir darüber ziemlich sicher.

Natürlich war auch er etwas älter geworden, aber immer noch der so sportliche Mann wie früher. Neben ihm saßen zwei Männer, die sich mit ihm unterhielten, allem Anschein nach Einheimische oder Männer türkischer Abstammung. So schnell ich konnte machte ich ein Foto von ihm. Hier können Sie es sehen."

Er fingerte an seinem Handy herum und ließ das besagte Bild von drei dem Kommissar völlig unbekannten Männern erscheinen.

„Hier, sehen Sie selbst!"

Der Kommissar schaute nur flüchtig hin.

„Dann habe ich rasch bezahlt, aber auch die drei Männer waren inzwischen aufgestanden und gingen in entgegengesetzter Richtung weg. Ich versuchte, ihnen zu folgen, verlor sie aber nach wenigen Metern aus den Augen. Auch eine Suche am nächsten Abend blieb erfolglos."

„Ja, Herr Oblonsky, könnte es nicht sein, dass Ihr früherer Hausarzt, man glaubt es kaum, ausgewandert ist. Soll vorkommen. Oder, und das wäre ja noch wahrscheinlicher, er machte wie Sie ganz einfach Urlaub in der Türkei."

„Überlegen Sie doch, wenn er hätte auswandern wollen, hätte uns das unser Hausarzt damals gesagt. Das scheidet ganz sicher aus. Natürlich könnte er wie ich Urlaub in der Türkei machen, aber dann müsste er woanders hin verzogen sein. Auch das hätte er seinen Patienten damals mitgeteilt. Und außerdem werde ich den Verdacht nicht los, dass die beiden Begleiter Dr. Keller irgendwie bewacht haben. Das war kein zufälliges Gespräch, das war auch kein Gespräch unter Freunden."

Jetzt wurde es Kommissar Busian zu viel.

„Und was soll ich bitte mit Ihren Angaben machen? Soll ich eine Vermisstenanzeige schreiben über einen Mann, der sage und schreibe vor zehn Jahren, wie Sie sagen, verschwunden ist? Das glauben Sie doch nicht wirklich!"

„An der Sache ist etwas faul, das sagt mir mein Gefühl."

„Ihr Gefühl, Ihr Gefühl! Wir bearbeiten hier aber keine Gefühle, sondern halten uns an Fakten. Und außerdem ist das vermeintliche Verschwinden Ihres Dr. Keller zehn Jahre her. Zehn Jahre! Was sollen wir denn da noch ermitteln?"

„Mir wäre ja schon geholfen, wenn ich wüsste, wohin Dr. Keller mit seiner Familie verzogen sein könnte. Denn, dass er noch lebt, davon bin ich inzwischen überzeugt. Vielleicht ist er ja in die Türkei ausgewandert, wie Sie vermuten."

„Ja, und dann sollen wir Ihrer Meinung nach vielleicht in der Türkei ermitteln? Dann fährt der Herr Busian mal für ein paar Wochen in die Türkei, klappert alle Polizeistationen und Meldeämter ab und, und, und!"

Der Kommissar war laut geworden. „Sie wissen hoffentlich, dass wir im Ausland, dazu noch in einem Nicht EU Land, nicht ermitteln dürfen. Aber vielleicht könnten wir ja noch Interpol einschalten? Das kann doch alles nicht wahr sein!"

Oblonsky ließ die Gardinenpredikt über sich ergehen. Dann begann er noch einmal sehr zögerlich:

„Vielleicht könnten Sie für mich nur eine Auskunft einholen. Wenn Sie beim Einwohnermeldeamt anfragen könnten, wohin Dr. Keller damals verzogen ist, das wäre für mich schon ein Anhaltspunkt. Damit würde ich mich zufrieden geben."

Der Kommissar schwieg fast eine Minute lang. Dann antwortete er:

„Sie sind ziemlich hartnäckig, das muss ich Ihnen schon lassen. Aber gut, Sie haben mich überredet. Ich werde das Einwohnermeldeamt kontaktieren, aber nicht heute. Mein Bedarf ist gedeckt. Ich werde Sie anrufen, wenn ich etwas in Erfahrung gebracht habe."

Oblonsky gab ihm seine Visitenkarte und verabschiedete sich freundlich.

„Haben Sie vielen Dank für Ihre Bemühungen, ich wollte Sie nicht mit meinem Anliegen belästigen. Also nochmals vielen Dank."

Zwei Tage später erhielt er tatsächlich die so sehnlich erwartete Nachricht.

Die Familie Keller hatte sich vor zehn Jahren tatsächlich aus Bochum abgemeldet und war nach Paderborn in die Schlossstraße 5 verzogen.

Zwei Wochen später fand Oblonsky endlich Zeit, nach Paderborn zu fahren. Er erreichte die Adresse und stand jetzt vor einem älteren Haus mit drei Geschossen. Er schaute sich die Klingelleiste an, fand aber kein Schild mit dem Namen Keller. Er ging alle Namensschildchen akribisch durch, dann sah er eines mit dem Namen „Dr. Jung". Ein Arztschild oder ein Hinweis, dass sich in diesem Haus eine Arztpraxis befand, konnte er aber nicht feststellen. Vielleicht war Dr. Keller wieder verzogen, überlegte er. Dann rief er die Auskunft an und erhielt die Nachricht, eine Telefonnummer mit einer Arztpraxis Dr. Keller oder eine diesbezügliche Privatnummer seien in ganz Paderborn nicht zu finden.

Einer Eingebung folgend, klingelte er bei Dr. Jung. Niemand öffnete, auch später am Abend nicht, als er es noch einmal versuchte. Die dazugehörige Wohnung in der ersten Etage machte einen eher unbewohnten Eindruck. Der Briefkasten schien leer zu sein. Jetzt klingelte er bei einem der anderen Bewohner. Eine Dame, etwa um die sechzig, aus dem dritten Stock öffnete ihm. Auf die Frage, ob sie Dr. Jung kenne, schüttelte sie ihren Kopf und erklärte:

„Die Wohnung im ersten Stock steht meines Wissens nach schon lange leer." Oblonsky traute sich, nochmals nachzufragen: „Hat hier mal eine Familie Dr. Keller gewohnt?" „Nein, nie, soweit ich mich erinnere.", antwortete die durch diese Frage sichtlich überraschte Dame und ergänzte noch: „Ich wohne seit mehr als fünfzehn Jahren hier, aber weder eine Familie Jung noch Keller habe ich je kennengelernt."

Oblonsky bedankte sich, ging die Treppen hinunter und verharrte dann am Ausgang. Er kramte einen Zettel hervor und schrieb an Dr. Jung ein paar Zeilen mit der Bitte, ihm zu sagen, ob er Dr. Keller gekannt oder dessen Wohnung übernommen habe. Er warf den Zettel in den entsprechenden Briefkasten. Eine Antwort bekam er nicht.

Tage später schrieb er noch einen Brief an Familie Dr. Jung, in dem er seine Erlebnisse in der Türkei schilderte und erneut die Frage stellte, ob ihnen ein Dr. Keller bekannt sei, weil er nach ihm, seinem hochgeschätzten Hausarzt suche und sich sein Verschwinden nicht erklären könne. Auch dieser Brief blieb unbeantwortet.

Danach gab er seine „Ermittlungen" auf.

Wie nicht anders zu erwarten, erfuhr das LKA Düsseldorf nichts von dieser Geschichte!

Kapitel 13

Zehn Jahre lag der Überfall auf das Ferienhaus zurück, der in der bekannten Katastrophe geendet war. Zwei Kollegen waren tot und Anne Bergmann ging schwer verletzt aus diesem Desaster hervor. Beruflich hatte es für sie schwierige Zeiten gegeben. Besonders der Verlust des rechten Auges schränkte ihre Arbeitsmöglichkeiten erheblich ein. In der Arbeitswelt hielt die Datenverarbeitung immer mehr Einzug. Aber gleich, ob auf dem Bildschirm oder beim Bearbeiten von Schriftstücken, Anne bekam nach längerem Lesen Probleme. Dann stellten sich bei ihr Sehstörungen, Augenflimmern und Kopfschmerzen ein, ein KO Kriterium für viele Berufe.

So war relativ schnell klar, dass sie auch nicht mehr im Innendienst des LKA arbeiten konnte.

Anfang 1996 wurde sie daher in allen Ehren aus dem Polizeidienst entlassen. In einer kleinen Feier hatte sie schmerzlich Abschied von ihrem Traumberuf genommen. Sie erhielt zwar Berufsunfähigkeitsrente, aber von ihr allein konnte man nicht leben. So versuchte sie eine Reihe von Tätigkeiten. Sie verdingte sich als Gesellschafterin, als Empfangsdame einer großen Kanzlei und als Detektivin in einem großen Kaufhaus.

Schließlich gelang ihr ein Quereinstieg als Erzieherin in einer Kindertagesstätte. Diesen neuen Beruf liebte sie sehr. Wenn sie mit den Kindern zusammen war, war sie ein anderer Mensch, dann ließ sie sich ganz auf ihr Spiel und auf ihre mitunter so klugen, aber auch lustigen Fragen ein.

Die Kinder halfen ihr auch, ihr Schicksal zumindest zeitweilig zu vergessen und wieder Mut zu fassen. Doch immer wieder überkamen sie Phasen von Traurigkeit und Zeiten voller Zweifel und Aggressionen. Vor Jahren hatte sie auf Empfehlung ihrer Ärzte auch psychologischen Rat angenommen, allerdings ohne nennenswerten Erfolg. Sie kam über die damaligen Geschehnisse einfach nicht hinweg.

Privat wollte sich bei ihr kein Glück einstellen. Mit ihrem früheren Freund hatte sie wenige Monate nach dem Attentat Schluss gemacht. Sie wollte nicht von ihm bemuttert werden, sie wollte auch traurig sein dürfen, wenn ihr danach war.

Denn das Trauma hatte sie insgesamt stärker getroffen, als es für Außenstehende erkennbar war. Insbesondere mit dem völlig ungeklärten Schicksal der Familie Jung kam sie nur schwer zurecht. Sie hatten versagt! Sie hatte versagt! Und das Schlimmste für sie war noch die Erinnerungslücke für die Tatnacht. Vom Abend des 01.08.95 bis zu dem Tag, als sie wieder aus dem künstlichen Koma erwachen durfte, fehlten ihr alle Erinnerungen. Doch die wären wichtig gewesen, um die Katastrophe besser verstehen zu können.

Viel öfter als früher brauchte sie Einsamkeit, brauchte sie einen eigenen Weg. Und zu dieser Lebensweise passte ein Partner eher nicht.

Bis auf eine zweimonatige Liebelei mit einem Syrer war sie solo geblieben. Auch mit neuen Freundschaften tat sie sich schwer und so blieben die Besuche ihres Vaters oft die einzigen Verabredungen, die ihr gut taten.

In all den Jahren war ihr Vater zugleich ihr bester Freund geworden. Sie trafen sich relativ oft und fuhren auch zusammen in Urlaub, mehrfach in die Toskana, nach Rom und nach Sardinien.

Dann, vor fünf Monaten, passierte das Schreckliche. Ihr Vater, jetzt sechsundsechzig Jahre alt, erlitt einen Schlaganfall.

Sie war gerade mit einer Kindergruppe im Garten, als sie der Anruf aus der Klinik erreichte.

Er überlebte, musste aber schwere Zeiten durchstehen. Nach einer ausgiebigen Rehabilitationsbehandlung - nun waren sie beide so gesehen quitt - waren bei ihm eine leichte Sprachstörung und eine Teillähmung des rechten Arms zurückgeblieben. Am rechten Bein plagten ihn noch leichte Gefühlsstörungen und eine Gangschwäche, die ihn aber beim Gehen nur teilweise behinderten.

Zum Glück konnte er sich ausreichend verständlich machen, auch wenn er oft nach Worten suchen musste oder über seine verwaschene Aussprache haderte.

Alles, was er mit zwei Händen oder mit der rechten Hand erledigen musste, fiel ihm aber sehr schwer oder war für ihn unmöglich. Dann brauchte ihr Vater Hilfe. Zum Glück war sein Verstand völlig klar, auch war er nicht depressiv geworden. Aber er kam eben nicht mehr alleine zurecht.

Deshalb zog Anne schließlich wieder bei ihrem Vater in die Wohnung ihrer Eltern und damit in ihre frühere Wohnung ein. Es ging nicht anders! Er hatte sich lange dagegen gesträubt, musste sich aber den besseren Argumenten seiner Tochter beugen. Sie belegte wieder ihr früheres Zimmer und bald waren sie wieder ein eingespieltes Team, eine eingeschworene Gemeinschaft, auch wenn sie manchmal verschiedener Meinung waren. Doch, nicht selten begann sich Fritz Bergmann, wieder Sorgen um seine Tochter zu machen.

Eines Abends saßen sie noch bei einem Glas Wein zusammen. Anne hatte einen Primitivo aus Südtirol geöffnet, etwas, was sich ihr Vater früher nie hätte nehmen lassen, was er jetzt aber nicht mehr konnte. Sie erzählten sich dies und das. Doch dann begann Anne, für ihren Vater unerwartet, wieder über ihr Schicksal zu fabulieren.

Es entwickelte sich ein sehr intensiver Gedankenaustausch, auch wenn man die Passagen, die Fritz Bergmann zum Gespräch beitrug, nicht so wiedergeben kann, wie es seiner Sprachbehinderung entsprochen hätte. Nach einem kräftigen Schluck Wein begann sie:

„Papa, ist es eigentlich gerecht, dass meine beiden Kollegen erschossen wurden? Und ist es damit verbunden gerecht, dass Dimitri Davidovs Prozess wegen des fehlenden Belastungszeugen eingestellt und er nicht wegen Mordes verurteilt wurde?

Dr. Jung hatte doch eine ganz klare und zweifelsfreie Aussage bei der Polizei gemacht. Er hatte Dimitri Davidov als Täter ganz eindeutig identifizieren können. Ist es gerecht, dass der Prozess dennoch eingestellt wurde, weil der einzige Zeuge wahrscheinlich auf Veranlassung des Täters entführt wurde? Ist es gerecht, dass diesem Verbrecher lebenslanger Knast erspart bleibt, während wir vom Schicksal der Familie Jung gar nichts wissen, aber das Schlimmste befürchten müssen. Ich zweifle sehr an dem, was wir Gerechtigkeit nennen, und ich hadere mit dem Schicksal der Betroffenen. Ich hoffe, du kannst mich verstehen."

Fritz Bergmann überlegte kurz, was er seiner Tochter, die aufgewühlt vor ihm saß, antworten sollte. Dann erwiderte er ihr, die Worte häufig länger abwägend:

„Du weißt so gut wie ich, dass unsere Gerichte, genauer gesagt die Prozessordnung verlangen, dass ein so wichtiger Zeuge persönlich vor Gericht erscheinen und im Prozess aussagen muss, was er weiß oder was er gesehen hat. Erst hier, vor Gericht, werden seine Beobachtungen gerichtsrelevant, egal was er vorher zu Protokoll gegeben hat oder nicht. Hier wird der Zeuge notfalls auch vereidigt. Ich denke, diese Prinzipien gehen so in Ordnung und dürfen nicht willkürlich verändert werden, auch wenn dies in unserm Fall dazu geführt hat, dass ein Schwerverbrecher straffrei blieb. Denn nur so kann ein willkürliches Unterlaufen unseres Rechtssystems vermieden werden. Unsere Justiz bewahrt uns sozusagen vor Willkür und Ungerechtigkeiten, die auf uns zurückschlagen könnten. Du weißt, wozu totalitäre Staaten in der Lage sind. Staatliche Willkür darf keinesfalls Platz greifen!

Ich möchte dir zusätzlich ein Beispiel zum Thema Gerechtigkeit geben, was verdeutlicht, dass es absolute Gerechtigkeit nicht gibt, nicht geben kann. Und daran glauben, so denke ich die meisten Menschen.

Hier also meine Erläuterung:

Stell Dir vor, ein Adlerweibchen reißt ein ganz junges Kaninchen und verfüttert es im Adlerhorst an ihre Brut. Du wirst mir sofort beipflichten: Für das Kaninchen eine ganz große Ungerechtigkeit. Aber das Handeln des Adlerweibchens ist für das Überleben ihrer Nachkommen unabdingbar und nützlich. Dabei müssen wir noch froh sein, wenn das Adlerweibchen ihre Beute aus schnell nachwachsenden Kaninchenpopulationen und nicht aus vielleicht aussterbenden Arten bezieht. So macht die ganz offenbare Ungerechtigkeit gegenüber dem Kaninchen auf einmal Sinn, auch wenn dies zu keiner absoluten Gerechtigkeit führt."

„Ich glaube, ich weiß, was du sagen willst. Sicher, in der Natur scheint vieles ungerecht, ist aber zum Überleben der Arten notwendig", erwiderte Anne.

„Aber das kann man doch nicht mit dem unmoralischen Verhalten unter uns Menschen vergleichen.

Also, nochmal genauer gefragt: Ist es gerecht, dass dieser Davidov weiter unbehelligt in Saus und Braus leben kann und weiter sein schmutziges Geld verdient, indem er zum Beispiel von einem Besitzer eines kleinen Dönerladens Schutzgeld erpresst? Und ich gehe noch einen Schritt weiter: Ist es gerecht, dass Herr Piech, der Chef von Volkswagen, etwa das Hundertfache dessen verdient, was seine Arbeiter als Lohn erhalten. Niemand kann mir erklären, dass ein Mensch hundertmal so wichtig ist wie derjenige, der seine Autos zusammenbaut."

Je aufgeregter Anne wurde, desto ruhiger blieb ihr Vater:

„Ja, jetzt kommst du zu den großen Ungerechtigkeiten dieser Welt. Allem, was du sagst, kann ich primär zustimmen. Natürlich sind die unterschiedlichen Bezahlungen bei VW oder anderen großen Unternehmen unverhältnismäßig und damit auch für mich extrem ungerecht. Aber wir leben nun einmal in einer freien Marktwirtschaft, die solche Auswüchse zulässt.

Das, was du beschreibst, ist weder ungesetzlich noch ungerecht in dem Sinne, dass die Unterschiede in der Vergütung eingeklagt werden könnten. Das, was du zu erklären versuchst, ist allenfalls unmoralisch, weil kein Mensch, egal, was er leistet, soviel Geld verdienen sollte."

„Aber, wenn es doch unmoralisch ist, warum tun wir dann nichts dagegen?", erwiderte Anne.

„Die Geschichte der sozialistischen Staaten und ihre zugrundeliegende Ideologie lehrt uns, dass eine in einem solchen System erzwungene Gerechtigkeit für Menschen, die fast alle das gleiche verdienen, egal ob Arzt, Bauer oder Stahlarbeiter, nicht funktioniert.

Der Mensch braucht offenbar auch finanzielle Anreize, um sich besonders einzusetzen, um neue Ideen zu entwickeln, um die Dinge voranzubringen oder um besondere Verantwortung zu übernehmen. Wenn jemand ins Risiko geht, möchte er auch etwas davon haben, sei es mehr Geld, mehr Macht oder auch mehr Ansehen.

Zudem sorgt die freie Marktwirtschaft dafür, dass es nicht nur dem Großverdiener gut geht, sondern auch den vielen anderen, die gut absetzbare Waren produzieren oder Dienstleistungen anbieten können, die sonst gar nicht nachgefragt würden.

Um bei deinem Beispiel von VW zu bleiben. Weil Herr Piech dafür sorgt, dass hochwertige und gut zu verkaufende Autos hergestellt werden, sorgt er für viele Arbeitsplätze mit einem angemessenen Lohn, was wiederum nach sich zieht, dass in der Region viele Dienstleistungsbetriebe ihr Auskommen finden. Schlussendlich profitiert auch noch die Allgemeinheit von den eingehenden Steuern. Eine scheinbar große Ungerechtigkeit hat demnach irgendwo doch ihren Nutzen und ihren Sinn."

„Trotzdem halte ich die Auswüchse unseres Wirtschaftssystems für gravierend. Dagegen müsste man mehr tun!", entgegnete Anne.

„Da stimme ich dir voll zu! Gegen den zügellosen Kapitalismus sollten wir mehr unternehmen! Aber deshalb wurde in Deutschland ja auch die soziale Marktwirtschaft erfunden, von der wir uns in den letzten Jahren allerdings mehr und mehr entfernt haben, wie ich meine. Es müsste viel mehr Steuergerechtigkeit besonders bei großen oder international agierenden Firmen geben. Flucht in Steueroasen müsste viel stärker bekämpft werden. Und manches andere wäre zu tun. So könnten die gröbsten Ungerechtigkeiten abgemildert werden. Das sehe ich genauso wie du."

„Aber wir schaffen es ja nicht einmal, einen Gangsterboss angemessen zu bestrafen!", erwiderte Anne aufgebracht.

„Du hast ja irgendwo Recht, aber löse dich mal von diesem Fall. Denn der Rechtsstaat ist schon bemüht, mit einer intakten Justiz einen Ausgleich für erlittene Ungerechtigkeiten zu schaffen. Dinge, die verboten sind, die anderen schaden oder deren Freiheitsräume einschränken, werden mit Hilfe der Gesetze und des Strafgesetzbuches zumindest ein stückweit ausgeglichen. Nach festgelegten Regeln, und das ist besonders wichtig, werden die Straftaten von unabhängigen Gerichten beurteilt und wenn du so willst, aufgewogen.

Vielleicht denkst du dabei einmal an das Sinnbild der Rechtsprechung, die Justitia, die eine Waage in der Hand hält und die Augen verbunden hat. Letzteres Symbol soll für die Unparteilichkeit und Unvoreingenommenheit der Justiz stehen. Na, und zu der Waage brauche ich jetzt wohl nicht mehr viel zu sagen."

„Ja, das verstehe ich, Papa. Aber ich glaube Gerechtigkeit hat nicht viel mit Rechtsprechung zu tun. Deswegen tue ich mich damit so schwer."

„Das sehe ich genauso. Und ich betonte ja schon, dass es absolute Gerechtigkeit nicht gibt, nicht geben kann. Denn das Leben hält für jeden von uns sehr unterschiedliche Bedingungen bereit und es ist nie ohne Risiko. Dein Beruf ist gefährlich, das Leben eines Piloten oder eines Soldaten ist mit Risiken verbunden. Wir alle können erkranken, wobei dann auch nicht gefragt wird, ob es nicht besser den Nachbarn hätte treffen sollen. Der eine hat vielleicht Glück, der andere eher nicht.

Oder stelle dir vor, wen soll ein Kind anklagen, das mit fünf Jahren an einem unheilbaren Krebsleiden verstirbt? Den lieben Gott? Das Schicksal oder die Wissenschaft, die noch kein Mittel gegen seine Krankheit gefunden hat?

Das, was dieses Kind erleben muss, ist in höchstem Maße ungerecht und dennoch lässt sich so etwas nicht ausgleichen. Es bleibt immer ungerecht, es sei denn, man folgt den Versprechungen der Kirche, diesem Kind stünde nach seinem frühen Tod das Paradies mit all seinen Verheißungen offen."

Der Abend war weit fortgeschritten, die Gläser geleert und die beiden wünschten sich „Gute Nacht".

Ganz überzeugt von dem, was ihr Vater zu diesem Thema gesagt hatte, war Anne Bergmann allerdings immer noch nicht.

Kapitel 14

2015

Tagebuchnotiz eines zweifelnden Menschen

vom

21.05.2015

Heute ging es mir nicht gut, nicht einmal meine Arbeit konnte mich ablenken. Immer wieder fing ich zu grübeln an. Der gestrige Abend sollte zu einem genussvollen Erlebnis für mich werden. Das Philharmonische Konzert mit Werken von Dvorjac, Beethoven und Mahler hätte eigentlich eine Sternstunde für mich werden sollen, zumal die Berliner Philharmoniker spielten, das Orchester, das ich so liebe.

Aber ich war unkonzentriert, konnte mich nicht entspannen und bekam meine innere Ungeduld nicht in den Griff. Schade um die teuren Karten.

Wie soll es nur weitergehen? Ich quäle mich schon so lange mit dem Gedanken, etwas zu verändern, etwas zum Ausgleich für das Erlittene zu tun. Stunde um Stunde, Tag um Tag bin ich gefangen in meinen Gedanken und dem Gefühl der Ohnmacht.

Mein Leben macht mir Angst. Mein Dasein ist geprägt von verwirrenden Gedanken und von Wünschen, die ich niemandem erklären und mit niemandem besprechen kann.

Ich muss alleine zu einem Entschluss kommen. Besser überhaupt eine Entscheidung, als den Zustand der Ungewissheit und der Schwebe weiter ertragen zu müssen.

Vor drei Tagen kam mir der Zufall zu Hilfe. Ich bin auf etwas gestoßen, das mir meine Entscheidungen erleichtern, ja gerade erst ermöglichen wird. Meine Recherchen, mein unermüdliches Beobachten und meine Hartnäckigkeit werden sich auszahlen. Ich habe jetzt einen Plan! Ich weiß jetzt, wie ich vorgehen werde.

Alle Gedanken, alle Widersprüche, alle Bedenken, ja sogar mein immer wieder aufwallendes schlechtes Gewissen sind auf einmal belanglos oder können überwunden werden.

Ich muss, wenn ich überhaupt ein Zeichen setzen will, jetzt schnell und beherzt handeln.

Ich werde aufhören, mich zu quälen. Ich bin jetzt fest entschlossen!

Kapitel 15

Wim van Kauteren stellte sein Auto auf dem Hof des Polizeipräsidiums Essen ab. Raschen Schrittes ging der Hauptkommissar und Leiter der Mordkommission an einem schönen Junitag in das klassizistische Gebäude an der Büscherstraße. Obwohl es einen Aufzug gab, benutzte der immer noch sehr sportliche, inzwischen aber ergraute Mann stets die Treppen, wobei er meist zwei Stufen auf einmal nahm, nicht weil er es besonders eilig gehabt hätte, sondern um sich fit zu halten.

Er betrat die Mordkommission im dritten Stock und verschwand rasch in seinem Arbeitszimmer. Noch waren zehn Minuten Zeit bis zur Frühbesprechung, er nutzte sie für einen ersten Blick auf seinen PC.

Zurzeit hatten sie wieder einmal recht viel zu tun. Es gab zwei Vermisste, nach denen sie suchen sollten, ein Raubmord musste aufgeklärt werden und eine völlig verweste Leiche war am Rande des Stadtwaldes gefunden worden. Hier hatte die Gerichtsmedizin zunächst das Sagen.

Van Kauteren, jetzt fast einundfünfzig Jahre alt, meist in sportlicher Kleidung anzutreffen, hatte einige Jahre die Mordkommission in München geleitet, stammte aber eigentlich aus dem Ruhrgebiet.

In der bayerischen Landeshauptstadt zu arbeiten, war für ihn ein Traum gewesen, auch wenn er dort allein wegen der Sprache große Anlaufschwierigkeiten gehabt hatte.

München war wunderschön und die Berge so nah. Das vielfältige kulturelle Angebot und die bayerische Lebensart hatten ihn begeistert. Ihm gefiel diese Stadt ganz einfach. Dennoch zog es ihn nach vier Jahren wieder zurück ins Ruhrgebiet, nicht zuletzt, weil er leider auch negative Erinnerungen mit München verband.

Vor fast sieben Jahren hatte er sich damals unsterblich in seine Kollegin Dita Schmalenberg verliebt und tatsächlich eine feste Beziehung aufbauen können. Dies war für ihn ein besonderes Glück gewesen, weil er in seiner Jugend einen schweren Fahrradunfall erlitten hatte und seit dieser Zeit zeugungsunfähig war.

Leider wurde seine Freundin wenige Monate später nach Ingolstadt versetzt. Zunächst versuchten sie, eine Wochenendbeziehung aufzubauen, doch dann verliebte sich Dita in einen anderen Mann und er hatte das Nachsehen.

Er konnte den Verlust seiner Freundin letztlich nie verkraften. Leider entwickelte sich auch München für ihn zu einem Albtraum, weil ihn in dieser Stadt so vieles an ihre gemeinsame Zeit erinnerte. Irgendwann wollte er nur noch weg, weg aus der Stadt, die mal sein Sehnsuchtsort gewesen war.

So war er überglücklich, als er von einem Kollegen vor fast zwei Jahren erfuhr, dass die Stelle des Leiters der Mordkommission in Essen vakant sei. Seine Bewerbung kam gerade noch rechtzeitig und mit etwas Glück, aber auch aufgrund seiner guten Zeugnisse, erhielt er die Stelle.

So siedelte er 2013 zurück ins Ruhrgebiet, seiner alten Heimat. Nach längerer Suche fand er eine kleine, aber sehr schöne Wohnung in Essen Kettwig. Der Pott hatte ihn wieder!

Ihm war natürlich nicht verborgen geblieben, dass sein jetziger Stellvertreter, Achim Gläser, auch scharf auf seinen Posten gewesen war. Aber er war ihm vorgezogen worden. Das führte am Anfang zu mancherlei Reibereien, konnte aber inzwischen zu beiderseitigem Einvernehmen geregelt werden. Van Kauteren wusste von der internen Konkurrenz, konnte aber schließlich mit viel Geschick seinen zum Übergewicht neigenden Kollegen auf seine Seite ziehen, nicht zuletzt, weil er ihm viel freie Hand ließ und ihm mitunter das Gefühl gab, die Leitung eines Falls übernommen zu haben.

Kurz vor acht Uhr kramte van Kauteren eine kleine Metallschachtel aus seiner Hosentasche und vollzog ein sich bei ihm regelmäßig wiederholendes Ritual, das in Bergbauregionen nicht unbekannt ist und das er von seinem Vater, einem Holländer, früher Bergmann untertage, übernommen hatte.

Er spreizte seine linke Hand, sodass eine Kuhle zwischen Daumen und Zeigefinger entstand, in die er vorsichtig zwei kleine, aber etwa gleichgroße Häufchen von Schnupftabak gab. Dann saugte er das eine Häufchen Tabak mit dem linken und das andere mit dem rechten Nasenloch auf, verrieb den Rest mit der Nase und genoss das angenehme Kribbeln. Zu einer Niesattacke durfte es keinesfalls kommen, dies wurde nur Anfängern zugestanden.

Dieses Ritual, was man Prisen nennt und das viele Bergleute als Ersatz für das verbotene Rauchen unter Tage praktizierten, führte er wohl an die zehn bis fünfzehnmal während der Dienstzeit durch, egal ob mit einem Gegenüber oder alleine.

Kurz nach acht füllte sich sein Büro allmählich mit seinen Mitarbeitern.

Als erster fand sich Moritz Hütter ein, von allen nur Mo genannt, der eine etwas schlaksige Art hatte und meist mit eher verwilderten Kleidung auftrat. Dafür war der Jüngste der Mannschaft zugleich der Pfiffigste in Sachen Datenverarbeitung.

Enrico Weise, seit zwei Monaten stolzer Vater eines gesunden Jungen, war gebürtiger Deutscher, seine Mutter war Italienerin. Er besuchte regelmäßig ein Fitnessstudio und war kräftig gebaut. Auch seine Psyche war überaus stabil, ihn haute sozusagen nichts um.

Regina Bettendorf, die einzige Frau der Runde, seit Jahren mit dunklem Kurzhaarschnitt und mit fast ein Meter sechsundsiebzig ziemlich groß, befand sich zurzeit noch im Urlaub.

Als Letzter kam Achim Gläser, der Stellvertreter des Hauptkommissars, in den Raum gestürmt. Er trug eine dünne Mappe mit sich. Bevor der achtundvierzigjährige Junggeselle Platz nahm, rief er allen Beteiligten zu:

„Wir haben einen neuen Fall, Frauenleiche in Essen Überruhr!"

Van Kauteren begrüßte seine Mitarbeiter, ging anschließend die alten Fälle durch und ließ sich von Enrico relativ ausführlich den Stand der Ermittlungen zu ihrem Raubmord erläutern. Dann erteilte er Achim Gläser das Wort.

Dieser stand auf und wischte sich etwas linkisch seine beiden Hände an einer grauen, bereits an vielen Stellen abgetragenen Strickjacke ab, die er offen trug und die deshalb seinen deutlichen Bauchansatz nicht wirklich verdecken konnte.

„Also, heute Morgen so etwa gegen 6 Uhr 30, fand eine Spaziergängerin, Name und Adresse habe ich hier in der Mappe, eine Frauenleiche auf dem Parkplatz des städtischen Friedhofs im Holthuser Tal. Sie war mit ihrem Hund unterwegs, der die Tote aufgestöbert hat. Die Streife ist vor Ort, die Spusi ist informiert. Eine Identifikation der Toten war bisher nicht möglich. Wir fahren gleich mit dem Doc zur Leichenfundstelle."

Van Kauteren fragte nach:

„Demnach sind keine Papiere, durch die die Identität der Toten festgestellt werden könnte, gefunden worden?"

„Ja, richtig", entgegnete Achim. „Ich werde dich und den Gerichtsmediziner gleich begleiten. Wir sollten sofort losfahren. Mo könntest du so gut sein, die Vermisstenanzeigen der letzten Wochen durchzugehen, ausgedehnt auf das ganze Ruhrgebiet?"

Mo nickte und van Kautern hob die Runde auf. Die anderen gingen, nachdem noch das eine oder andere Gespräch geführt worden war, wieder zurück in ihre Zimmer.

Der Verkehr auf der Ruhrallee war um 8 Uhr 30 wie üblich ziemlich dicht, so kamen sie nur mühsam voran. Dann erreichten sie den Waldfriedhof mit dem davor liegenden Parkplatz an einer Steilstelle der Zufahrt. Der Fundort der Leiche war mit Flatterbändern abgeriegelt, zwei Streifenwagen sperrten den zu dieser Tageszeit allerdings sehr spärlichen Verkehr zum Friedhofseingang ab.

Van Kauteren begrüßte die Kollegen, dann nahm er die Frauenleiche, die auf dem Rücken nahe einem Buschwerk lag, in Augenschein. Er bückte sich ebenso wie der Rechtsmediziner zu der Toten und betrachtete sie lange.

Dann sprach der Doc in sein Diktaphon:

„Junge Frau, geschätzt zwischen fünfundzwanzig und dreißig Jahre alt, sportlich gekleidet mit rosafarbenem T-Shirt, Jeans und dunklem Sacco. Keine Ausweispapiere, keine Geldbörse, keine Handtasche und keine Accessoires."

Van Kauteren ergänzte: „ Ziemlich attraktive junge Frau." Gläser murmelte etwas Unverständliches. Dann fuhr der Arzt fort:

„ Die Leiche ist auf dem Rücken liegend aufgefunden worden. Vermutlich Schussverletzung an der Brust."

Die inzwischen auch eingetroffene Spurensicherung machte erste Fotos vom Fundort, der Frauenleiche und vor allem vom Gesicht der Toten. Nun nahm sich der Rechtsmediziner die Leiche genauer vor. Er führte mehrere Temperaturmessungen durch und notierte sich alles. Van Kauteren beugte sich nochmals über die tote Frau mit ihren langen, blonden, teilweise mit braunen Strähnchen verzierten Haaren.

„Etwas ist merkwürdig", überlegte der Kommissar laut. „Das T-Shirt ist sehr nass und, könnt ihr es sehen, hier unter der Achsel haben sich weiße Salzkrusten gebildet. Das kennt jeder Sportler, wenn er intensiv trainiert. Unsere Leiche wird doch nicht vor irgendetwas oder irgendjemand weggelaufen sein?"

Auch der Mediziner schaute sich die Stellen genau an und bestätigte den Verdacht. „Auch ihre Haare sind strähnig und teilweise verklebt. Deutet alles auf starkes Schwitzen vor dem Tod hin."

„ Sonst noch was Doc?"

„Schuss in die Brust, augenscheinlich aufgesetzt, hat sehr wahrscheinlich zum Tod geführt. Ansonsten nichts Verwertbares, keine Abwehrspuren und keine Spuren von Fesselung. Nach der Obduktion Genaueres."

Van Kauteren schaute sich die Leiche nochmals genau an und verkündete: „Die Frau war verdammt attraktiv, soviel steht fest. Aber warum hat sie vor ihrem Tod so stark geschwitzt?" Alle Umstehenden zuckten mit den Achseln. Als Einziger versuchte Gläser eine Antwort.

„Vielleicht Angstschweiß? Sonst habe ich auch keine Idee. Aber Doc, was kannst du zum Todeszeitpunkt sagen?"

„Ich schätze, die Frau ist etwa sechs bis acht Stunden tot, also Todeszeitpunkt zwischen 2 Uhr und 4 Uhr heute Nacht."

Die Spurensicherung wurde noch angewiesen, möglichst großräumig nach Papieren oder anderen Gegenständen zu suchen, die bei der Identifizierung der Frau helfen könnten.

Als alle bereits eingestiegen waren, stand Achim Gläser noch einen Augenblick neben dem Auto mit dem Kopf zum Friedhof gewandt, musste er doch an seine vor fünf Jahren verstorbene Großmutter denken, die hier, auf dem Waldfriedhof, beerdigt worden war.

Auf der Rückfahrt verstummte van Kauteren, auch die anderen schienen nachzudenken. Dann ließ er sich vernehmen: „Attraktive junge Frau wird nach schweißtreibendem Geschehen mit aufgesetztem Schuss in die Brust mitten in der Nacht getötet. Ihre Papiere und alle persönlichen Gegenstände werden mitgenommen, aber nichts unternommen, um die Leiche zu verstecken. Sehr merkwürdig! So etwas ist mir bisher in dieser Form noch nicht untergekommen!"

Kapitel 16

Der übernächste Tag begann mit einem Zwischenfall. Aus dem Raum neben van Kauterens Büro hörte er zunächst einen dumpfen Schlag, den er nicht zuordnen konnte. Kurz danach einen Schrei und aufgeregte Stimmen. Sofort eilte van Kauteren hinüber und sah Achim Gläser auf dem Boden liegen. Er drängte die beiden vor ihm Stehenden zur Seite und kniete sich sofort zu seinem Kollegen. Blass und mit Schweiß im Gesicht lag er vor ihnen, zwar nicht völlig bewusstlos, aber offenbar nicht bei klarem Verstand und nur schwer ansprechbar. Auf die Frage, wie es ihm gehe, lallte Achim nur etwas vor sich hin. Befragt, ob er Schmerzen habe, schüttelte er schließlich mit dem Kopf, war aber nicht in der Lage, genau Auskunft zu geben.

Van Kauteren griff nach seinem Handy und bestellte einen Notarztwagen.

Achim Gläser versuchte sich ein wenig aufzurichten, aber es gelang ihm nicht. Alle Umstehenden redeten auf ihn ein, liegen zu bleiben. Jemand hatte eine Decke geholt und legte sie unter seinen Kopf.

„Hebe ihm mal die Beine an!" rief er zu Enrico, der nicht genau wusste, was er tun sollte.

Eine herbeigeeilte Sekretärin, die eine Ersthelferausbildung mitgemacht hatte, übernahm jetzt diese Aufgabe und ließ einen Stuhl bringen, auf den sie die Unterschenkel von Achim legte.

Nach zehn Minuten war der Rettungsdienst vor Ort und übernahm die Behandlung. Nach der ersten Untersuchung durch den Notarzt erhielt Achim Sauerstoff über eine Nasensonde, dann wurde ihm ein Venenzugang gelegt und der Blutdruck gemessen.

Rasch wurde auch ein EKG angefertigt, das, soweit er den Arzt richtig verstand, zunächst einmal keine Zeichen eines Herzinfarktes zeigte. Danach wurde der Patient zügig abtransportiert. Alle blieben, noch über das Geschehene diskutierend, ratlos und geschockt zurück.

An einen normalen Tagesablauf war zunächst nicht zu denken. Alle sprachen über Achim und darüber, wer die Nachricht wohl seinen Eltern übermitteln sollte.

Van Kauteren war klar, dies war seine Aufgabe. Und so ließ er sich die Telefonnummer von Achims Eltern geben. Er zog sich in sein Büro zurück und wählte zögerlich die Telefonnummer. Dem schon betagten Vater erklärte er vorsichtig, was mit seinem Sohn geschehen war. Er vergaß auch nicht, zu erwähnen, dass es wohl kein Herzinfarkt sei und dass man Achim ins Krupp Krankenhaus gebracht habe.

Nach diesem unerfreulichen Gespräch ging der Hauptkommissar, die Arbeit wieder aufnehmend, zu Mo und sprach mit ihm über die Vermisstenlisten. Eine junge Frau, die auf die Beschreibung gepasst hätte und deren Foto vielleicht in den Dateien zu finden gewesen wäre, fanden sie nicht. Dies war sicher, weil sich van Kauteren ganz auf Mo verlassen konnte. Er recherchierte immer sehr gründlich. Die Tote wurde entweder noch nicht vermisst oder hatte keine Freunde beziehungsweise Verwandte, für die sie plötzlich und unerklärlich verschwunden war.

Wieder zurück in seinem Büro wurde van Kauteren bewusst, dass sie nur noch zu dritt waren und dies ganz bestimmt noch für die nächsten zwei Wochen. Denn erst dann käme Regina aus ihrem Urlaub zurück. Auf Achim würde er ganz bestimmt längere Zeit verzichten müssen.

So fasste sich der Leiter der Mordkommission ein Herz und rief seinen Vorgesetzten an, dem er seine missliche personelle Situation zwar erklären, aber nicht automatisch auf Abhilfe hoffen konnte.

„Ich habe keine freien Kräfte, die bei Ihnen aushelfen könnten.", war die wenig erfreuliche Antwort seines Chefs. „Das Einzige, was ich Ihnen anbieten kann, ist eine Praktikantin, die zurzeit bei der Sitte eingesetzt ist."

„Was soll ich denn mit einer Praktikantin? Ich brauche erfahrene Leute."

„Keine Chance! Entweder Sie nehmen sie oder Sie bleiben mit Ihrer Rumpfmannschaft allein."

„Dann schicken Sie mir halt die Praktikantin vorbei! Wie heißt sie eigentlich?"

„Kim Bäumer. Kommt ab morgen zu Ihnen."

Van Kauteren war sehr unzufrieden, konnte aber bis auf weiteres nicht mehr erreichen. Also musste er sich mal wieder voll einbringen. Mit einigem Unwillen sortierte er noch einige Unterlagen auf seinem Schreibtisch, dann griff er zu seinem ständigen Begleiter, der Schnupftabakdose. Wieder gelangten zwei Häufchen Tabak in seine, solche Prozeduren gewohnte Nase, entfalteten das bekannte angenehme Kribbeln, dieses Mal begleitet von einem wohligen Grunzen. Van Kauteren fühlte sich etwas besser.

Am Nachmittag rief er in der Klinik an. Seinem Kollegen ging es den Umständen entsprechend gut, er würde weiter untersucht. Zurück zum Dienst könne er aber in absehbarer Zeit nicht kommen. Weitere Details konnte oder durfte man ihm ohnehin nicht mitteilen.

Van Kauteren entschloss sich, seine zukünftige Mitarbeiterin in der Sitte aufzusuchen. Eine erste Kontaktaufnahme könnte ja nicht schaden.

Kim Bäumer, eine junge, recht attraktive Frau mit rötlichen zu einem Pferdeschwanz gebundenen Haaren war zwar überrascht, dass sie ihr zukünftiger Chef persönlich aufsuchte, war aber taff genug, sich von ihrer besten Seite zu zeigen. Sie schien begeistert von dem Wechsel zur Mordkommission. „Kann ich wirklich schon morgen bei Ihnen anfangen?", wollte sie wissen.

„Ja, so ist es! Abgemacht! Mir fehlen zurzeit zwei Leute. Also dann zeigen Sie mal, was Sie drauf haben.", erwiderte van Kauteren.

„Darf ich ehrlich sein, hier ist es mir eigentlich viel zu langweilig?", traute sich Kim unter vorgehaltener Hand zu sagen.

„Langweilig sollte es Ihnen bei uns in nächster Zeit nicht werden, das kann ich Ihnen versprechen. Wir haben genug zu tun und außerdem gerade einen neuen Mordfall hereinbekommen."

Am nächsten Morgen traf sich das verbliebene Häufchen Mitarbeiter. Van Kauteren stellte die neue Praktikantin vor. „Sie bleiben zunächst bei Moritz Hütter im Innendienst, PC, Recherchen im Internet, Telefon. Na, Sie wissen schon. Übrigens der junge Mann heißt bei uns Mo, auf seinen richtigen Namen hört er nicht."

Die beiden begrüßten sich mit einem „take- five" und ein verschmitztes Lächeln huschte über beide Gesichter.

„Also Leute, wir haben hier bereits den vorläufigen Obduktionsbericht. Der Todeszeitpunkt hat sich bestätigt, ebenso die Todesursache: aufgesetzter Schuss mitten durchs Herz.

Das Projektil ist neben der Wirbelsäule in Höhe der sechsten Rippe stecken geblieben. Neben dem Herz wurden noch Teile der Lunge verletzt. Das Opfer muss augenblicklich verblutet sein. Abwehrspuren wurden nicht gefunden. Die Frau war ansonsten gesund, nicht schwanger und trug unter ihrem T-Shirt und ihrer Hose aufreizende Unterwäsche. An der rechten Gesäßhälfte fand man ein Tattoo in Herzform mit den Initialen S und D.

Geschlechtsverkehr hatte sie vor ihrem Tod nicht, Spermien wurden nirgendwo gefunden. Allerdings war ihr Anus relativ weit, wie bei häufigem Analverkehr.

Es wurden Blut-, Urin- und Haarproben entnommen, um sie auf Medikamente und Drogen untersuchen zu lassen, Ergebnisse stehen noch aus.

Wichtig noch: An der körpernahen Kleidung wurden erhöhte NaCl Konzentrationen festgestellt, ebenso auf der Haut und in den Haaren. Das Opfer muss daher vor ihrem Tod tatsächlich stark geschwitzt haben, was immer das bedeutet."

Van Kauteren hatte geendet und vollzog nun zum ersten Mal für seine neue Mitarbeiterin sein für die beiden anderen sattsam bekanntes Ritual, das erste für heute, weitere würden folgen. Nur Kim Bäumer schaute interessiert zu. Es schien so, als würde ihr Chef diese Prozedur heute mit besonderer Sorgfalt und nur für sie ausführen.

„Enrico, was hat die Spurensicherung gefunden?", wollte van Kauteren wissen.

„Also, es gibt noch keinen abschließenden Bericht, doch bisher wurden keine weiteren Gegenstände gefunden, schon gar nicht solche, die auf die Identität der Toten hätten hindeuten können. Und noch betrüblicher, auch die Tatwaffe konnte bisher nicht gefunden werden.

„Sind die Fotos gut geworden? Zeigt mal her!", wollte van Kauteren wissen.

„Uns wird nichts anderes übrig bleiben, als die Öffentlichkeit bei der Identifikation der Toten um Mithilfe zu bitten. Sonst kommen wir nicht weiter."

Man suchte das beste Foto des Gesichts der Toten heraus und Enrico wurde beauftragt, die örtliche Presse entsprechend zu informieren.

Kim Bäumer räusperte sich und traute sich dann:

„Darf ich den Obduktionsbericht einmal sehen, hatte so etwas noch nie in meinen Händen."

„Ja, sicher.", antwortete van Kauteren und warf ihr lässig die Mappe zu. „Aber nicht verklüngeln!"

Kim wurde beim Betrachten der Bilder schon ziemlich mulmig, bemühte sich aber um Professionalität.

„Mo, du solltest versuchen, Näheres zu der Unterwäsche herauszubekommen. Wo wurde solche Wäsche verkauft? Und so weiter, du weißt schon, was ich meine. Ich selbst werde zur Rechtsmedizin fahren, um mir das Opfer noch einmal genau anzusehen."

Kapitel 17

Zwei Tage später lag der endgültige Obduktionsbericht vor. Van Kauteren wollte ihn als erstes in der Morgenbesprechung vorstellen, wurde aber noch durch Geschwätz zwischen Mo und der Praktikantin davon abgehalten. Nach einem ermahnenden Blick an die beiden begann er:

„So, meine Dame, meine Herren, die unbekannte Frau wurde ganz offensichtlich mit K.O. Tropfen vorbehandelt. Jedenfalls konnte bei der Toten eine geringe Menge von Gamma-Hydroxy Buttersäure im Blut nachgewiesen werden. Daran ist sie aber nicht gestorben.

Nebenbei gesagt, dies war die einzige Fremdsubstanz, die man im Blut feststellen konnte. Andere Drogen oder Medikamente Fehlanzeige. Was sagt uns das?"

Er deutete auf Enrico Weise. „Was meinst du dazu?"

„Ja, ganz offensichtlich ist die Frau mit K.O. Tropfen betäubt worden, möglicherweise um sie dorthin fahren zu können, wo sie später erschossen und von uns gefunden wurde."

„Ja richtig, aber es war nur noch eine geringe Dosis nachweisbar. Das heißt doch, bei ihrer Ermordung war sie sehr wahrscheinlich wieder bei Bewusstsein."

„Aber niemand lässt sich bei vollem Bewusstsein ohne Gegenwehr einfach so hinrichten.", ergänzte Mo.

„Richtig! Und außerdem hat die Unbekannte vor ihrem Tod viel geschwitzt, war also möglicherweise einer quälenden oder angstmachenden Prozedur ausgesetzt.", ergänzte van Kauteren.

„Aber wenn sie gequält worden wäre, hätten wir doch irgendwelche Spuren solcher Behandlung finden müssen, zum Beispiel Fesselungsspuren oder andere Verletzungen. Aber nichts dergleichen haben wir entdeckt!"

Alle saßen ratlos da. Bevor van Kauteren eine neue Frage hätte stellen können, bemerkte er, dass Kim Bäumer offenbar etwas sagen wollte.

„Darf ich mich an der Diskussion beteiligen?", fragte sie vorsichtig.

„Ja, nur zu!"

„Ich habe den vorläufigen Obduktionsbericht, weil ich so etwas noch nie in Händen gehalten und schon gar nicht gelesen habe, gestern gründlich studiert und bin dann auf eine Stelle gestoßen."

„Und was war das?", wollte der neugierig gewordene Kommissar wissen.

„Ja, also die Stelle, wo von häufigem analem Geschlechtsverkehr die Rede war.", ergänzte Kim mit leicht gerötetem Gesicht. „In Verbindung mit dem Hinweis, dass es sich zu ihren Lebzeiten um eine sehr attraktive junge Frau handelte, kam bei mir der Verdacht auf, es könne sich um eine Prostituierte handeln. Daher habe ich heute Morgen noch schnell die Kartei der registrierten Frauen in Essen und Umgebung durchgesehen und tatsächlich eine Prostituierte gefunden, die unserer Toten zumindest sehr ähnlich sieht. Ich habe hier das Foto von ihr."

Alle sprangen auf und umringten Kim.

Van Kauteren und die beiden anderen sahen sich das Bild einer verführerischen, stark geschminkten und nur mit sexy Unterwäsche bekleideten Frau auf ihrer Homepage an, sozusagen ihrer Werbeseite mit der Überschrift „Segulin will Dich verwöhnen! Buche ein wahrhaft königliches Vergnügen!" Dann folgten ihr voller Name „Segolin Royal", ihre E-Mail- Adresse und die Preise ihrer Dienstleistungen, die ebenfalls wahrhaftig königlich waren.

Nach kurzem Schweigen platzte es aus van Kauteren heraus:

„Tatsächlich, das könnte unsere Tote sein. Frappierende Ähnlichkeit! Als wir sie gefunden haben, war sie nur nicht so stark geschminkt. Deswegen habe ich etwas gezögert.

Aber warum sind wir nicht eher darauf gekommen, die Tote im Milieu zu suchen. Auf jeden Fall: Gratulation Frau Bäumer! Sie sind bei uns angekommen! Damit haben Sie Ihr Gesellenstück abgelegt!"

Mo schaltete sich ein: „Segolin Royal ist ihr Künstlername, mit bürgerlichem Namen heißt sie Vivian König, ist 28 Jahre alt und in Essen, Weserstraße 44, gemeldet."

„Nochmals, klasse gemacht! Das bringt uns jetzt ein großes Stück voran. Mo, bitte kümmere du dich um mögliche Verwandte, Lebenspartner etc. Ich fahre mit Enrico und Frau Bäumer zu der Adresse. Informiert schon mal den Schlüsseldienst.", gab van Kauteren, jetzt offensichtlich sehr erleichtert, seine Anweisungen.

Endlich ging es voran.

Kim wäre vor Stolz fast geplatzt. Man sah es ihr bei aller gespielten Coolness an. Ihr Gesicht war leicht gerötet und sie strahlte eine freudige Unruhe aus. Selbstverständlich wusste sie die Belohnung, jetzt mit rausfahren zu dürfen, besonders zu schätzen. Sie war total aufgeregt.

Enrico parkte den Dienstwagen in der einzigen, noch freien Parklücke in der Weserstraße. Das Gebäude mit der Nummer 44 befand sich etwa hundert Meter auf der anderen Straßenseite. Sie schauten sich nach beiden Seiten um, aber von einem Schlüsseldienst war weit und breit nichts zu sehen.

Nach einer gefühlten Ewigkeit – vielleicht waren es zehn Minuten – stand ein schüchterner junger Mann vor ihnen, der sich als Mitarbeiter des Schlüsseldienstes zu erkennen gab.

Es war für ihn ein Leichtes, die Türe im zweiten Stock zu öffnen. Van Kauteren unterschrieb einen Beleg, dann ging er voran in die Wohnung von Vivian König, nicht ohne Kim vorher Handschuhe gegeben zu haben.

Alle drei waren überrascht. Im Gegensatz zu dem bereits in die Jahre gekommenen Haus und dem nicht sehr einladenden Treppenhaus war die Wohnung großzügig restauriert und modernisiert worden. Allein die offene Küche mit einer breiten Kochinsel ließ keine Wünsche offen.

Van Kauteren konnte sich Bemerkungen wie „Fantastisch", „Alle Achtung" oder „Hätte ich nicht erwartet" nicht verkneifen. Auch Enrico und Kim staunten nicht schlecht und waren angetan von der stylischen Wohnung, die mit richtig teuren Möbeln und Accessoires großzügig eingerichtet war.

Besonders auffällig war ein großformatiges Bild über einem schneeweißen Sofa. Das Gemälde zeigte eine nackte, auf einem Teppich liegende Frau, wobei man die vielen kleinen Malpunkte beim Näherkommen als verschiedenfarbige Männerköpfe erkannte. Ein sehr eigenwilliges Kunstwerk und doch so passend zu der Besitzerin dieser Wohnung. Auf dem Esstisch aus schwerem Glas stand ein Strauß mit rosafarbenen Rosen, deren Blüten sich weit entfaltet hatten. Ein wunderschöner Anblick. Ansonsten wirkte alles sehr ordentlich, sehr sauber, eigentlich etwas zu steril und irgendwie seelenlos.

„Den Laptop nehmen wir mit!", ließ sich van Kauteren vernehmen.

Ansonsten fanden sie auch nach längerem Suchen keine brauchbaren Hinweise oder Gegenstände, die ihnen bei ihrer Ermittlungsarbeit weitergeholfen hätten.

Der Kleiderschrank der Besitzerin wurde von Kim inspiziert. Dabei gingen ihr die Augen über bei so vielen traumhaften Outfits, bei den knallengen Jeans und den dazugehörigen High Heels. Besonders angetan hatten es ihr sehr tief ausgeschnittene Kleider aus glitzerndem Material und einige Tops aus Seide oder ähnlichen Materialien. Sozusagen vergnügungssteuerpflichtig, dachte sie.

In einer Schublade fand sie exquisite Unterwäsche, wenn man so will, die Berufskleidung von Vivian König.

„Verdammt, die König hat mit ihrem Job richtig Knete gemacht.", kam es von Enrico.

„Oder irgendein Gönner hat ihr das alles hier bezahlt.", ergänzte van Kauteren.

Im Kühlschrank befand sich eine angebrochene Dose Beluga Kaviar und zwei unberührte Flaschen Champagner. Der restliche Inhalt war durchaus übersichtlich.

Ziemlich frustriert und ohne neue Erkenntnisse verließen die drei die Wohnung, nicht ohne die Tür noch versiegelt zu haben.

Mo hatte inzwischen weitere Homepage Auftritte von Segolin Royal identifiziert und ausgewertet. „Überall sehr aufreizende Bilder von ihr, aber nirgendwo eine Telefonnummer oder Adresse von ihr. Sie muss die angeturnten und zahlungskräftigen Männer entweder in deren Wohnungen oder in Hotels aufgesucht haben, zwar clever, aber auch nicht ganz ungefährlich. Nur, wie sollen wir bei dieser Sachlage dann an Adressen von Freiern kommen? Das dürfte so gut wie unmöglich sein!

Sie hat den Kunden für ein Treffen 1000 Euro abgenommen, weitere Wünsche mussten extra bezahlt werden. Analverkehr kostete zum Beispiel nochmals 1000 Euro.", erklärte Mo.

„Die hat mit ihrem Arsch richtig Geld gemacht!", entrann es van Kauteren, wobei eine gewisse Bewunderung für den ausgeprägten Geschäftssinn von Frau König herauszuhören war.

Obwohl sie jetzt wussten, wer die Tote vom Friedhof war, nützte es ihnen scheinbar nichts. Es gab keine Hinweise auf Lebenspartner, Freunde, Gönner oder gar Familienangehörige. Ihre Geldbörse und ihre Papiere blieben ebenfalls unauffindbar.

„Also haben wir gar nichts!", begann van Kauteren die Diskussion mit seinen Leuten. Dabei hantierte er mit einem noch zu heißen Kaffee herum und hätte sich fast verbrüht.

Mo konnte ein leichtes Grinsen nicht verbergen und erwiderte: „Dann hat wohl ein Freier die horrenden Preise nicht bezahlen können und Vivian König lieber erschossen. Nicht sehr nett!"

„Nein, das kann ich mir nicht vorstellen.", mischte sich Enrico ein.

„Denn zur Tatzeit war Frau König nicht in einem ihrer aufregenden Outfits unterwegs, sondern trug lediglich eine normale Jeans mit einem T-Shirt und einem Blaser. Sie hatte ganz offensichtlich ihre Freizeitkleidung an. Also einen Freier als Täter können wir meiner Meinung nach ausschließen."

Jetzt wollte van Kauteren wissen:

„Hat sich eigentlich irgendeine Person auf den Artikel in der WAZ gemeldet, in dem wir das Bild der für uns damals noch unbekannten Toten veröffentlicht hatten?"

„Nein, bisher nicht.", erwiderte Enrico.

„Sehr merkwürdig, irgendjemand muss sie doch gekannt haben.", ergänzte Mo.

„Ja, ihr habt Recht.", nahm van Kauteren die Diskussion wieder in die Hand.

„Mir kommt der Tod der jungen Frau wie eine Hinrichtung vor. Der aufgesetzte Schuss oberhalb des Herzens weist meines Erachtens nach darauf hin. Hinzu kommt noch das verstärkte Schwitzen vor ihrem Tod."

Kim Bäumer meldete sich zu Wort.

„Das Schwitzen muss ja nicht unmittelbar vor dem Schuss stattgefunden haben. Vielleicht hat sie zuvor in einer Bar getanzt."

„Ja, richtig! Das ist auch nicht auszuschließen, aber ich denke eher daran, dass der Mörder sie vorher stark unter psychischen Druck gesetzt hat. Also extremer Angstschweiß. Das sollten wir bedenken. Das würde auch zu dem weiteren Vorgehen passen. Hier wollte sich wohl jemand sehr grausam rächen.", schloss van Kauteren die Diskussion ab.

„Was wissen wir? Mit welchen Fakten können wir arbeiten?", drang van Kauteren jetzt aufs Tempo:

„Das Opfer ist irgendwo mit K.O. Tropfen betäubt worden, vermutlich in einer Bar oder so. Anschließend wurde es mit einem Auto zum Holthuser Tal gefahren. Auf irgendeine Weise hat der Mörder das Opfer gequält, psychisch oder physisch, auch wenn wir keine Spuren von Fesselung oder andere Verletzungen gefunden haben. Dann wurde die Frau mit aufgesetzter Pistole durch einen Schuss mitten durchs Herz getötet, also quasi hingerichtet.

Der Doc hat die Patrone in ihrem Körper gefunden. Kennen wir das Kaliber und eventuell das Fabrikat der Schusswaffe?", wollte der Hauptkommissar noch wissen.

Mo erhob seine Stimme und mit einiger Genugtuung trug er vor:

„Kaliber 9 mm, sehr wahrscheinlich abgefeuert aus einer Sig-Sauer P6, die, und das ist jetzt sehr interessant, vor fünfzehn bis zwanzig Jahren zur Standartausrüstung der Polizei in Nordrhein-Westfalen gehörte."

Kapitel 18

Drei Tage später eilte van Kauteren an einem verregneten Morgen etwas verspätet in den Eingang des Polizeipräsidiums, vorbei an dem ihm gut bekannten Pförtner, der seinen Ausweis schon längst nicht mehr kontrollierte.

„Guten Morgen, Herr Kommissar. Heute in Eile. Ich habe gerade eine junge Frau zu Ihnen geschickt. Sie will wohl zum neusten Mordfall Aussagen machen."

„Ja, danke und einen schönen Tag noch."

Dann stürmte er die Treppen empor, heute noch etwas rascher als sonst.

Na endlich, dachte van Kauteren und war gespannt, was die Zeugin zu sagen hatte.

Vor seinem Büro angekommen, entdeckte er die junge Frau, die schon ungeduldig auf ihn wartete.

„Kommissar van Kauteren?"

„Ja, der bin ich. Sie wollen eine Aussage zum Fall der unbekannten Toten machen? Sehe ich das richtig?"

Die junge Frau nickte.

„Dann nehmen Sie schon mal Platz."

Er deutete auf einen eher spartanischen Holzstuhl in seinem offenstehenden Büro.

„Ich bin gleich bei Ihnen. Möchten Sie einen Kaffee?"

„Ja, nehme ich gerne."

Van Kauteren begrüßte rasch seine Mitarbeiter und orderte zwei Kaffee, die er sich ausnahmsweise einmal bringen ließ. Sonst war das nicht seine Art.

Schließlich kurvte er raschen Schrittes in sein Büro und begann: „Also, was kann ich für Sie tun? Was können Sie uns zu der unbekannten Toten, die wir am Waldfriedhof in Essen Überruhr gefunden haben, mitteilen?"

„Ja, richtig. Ich war ein paar Tage verreist und habe daher erst gestern die in meiner Post liegende Ausgabe der WAZ überflogen und bin an dem Artikel über die unbekannte Frauenleiche am Waldfriedhof hängen geblieben."

„Sie kennen die Frau?", unterbrach van Kauteren den Redefluss seines Gegenübers.

„Ja, ich kenne sie, wir sind miteinander bekannt. Eine Freundin würde ich sie allerdings nicht nennen wollen. Sie heißt Vivian König. Jedenfalls hat sie sich mir so vorgestellt. So alle paar Wochen haben wir uns verabredet, gelegentlich schon mal zu einem nächtlichen Streifzug. Häufig landeten wir dann in der Bar des Hyatt in Düsseldorf, am Medienhafen, wenn Sie wissen, was ich meine."

„Ja, kenne ich. Aber jetzt erst einmal zu Ihnen. Wie heißen Sie und was machen Sie beruflich?", wollte van Kauteren wissen.

„Ich heiße Elke Junghans, bin IT-Administratorin, verdiene ganz gutes Geld und lebe bis auf gelegentliche One Night-Stands alleine in Düsseldorf."

„Und wie haben sie sich kennengelernt, Sie und Vivian König?" wollte der Kommissar noch wissen.

„Ich bin eine Nachtschwärmerin und brauche nach langer und oft nervenaufreibender Arbeit ab und zu einen Barbesuch. So lernten wir uns kennen und kamen sehr schnell ins Gespräch."

„Sie wissen, welchen „Beruf" ihre Bekannte ausübte?", fragte van Kauteren.

„Ja, weiß ich. Sie kam damit zwar nicht gleich heraus. Aber, als ich mich über ihren luxuriösen Lebensstil wunderte und sie darauf ansprach, gestand sie mir ihre Passion, wobei sie zu der Art ihres Geldverdienens stand. Sie konnte mir glaubhaft vermitteln, dass sie nur als Edelprostituierte so viel

Geld verdienen könnte und offenbar relativ wenige Probleme mit ihren Freiern hatte. Denn ihr Klientel sei allein schon wegen der Preise, die sie verlangte, ein besonderes und, wie sie versicherte, relativ angenehmes."

„Wie oft haben Sie sich gesehen?"

„So etwa einmal im Monat, häufig in der Bar vom Hotel Hyatt. Dort war sie wohl mitunter auch vor unserem Zusammentreffen beruflich unterwegs. Ich erkannte dies dann sofort daran, wie aufgebrezelt und stark geschminkt sie mir gegenübersaß. Aber mir war das einerlei. Ansonsten war sie eine lustige und taffe Person. Wir hatten meist sehr viel Spaß miteinander, konnten aber auch ernsthafte Gespräche führen."

„Wissen Sie, ob sie Familie oder eine feste Beziehung hatte?" „Nein, von einer festen Beziehung hat sie nie gesprochen, und familiäre Bindungen sind mir nicht bekannt."

„Wissen Sie, wo sie wohnte?"

„Soweit ich weiß in Essen, aber ihre genaue Adresse kenne ich nicht, war auch nie in ihrer Wohnung gewesen."

„Ja, schön Frau Junghans und vielen Dank, dass Sie sich hierher bemüht haben. Die Identität der Toten ist uns inzwischen auf anderem Weg bekannt geworden, aber dennoch vielen Dank."

Damit wollte van Kauteren das Gespräch beenden, spürte aber, dass sein Gegenüber noch etwas auf dem Herzen hatte.

Er nahm sich eine Prise, deren Ablauf Frau Junghans mit Interesse verfolgte.

„Wollten Sie noch etwas sagen?"

„Ja, ich weiß nicht. Vielleicht bilde ich mir da auch zu viel ein. Aber bei unserem letzten Treffen vor etwa drei Wochen saßen wir wie immer gut gelaunt in besagter Hotelbar zusammen. Dennoch schien mir Vivian etwas unkonzentriert. Außerdem schaute sie sich mehrfach im Raum um. Als ich sie schließlich darauf ansprach, wich sie mir zunächst aus. Dann berichtete sie mir, dass sie sich seit einiger Zeit verfolgt fühlte."

„Sprach sie von einem Mann?"

„Nein, das konnte sie nicht genau sagen. Es war halt nur so ein Gefühl. Irgendein Schatten sei es, der ihr möglicherweise nachstelle. Sie konnte das nicht konkretisieren."

„Nun, nicht besonders hilfreich für uns, aber dennoch auch vielen Dank für diesen Hinweis. Sie finden hinaus?"

„Herr Kommissar, ich bin noch nicht ganz fertig. Vor etwa einer Woche, kurz vor meiner Abreise, saß ich allein in der Bar. Vivian hatte wohl noch Kundschaft und konnte an diesem Abend nicht kommen. Dann fiel mir eine Gestalt am Ende der Bar auf, die kurze Zeit später tatsächlich wie ein Schatten durch den Raum huschte, sich kurz an einen Tisch setzte und sich sehr wahrscheinlich etwas bestellte. So jedenfalls mein Eindruck. Als ich nach einer Weile wieder hinsah, war die Person verschwunden, so schnell wie sie aufgetaucht war. Ein Verhalten eines normalen Gastes war dies eher nicht. Der Mensch kam auch nicht mehr zurück, zum Beispiel von der Toilette oder so."

„Konnten Sie mehr erkennen?"

„Nein, leider nicht. Die Gestalt war mittelgroß, eher schlank, sportlich gekleidet und trug einen schwarzen Kapuzenpulli, der das Gesicht zumindest teilweise verdeckte."

„Jünger oder älter?"

„Eher jünger, würde ich sagen. Aber das ist nur eine Vermutung."

„Noch eine Frage. Wo waren Sie am 23.05. in der Nacht zwischen 1 und 5 Uhr früh?"

„Ich war doch im Urlaub auf der Insel Korfu, Hotel Esplanade, wenn Ihnen diese Angaben reichen.", antwortete die Zeugin etwas angesäuert.

„Ja, o.k. Frau Junghans. Ich darf Sie noch bitten, zu Kommissar Hütter zu gehen und Ihre Aussagen protokollieren zu lassen. Ich danke Ihnen sehr."

Van Kauteren führte die Zeugin aus seinem Büro und geleitete sie zu Mo, gab ihr die Hand und blieb danach eine Zeit lang auf dem Flur stehen.

Also, so grübelte er, könnte Vivian König tatsächlich von irgendjemandem verfolgt worden sein, vielleicht von ihrem Mörder.

Kapitel 19

Tagebuchnotiz eines Menschen, der sich erfolgreich überwunden hat.

vom

24.05.2015

Ich habe es getan! Irgendwie bin ich total erleichtert, aber auch aufgewühlt wie nie zuvor. Es waren aufregende Tage und Wochen. Alles hatte mit einem Foto begonnen, das mir mein Freund Gustavo gezeigt und mir erläutert hatte, wer auf dem Bild zu sehen war und in welcher Beziehung die beiden Personen zueinander standen.

Den Kontakt zu der Frau auf dem Bild herzustellen, war am Ende leichter, als gedacht. Ihre Gewohnheiten konnte ich lange genug studieren, habe mir dabei allerdings so manchen Abend und so manche Nacht um die Ohren geschlagen. Danach wusste ich alles über sie.

Vor drei Tagen gelang es mir, sie anzusprechen und schnell in ein Gespräch zu verwickeln. Alles lief viel besser, als ich angenommen hatte. Eigentlich eine ganz sympathische Person, kam mir in den Sinn. Aber solche Gedanken durfte ich erst gar nicht aufkommen lassen. Solche Sentimentalitäten hätten nur meine Pläne gefährdet.

Bei einem feuchtfröhlichen Abend vertieften wir unsere Beziehung und verabredeten uns schließlich zu einem neuen Treffen für den 22.05., 22 Uhr 30 an der Bar des Sheraton Hotels in Essen, einer mir durchaus bekannten Lokation mitten im Zentrum der Stadt. Dieser Treffpunkt war perfekt, hatte ich doch direkten Zugang zu einer Tiefgarage.

Gestern habe ich mir dann einen konkreten Plan überlegt, alles berechnet, alles aufgeschrieben und den Ablauf dann in meinem Kopf eingebrannt, sodass ich die Aufzeichnungen schließlich vernichten konnte. Nichts hatte ich dem Zufall überlassen. Ich fuhr die Strecke ab, habe die Zeiten gestoppt und aufgeschrieben. Wichtig war noch ihr Körpergewicht zu berechnen oder zumindest wirklichkeitsnah abzuschätzen. Dann war der Ablauf klar und alles berechnet, was notwendig war.

Vorgestern bin ich schon um 21 Uhr mit meinem gepackten Rucksack losgefahren, sicherheitshalber schon viel früher als nötig. Ich war nervös! Natürlich war ich nervös, denn schließlich tat ich so etwas zum ersten Mal. Nie hätte ich früher von mir angenommen, zu so etwas überhaupt fähig zu sein.

Ich fuhr in die Tiefgarage des Sheraton Hotels, nahm eine kleine Schachtel aus meinem Rucksack, verschloss alles wieder sorgfältig, dann stieg ich die Treppen zum Hotel empor und betrat die Bar, die zu dieser Zeit noch wenig besucht war. Ich nahm an der Theke Platz und bestellte mir einen Kaffee und ein Wasser. Ich versuchte mich zu konzentrieren und cool zu bleiben.

Eine Stunde später sah ich sie kommen. Jetzt gab es kein Zurück mehr.

Alles fühlte sich so neu an, alles war verwirrend und so vollkommen unwirklich. Ohne die klare Abfolge des Geschehens, ohne den genauen Plan wäre ich voraussichtlich verrückt geworden. Aber ich brauchte nichts zu improvisieren, sonst hätte ich sehr wahrscheinlich abgebrochen. Außerdem wusste ich, dass mein Opfer nicht besonders würde leiden müssen.

Die Nacht schien mir so dunkel wie nie zuvor, immer wieder überkam mich Angst, aber nur noch selten das Gefühl eines schlechten Gewissens. Eine ganz klare Vorstellung von Gerechtigkeit und Vergeltung bestimmten meine Gefühle. Das Leben durfte keine Einbahnstraße sein, auch wenn jetzt das Leben eines anderen Menschen beendet werden würde. Sie war das perfekte Opfer. Denn durch ihren Tod, und das allein war wichtig, würde ein anderer Mensch leiden müssen, sehr leiden müssen.

Kapitel 20

Wie jeden Morgen, wenn sie Dienst hatte, fuhr Dr. Jessika Schwarz auf die für das Personal reservierten Parkplätze neben dem Krupp-Krankenhauses in Essen.

Über den Haupteingang betrat sie ihre Arbeitsstätte und meist fiel ihr Blick dabei auf die Büste von Alfried Krupp von Bohlen und Halbach, die in der Eingangshalle aufgestellt worden war. Die relativ naturgetreue Nachbildung des letzten Krupp, der dem bekannten Familienunternehmen noch vorgestanden hatte, zeigte einen sehr ernsten, edlen, aber fast traurig wirkenden Mann, der so aussah, als würde er das Ende des traditionsreichen Familienunternehmens Krupp bereits vorausahnen.

Jessika Schwarz hatte ihre Ausbildung zunächst in Düsseldorf begonnen. Dann wurde vor gut einem Jahr die Stelle einer Assistenzärztin für Innere Medizin am Krupp-Krankenhaus ausgeschrieben. Gegen nicht geringe Konkurrenz hatte sie sich durchsetzen können. Nun war sie froh, die Stelle erhalten zu haben. Denn Professor Schorlemmer war ein anerkannter Fachmann und bei allen Mitarbeitern sehr beliebt. Ihr machte die Arbeit großen Spaß, zumal sie viel von ihrem Chef lernen konnte. Sie war auf einem guten Weg, Fachärztin für Innere Medizin zu werden.

Sie betrat ihr Dienstzimmer auf Station 3M und entdeckte einen Zettel, der auf ihrem ansonsten aufgeräumten Schreibtisch lag.

„Frau Schwarz, kommen Sie heute bitte um 13 Uhr 30 zu Prof. Schorlemmer."

Ihr Herz fing zu stolpern an, obwohl sie sich keiner Verfehlung bewusst war. Auch wenn ihr Chef sehr menschlich mit seinen Mitarbeitern umging, war sie den ganzen Vormittag unsicher und nervös. Man konnte ja nie wissen. Und fehlerfrei war sie selbstverständlich auch nicht. Das Mittagessen wollte ihr nicht so recht schmecken, sie ließ gut die Hälfte auf ihrem Teller zurück.

Prof. Schorlemmer, ein sehr interessant aussehender Mittfünfziger, empfing Jessika freundlich und bat sie, Platz zu nehmen. Sie wusste nur nicht, wohin.

Denn das Arbeitszimmer ihres Chefs war vollgestopft mit Akten, Büchern oder anderen Schriftstücken, selbst der Besucherstuhl war belegt. Diese Sammelwut war wohl die einzige Schwäche eines ansonsten vorbildlichen Arztes und Wissenschaftlers. Hastig befreite er die einzige Sitzgelegenheit von einem Stapel Zeitschriften, strahlte dabei seine Mitarbeiterin an und kam dann zum Thema.

„Liebe Frau Kollegin, ich hoffe, es geht Ihnen gut. Also, ich habe Sie kommen lassen, weil ich, so glaube ich, eine Nebentätigkeit für Sie gefunden habe. Darauf hatten Sie mich doch vor ein paar Monaten angesprochen. Erinnern Sie sich?"

„Ja, stimmt! Und es ist immer noch mein Wunsch."

„Ob Sie es glauben oder nicht, ich habe wirklich was für Sie. Natürlich müssen Sie mir versprechen, Ihre Arbeit hier in der Klinik dabei nicht zu vernachlässigen.

Das mit den häufigen zusätzlichen Notarzteinsätzen im letzten Monat war nicht das Richtige für Sie. Das hatte Sie vom Zeitaufwand her doch ziemlich überfordert. Sie wissen, was ich meine."

„Ja, Chef, stimmt, die nächtlichen Einsätze am Wochenende haben mir zu viel Kraft gekostet. Aber jetzt sagen Sie schon, was Sie für mich haben!"

„Also, gestern rief mich ein alter Freund von mir ganz aufgeregt und verzweifelt an. Er ist der leitende Gefängnisarzt für das östliche Ruhrgebiet. Er hat einen großen Engpass in der JVA Gelsenkirchen. Dort ist der bisherige Arzt schwer erkrankt und wird nicht mehr zurückkehren. Er benötigt also besser heute als morgen einen neuen Arzt oder eine neue Ärztin für diese Anstalt. Was sagen Sie?"

„Was soll ich machen? Gefängnisärztin? Habe ich das richtig verstanden? Was käme denn da auf mich zu?"

„Ja, das weiß ich auch nicht.", antwortete der Professor wahrheitsgemäß.

„Ich denke mir, Sie müssten die Wehwehchen der Gefangenen behandeln und für ihre Sorgen und Nöte da sein. Das dürfte für Sie, als gestandene Ärztin, ein Klacks sein."

„Ich weiß nicht, und dann die ganze Umgebung. Ist das nicht gefährlich?", bemerkte verunsichert die junge Frau.

„Das dürfen Sie mich nicht fragen, ich war noch nie Gefängnisarzt und auch aus anderen Gründen noch nie inhaftiert.", antwortete Professor Schorlemmer etwas ratlos. „Aber, wissen Sie was, Sie sollten unvoreingenommen einfach mal mit meinem Freund, einem Dr. Olbricht, sprechen. Dann wissen Sie mehr und können eine Entscheidung treffen. Ich war auch schon so frei und habe über Ihren Kopf hinweg einen Termin mit dem Kollegen vereinbart. Morgen 19 Uhr. Können sie dann nach Dortmund fahren?"

„Oh, schon so schnell? Na gut! Soweit ich jetzt aus dem Gedächtnis weiß, habe ich morgen nichts Außergewöhnliches vor und Bereitschaftsdienst habe ich auch nicht."

„Stimmt, hatte ich schon nachgesehen.", konterte erfreut und erleichtert ihr Chef.

„Gestatten Sie mir noch eine Frage. Es geht mich ja eigentlich gar nichts an. Aber wozu brauchen Sie das Geld aus dem Nebenverdienst?", wollte der Professor wissen.

„Ich mache mir immer auch Gedanken und Sorgen um meine Mitarbeiter. Deswegen verzeihen Sie mir diese Frage. Natürlich brauchen Sie sie nicht zu beantworten, wenn Sie nicht wollen."

„Doch, doch, das ist kein Geheimnis. Will ich Ihnen gerne erklären. Wie Sie vielleicht wissen, habe ich ja in Düsseldorf Medizin studiert und bin auch danach noch dort wohnen geblieben. Als ich die Stelle hier bei Ihnen bekam, habe ich zunächst weiter die Fahrten von Düsseldorf nach Essen und zurück in Kauf genommen, weil ich mir in Ruhe eine neue Wohnung suchen wollte. Und tatsächlich bin ich inzwischen fündig geworden. Nur leider etwas anders als gedacht.

Der Makler, an den ich mich gewandt hatte, konnte mir zwar verschiedene, auch schöne Mietwohnungen zeigen, aber bei jeder der inzwischen sieben Wohnungen, die ich besichtigt habe, war irgendwo ein Haken, mitunter sogar mehr als einer. Fast genau vor zwei Monaten präsentierte er mir dann eine Eigentumswohnung in Essen Steele, die genau meinen Wünschen entsprach, aber leider auch einen für mich eigentlich nicht bezahlbaren Preis hatte."

„Und, haben Sie zugegriffen?", wollte ihr Chef, neugierig geworden, wissen.

„Ja, nach mehreren Gesprächen mit mehr als einer Bank habe ich die Finanzierung hinbekommen und die Wohnung tatsächlich gekauft. In vier Wochen will ich einziehen. Aber nun wissen Sie auch, welche Kosten auf mich zukommen werden. Ich habe wirklich lange gezögert, aber letztendlich hat die Wohnung gewonnen.", endete leicht echauffiert Frau Schwarz.

„Ja, das verstehe ich, dann brauchen Sie wirklich jeden Cent. Also nochmal, meinen Segen haben Sie, wenn Ihre Arbeit in der Klinik darunter nicht leidet und wenn Ihnen die

Stelle zusagen sollte. Quetschen Sie den Kollegen Olbricht morgen ordentlich aus und schauen Sie, ob der Job was für Sie ist."

Anschließend sprach Prof. Schorlemmer noch mit seiner Kollegin über eine gemeinsame Patientin, deren Beschwerden weiterhin unklar waren und bei der man immer noch keine sichere Diagnose hatte stellen können. Die beiden diskutierten über weiter notwendige diagnostische Maßnahmen.

Insgesamt erleichtert, aber auch völlig verunsichert verabschiedete sich Dr. Schwarz von ihrem Chef, nicht ohne sich bei ihm mehrfach für seine Mithilfe und sein Verständnis bedankt zu haben.

Sehr nachdenklich ging sie zu ihrer Station zurück.

Was war das denn? Gefängnisärztin? Wie sollte das als Frau gehen? Viele Fragen schwirrten in ihrem Kopf herum. Und insgesamt hatte sie eine eher gruselige Vorstellung von der ärztlichen Tätigkeit in einer Justizvollzugsanstalt, wenn sie die Bezeichnung für eine solche Unterkunft richtig verstanden hatte.

Aber sie nahm sich zugleich vor, unvoreingenommen in das Gespräch mit Dr. Olbricht zu gehen. Und, ganz in ihrem Inneren verborgen, fühlte sie, dass sie diese Aufgabe sogar ein wenig reizen könnte.

Kapitel 21

Dr. Olbricht empfing Jessika Schwarz in seinem Büro in der Innenstadt von Dortmund. Als Leiter der ärztlichen Gefängnisbetreuung für das östliche Ruhrgebiet war er unter anderem dafür zuständig, dass jedes Gefängnis in seinem Einzugsbereich ärztlich versorgt war. Denn jeder Gefangene hatte während der Haft das verbriefte Recht auf körperliche Unversehrtheit.

Da nicht allzu viele Ärzte und nur ganz selten Ärztinnen besondere Neigung verspürten, die eher abwegig klingende ärztliche Tätigkeit als Gefängnisarzt/ärztin auszuüben, war es für ihn oft gar nicht so leicht, alle offenen Stellen mit einem qualifizierten Arzt zu besetzen. Und genau jetzt war er wieder in einer solchen Lage.

Dr. Olbricht war ein burschikoser, lustiger und redefreudiger Kollege, der offenbar mit Haut und Haaren Gefängnisarzt war und Spaß an seiner Tätigkeit hatte. Jedenfalls vermittelte er diesen Eindruck.

Jessika war pünktlich, musste aber noch eine viertel Stunde auf den Ärztlichen Direktor warten. So jedenfalls stand es auf dem Namensschild neben der Tür.

Dann bat Dr. Olbricht seinen Gast hinein, begrüßte ihn überschwänglich und entschuldigte sich für die Verspätung.

„Sie müssen Frau Schwarz sein. Seien Sie mir herzlich willkommen. Tut mir leid, aber wir hatten gerade einen Notfall in meiner JVA. Amphetaminabhängiger hatte Entzugserscheinungen bekommen, war außer Rand und Band. Da musste ich noch schnell hin. Deshalb meine Verspätung. Aber jetzt legen wir los."

Mit großem Redeschwall schilderte Dr. Olbricht die Tätigkeit eines Gefängnisarztes. Er schien wirklich in diesem Beruf aufzugehen.

„Was würde mich denn genau erwarten?", versuchte Dr. Schwarz das Gespräch etwas zu konkretisieren und damit zu beschleunigen.

„Na gut, ich erkläre es Ihnen: Jeder Gefangene, der in die Vollzugsanstalt eingeliefert wird, muss ärztlich untersucht werden. Das ist sehr wichtig, insbesondere im Hinblick auf akute Erkrankungen, aber besonders auch auf chronische Gesundheitsstörungen, wie zum Beispiel Diabetes, Bluthochdruck oder anderes. Sollte er regelmäßig Medikamente benötigen, müssen wir ihm diese zur Verfügung stellen. Wichtig ist auch, herauszubekommen, ob der Delinquent gegebenenfalls alkohol- oder drogenabhängig ist. Als Alkoholiker kommt er fast zwangsläufig in ein Delir, weil er in der Anstalt nicht an Alkohol herankommt. Drogen werden schon eher gehandelt, daher bleiben solche Abhängigkeiten mitunter unentdeckt."

„Und was mache ich, wenn ein Gefangener in den Entzug rutscht?" „Also zunächst versuchen Sie, ihn ambulant im Gefängnis zu behandeln. Wenn das nicht ausreicht, wird ein solcher Patient zum Vollzugskrankenhaus nach Fröndenberg verlegt. Dort haben wir mehr diagnostische und therapeutische Möglichkeiten. Kommt es noch schlimmer oder liegen andere akute Erkrankungen vor, bleibt nichts anders übrig, als den Gefangenen unter erheblichem Aufwand in ein normales Krankenhaus zu verlegen. So etwas, das können Sie sich sicher vorstellen, ist allerdings wegen der lückenlosen Bewachung sehr personalintensiv.

Aber jetzt sind wir eigentlich schon in den Details unserer Arbeit angekommen.

Also, wir würden von Ihnen eine etwa zweistündige Sprechstunde erwarten, die sie viermal in der Woche abhalten müssten, ergänzt von den Untersuchungen der Neuzugänge.

Stellen Sie sich Ihre Tätigkeit wie die eines Hausarztes vor."

„Bin ich denn alleine mit den Gefangenen, die zu mir kommen?"

„Nein, nein, keinesfalls. Es stehen Ihnen immer mindestens zwei Wärter zur Verfügung, die eine zusätzliche Krankenpflegeausbildung genossen haben. Diese bleiben immer in Ihrer Nähe beziehungsweise in der Nähe des Gefangenen. Sie würden auch entscheiden, ob Ihr Gegenüber gegebenenfalls fixiert werden müsste. Das kommt aber nur sehr selten vor. Einige Gewaltverbrecher werden Ihnen allerdings schon mal mit Hand-, beziehungsweise Fußfesseln vorgeführt.

Sieht aber alles viel schlimmer aus, als es ist."

„Habe ich auch Medikamente und andere therapeutische Mittel zur Verfügung?"

„Ja sicher, und was Ihnen fehlen sollte, wird besorgt. Haben Sie sonst noch Fragen?"

„Wenn ich das vorhin richtig verstanden habe, müsste ich an vier Tagen in der Woche etwa zwei bis drei Stunden Zeit aufwenden. Sind die Wochentage beliebig?"

„Ja und nein. Eine gewisse Regelmäßigkeit wäre schon ganz schön. Aber ich weiß, wenn Sie Dienst hätten, könnten Sie natürlich keine Sprechstunde abhalten. Dafür hätten wir Verständnis."

„Ich könnte bei meinem geteilten Dienst in der Klinik anbieten, zwischen 13 und 16 Uhr zur Verfügung zu stehen. Wie wäre das?"

„Ja, das klingt doch ganz hervorragend. Aber noch etwas müssen wir besprechen. Sie wären auch für Notfälle in der Anstalt zuständig, auch nachts. Wie sieht es damit aus?"
„Wenn ich Dienst habe, kann ich selbstverständlich nicht kommen, sonst dürfte das kein Problem sein."
„Ja, das ist mir klar. Für die Tage, an denen Sie Dienst in der Klinik hätten, müssten wir uns an den örtlichen Notdienst anschließen. Bekämen wir schon hin. Also, was sagen Sie?"
„Ja, so könnte es gehen. Aber noch eine Frage. Was würde ich denn eigentlich verdienen?"
„Ja, da haben Sie Recht. Darüber haben wir noch gar nicht gesprochen. Verzeihen Sie mir.
Also Sie bekämen pro Einsatzstunde 70,- Euro, nachts 90,- Euro. Für die Untersuchung eines Neuzuganges erhielten Sie 10 Euro. Das klingt wenig. Aber in einer JVA gibt es eine relativ hohe Fluktuation. Insgesamt sollten sie pro Tag auf bis zu 200 Euro kommen, in der Woche also etwa auf 800 Euro und im Monat damit auf circa 3200 Euro. Wenn Sie Urlaub hätten oder selber krank wären, würden Sie allerdings nichts verdienen. Würde das Ihren Vorstellungen entsprechen?"
Jessika musste schlucken. Mit solch einer Summe hatte sie gar nicht gerechnet. Sie ließ sich ihre Genugtuung allerdings nicht anmerken. Das wäre die Lösung all ihrer finanziellen Probleme.
Und doch fühlte sie sich immer noch sehr unsicher. Sie wusste immer noch nicht genug über vermeintliche Gefahren, die mit diesem Job verbunden sein könnten. Daher stellte sie noch folgende Frage:
„Wenn ich zum Beispiel nachts zu einem Notfall gerufen würde, wie läuft das dann ab? Wer hilft mir?"

„Also, stellen Sie sich vor, Sie haben eine Praxis und werden nachts zu einem Notfall gerufen. Dann fahren Sie doch auch alleine zu dem Patienten und haben keine weitere Unterstützung zur Hand. Die Wärter würden Sie in einem solchen Fall zu der Zelle des Betroffenen bringen und natürlich zu Ihrer Sicherheit bei Ihnen bleiben. In der Zelle würden Sie den Patienten untersuchen und gegebenenfalls therapieren. Herzinfarkte und Schlaganfälle sind eher selten, Verletzungen, Magendurchbrüche und Blinddarmentzündungen eher häufig, außerdem die schon angesprochenen Entzugserscheinungen und psychotische Zustände, die uns nicht ganz selten beschäftigen.

Wenn Sie weitere Diagnostik benötigen, bleibt nichts anderes übrig, als den Gefangenen unter großem Aufwand in der nächsten Klinik untersuchen zu lassen. Wie schon gesagt, jeder Gefangene hat das Recht auf körperliche Unversehrtheit. Das dürfen wir nie vergessen. Aber Sie schaffen das! Davon bin ich überzeugt."

Immer noch nicht von der Ungefährlichkeit dieser prekären Tätigkeit überzeugt schob Frau Schwarz noch eine Frage nach:

„Sind Sie schon mal angegriffen worden?"

„Nein, eigentlich nicht wirklich. Einmal versuchte es ein Häftling, der wütend auf mich war. Aber die Beamten konnten rechtzeitig eingreifen.

Aber wir sind nicht selten Zielscheibe von Beschwerden, weil die Gefangenen ihre Rechte kennen und nicht selten von ihren Anwälten dazu aufgestachelt werden, uns mit Klagen zu attackieren.

Auf solch eine Beschwerde müssen Sie dann ganz formal antworten und entsprechend Stellung nehmen. Einige Gefangene versuchen, Ihnen Behandlungsfehler nachzuweisen, nicht zuletzt, um gegebenenfalls Schmerzensgeld heraus-schlagen zu können.

Das gelingt aber nur in den seltensten Fällen, zumal ihre Anliegen meist sehr skurril sind."

„Können Sie ein Beispiel nennen?", wollte Frau Schwarz wissen.

Jetzt war Dr. Olbricht in seinem Element. Es folgte Anek-dote auf Anekdote.

„Eine Begebenheit möchte ich Ihnen noch zum Schluss er-zählen. Vor etwa einem Jahr erhielt ich einen Brief von ei-nem Rechtsanwalt, der mir mitteilte, sein ihm anvertrauter Mandant habe wegen der Neonbeleuchtung in seiner Zelle schwere gesundheitliche Schäden erlitten. Unter anderem er-wähnte er, dass sein Mandant durch die heimtückischen Strahlen impotent geworden sei. Mehrere Artikel aus angeb-lichen Fachzeitschiften waren beigelegt. Alle Anschuldigun-gen endeten damit, dass die Beleuchtung in der Zelle drin-gend ausgetauscht werden müsse. Ich hätte als Arzt dafür zu sorgen und gesundheitliche Schäden, die auch mir bekannt sein müssten, von dem Gefangenen abzuwenden. Andern-falls drohte er mit einer Klage wegen unterlassener Hilfeleis-tung."

„Und was ist daraus geworden?", wollte Jessika wissen.

„Nun, ich musste mich schon hinsetzen, um die wissen-schaftlich nicht haltbaren Theorien zu widerlegen, bezie-hungsweise klar zu machen, dass die genannten Gesund-heitsstörungen auf Neonlicht nicht zurückgeführt werden können. War schon etwas aufwendig und führte auch noch zu manchem Schriftwechsel mit dem Anwalt. Letztendlich hatte ich aber Erfolg. Es kam zu keiner Klage." „Haben Sie die Beleuchtung in den Zellen geändert?"

„Nein, das war ja nicht notwendig. Also, das alles ist lern-
bar und macht teilweise sogar etwas Spaß. Sie würden das
auch schaffen und außerdem stünde ich Ihnen immer zur
Seite. Aber nun sagen Sie schon: Wäre das was für Sie? Wie
sind Ihre Eindrücke?"

„Herr Kollege Olbricht, mir scheint die Tätigkeit ganz interessant zu sein, auch die forensische Seite wäre ganz o.k.

Aber ich bitte noch um etwas Bedenkzeit. Ich werde mich
in ein paar Tagen bei Ihnen melden. Zunächst vielen Dank
für das ausführliche Gespräch."

„Ich danke Ihnen für Ihr Interesse. Vielleicht werden wir
uns ja einig. Ich würde mich jedenfalls sehr freuen."

Ziemlich erschöpft, aber um etliche Antworten reicher verließ Jessika das Büro. Trotzdem konnte sie sich immer noch
kein vollständiges Bild von der Tätigkeit als Gefängnisärztin
machen. Es war inzwischen fast 21 Uhr. Ihren Termin für
den späten Abend würde sie absagen müssen.

Kapitel 22

Gut gelaunt und ebenso gut erholt kehrte Regina Bettendorf an ihren Arbeitsplatz zurück. Bis zur morgendlichen Besprechung war noch etwas Zeit. Deshalb konnte, nein, musste sie ihren Kollegen unbedingt von ihrem Urlaub in Schweden berichten.

Die Endvierzigerin mit ihrem schwarzen Kurzhaarschnitt hatte eine Reise in Mittelschweden mit einem umgebauten Postschiff unternommen. Wegen der eher ungewöhnlichen Fahrt waren alle sehr neugierig.

„Nun erzähl schon! Wie war es auf deinem Postschiff?", begann Enrico.

„Also, ehemaligem Postschiff. Es war klasse! Richtig was zum Abhängen, zum Endschleunigen und, um ganz viel Landschaft in sich aufnehmen zu können. Ich bin mit acht weiteren Mitreisenden aus aller Herren Länder in dem mit sehr viel Liebe zum Detail restaurierten Schiff auf Kanälen und dazwischen liegenden Seen durch Süd Schweden geschippert.

Maximal konnte das Schiff zehn Passagiere aufnehmen, hinzu kamen der Kapitän, ein Koch, ein Kellner und ein Bootsmann."

„Also etwa so viele Mitreisende wie auf der Aida.", konnte sich Mo nicht verkneifen.

„Du Blödmann! Aber das Schiff war wirklich etwas Besonderes, auch wenn keine der üblichen Aktivitäten angeboten wurden. Für jeden gab es eine hübsch eingerichtete Kabine und einen überdachten Sitzplatz vor der Tür, auf dem man die Landschaft an sich vorbeiziehen lassen konnte. Besonders bei gutem Wetter der reinste Genuss. Die Mahlzeiten wurden gemeinsam in einem sehr stilvoll eingerichteten

Speisezimmer an drei Tischen eingenommen, wobei das Essen ganz hervorragend war. Fast Spitzenküche mit ausgefallenen Fischgerichten und ganz exzellenten Saucen. Dazu ausgesucht leckere Weine oder was man sonst trinken wollte. Nur gezapftes Bier gab es nicht."

„Und, hast du zugenommen?", wollte Mo wissen.

„Ja, sicher ein bisschen schon, aber bei meiner Größe verteilt sich das ja ganz gut. Oder? Jetzt sagt nichts Falsches!"

Die anderen schwiegen.

„Abends konnte man noch an der Bar sitzen und sich mit den Mitreisenden unterhalten."

„Hast du dich überhaupt etwas bewegen können?", wollte der sportsüchtige und daher für solche Reisen ganz bestimmt nicht zu begeisternde Enrico wissen.

„Man konnte einige Etappen mit einem Fahrrad entlang des Kanals mitfahren, habe ich aber nur zweimal gemacht, da die Fahrräder nicht so arg bequem waren."

Van Kauteren war hinzugekommen und hatte noch etwas mitgelauscht. Jetzt drang er allerdings wieder auf die eigentliche Aufgabe seiner Mordkommission:

„Liebe Regina, du darfst mir später noch einmal von deinem Urlaub erzählen, aber jetzt sollten wir wieder zum Tagesgeschäft zurückkehren. Ach, ich muss dir ja noch unsere neue Praktikantin vorstellen." „Kim Bäumer" „Regina Bettendorf."

Die beiden begrüßten sich freundlich.

„Frau Bäumer hat sich übrigens schon ganz gut bei uns eingearbeitet, kann dich aber selbstverständlich nicht ersetzen."

„Da bin ich aber froh, dass ich bleiben darf.", konterte die Kommissarin.

„Aber sag: wo ist Achim?"

„Ach, das weißt du ja auch noch gar nicht. Achim hatte vor etwa zwei Wochen hier im Dienst einen Kreislaufkollaps und musste in die Klinik gebracht werden. Inzwischen geht es ihm schon wieder ganz gut, aber er fällt noch einige Zeit aus."

„Was ist denn passiert? Herzinfarkt?"

„Nein, zum Glück nicht! Er hatte wohl heftige Herzrhythmusstörungen, die man inzwischen ganz gut behandeln konnte. Wir wollen ihn morgen besuchen. Dann kannst du selbst mit ihm sprechen.

So, inzwischen ist einiges geschehen. Mo, wärst du so gut, Regina auf den neusten Stand zu bringen?"

Er sammelte sich kurz, dann berichtete er ihr:

„Also, der Raubmord, mit dem du noch zu tun hattest, ist so gut wie aufgeklärt. Alles hieb- und stichfest. Wir haben nur kein Geständnis von unserem Täter. Für uns ist dieser Fall aber abgeschlossen.

Leider haben wir einen neuen, eher mysteriösen Mordfall rein bekommen. In den frühen Morgenstunden des 23. 05. wurde eine junge Frau mit aufgesetzter Pistole am Waldfriedhof im Holthuser Tal erschossen. Die Identität der Toten ist inzwischen geklärt, es handelt sich um eine Edelprostituierte namens Vivian König, Künstlername Segolin Royal, hier in Essen gemeldet. Hat eine Top Wohnung, in der wir aber keinerlei Hinweise für einen möglichen Täter finden konnten. Sie war vor ihrem Tod irgendwo mit K.O. Tropfen betäubt und dann zum Tatort gefahren worden, wo sie nach einer schweißtreibenden Prozedur erschossen wurde. Jedenfalls waren ihr T-Shirt und ihre Haare feucht und verklebt. Einen Reim auf eine irgendwie geartete „Behandlung" konnten wir uns noch nicht machen. Abwehrspuren oder Spuren von Fesselungen etc. haben wir nicht gefunden.

134

Nach Auskunft einer Zeugin scheint das Opfer vorher von einer unbekannten Person verfolgt worden zu sein. Angehörige konnten wir nicht ausfindig machen. Ob sie in einer Partnerschaft lebte, wissen wir auch nicht. Direkte Hinweise dafür haben wir aber nicht gefunden."

„Noch eins: die Patrone, mit der unser Opfer erschossen wurde, stammt aus einer Sig-Sauer P6, die vor 15 bis 20 Jahren zur Standartausrüstung der Polizei in Nordrhein-Westfalen gehörte.", ergänzte van Kauteren.

„Oh, interessant! Da habt ihr euch aber einen tollen Fall eingehandelt.", antwortet eine sichtlich irritierte Regina Bettendorf.

Van Kauteren übernahm:

„Mo, wie weit sind wir damit, in welchen Geschäften Frau König ihre Unterwäsche gekauft haben könnte?"

Weiter kam er nicht, da das Telefon im Besprechungszimmer läutete. Enrico saß am nächsten und nahm ab. Sein Gesicht verfinsterte sich. Er antwortete nur sehr einsilbig. Dann legte er das Handy zur Seite:

„Wir haben eine männliche Leiche in Fischlaken auf dem Parkplatz zum Motorradtreffpunkt Haus Scheppen, vermutlich erschossen."

Schon wieder mehr Arbeit, dachte van Kauteren, dann erklärte er die Besprechung für beendet und teilte seine Leute ein. „Enrico, du berichtest dem Staatsanwalt von unserer Beweisführung im Fall des Raubmordes. Regina und ich fahren zum Tatort. Mo, du solltest bereits die Listen nach männlichen Vermissten absuchen, später ergänzt von unseren Erkenntnissen vor Ort."

Kim wagte erst nicht zu fragen, dann traute sie sich doch: „Dürfte ich vielleicht mit zum Tatort kommen? Habe so etwas noch nie gesehen."

„Und, was ist, wenn uns nicht ganz so appetitliche Dinge erwarten sollten? Sind Sie dann krisensicher?", fragte van Kauteren zurück.

„Aber, das kann sie doch noch gar nicht wissen.", schaltete sich Regina etwas vorwurfsvoll ein.

„Ja, ja, schon gut, wenn Sie es sich zutrauen, dann kommen Sie eben mit, Frau Bäumer.", antwortete der Chef seiner Praktikantin ein wenig genervt.

Regina fuhr die beiden zügig aber ohne Hast nach Fischlaken in den Süden von Essen. Sie bog rechts in eine Straße mit dem wohlklingenden Namen „Pörtingsiepen", an der vor vielen Jahren eine gleichnamige Kohlenzeche gelegen hatte. Nur ein großes Förderrad neben der Straße erinnerte noch an diese Zeit. Kurz vor dem Baldeneysee, einem wunderschönen Naherholungsgebiet für die Essener Bevölkerung, erreichten sie das Hardenbergufer mit einem links ansteigenden großen Parkplatz, der sich in einen Wald hinein erstreckt. Hier, vor Haus Scheppen, treffen sich bei gutem Wetter besonders an den Wochenenden unzählige Motorradfreaks mit ihren aufgemotzten und blank polierten Maschinen. Sozusagen eine Gockelschau der ganz besonderen Art mit Testosteron und Abgas geschwängerter Umgebungsluft.

Jetzt, an einem Dienstagmorgen, war der Parkplatz fast leer. Nur ein paar Jogger oder Hundefreunde hatten hier vermutlich ihre Fahrzeuge abgestellt. Weiter oben, wo zu dieser Zeit überhaupt keine Fahrzeuge standen, befand sich der Tatort, den die Bereitschaftspolizei bereits großräumig abgesperrt hatte. Auf der rechten, waldnahen Seite lag ein Mann, vielleicht so um die sechzig Jahre alt, auf dem Rücken. Der Tote hatte eine Vollglatze und einen Schnauzbart, er trug einen graublauen Anzug mit Weste und schwarze Lackschuhe.

Es war kaum zu übersehen, der Stoff des Anzugs war von hoher Qualität, van Kauteren vermutete eine Maßanfertigung für den zum Übergewicht neigenden Mann.

Fast hätte man übersehen können, woran der Tote gestorben war. Denn nur wenig Blut war durch die intakte Weste nach außen gedrungen. Das weiße Hemd darunter war allerdings blutdurchtränkt, einige Knöpfe waren noch geöffnet, die der Weste hingegen alle wieder geschlossen.

Die Spurensicherung und der Rechtsmediziner waren fast zeitgleich eingetroffen und begannen sofort mit ihrer Arbeit.

Dokumente, die den Toten hätten identifizieren können, fand man nicht, ebenso keine Geldbörse, dafür aber mehrere Bündel Geldscheine, die jeweils mit einem Gummiband zusammengehalten wurden.

Regina meldete sich zuerst:

„ Na wenigstens kein Raubmord, soviel ist sicher."

„Wurde eine Waffe gefunden?", wollte van Kauteren von dem vor ihm stehenden Bereitschaftspolizisten wissen.

„Nein, bisher nicht, wir haben die Umgebung aber noch nicht systematisch abgesucht."

Kim trat jetzt näher an die Leiche heran und war durchaus in der Lage, sie länger zu betrachten. Das viele Blut am Hemd und die Frage des Kommissars legten nahe, dass auch dieser Mann erschossen worden war, offenbar auch wieder mit einem Schuss in die Brust.

Bevor sich van Kauteren näher mit der Leiche beschäftigen konnte, sprach er jetzt zunächst mit dem Jogger, der den Toten entdeckt hatte.

„Sie haben den Toten gefunden, als Sie ihren Wagen weiter oben auf dem Parkplatz abstellen wollten."

„Ja, richtig."

„Aber, warum haben Sie nicht wie die anderen Passanten weiter unten geparkt? Ist doch alles leer.", wollte der Kommissar wissen.

„Also, ich jogge fast jeden Tag hier, beginne aber meinen Lauf oben zum Wald hin. Deshalb parke ich meistens etwas höher als die anderen. Heute kam ich um 7 Uhr 45 hier an und sah sofort den Mann auf einem Parkplatz liegen, in dessen Nähe ich meist mein Auto abstelle."

„Haben Sie den Mann berührt?"

„Ja, nur an der Halsschlagader, um festzustellen, ob er noch lebt."

„Haben Sie sonst eine verdächtige Person oder ein auffälliges Fahrzeug gesehen?"

„Nein, ich habe niemanden und nichts Auffälliges bemerkt." „Ja gut, Sie können dann wieder gehen. Name und Adresse von Ihnen haben wir ja. Falls wir noch Fragen haben sollten.", beendete van Kauteren den Dialog.

Nun wandte er sich der Leiche zu. Er studierte den Mann lange, dann öffnete er das blutdurchtränkte Hemd ganz. Darunter fand sich die Schussverletzung, sehr wahrscheinlich wieder ein aufgesetzter Schuss in die Brust.

„Was fällt Ihnen auf, Frau Bäumer?"

„Wir haben eine gutgekleidete männliche Leiche ohne Papiere, aber mit viel Bargeld in den Taschen. Schussverletzung an der Brust. Mich erinnert das sehr an unsere Tote vom Friedhof."

„Ja, sehr gut! Aber was scheint etwas anders zu sein?"

„Also, im Gegensatz zu Frau König ist der Mann sehr gut gekleidet und hat sehr viel Geld bei sich. Bei unserer Toten hatten wir weder Geldbörse noch Bargeld gefunden und sie war in ihrer Freizeitkleidung ermordet worden."

„Ja, auch richtig. Aber was fehlt irgendwie?"

Kim Bäumer überlegte lange.

„Ich weiß nicht, was Sie meinen."

„Nun, soweit ich das jetzt sagen kann, scheint dieser Mann weniger geschwitzt zu haben und außerdem fehlt meiner Meinung nach sein Einstecktuch, das er ziemlich sicher zu einem solchen Anzug getragen haben sollte. Er sieht soweit ganz manierlich aus."

Kim nickte und staunte über die Genauigkeit und die Beobachtungsgabe ihres Chefs.

Regina trat hinzu: „Denkst du das, was ich denke?"

Van Kauteren schaute auf.

„Was denkst du denn?"

„Ich glaube, hier haben wir einen zweiten Mord nach einem möglicherweise fast gleichen Muster. Wenn wir noch K.O. Tropfen bei ihm nachweisen sollten, dann hätten wir es mit demselben Mörder zu tun."

„Nicht so voreilig, Frau Kommissarin. Aber nein, ich glaube auch an ein- und denselben Täter. Anscheinend haben wir es mit dem Beginn einer Mordserie zu tun, die hoffentlich hier endet."

Kapitel 23

Tagebuchnotiz eines innerlich zerrissenen Menschen

vom 13.06.2015

Habe mich heute Morgen nach überstandener Nacht gegen sechs Uhr in mein Bett gelegt. Erst wollte ich noch duschen, doch ich war zu erschöpft. Also legte ich mich hin, konnte dann aber nicht einschlafen, zu aufgewühlt war ich, auch wenn alles wieder ganz reibungslos geklappt hat.

Irgendwann bin ich doch weggedöst und erst wieder um vierzehn Uhr aufgewacht. Ich will noch liegen bleiben und über alles nachdenken. Es war viel einfacher, an mein Opfer ran zu kommen, als ich gedacht habe. Er ist ja so selbstgefällig und so eitel. So konnte ich ihn schnell ablenken und auf mich fixieren. Gekommen war er, um in seiner Bar in Düsseldorf, die sich gegen drei Uhr morgens fast ganz geleert hatte, Kasse zu machen. Lange hielt er sich hinter dem Tresen auf. Dann bekam ich Blickkontakt zu ihm. Und ab diesem Moment hatte ich gewonnen.

Ein wirklich intensives Gespräch war zwar nicht zustande gekommen. Aber ein paar Floskeln, Komplimente oder unwichtiges Gerede reichten neben meiner erstmals eingesetzten Körperlichkeit aus, dass er alle Vernunft und jegliche Vorsicht über Bord warf. Wenig später schickte er seinen Fahrer nach Hause. Als nunmehr letzter Gast in seinem Etablissement hatte ich freie Bahn. Schnell standen zwei Gläser Champagner vor mir und wir prosteten uns zu, so, als würden wir uns schon lange kennen. Der Rest war ein Kinderspiel.

Auf dem Weg zum letzten Akt des Geschehens verließ ich die A 52 an der Ausfahrt Essen Kettwig und führte meinen Wagen weiter über Land. Der Zwischenstopp, der notwendig war, weil mein Opfer langsam zu sich kam, war rasch gefunden. In einem Waldweg war ich völlig unbeobachtet.

Obgleich ich wieder nach Plan zu Werke ging, fehlten mir dieses Mal die Aufregung und eine gewisse Unsicherheit, die mich bei meiner ersten Tat begleitet hatten. Ich war alles in allem sehr konzentriert und beherrscht.

Er war wirklich ein stattlicher Mann in ausgesucht eleganter Kleidung, das musste man ihm lassen. Aber sein Äußeres und sein gelegentlich aufblitzender Charme standen in großem Gegensatz zu dem, was er tat und vor allem, was er all die Jahre getan hatte. Jetzt verdiente er sein Geld als Zuhälter und Eigentümer einer Nachtbar. Früher war er ein Menschenhändler der übelsten Sorte gewesen. Jungen Frauen aus den Ostblockländern hatte er Himmel und Hölle versprochen, guten Verdienst und ein sorgenfreies Leben im Westen. So viele, meist blutjunge Frauen, waren auf ihn und seine Mitstreiter hereingefallen. Wenn sie merkten, betrogen worden zu sein, war es längst zu spät. Dann saßen sie in der Falle, ohne Papiere, ohne Geld und ohne Kontaktmöglichkeiten nach draußen. Sie mussten sich prostituieren, wobei das verdiente Geld zu fast 100 % an den Boss ging. Sie bekamen nur Kleidung oder was für ihre Arbeit an Bekleidung noch nötig war und etwas Geld für Kosmetika. Sie hausten in unwürdigen Massenunterkünften und wurden jeden Tag zu ihrem Arbeitsplatz gefahren. Ein Entkommen war nicht möglich.

Jahrelang hatte er so seine Geschäfte gemacht und immens viel Geld verdient.

Daher, ich weiß es, habe ich das Richtige getan. Viele der elendig lebenden und ausgenutzten Frauen hätten mir Beifall geklatscht oder selber mitgeholfen, ihn zu beseitigen. Fast war die Art der Tötung zu human für das, was er getan hatte.

Jetzt liege ich schon länger wach und frage mich, wie ich mich fühle. Erleichtert? Zufrieden? Geschockt?

Eigentümlicherweise fühle ich mich nicht so erleichtert wie beim ersten Mal. Die Tat war notwendig, zu rechtfertigen und erfolgreich, soweit die eine Hälfte meines Großhirns. Andererseits fühle ich mich unzufrieden, leer und zunehmend ungeduldig. Ich will die Sache möglichst schnell, aber ohne Fehler zu begehen, hinter mich bringen und keine unnötige Zeit verlieren. Ich will der Gerechtigkeit eins zu eins zum Sieg verhelfen. Aber ich zweifle inzwischen an meinem Seelenfrieden. Je weiter ich komme, umso kritischer bin ich mit mir.

Ich denke, ich werde jetzt aufstehen, eine große Runde durch die Stadt laufen und anschließend bei meinem Lieblingsitaliener essen gehen. Vielleicht lenkt mich das von meiner inneren Zerrissenheit ab. Ich scheine in zwei Welten zu leben, die nicht zusammen kommen können.

Ich muss weiter über alles nachdenken. Ich muss meine innere Kraft behalten, um alles zu einem guten Ende führen zu können. Das will ich, und doch holen mich immer wieder Gefühle ein, die ich Verdrossenheit oder Kläglichkeit nennen möchte. Ich fühle mich nicht gut, ich fühle mich nicht schlecht. Ich fühle mich mitunter gar nicht.

Erstaunlicherweise bin ich dieses Mal von meinem strickt ausgetüftelten Plan in einem Detail abgewichen. Ich musste etwas während der Tat ändern. Und da bot sich das rote Einstecktuch meines Opfers geradezu an. Ich nahm es, wischte damit seinen Schweiß von Glatze und Gesicht und ließ es einige Meter vom Tatort in eine Mülltonne fallen. Zum Glück war der Boden vollkommen trocken, sodass ich keine Fußabdrücke hinterließ. Außerdem trug ich selbstverständlich während der ganzen Tat Handschuhe.

Einen Grund für mein abweichendes Verhalten kann ich nicht benennen. Es erschien mir irgendwie stimmig, zumal er sein Einstecktuch nicht mehr brauchen würde. So konnte ich dem vor mir liegenden und am ganzen Körper zitternden Opfer wenigsten das Schwitzen etwas erleichtern. Diese Geste war mir in diesem Augenblick irgendwie wichtig.

Kapitel 24

Mit feuchtkalten Händen und einer gehörigen Portion Respekt stand Dr. Jessika Schwarz auf dem Gästeparkplatz vor der JVA Gelsenkirchen in der Aldenhofstraße und zählte die Minuten bis Dr. Olbricht eintreffen sollte. Sie hatten sich für 14 Uhr verabredet, um ihr zum ersten Mal das Gefängnis von innen und damit möglicherweise ihre zukünftige Arbeitsstätte zu zeigen. Sie hatte lange gezögert und war gründlich mit sich zu Rate gegangen. Irgendwie, so dachte sie am Ende, passte alles zusammen, wenn nur nicht die Angst vor dieser Anstalt und ihren Insassen gewesen wäre. Die Bezahlung stimmte und die Sprechstundenzeiten passten ideal in ihre Mittagspause, nicht ahnend, dass es ihr später nicht allzu selten sehr auf die Zeit schlagen sollte. So musste sie mehrere Male auf ihr Mittagessen verzichten.

Vor zwei Tagen hatte sie Dr. Olbricht telefonisch mitgeteilt, dass sie sich zunächst einmal ihren Arbeitsplatz in der Vollzugsanstalt ansehen wolle. Grundsätzlich sei sie nicht abgeneigt, die Stelle anzutreten. Dr. Olbricht war begeistert gewesen und hatte sie sozusagen durch das Telefon umarmt.

Endlich fuhr er auf den für ihn reservierten Parkplatz, stieg schwungvoll aus, ging schnurstracks auf Jessika zu und begrüßte sie überschwänglich.

„Es freut mich, dass Sie sich entschlossen haben. Sie werden Ihre Entscheidung ganz sicher nicht bereuen."

„Guten Tag, Herr Kollege. Schön Sie zu sehen. Ich habe mich allerdings noch nicht endgültig entschieden. Will mir die Bedingungen hier erst einmal ansehen, dann werde ich Ihnen meine Entscheidung mitteilen."

„Wird Ihnen schon gefallen.", ließ sich Dr. Olbricht nicht beirren.

Dann legte er los: „Also in der JVA Gelsenkirchen sind etwa 400 Männer und 120 Frauen inhaftiert. Hinzu kommt ein offener Vollzug für etwa 60 Frauen. Neben dem Medizinischen Dienst gibt es noch einen Psychologischen Dienst, einen Sozialdienst sowie Seelsorger der drei wichtigsten Religionen.

Im Medizinischen Dienst wären Sie für alle Inhaftierten zuständig. In Ihrer Abteilung würden Sie von maximal 9 Beamten unterstützt, pro Schicht meistens bis zu drei Mitarbeiter.

Soviel zur Einleitung. Aber jetzt lassen Sie uns mal hineingehen, wir werden schon erwartet."

Sie betraten die Eingangspforte, nachdem ihnen mit einem lauten, surrenden Geräusch die Tür zum Gefängnis geöffnet worden war. Dr. Olbricht trug sein Anliegen vor. Da er angemeldet war, bedurfte es keiner weiteren Erklärungen. Jetzt mussten sie ihre Handys, Schlüssel und Ausweispapiere abgeben. Dann wurden sie durch eine automatische Türe in ein weiteres Zimmer geschickt, in dem sie beide leibesvisitiert wurden. Anschließend durchschritten sie, wie auf einem Flughafen, einen Metalldetektor, der noch irgendwo versteckte Metallteile erkennen sollte. Waffen konnten es ja wohl nicht mehr sein.

Jessika Schwarz kam sich bei der ganzen Prozedur irgendwie ertappt vor. Sie hatte ganz einfach ein mulmiges Gefühl. Es kam ihr beinahe so vor, als müsse sie selbst eine Haftstrafe antreten. Anschließend durften sie diesen Raum wieder verlassen und wurden hinter der letzten Tür von einem Mitarbeiter des Medizinischen Dienstes in Empfang genommen. Da dieser Dr. Olbricht selbstverständlich gut kannte, entwickelte sich gleich ein lockeres Gespräch zwischen den beiden. Dann fiel dem Doktor auf, dass er es versäumt hatte, Frau Schwarz vorzustellen:

„Darf ich Ihnen Ihre neue Gefängnisärztin vorstellen, Frau Dr. Schwarz."

Jessika gab es auf. Wieder einmal war ihr Gegenüber ihr mindestens einen Schritt voraus. Aber, den beiden nochmal zu erklären, dass sie sich erst nach der Besichtigung ihrer möglichen Wirkungsstätte entscheiden würde, dazu hatte sie inzwischen keine Lust mehr. Für Kollegen Olbricht war der Fisch bereits gegessen.

Sie gingen durch mehrere hintereinanderliegende, verschiedenfarbig gestaltete Flure, die zumindest einen sauberen, aber auch ebenso kargen Eindruck machten. Am Anfang und am Ende eines Ganges stand ihnen jeweils eine Gittertür im Weg, die keine Klinke hatte und die von dem begleitenden Beamten schwungvoll und gekonnt mit einem langen Schlüssel auf- und wieder zugesperrt wurde. Diese Prozedur wiederholte sich gefühlt zehnmal, dann hatten sie den Medizinischen Dienst erreicht.

Der Beamte wandte sich jetzt Frau Dr. Schwarz zu:

„Wenn Sie bei uns anfangen, was ich sehr begrüßen würde, holen wir Sie natürlich in den ersten Tagen von der Pforte ab. Später, wenn Sie den Weg kennen, erhalten Sie einen eigenen Schlüssel."

Jessika erstarrte innerlich. Sie sollte alleine durch das Gefängnis gehen und sich die vielen Türen auf- und zuschließen? Zudem war ihr nicht verborgen geblieben, dass in manchen Abteilungen Zellen offen standen und Häftlinge auf dem Flur umherliefen. Es verschlug ihr einfach die Sprache.

Auf was würde sie sich hier einlassen? Bevor sich ihr Innerstes weiter verkrampfen konnte, stellte Jessika an ihren Begleiter gewandt eilig folgende Frage:

„Dürfen die Gefangenen so frei auf den Fluren herumlaufen? Ist das nicht gefährlich für die, die dort durchgehen müssen?"

„Ach so, ja. Das ist erst einmal ungewohnt.", antwortete der Vollzugsbeamte.

„Aber die Häftlinge, die Sie auf den Fluren antreffen, sind entweder Kalfaktoren oder harmlose Gefangene, die nur relativ leichte Straftaten begangen haben und meistens nur kürzere Haftstrafen absitzen müssen. Angegriffen werden Sie von denen nicht. Und fliehen wollen die auch nicht. Die schweren Fälle sind in gesonderten Abteilungen untergebracht. Dort läuft einem kein Häftling mal so eben über den Weg."

Nicht wirklich beruhigt, schritt Jessika Schwarz jetzt durch die Tür zum Medizinischen Dienst. Vier Beamte waren auf Schicht und wurden ihr namentlich vorgestellt. Sie begrüßten sich freundlich. Die Räumlichkeiten mit der Anmeldung, dem Warteraum und dem Behandlungszimmer machten einen sehr sauberen, professionellen Eindruck. Man fühlte sich wie in einer Arztpraxis, da hatte Dr. Olbricht Recht behalten, alles nur etwas kleiner und selbstverständlich mit Gittern vor den Fenstern.

Jessika schaute sich ausgiebig um. Sie entdeckte ein EKG Gerät, Infusionsständer und eine Sauerstoffflasche. Auch andere, zu einer Arztpraxis gehörende Instrumente und Geräte waren vorhanden. Nun wurde sie in das Arztzimmer geführt, welches, sollte sie zusagen, ihr Sprechzimmer werden könnte. Der Raum war ausreichend groß und freundlich gestaltet. Ein Röntgenbildbetrachter war hinter dem Schreibtisch und dem dazu gehörigen Stuhl angebracht. Auf dem Tisch befand sich ein PC moderner Bauart. Eine Liege, ein Medizinschrank und ein Besucherstuhl komplettierten das Ensemble.

„Nun, wie gefällt es Ihnen?", platzte es aus Kollegen Olbricht heraus. „Gar nicht so übel, oder?"

Mit aller immer noch gebotenen Vorsicht, rühmte Jessika die Dienststelle und die freundlichen Mitarbeiter. Jetzt stellte sich ihr der offenbar dienstälteste Beamte und Leiter der Abteilung vor. Nicht zu übersehen waren seine Leibesfülle, seine schwarzen, gegelten Haare und sein insgesamt südländisches Erscheinungsbild, obwohl er einen deutschen Namen hatte. „Wir würden uns hier alle sehr freuen, wenn Sie zu uns kämen. Ich und meine Leute würden Ihnen Ihre Tätigkeit als Anstaltsärztin so angenehm wie möglich machen. Nur keine Angst vor den Gefangenen. Man muss sie nur zu nehmen wissen, dann fressen sie einem aus der Hand."

„Danke, das ist ganz freundlich von Ihnen. Also, ich habe mir das hier ganz anders vorgestellt. Aber jetzt, wo ich alles gesehen habe, fällt meine Entscheidung ganz allmählich zu Ihren Gunsten aus. Bitte geben Sie mir noch einen Tag Bedenkzeit.", antwortete Jessika, wobei Dr. Olbricht, wie er ihr später berichtete, ein Blitzen in ihren Augen beobachtet haben wollte.

Er griff nach ihrer Hand, eher nach ihrem ganzen Arm: „Ja Glückwunsch! Sie werden es nicht bereuen!"

Wieder einmal war er den Dingen einen Schritt voraus, aber das war für sie ja nichts Neues.

Jessika wandte sich noch einmal dem Dienststellenleiter zu. Er strahlte nicht nur Ruhe und Souveränität aus, sondern schien auch das Herz auf dem richtigen Fleck zu haben.

148

„Glauben Sie, die Häftlinge würden mich als ihre Anstaltsärztin akzeptieren?"

„Ja, ganz bestimmt. Aber ich fürchte, so wie Sie aussehen, würden wir für lange Zeit volle Wartezimmer haben, voll von Männern, die unter irgendeinem Vorwand ihre Ärztin kennenlernen, beziehungsweise besichtigen wollen. Bei den Frauen dürfte es etwas anders sein. Hier müssten Sie von Anfang an klar machen, dass Sie die stärkere sind. Sonst hätten Sie verloren. Aber ich, meine Kollegen und Kolleginnen werden Sie nach Kräften unterstützen. Versprochen!"

Deutlich entspannter und fast so, als wäre sie hier schon zuhause ging sie noch einmal durch „ihr" Arbeitszimmer und einen angrenzenden kleinen Raum der nur mit einem Tisch, einem Stuhl und einer Liege möbliert war. Auch hier schaute sie sich noch einmal gründlich um. Dann entdeckte sie in einer Ecke des Zimmers eine kleine Kamera.

„Was hat es damit auf sich?", wollte sie wissen.

„Das will ich Ihnen gerne erklären.", antwortete der Beamte.

„Bei jedem Häftling, der in Ihr Sprechzimmer kommt, ist mindestens ein Beamter dabei. Aber, und ich glaube, dafür haben Sie Verständnis, es gibt Situationen, bei denen der Patient sie alleine sprechen möchte. Mit der Auflage, dass er ohne Ton gefilmt wird, kann ihm dies in diesem Raum gestattet werden. Von draußen können wir ihn dann über Monitor überwachen, ohne etwas von dem Gespräch zu erfahren. Sollte sich der Gefangene ungebührlich benehmen oder Sie gar angreifen, wären wir sofort zur Stelle.

„Danke, das finde ich sehr hilfreich. Denn es dürfte Dinge geben, die kein Dritter mitbekommen soll. So wäre, wenn ich das richtig sehe, auch hier die ärztliche Intimsphäre voll gewahrt. Sehr gut!"

Noch konnte Dr. Schwarz nicht ahnen, welche Bedeutung diese Kamera und damit verbunden Gespräche unter vier Augen eines Tages für sie haben würde.

Kapitel 25

Schon lange hatte sich Fritz Bergmann auf diesen Tag gefreut. Nach über fünfzig Jahren konnte er endlich seinen ehemaligen Schulfreund Max Zillich wieder in Bochum begrüßen. Während der Schulzeit waren sie beste Freunde und unzertrennlich gewesen, wenn auch sehr unterschiedlich in ihrem Wesen. Max war der Draufgänger, der Spaßvogel und der Unkonventionelle, Fritz eher der Bedächtige, der Kopfgesteuerte und der Empathischere von beiden.

Nach der gemeinsamen Schulzeit war Max nach München zum Studium der Germanistik gegangen, er selbst war in seiner Heimatstadt geblieben. Anlässlich seiner Hochzeit mit seiner geliebten Gerda war Max ein letztes Mal aus München zu ihnen ins Ruhrgebiet gekommen. Danach war der Kontakt fast vollständig abgebrochen, obwohl man sich das Gegenteil geschworen hatte.

Vor einigen Wochen war ihm allerdings ein Brief aus dem Jahr 1992 in die Hände gefallen. Es war eine Traueranzeige, die ihm Max zum Tod seiner Mutter zugeschickt hatte. So kam er wieder an die Adresse seines Freundes in Augsburg, wo dieser zu jener Zeit lebte und arbeitete. Er schrieb ihm einen langen Brief, der glücklicherweise nicht unbeantwortet blieb und dazu führte, dass sich sein Freund erneut auf die Reise nach Bochum machte.

Nach so langer Zeit standen sie sich jetzt zum ersten Mal wieder gegenüber und hatten Schwierigkeiten, sich wiederzuerkennen. Max war in die Breite gegangen, Fritz wirkte wegen seines Leidens eher zerbrechlich und dadurch auch älter. Dann fielen sie sich in die Arme. Fritz spürte, wie ihm Max lebhaft mit beiden Händen auf seinen Rücken klopfte, er konnte sich verständlicherweise nur mit seiner linken Hand revanchieren.

„Mann, Alter, wie geht es Dir?", begann Max als Erster.

„Na, du siehst ja, was von mir noch übrig geblieben ist. Entschuldige bitte, wenn ich manchmal nach Worten ringen muss oder etwas undeutlich spreche. Alles Folgen meines Schlaganfalls, genauso wie die Lähmung des rechten Arms und die Gangstörung des rechten Beins. Aber sonst bin ich noch ganz der Alte. Aber nun zu dir!"

„Ja, was soll ich sagen? Ich lebe, wie du ja schon weißt, in Augsburg und war Gymnasiallehrer für Deutsch und Geschichte. Ich habe zehn Jahre später als du geheiratet, bin aber kinderlos geblieben. Meine Frau ist vor zwei Jahren an Leukämie verstorben. Ich habe eine Bypass Operation hinter mir und die Prostata tat es auch nicht mehr so richtig, musste raus. Ansonsten fühle ich mich so gesund und munter, wie man sich in unserem Alter und unter diesen Umständen fühlen kann. Manchmal geht es mir auch richtig beschissen. Aber wem erzähle ich das? Möchtest du mich jetzt aber endlich dieser jungen und hübschen Frau vorstellen?"

„Du Schwerenöter, das ist meine Tochter Anne, die bei mir lebt, mich aufopferungsvoll versorgt und immer für mich da ist."

Fritz konnte nicht verhindern, dass ihm ein paar Tränen über die Wangen liefen.

Anne überspielte die peinliche Situation:

„Herzlich willkommen! Ich darf dich Max nennen?"

„Ja selbstverständlich. Schön, endlich bei euch zu sein. Dich, liebe Anne, kenne ich allerdings schon etwas länger."

„Wie bitte? Ich wüsste nicht, wann wir uns schon einmal begegnet wären."

„Na, wohl nicht richtig aufgepasst? Aber bei der Hochzeit deiner Eltern wurdest du mir bereits vorgestellt."

„Hallo! Da war ich ein Jahr alt."

Beide mussten herzhaft lachen.

„Schön, dich jetzt endlich kennen zu lernen."

„Ihr habt bestimmt ganz viel zu bequatschen. Ich werde mich mal in die Küche verziehen, um das Essen zu kochen. Hier stehen Kaffee und Wasser. Du bedienst dich. Wein gibt es erst zum Essen, wenn du magst."

„Ja, sehr gerne!"

Einen kurzen Moment saßen sich die beiden Freunde schweigend gegenüber, dann begann Fritz von seinem Schlaganfall zu berichten, landete aber ziemlich schnell bei seiner Tochter und deren Schicksal.

„In deinem Brief hast du bereits angedeutet, dass Anne eine schlimme Zeit durchmachen musste. Jetzt erzähl doch mal ausführlich! Was ist passiert?", wollte Max wissen.

„Das Ganze liegt fast zwanzig Jahre zurück. Anne war zur Polizei gegangen und hing mit Leib und Seele an ihrem Beruf. Sie hatte eine Anstellung beim LKA in Düsseldorf bekommen und war längere Zeit als Personenschützerin eingesetzt."

„Finde ich toll, wenn Frauen diesen Beruf ergreifen.", unterbrach Max den etwas zähen Redefluss seines Freundes.

„Ja, ich habe sie damals auch sehr bei ihrer etwas ungewöhnlichen Berufswahl unterstützt, zumal sie sehr sportlich und einfach eine taffe junge Frau war.

Im Sommer 1995 begleitete sie mit zwei Kollegen das Zeugenschutzprogramm einer Familie, weil der Vater Kronzeuge in einem Mordprozess war. Er hatte gesehen, wie ein stadtbekannter Gangster einen Mann auf offener Straße erschossen hatte. Da er ihn bei der Polizei identifizieren konnte und diese Erkenntnis auch vor Gericht bestätigen wollte, musste die ganze Familie eine neue Identität bekommen. Man brachte sie vorübergehend in einem Ferienhaus im Sauerland unter. Dort lebte die Familie in den ersten Wochen des Zeugenschutzprogramms mit drei Personenschützern zusammen, die sie auf ihre neue Existenz vorbereiten und natürlich auch beschützen sollten. Eine von diesen war Anne.

Eines Nachts wurde das Haus überfallen, zwei ihrer Kollegen wurden erschossen und sie selbst durch Schüsse lebensgefährlich verletzt. Nur einem Wunder und der Kunst der Ärzte verdankt meine Tochter ihr Leben."

„Um Gotteswillen, das ist ja schrecklich!"

„Ja, das ist es wirklich! Aber lass mich weiter erzählen. Die Familie wurde entführt und konnte bis heute nicht gefunden worden. Ihr Schicksal ist völlig unklar. Nur die älteste Tochter, wenn ich mich recht erinnere, konnte entkommen. Sie lebte später, soweit ich weiß, bei Pflegeeltern.

Anne musste mehrfach operiert werden, lag lange Zeit im Koma und hat ihr rechtes Auge verloren. Da außerdem ihr rechtes Knie stark verletzt wurde, konnte sie trotz intensivster Rehabilitation nicht mehr in ihrem alten Beruf als Polizistin zurückkehren. Mit nur 36 Jahren musste sie den Dienst quittieren. Nach einigen anderen beruflichen Versuchen ist sie jetzt als Erzieherin tätig. Das macht ihr an und für sich Spaß. Dennoch kommt sie über ihr Schicksal nicht hinweg."

„Großer Gott, davon wusste ich ja gar nichts."

„Ja, und du musst wissen: Ich mache mir große Sorgen um meine Tochter. Körperlich ist sie wieder ganz gut hergestellt, auch wenn ihr das mehrfach operierte Knie inzwischen schon gewisse Probleme macht. Aber sie geht dagegen an und ist trotzdem viel zu Fuß unterwegs.

Viel größere Sorgen bereitet mir ihr seelischer Zustand. Sie hat ja keinen festen Partner gefunden und lebt mit mir altem Zausel zusammen. Das ist doch keine Perspektive für eine Frau, die noch mitten im Leben steht. Natürlich bin ich ihr dankbar, dass sie für mich da ist. Lieber wäre mir aber eine glückliche Anne in einer festen Beziehung, auch wenn ich dann überwiegend auf fremde Hilfe angewiesen wäre.

Aber viel schlimmer ist, dass sie immer noch mit ihrem damals erlittenen Schicksalsschlag hadert. Sie kommt einfach nicht darüber hinweg, dass damals der Mordprozess gegen den stadtbekannten Kriminellen geplatzt ist, einfach, weil der Kronzeuge nicht mehr da war und nicht mehr gegen ihn aussagen konnte. Dadurch musste der Mörder freigesprochen werden und konnte weiter seinen schmutzigen Geschäften nachgehen, während zwei Polizisten starben und Anne ihren Dienst an den Nagel hängen musste. Das empfindet sie als himmelschreiende Ungerechtigkeit. Sie kommt auch nach so vielen Jahren von dieser Geschichte nicht los. Es belastet ihre Seele so sehr, dass mir mitunter nichts mehr einfällt, womit ich sie ablenken oder beruhigen könnte.

Auch der Gedanke, dass sie noch großes Glück gehabt hat, während ihre Kollegen damals den Tod fanden, lässt sie nicht froh werden.

Früher war sie ein Energiebündel, für manchem Spaß zu haben und ein Blickfang für die Männerwelt. Jetzt trägt sie sehr unauffällige Kleidung, macht nichts aus sich, lächelt kaum und quält sich noch mit manch anderem Problem herum. Alle Ungerechtigkeiten dieser Welt beschäftigen und bedrücken sie. Selbst für Urlaubsreisen ist sie kaum zu begeistern."

„War sie denn schon mal in psychologischer Behandlung? Wirkt ja schon wie eine beginnende Depression.", wollte Max wissen.

„Ja, in der ersten Zeit nach dem Überfall hat sie sich für ein paar Wochen behandeln lassen, aber meines Erachtens nach viel zu kurz und ohne einen greifbaren Erfolg. Später war sie dazu nicht mehr bereit. Aber, wenn ich sie frage: „Wie geht es Dir?", antwortet sie stets: „Mir geht es gut." Sie ist eine große Verdrängungskünstlerin.

Noch etwas muss ich dir erzählen, Max, es belastet mich schon so lange. In den letzten Monaten hat sie irgendeine innere Unruhe erfasst, sie macht häufig lange Spaziergänge, wie sie behauptet, auch abends und sogar nachts.

Sie spricht von einer Freundin, die sie kennengelernt habe, aber nähere Angaben dazu macht sie mir gegenüber nicht.

Ich mache mir wirklich große Sorgen, zumal, wenn man bedenkt, welchen Gefahren sie sich als Frau bei ihren nächtlichen Streifzügen aussetzt."

„Warum fragst du nicht konkreter nach?", wollte Max wissen.

„Ich möchte nicht den Eindruck erwecken, als würde ich mich in ihr Privatleben einmischen oder sie gar kontrollieren wollen. Sie hat mit mir ja schon genug Ballast am Hals. Ich möchte ihr keinesfalls ihre restliche Freiheit beschneiden."

„Ja, kann ich einerseits verstehen. Aber warum schilderst du ihr nicht einfach deine Sorgen und Nöte? Vielleicht brauchst du nur etwas genauere Erklärungen von ihr."

„Ja, einmal hat sie sich tatsächlich mir gegenüber etwas geöffnet, wobei mir allerdings dadurch erst bewusst wurde, wie sehr sie sich immer noch mit dem alten Fall beschäftigt. Sie scheint auf eigene Faust Erkundigungen zu der verschollenen Familie anzustellen, auch wenn alles schon zwanzig

Jahre zurückliegt. Und, was soll ich dir sagen, sie ist tatsächlich fündig geworden."

„Jetzt machst du mich aber neugierig. Was hat sie denn nach so langer Zeit noch ausgraben können?"

„Ich erzählte dir doch, dass die älteste Tochter der verschleppten Familie, damals entkommen konnte. Und, was glaubst du? Anne hat sie tatsächlich gefunden! Wenn ich mich richtig erinnere, in Düsseldorf! Auf meine Nachfrage, ob sie sie habe sprechen können, antwortete mir meine Tochter: „Nein, ich habe es mehrfach versucht, aber ich habe sie nie angetroffen. Zum Schluss habe ich ihr einen Brief in den Postkasten geworfen, aber nie eine Antwort erhalten."

„Das ist ja verrückt! Aber immer noch die alte Spürnase. Hat sie ihre Entdeckung denn der Polizei mitgeteilt? Sollten die doch vielleicht wissen?", antwortete Max.

„Das habe ich sie auch gefragt. Aber ich erhielt nur die lakonische Antwort: Das trägt zur Lösung des Falls ja nichts mehr bei."

„Ja, stimmt eigentlich schon. Aber daran sieht man, wie sehr sie der Fall von damals noch beschäftigt. Damit hast du tatsächlich Recht.", ließ sich Max vernehmen.

Anne schaute zur Tür herein.

„Noch etwa zehn Minuten. Dann gibt es endlich was zu essen.", rief sie den beiden zu.

„Was hast du jetzt vor? Wie willst du mehr über deine Tochter erfahren?", wandte sich Max, nun auch besorgt, an seinen alten Schulfreund.

„Ich kann gar nichts machen. Ich kann sie ja in meinem Zustand nicht einmal verfolgen, um zu erfahren, wo sie sich abends oder nachts herumtreibt.

Und dann noch etwas. Vor ein paar Wochen wurde ich gegen drei Uhr nachts wach und Anne war immer noch nicht zu Hause. In großer Sorge blieb ich auf. Erst um 5 Uhr in der Früh kam sie zurück. Sie merkte, dass ich noch nicht schlief, entschuldigte sich bei mir, gab bis auf ein paar Allgemeinplätze keine weiteren Erklärungen ab und verschwand schnell in ihrem Zimmer. Wieder hatte sie ganz dunkle Sachen und einen schwarzen Kapuzenpulli an. Du musst wissen, ich hasse dieses Kleidungsstück an ihr!"

Kapitel 26

Als van Kauteren am Morgen eines traumhaft schönen Tages, ein Azorenhoch hatte sich über Deutschland breit gemacht, sein Arbeitszimmer betrat, brummte ihm noch der Schädel und sein Gang ließ ein leichtes Schwanken erkennen. Ganz gegen seine Gewohnheiten und nur aus Gründen der Vorsicht war er erstmalig mit einem Taxi zu seiner Dienststelle gefahren. Der Abend zuvor hatte mit einem Klassentreffen begonnen und war mit seinem besten Freund in dessen Wohnung zu Ende gegangen, allerdings erst gegen zwei Uhr nachts und mit einer gehörigen Portion Alkohol. Es war als Sportler, der er war, nicht seine Art, exzessiv Alkohol zu trinken. So hatte er sich auch mit dem Trinken noch während dem gemeinsamen Treffen mit seinen ehemaligen Klassenkameraden aus dem Duisburger Süden zurückhalten können, doch dann hatte er sich mit seinem langjährigen Schulfreund noch zusammengesetzt, um über alte Zeiten und ihre beiden Schicksale zu sprechen. Marcel war bei Wims damaligen Fahrradunfall dabei gewesen, hatte den Krankenwagen organisiert und lange Zeit um seinen Schulfreund gebangt. Natürlich wusste er von den Folgen des Unfalls und um die großen Schwierigkeiten von Wim, überhaupt eine Beziehung mit einer Frau eingehen zu können. Schließlich hatte er damals ein stumpfes Bauchtrauma erlitten und sein Glied schwer verletzt, das er nur noch zum Wasserlassen gebrauchen konnte. Ansonsten war er nicht fähig einen Geschlechtsakt zu vollziehen oder Kinder zu zeugen. Bei seinem Freund waren es gänzlich andere Gründe, die seine Beziehungen immer wieder scheitern ließen. Voller Katzenjammer hatte man sich in den Armen gelegen, ziemlich geflucht und geheult, sich dann aber gegenseitig bestätigt, dass es ein

159

sinnvolles Leben auch ohne Frau geben könne. Diese sehr wertvolle Einsicht musste allerdings mit viel Alkohol begossen werden. Und jetzt hatte Wim van Kauteren mit den Folgen dieser weltverändernden Erkenntnis zu kämpfen. Aber, und darauf war er schon etwas stolz, bis auf solch gelegentliche seelische Ausrutscher hatte er sein Leben im Griff und sich damit abgefunden, offenbar alleine bleiben und sein Leben danach einrichten zu müssen. Jedenfalls versuchte er nicht um jeden Preis, Kontakte zu Frauen zu knüpfen, auch wenn er für sein Alter sehr gut aussah und eigentlich eine gute Partie gewesen wäre.

Der vor ihm stehende Kaffee versuchte dem Alkohol Paroli zu bieten. An Essen war allerdings noch lange nicht zu denken. Er zögerte die Morgensitzung mit seinen Kollegen noch hinaus und begann, sein Flüssigkeitsdefizit wieder aufzufüllen. Er hatte bereits einen halben Liter Mineralwasser getrunken und zusätzlich noch eine Aspirin geschluckt. Jetzt fühlte er sich wieder halbwegs einsatzfähig und überflog noch einmal den vor ihm liegenden Obduktionsbericht der zweiten, männlichen Leiche.

Dann griff er zum Telefon, um seinen Vorgesetzten zu informieren. Der Essener Polizeipräsident meldete sich mit einem knappen „Morgen. Was gibt es Neues, van Kauteren?"

„Chef, nichts Gutes. Wir haben eine zweite, dieses Mal männliche Leiche, offenbar nach demselben Muster umgebracht. Wieder keine Papiere oder sonstige Hinweise zur Identität des Toten."

„Raubmord möglich?"

„Nein, nein, das Opfer hatte bündelweise Geldscheine bei sich. Ich befürchte, wir haben es mit dem Beginn einer Mordserie zu tun. Allerdings bis jetzt keinerlei Hinweise zum Täter.", erklärte der Hauptkommissar.

„Also, van Kauteren, wir brauchen dringend Ergebnisse! Fahren Sie Ihre Mordkommission auf Alarmstufe hoch! Überstunden dürfen keine Rolle spielen! Haben wir uns da verstanden?"

„Ja, Chef, klar. Ich werde Ihnen außerdem sofort berichten, sobald ich neue Erkenntnisse habe."

Mit dem Obduktionsbericht ging er zur Frühbesprechung, ahnend, dass ihnen die beiden Morde noch viel Kopfzerbrechen bereiten würden. Nur fast drei Wochen waren zwischen den beiden Taten vergangen. Dies war, kriminalistisch gesehen, ein ziemlich kurzer Zeitraum und versprach irgendwie nichts Gutes, ging es van Kauteren durch den immer noch etwas schweren Kopf.

Bevor er die Türe zum Besprechungsraum schließen konnte, stürmte Mo aufgeregt auf ihn zu. „Ich weiß, wer das Opfer ist!"

„Dann lass hören! Und hört ihr bitte auch gut zu, was euer Kollege herausgefunden hat!", ließ sich van Kauteren mit erhobener Stimme vernehmen.

Seine Mitarbeiter, die eben noch untereinander gequatscht hatten, verstummten augenblicklich.

„Mit an Sicherheit grenzender Wahrscheinlichkeit handelt es sich bei unserem Toten um Igor Davidov, der Polizei seit Jahren als Großkrimineller und Mitglied der sogenannten Zigarrenbande bekannt. Ich habe ihn in mehreren Karteien, wie zum Beispiel Erpressung, Menschenhandel, Zuhälterei und Drogenhandel gefunden, allerdings meist mit Bildern aus besseren Tagen.

Ich konnte außerdem noch einen älteren Kollegen von der Sitte ausfindig machen und zu Igor Davidov befragen. Er erklärte mir, dass der Clan, eine russische Familie, vor Jahren mit der türkischen Mafia schwer im Clinch lag. Sie kämpften damals um die Vorherrschaft im Essener Milieu. Heute spielen beide Familien keine große Rolle mehr."

„Super Mo, klasse Recherche! Als ich deine Einlassungen eben gehört habe, erinnerte ich mich auch noch ganz dunkel an die sogenannte Zigarrenbande. Ich kann euch aber heute nicht mehr sagen, aus welchem Grund ich damals mit dieser „Familie" befasst war. Kann sonst noch jemand was dazu beitragen?"

Mo ergriff noch einmal das Wort:

„Wichtig zu wissen ist noch, dass der Bruder des Ermordeten Dimitri Davidov heißt und wohl der Chef der Bande ist. Zu ihm habe ich auch recherchiert, aber in letzter Zeit kaum Delikte gefunden. Früher ging es hauptsächlich um Erpressung, Geldwäsche und Menschenhandel. Vergehen, die ihm aber meist nicht wirklich nachgewiesen werden konnten."

Alle schauten sich noch die vorliegenden Fotos von Igor Davidov an und verglichen sie mit dem Bild des Toten. Es gab keine wirklichen Zweifel.

Van Kauteren brauchte eine kleine Auszeit. Er kramte seine Schnupftabakdose hervor, verteilte wieder einmal zwei Häufchen auf seinem Handrücken, ließ diese gefühlvoll in den Nasenlöchern verschwinden und verrieb den Rest genüsslich an seinem Riechorgan. Er fühlte sich wieder besser. Gleichzeitig öffnete er den vor ihm liegenden Aktendeckel. „Hier, Leute, der Obduktionsbericht. Ich würde sagen, identische oder fast identische Vorgehensweise wie bei unserem weiblichen Opfer.

Aufgesetzter Schuss auf der Brust. Die Kugel vom Kaliber 9 mm ging mitten durchs Herz, trat dicht neben der Wirbelsäule aus und fand sich unter der Kleidung, daher sollte das Geschoss den Körper des Opfers im Liegen durchdrungen

162

haben. Schmauchspuren auf der Haut, Weste und Hemd intakt, aber blutgetränkt. Keine Abwehr- oder Fesselungsspuren beziehungsweise andere Verletzungen. Keine Fremd-DNA. Todesursache: Verletzung von Herz und großen Gefäßen.", endete van Kauteren.

„Darf ich was fragen?", meldete sich Regina.

„Konnte festgestellt werden, ob das Geschoß aus der gleichen Pistole abgeschossen wurde wie bei Vivian König?"

„Die Untersuchung läuft noch, aber alles deutet darauf hin. Die übrigen Laboruntersuchungen zu Medikamenten, Drogen oder anderen Giftstoffen stehen, wie zu erwarten, noch aus. Aber ich würde ein Menge Geld darauf verwetten, dass wir wieder K.O. Tropfen finden werden.", wagte sich van Kauteren aus der Deckung.

Enrico meldete sich zu Wort:

„Ich darf Euch schnell noch den vorläufigen Bericht der Spusi zu Gehör bringen. Es wurden keine weiteren Projektile in der Umgebung gefunden, also wurde vermutlich nur ein Schuss abgegeben. In einem Papierkorb am Rande des Parkplatzes wurde ein rotes Einstecktuch gefunden, das durchaus zum Anzug des Opfers passen könnte. Es war noch feucht und bei genauer Untersuchung NaCl haltig, also schweißgetränkt. Irgendjemand muss bei unserem Opfer Schweiß abgewischt haben, vermutlich der Täter. Fremd DNA wurde, es war nicht anders zu erwarten, auch auf diesem Beweisstück nicht gefunden."

„Danke Enrico!", übernahm van Kauteren.

„Ich frage mich nur, warum der Täter ein zusätzliches Risiko einging und was diese Geste bedeuten soll? Warum hat er dem Opfer den Schweiß aus dem Gesicht und vom Kopf abgewischt?"

„Ich denke, er fühlt sich sicher und glaubte daher, sich ein Extraschmankerl erlauben zu können.", ergänzte Regina.

„Wir sind uns also einig, auch dieses Opfer hat vor seinem Tod stark geschwitzt. Somit haben wir eine fast hundertprozentig gleiche Vorgehensweise.", fasste van Kauteren zusammen. „Aber etwas können wir inzwischen zu den Opfern sagen. Sie stammen beide aus dem Rotlichtmilieu beziehungsweise aus der Clankriminalität. Das kann kein Zufall sein. Denkt ihr auch an eine Auseinandersetzung in der Unterwelt oder erscheint mir das nur so?", regte der Chef seine Leute zum Nachdenken an.

Regina meldete sich zuerst: „Das kann ich irgendwie nicht glauben. Solch eine umständliche Inszenierung, um einen Konkurrenten los zu werden, wäre sehr ungewöhnlich. Ihr wisst alle, da wird eher aus einer fahrenden Limousine geschossen oder in anderer Weise kurzer Prozess gemacht. Niemand aus der Unterwelt würde sich, meiner Meinung nach, einer so ausgeklügelten und dann noch völlig identischen Vorgehensweise bedienen."

„Aber, was, außer einer Auseinandersetzung im Milieu, soll es denn sonst gewesen sein?", erwiderte Mo.

„Sehe ich auch so", schloss sich Enrico an. „Sonst könnte es nur noch ein enttäuschter Freier unserer Segolin Royal gewesen sein, der davon ausging, dass Igor Davidov ihr Zuhälter gewesen sei. Sorry Leute, das ist nur Spaß. Denn noch wissen wir ja überhaupt nicht, ob die beiden Opfer in irgendeiner Beziehung zueinander standen. Das sollten wir erst einmal zu klären versuchen."

„Richtig Enrico, da müssen wir ansetzen.", bestätigte van Kauteren.

„Als Erstes dürfen wir aber der Familie Davidov einen Besuch abstatten. Wir werden die Überbringer einer schlechten Nachricht sein. Nicht so einfach. Wer kennt die Adresse?"

„Das ist etwas schwierig. Es existieren aus der Vergangenheit verschiedene Adressen. Aber wahrscheinlich stimmt der Wohnsitz in Essen. Ich werde noch einmal das Einwohnermeldeamt kontaktieren.", erklärte Mo.

„Was wissen wir eigentlich von den Davidovs, die ja auch die Zigarrenbande genannt wurden?", wollte Enrico wissen.

„Ich habe diesbezüglich überhaupt keine Ahnung."

„Ich glaube, wir alle brauchen weitere Informationen zu dieser Familie.", nahm van Kauteren die Frage auf.

„Ich habe mich inzwischen entsprechend informiert. Also, vor 15 bis 20 Jahren war die Familie Davidov einer der meist gefürchteten Clans im Ruhrgebiet, der schwer im Geschäft war mit Menschenhandel, Prostitution, Drogenhandel sowie Schutzgelderpressungen. Vor 12 Jahren wurde Alexey Davidov, der zweite Bruder des Clanchefs, bei einer Schießerei im Milieu tödlich verletzt, damals wohl ein großer Schock für die Familie. Danach wurde es etwas ruhiger um den Clan. Heute spielen sie kaum noch eine Rolle, wie wir schon wissen."

„Danke für die Info, aber jetzt weiß ich immer noch nicht, warum sie die Zigarrenbande genannt wurden. Haben die auch Tabak vertickt?"

„Nein, nein, soweit ich weiß, ist dieser Begriff nur entstanden, weil es eine Zigarrenmarke ähnlichen Namens gibt."

„Wovon lebt die Familie denn heute?", erkundigte sich Regina. „Soweit wir wissen, leben sie vorwiegend vom Betrieb von Nachtbars und von der damit verbundenen Prostitution.

Außerdem soll Dimitri Davidov einen internationalen Spirituosenhandel betreiben. Aber bitte, lasst uns das vertiefen und unser Wissen über diese Familie erweitern!"

Van Kauteren beendete die Diskussion und teilte seine Leute ein. Regina nahm er mit zu den Davidovs, erwartete er doch schwierige Gespräche. Außerdem hasste er es, bei Großkriminellen mit Feingefühl vorgehen zu müssen. Deshalb, und davon ging er aus, könnte ihn Regina mit ihrem ausgeprägten Einfühlungsvermögen sehr gut unterstützen.

Denn jetzt war diese Familie ja aller Wahrscheinlichkeit nach Opfer und nicht Täter.

Kapitel 27

In Rotterdam hatte Dimitri Davidov seinen Hauptwohnsitz. Die Nähe zum Hafen nutzte er für seine geschäftlichen Beziehungen, die sich überwiegend mit Rauschgift, Alkohol und Frauen beschäftigten. In Essen hatte der gebürtige Russe mit holländischem Pass seinen Zweitwohnsitz angemeldet, wo er sich mit seiner Familie allerdings überwiegend aufhielt.

In der Nähe einer, über die Grenzen Essens hinaus bekannten Seniorenresidenz, befand sich eine Wohngegend mit luxuriösen Häusern, deren längste Straße den Namen „Kantorie" trägt.

Dimitri Davidov war verheiratet und hatte eine Tochter, soviel gab das Melderegister her. Allem Anschein nach wohnte sein Bruder Igor nicht in Essen, sondern irgendwo anders. Mo hatte es noch nicht herausfinden können. Aber dies würden sie alsbald vom Chef der Zigarrenbande direkt erfahren. Nun galt es wegen des traurigen Anlasses, mit dem nötigen Fingerspitzengefühl vorzugehen.

Regina kam aus dem Staunen nicht heraus. Ein luxuriöses Haus reihte sich an einen anderen ähnlichen Kasten. Auf wenigen noch freien Grundstücken wurde kräftig gebaut, wobei man schon ahnen konnte, wie protzig auch diese Häuser am Ende aussehen würden. Dazwischen standen Villen aus den siebziger- oder achtziger Jahren, damals der letzte Schrei, heute gediegene Wohnlichkeit.

Schließlich hielten sie vor einem modernen, aber zu pompös wirkenden Bau, dessen einziger Zweck es zu sein schien, das Selbstwertgefühl seines Besitzers in ungeahnte Höhen zu katapultieren. Der zu groß geratene Eingangsbereich wurde rechts und links von je einer Säule eingerahmt.

„Na bitte, geht doch! Mit dem Geld, das man anderen Menschen abgenommen hat, lässt es sich doch fantastisch leben.", ließ sich Regina hören.

„Nur kein Neid!", erwiderte van Kauteren. „Der Kasten wurde wahrscheinlich aus der Portokasse bezahlt. Komm, lass uns reingehen!"

Auf ihr Klingeln rührte sich zunächst nichts. Dann wurde die Eingangstür aus schwerem Glas zögerlich geöffnet und eine junge, gut gebaute Frau in einem kurzen schwarzen Rock und einer gleichfarbigen Satinbluse gekleidet, erschien im Türrahmen.

„Sie wünschen, bitte?"

„Kriminalpolizei, mein Name ist Hauptkommissar van Kauteren, hier meine Kollegin Regina Bettendorf.", stellten sie sich vor.

„Wir möchten Herrn oder Frau Davidov sprechen."

„In welcher Angelegenheit, wenn ich fragen darf?"

„Sie dürfen, aber das möchten wir lieber direkt mit Ihren Herrschaften besprechen."

Sie betraten eine große, mit vielen Strahlern üppig ausgeleuchtete Vorhalle, die an beiden Seiten mit großen Spiegeln ausgestattet war. Die Frontseite wurde von kitschig gemalten Säulen umrahmt. Dazwischen fanden sich vier geschmacklose Putten, die auf dazugehörigen Sockeln ruhten. Alles immens protzig.

Jetzt wurden sie in den Wohnraum mit einem überdimensionierten Eichentisch, einer opulenten Sitzgruppe und einem offenen Kamin geführt. Alles irgendwie zu gewaltig und wenig gemütlich.

Ihnen entgegen kam eine schwarzhaarige, recht üppige, nicht allzu große und verlebt aussehende Frau, die sich mit russischem Akzent als die Hausherrin zu erkennen gab.

„Frau Davidov, nehme ich an?"

„Davidova, wenn ich bitten darf. Sie kommen von der Kriminalpolizei? Wie kann ich Ihnen weiterhelfen?"

Van Kauteren hielt kurz inne, dann antwortete er:

„Ist Ihr Mann zu sprechen?"

„Nein, da muss ich Sie leider enttäuschen. Er ist geschäftlich unterwegs."

„Es geht um den Bruder Ihres Mannes, Igor Davidov. Wohnt er hier bei Ihnen?"

„Igor? Hat er etwas ausgefressen, der Schwerenöter? Und nein, er wohnt nicht hier bei uns."

„Wo wohnt er denn, wenn ich fragen darf?"

„In Kaiserswerth, in der Nähe von Düsseldorf. Aber nun sagen Sie schon, was ist mit meinem Schwager?"

„Wir wollten das eigentlich mit Ihrem Mann besprechen. Aber nun müssen wir es wohl Ihnen mitteilen: Igor Davidov ist tot!"

„Tot? Das kann nicht sein! Ich habe ja noch vor zwei Tagen mit ihm gesprochen."

„Er wurde Opfer eines Gewaltverbrechens."

„Das glaube ich nicht. Igor ist nicht tot!"

Van Kauteren war dabei sich im Raum umzusehen, Regina übernahm das einseitige Gespräch:

„Wann kommt denn Ihr Mann von seinen Geschäften zurück?" „Ich denke heute Abend. Aber, um Gottes Willen, wie soll ich ihm das nur beibringen? Die beiden sind unzertrennlich."

„Frau Davidova, Ihr Mann müsste seinen Bruder noch identifizieren. Außerdem haben wir selbstverständlich ein paar Fragen an ihn. Aber nun zu Ihnen. Wann haben Sie Ihren Schwager zuletzt gesehen?"

„Wie ich Ihnen schon sagte, vor zwei Tagen unterhielten wir uns am Telefon. Zuletzt gesehen habe ich ihn vor etwa drei Wochen, an seinem 61. Geburtstag. Es war eine große Feier mit russischer Musik, Tanz und gutem Essen."

„Und viel Wodka.", ergänzte Regina.

Van Kauteren ging weiter im Zimmer herum und blieb vor einer venezianischen Kommode stehen.

„Sagen Sie, Frau Davidova, wer ist der dritte Mann auf dem älteren Familienfoto, gleich neben Ihrem Schwager Igor?" „ „Das dürfte Alexey sein, der jüngste Bruder meines Mannes. Er verstarb vor etwa 12 Jahren."

„ Woran ist er gestorben?"

„ Er wurde von hinten erschossen. Nimmt das denn kein Ende!" „Nun, Ihr Schwager Igor wurde nicht von hinten erschossen, soviel darf ich Ihnen verraten. Nun noch eine Frage, Frau Davidova, wann war der Geburtstag Ihres Schwagers?"

„Lassen Sie mich einen Moment überlegen! Die Aufregung bringt mich ganz durcheinander. Also am 22.05. haben wir mit ihm gefeiert, nicht ahnend, dass wir ihn an dem Tag zum letzten Mal sehen sollten."

„Hatte Ihr Schwager Feinde?", wollte Regina wissen.

„Wer sollte denn Igor etwas zuleide tun? Das kann ich mir überhaupt nicht vorstellen. Haben Sie denn schon einen Verdacht?"

„Nein, Frau Davidova, wir stehen noch ganz am Anfang unserer Ermittlungen. Aber sagen Sie, wo waren Sie am 13.06., also vor zwei Tagen, so etwa zwischen 1Uhr und 3 Uhr nachts?"

„Was soll die Frage? Natürlich hier in meinem Bett!"

„Was Ihr Mann bezeugen könnte?"

„Ja selbstverständlich! Wir schliefen um diese Zeit schon längst."

„Noch eine letzte Frage: Haben Sie einen Schlüssel zur Wohnung Ihres Schwagers? Dann brauchen wir die Tür nicht aufbrechen lassen."

Sie überlegte etwas länger.

„Nein, ich habe keinen Schlüssel, aber mein Mann müsste einen haben."

„Bitte, Frau Davidova, versuchen Sie, Ihren Mann schnellstmöglich zu erreichen. Er soll sich bei mir im Kommissariat melden.", erläuterte van Kauteren und übergab der sichtlich angeschlagenen Frau noch seine Visitenkarte, wobei er auf seine Telefonnummer zeigte.

„Noch eins, Frau Davidova, wissen Sie, womit Ihr Schwager sein Geld verdiente? Wir haben bei ihm bündelweise Geldscheine gefunden."

„Er ist Geschäftsmann. In Düsseldorf betreibt er die Bar „Intim", ein Nachtlokal, das sehr gut läuft, soweit ich weiß."

„Eine noble Adresse, denke ich.", konnte Regina sich nicht verkneifen.

„Noch einmal, Frau Davidova, könnte es sein, dass Ihr Schwager in kriminelle Geschäfte verwickelt war? Denken Sie in Ruhe darüber nach."

Voller Entrüstung antwortete sie:

„Wie kommen Sie mir vor? Wir sind eine ehrenwerte Familie, die froh ist, in Deutschland leben zu dürfen. Wir verdienen ehrlich unser Geld und zahlen regelmäßig Steuern. Oder ist das Betreiben einer Bar für Sie bereits eine strafbare Handlung?"

„Nein, Frau Davidova, das wollten wir damit nicht sagen. Aber, ich denke, Sie wissen auch, dass sowohl Ihr Mann, aber auch Ihr Schwager einige Male vor Gericht standen, unter anderem wegen Steuerhinterziehung, Körperverletzung oder Erpressung."

„Ja, das stimmt leider. Aber das waren eher so Jugendsünden der beiden. Jetzt führen wir ein ganz solides Leben, zumal mein Mann mit seinen 65 Jahren ja auch langsam im Rentenalter ist."

Van Kauteren hatte genug gehört. „Sie denken an Ihren Mann. Wir finden allein hinaus."

Die schwere Glastür schloss sich hinter den beiden Kommissaren. Sie gingen zurück zu ihrem Wagen.

„Weißt du, was mir aufgefallen ist?", meldete sich Regina. „Nein, sag schon!"

„Ich hätte irgendwie mehr Sicherheitsleute erwartet."

„Die Alarmanlage hast du aber schon gesehen? Außerdem war der Hausherr nicht im Haus. Vielleicht bringt er seine Bewacher ja mit nach Hause.", antwortete van Kauteren.

„Und, wir dürfen nicht vergessen, die Familie ist in den letzten Jahren ruhiger geworden, das steht fest. Zuhälterei oder das Betreiben eines Bordells ist ja schon längst etwas für seriöse Geschäftsleute geworden."

„Ist dir noch etwas aufgefallen?"

Regina schüttelte nachdenklich den Kopf.

„Vivian König, alias Segolin Royal, wurde genau am Geburtstag von Igor Davidov, also in den Morgenstunden des 23. 05. ermordet. Schon seltsam."

Kapitel 28

Dr. Jessika Schwarz befuhr die Auffahrt zur Justizvollzugsanstalt Gelsenkirchen und stellte ihr Auto, noch nicht wissend, dass es für den Gefängnisarzt und damit für sie einen
reservierten Platz gibt, wieder auf dem Besucherparkplatz
ab.

Gefängnisse sind keine Schlösser oder einladende Bauten,
wenn überhaupt sind sie zweckmäßig, wurde ihr bewusst.
Dieses Gefängnis machte einen zumindest sauberen und neu-
zeitlichen Eindruck. Es war, wie man ihr später erklärte, an
die Stelle eines früher sehr alten und heruntergekommenen
Baus getreten, in welchem man am Ende seiner Laufzeit
keine Gefangenen mehr menschenwürdig hatte unterbringen
können.

Nach genau zwei Tagen und ebenso vielen schlaflosen
Nächten hatte sie Dr. Olbricht angerufen, um ihm, wenn auch
etwas zögerlich, ihre Entscheidung mitzuteilen. Sie hatte
sich dazu durchgerungen, die Stelle als Gefängnisärztin anzutreten. Dr. Olbricht gab sich gelassen, so als wäre die Zusage nur noch Formsache gewesen. Dann gratulierte er Jessika und wahrscheinlich noch mehr sich selbst zu ihrem
Entschluss, war ihm doch klar, dass es immer schwieriger
werden würde, Mediziner für diesen Job zu begeistern.

Nun stand sie an ihrem ersten Arbeitstag pünktlich um 13
Uhr vor der Pforte dieser Einrichtung, in der sie noch viele
Tage, Wochen und Monate verbringen sollte.

Nachdem sie sich ausgewiesen hatte, begann die gleiche
Prozedur, die sie schon bei ihrem ersten Besuch erlebt hatte.
Ihre empfindlichen Ohren nahmen das relativ laute Surren
des Türöffners als unangenehm wahr. Aber, was half es. Sie

hatte alle Regeln zu befolgen und würde sich auch an dieses Geräusch gewöhnen.

Ein ihr unbekannter Beamter aus ihrer Abteilung nahm sie am Ende der Eingangszeremonie in Empfang und geleitete sie von Zwischentür zu Zwischentür und von Gang zu Gang bis zu der ihr beinahe schon vertrauten „Medizinischen Abteilung", ihrer zukünftigen Wirkungsstätte an vier Werktagen zwischen 13 und 16 Uhr.

Von den ihr zur Verfügung stehenden neun Mitarbeitern waren sieben zu ihrem Empfang erschienen, ein Beamter war krank und eine weitere Mitarbeiterin in Urlaub. Mit erwartungsfrohen Augen hatten sie sich alle vor ihr aufgebaut und harrten der Dinge, die da kommen sollten.

Der dienstälteste Mitarbeiter und zugleich Schichtführer für den heutigen Tag baute sich vor ihr auf, begrüßte sie persönlich und überreichte der überrascht dreinschauenden Ärztin einen großen Blumenstrauß.

„Guten Tag, Frau Doktor, ich begrüße Sie im Namen aller ganz herzlich an Ihrer neuen Arbeitsstätte. Alle meine Kollegen und Kolleginnen heißen Sie ganz herzlich willkommen. Bitte haben Sie keine Sorge, was auf Sie zukommen könnte. Hier sind eigentlich nur Ihr ärztliches Können und etwas Einfühlungsvermögen gefragt. Außerdem werden wir stets auf Sie aufpassen und Sie nach Kräften unterstützen."

Dann stellte er alle Anwesenden namentlich vor, zuletzt sich selbst: „Ich bin Joseph Eberle, hier der Dienstälteste. Ich werde Sie sehr häufig während Ihrer Schicht begleiten. Manche nennen mich auch der „Pate". Warum, kann ich Ihnen gar nicht genau sagen."

Die anderen Mitarbeiter begannen zu schmunzeln, verkniffen sich aber weitere Kommentare.

Jessika Schwarz schien dieser Spitzname durchaus passend. Denn vor ihr stand, wie sie schon bei ihrem Vorstellungstermin erkannt hatte, ein relativ großer und stabiler Mann, der unter seinem offen getragenen, weißen Kittel eine schwarz-silberne Weste trug. Sein fülliges, schwarzes Haar, das an den Schläfen bereits leicht ergraut war, versuchte er ganz offensichtlich mit Haargel oder Pomade zu bändigen. Er erfüllte fast zu perfekt das Klischee eines in die Jahre gekommenen Südländers. Niemand kannte ihn hier bei seinem Hausnamen, nur wenige redeten ihn mit Joseph an.

„Ich überlasse es Ihnen, wie Sie mich ansprechen wollen."

„Ist Joseph und der Gebrauch des „Sie" für Sie so in Ordnung?", wollte Jessika wissen.

„Ja, damit bin ich sehr einverstanden, Frau Doktor."

Und so geschah es, dass beide, auch ohne sich zu duzen, großes Vertrauen zueinander entwickelten.

Jessika bedankte sich artig für den herzlichen Empfang und versprach, alles zu geben und eine möglichst angenehme Chefin zu werden. Sie hätte für alle stets ein offenes Ohr und freue sich auf gute Zusammenarbeit.

Joseph Eberle reichte seiner neuen Chefin einen Kittel der Größe 38, der seiner Meinung nach passen sollte, aber, wie sich schnell herausstellte , noch viel zu groß war. Er würde sich um Kittel der Größe 36 bemühen, wie er versicherte.

Dann erklärte er ihr alle Geräte, den Inhalt des Medikamentenschranks und die sonstigen Hilfsmittel, die ihr zur Verfügung standen. Besondere oder von ihr bevorzugte Medikamente könnten natürlich rasch besorgt werden. Wichtig war auch noch zu klären, welche Laboruntersuchungen in der Anstalt durchgeführt und welche fremdvergeben werden konnten. Auch über die schriftlichen Verfahrensweisen wurde sie aufgeklärt und zugleich damit getröstet, dass dafür überwiegend die Mitarbeiter zuständig seien.

Dann baute sich der Pate mit wichtiger Mine vor Frau Dr. Schwarz auf:

„Frau Doktor, eines muss ich mit Ihnen jetzt noch besprechen. Sie werden es bald erleben, dass fast jeder zweite Häftling, der zu Ihnen kommt, sich darüber beklagt, nicht richtig schlafen zu können. Bei dem einen oder anderen mag das auch stimmen, aber die Mehrzahl braucht Schlaf- oder auch Schmerztabletten als Tauschware. Für 20 Tabletten kann schon mal ein Transistorradio den Besitzer wechseln.

Mit zunehmender Erfahrung werden Sie bald herausfinden, wer wirklich ein Schlaf- oder auch Schmerzmittel braucht und wer nicht. Generell geben wir den Häftlingen bei solchen Mitteln nur jeweils drei Tabletten mit. Ich denke, Sie werden das ähnlich sehen?“

„Ja, sicher. Sehr vernünftig.“, erwiderte Dr. Schwarz.

„Natürlich liegt es generell bei Ihnen, wer wie viele Tabletten bekommt, aber für den Alltag hat sich diese Vorgehensweise bewährt. Sie haben außerdem vielleicht bemerkt, dass ich so ausgebeulte Taschen an meinem Kittel habe. Das hat folgende Bewandtnis. In der linken Tasche halte ich Placebos bereit, in der rechten echte Medikamente. Sie bestimmen, wer was bekommt. Aber dazu brauchen wir eine Absprache. Ich schlage Ihnen vor: Wenn Sie sagen: „Ich verordne Ihnen drei Schlaf- oder Schmerztabletten.“, dann meinen Sie die echten Medikamente. Wenn Sie sagen: „ Ich gebe Ihnen drei Schlaf- oder Schmerztabletten.“, dann meinen Sie Placebos, die ich aus meiner linken Tasche entnehmen würde.“

„Ja, einverstanden. Das macht Sinn! Sie denken wirklich sehr gut mit.“, lobte Dr. Schwarz ihren neuen Mitarbeiter.

„Sie werden sehen, mitunter helfen die Placebos auch, allerdings führen sie als Tauschware mitunter zu Streitigkeiten unter den Gefangenen. Denn erfahrene Häftlinge merken sehr schnell, dass sie wirkungslose Ware bekommen haben. Aber das ist dann nicht unser Problem."

„Ich werde mich bestimmt schnell an dieses Verfahren gewöhnen, wobei ich davon ausgehe, dass frisch eingelieferte Gefangene eher mit echten Problemen zu kämpfen haben."

„Ja, richtig, aber auch jüngeren Häftlingen oder Untersuchungshäftlingen, die sich ein milderes Urteil erhofft hatten, sich dann aber auf einmal mit einem viel härteren konfrontiert sehen."

„Wie sieht es aus mit Suchtmittelpatienten?" „Vereinzelt bekommen sie Probleme, aber meist kommen die Betroffenen im Knast an ihre Mittel heran. Stoff ist halt im Gegensatz zum Alkohol eine auch im Knast leicht zu handhabende Schmuggelware.

Nun noch eins, Frau Doktor: In jeder Patientenakte finden Sie auch den oder die Gründe für die Inhaftierung des Häftlings. Dient Ihnen als Hilfe bei Ihrer Arbeit."

„Sehr schön. Aber jetzt lassen Sie uns mit der Sprechstunde beginnen! Wie viele Patienten sind denn gekommen?"

„Angemeldet.", verbesserte der Pate. „Wir können ja den Warteraum aus Sicherheitsgründen nicht zu voll werden lassen. Daher werden die Häftlinge, die zu Ihnen wollen, nach und nach hierher gebracht. Heute haben wir noch Glück, nur neun Anmeldungen, davon zwei Frauen und drei Neuzugänge, die untersucht werden müssen. Aber ich verspreche Ihnen: Sobald sich unter den Männern herumgesprochen hat, dass sie eine junge und, wenn ich das sagen darf, attraktive Ärztin behandelt, werden wir hier bald von männlichen Gefangenen überrannt werden. Das schwöre ich Ihnen."

Er sollte Recht behalten.

Dr. Schwarz wartete auf den ersten Patienten. Sie fühlte sich so unsicher, wie lange nicht. Bald würde sie allerdings einen tieferen Einblick in das kriminelle Milieu bekommen und Erfahrungen sammeln, von denen sie nicht einmal eine Ahnung gehabt hatte und die ihr später zugutekommen sollten.

Kapitel 29

Drei Tage später lag das Ergebnis der Toxikologie vor. Enrico betrat das Büro seines Chefs und wedelte mit dem Abschlussbericht der Rechtsmedizin.

Van Kauteren saß ohne aufzublicken vor seiner Unterschriftsmappe und blätterte die Seiten weiter, auf denen er unterschreiben musste.

„Du glaubst nicht, was sie gefunden haben!"

„Lass mich raten! Reste von Gamma -Hydroxy -Buttersäure!" „Ja stimmt! Wie bei der Ermordung von Vivian König. Genau das gleiche Muster!"

Van Kauteren schlug die Mappe zu und antwortete:

„Habe ich mir schon gedacht. Bis auf eine kleine Abweichung die völlig identische Vorgehensweise. Sehr merkwürdig, aber auch sehr bedeutsam, wie ich glaube."

Beide saßen sich ein wenig ratlos und schweigend gegenüber. Dann ging ein Ruck durch van Kauteren.

„Wurde Dimitri Davidov schon einbestellt?", wollte er wissen. „Ja, ist bereits veranlasst. Wenn er pünktlich ist, können wir um 11 Uhr mit ihm sprechen. Wen willst du bei der Vernehmung dabei haben?"

„Nein, halt! Keine Vernehmung! Er ist doch primär nicht beschuldigt, seinen Bruder ermordet zu haben."

„Alles schon vorgekommen.", ergänzte Enrico.

„Nein, wir beide führen nur ein Gespräch mit ihm. Wichtig ist mir dabei noch, ihn auf seine kriminelle Vergangenheit anzusprechen. Mal sehen, wie er reagiert. Fass noch mal alles zusammen, was wir über ihn und seinen Clan haben."

Dimitri Davidov war tatsächlich pünktlich und schwebte, getragen von Wut und Verzweiflung, wie ein verletztes Tier in das Kommissariat ein.

„Was will die unfähige Polizei von mir, Bullenschweine, die Ihr seid?"

Van Kauteren blieb ruhig und gelassen. Der Clanchef der Zigarrenbande war, wie nicht anders zu erwarten, außer sich, hatte ihn der Tod seines Bruders ganz sicher tief getroffen. Ebenso war er mehr als entrüstet, überhaupt hierher bestellt worden zu sein.

„Herr Davidov", begann van Kauteren mit geballter Faust in der Tasche. „Bitte mäßigen Sie sich und zunächst unser Beileid zum Tod ihres Bruders. Sie werden ihn im Anschluss an unser Gespräch noch identifizieren müssen. Aber jetzt haben wir noch ein paar Fragen an Sie."

„Alles unfassbar! Wissen Sie wenigstens schon, welches Schwein meinem Bruder das angetan hat? Außerdem verbitte ich mir weitere Fragen an meine Frau und, was Sie offenbar vorhaben, auch an mich. Wir sind die Opfer! Das sollte Ihnen doch klar sein? Also, ich will sofort meinen Bruder sehen! Alles andere geht Sie nichts an!"

Dies war eines der Momente, bei denen van Kauteren innerlich tief Luft holen und Zeit gewinnen musste, um nicht zu explodieren. Und, was eignet sich dafür besser, als das umständliche Ritual einer Prise.

Mit jeder Sekunde, die diese Prozedur brauchte, spürte man förmlich die sich weiter verstärkende Wut und die Ungeduld seines Gegenübers.

Dann erläuterte der Kommissar fast huldvoll:

„Herr Davidov, wir bedauern sehr, Ihrer Familie und Ihnen Unannehmlichkeiten bereiten zu müssen. Und ja, natürlich kommen Sie zu Ihrem Bruder. Ich habe für 12 Uhr einen Termin in der Rechtsmedizin vereinbart. Sie müssen, wie ich schon sagte, Ihren Bruder identifizieren. Das können wir Ihnen ja ohnehin nicht ersparen."

Widerwillig und mit gerötetem Kopf stimmte der Clanchef dieser Abfolge zu, nicht ohne seine Abneigung gegenüber der Polizei mit einem „Verdammte Bullen" erneut überzeugend darzulegen.

Jetzt reichte es Enrico.

„Also, Herr Davidov, machen wir es kurz. Wo waren Sie am 13. 06. dieses Jahres zwischen 1 Uhr und 4 Uhr nachts? Dazu noch die Frage: Wann haben Sie Ihren Bruder zuletzt lebend gesehen?"

„Wissen Sie doch schon alles! An diesem Unglückstag lag ich in meinem Bett."

„Und das kann Ihre Frau bezeugen?"

„Ja, selbstverständlich! Und gesehen habe ich meinen Bruder zuletzt auf seinem Geburtstag, seinem Letzten, wie sich jetzt leider herausgestellt hat. Und was, wenn ich fragen darf, gedenken Sie zu unternehmen, um diesen gewissenlosen und hinterhältigen Täter zu fassen, bevor er vielleicht noch meine Frau oder mich angreift? Ich werde jedenfalls alles zu meinem Schutz Notwendige selbst veranlassen. Die Polizei ist dafür ja sowieso nicht in der Lage."

„Also, ganz langsam!", schaltete sich jetzt wieder van Kauteren ein.

„Wir haben bisher überhaupt keine Hinweise, dass es der Täter auf Ihre Familie insgesamt abgesehen hat. Dennoch brauchen wir Ihre Mithilfe. Haben Sie oder Ihr Bruder Feinde? Sind Sie mit Mitgliedern einer anderen Gang aneinandergeraten?"

„Was reden Sie da für dummes Zeug? Ich bin Geschäftsmann, handele mit Wodka und anderen Spirituosen. Wo bitte soll ich mir da jemanden zum Feind gemacht haben? Und mein Bruder betreibt eine Nachtbar. Natürlich gibt es Neider. Aber deswegen bringt ihn doch keiner um."

Seine Entrüstung unterstrich er damit, seinen schwarzen Strohhut abzusetzen und in eine Ecke des Raums zu pfeffern. Niemand bemühte sich, ihn aufzuheben.

„Herr Davidov, bitte denken Sie genau nach. Schließlich gehörten Sie vor einigen Jahren zum kriminellen Milieu dieser Stadt. Wer könnte Ihrem Bruder schaden wollen? Wer hasst ihn so sehr, dass er ihn ganz gezielt umbringt?", wollte van Kauteren wissen.

Davidov war verstummt. Keine frechen Sprüche, keine Wutausbrüche. Er schien tatsächlich nachzudenken.

„Wir haben keine Feinde, jedenfalls fällt mir keiner ein. Und, wenn Sie auf die kleinen Verfehlungen anspielen, wegen derer meine Familie früher ab und zu beschuldigt wurde, kann ich Ihnen nur sagen: Meine Familie ist sauber, absolut sauber!"

Enrico wollte beginnen, aus dem Strafregister der Davidovs zu zitieren, aber van Kauteren winkte ab.

„Lassen wir es gut sein! Aber sollte Ihnen noch etwas einfallen, irgendetwas Außergewöhnliches, das Sie in letzter Zeit erlebt oder beobachtet haben, dann melden Sie sich sofort bei uns.", ergänzte der Hauptkommissar.

Auf der Fahrt zur Rechtsmedizin saßen alle drei schweigend im Einsatzfahrzeug. Dimitri Davidov schien nervös, er räusperte sich häufig und konnte seine Hände nicht still halten. Wahrscheinlich trauerte er wirklich um seinen Bruder und fürchtete sich vor der Begegnung mit ihm. Dann ging er mit den beiden Kommissaren in das klassizistische Gebäude, in das man als Klient lebend weder hinein noch hinaus kommt.

Als der Metallkorb aus der Kühlkammer gezogen wurde und der Gerichtsmediziner die Anwesenden kurz begrüßt hatte, war die Spannung zum Greifen.

Sobald das grüne Tuch vom Kopf des Toten entfernt wurde, erschrak Dimitri heftig. Er hob seine Hände zum Himmel und wehklagte laut.

Auf die Frage von van Kauteren, ob der Tote sein Bruder sei, nickte er nur, beugte sich über den Leichnam und gab ihm einen Kuss auf die kalte Stirn. Dann bekreuzigte er sich und stand noch für ein paar Minuten sprach- und reglos vor seinem toten Bruder.

Als sie das Gebäude verlassen hatten, konnte er nicht mehr an sich halten. Zu van Kauteren gewandt, wollte er wissen: „Wie ist er umgekommen?"

„Er wurde erschossen. Mehr können wir Ihnen aus ermittlungstaktischen Gründen nicht mitteilen."

„Finden Sie den Mörder meines Bruders! So schnell, wie möglich!"

Van Kauteren nickte.

„Aber noch eine Frage , Herr Davidov. Kennen Sie eine Vivian König, auch unter dem Namen Segolin Royal als Edelprostituierte im Milieu bekannt?" Dimitri Davidov verneinte. Aber van Kauteren glaubte, ein Zucken in seinem Gesicht beobachtet zu haben.

Kapitel 30

Der Schlüssel zu dem Appartement in Kaiserswerth nahe Düsseldorf passte und auch die Zahlenkombination zum Ausschalten der Alarmanlage stimmte. Enrico und Regina traten in eine lichtdurchflutete Luxuswohnung im obersten Stock eines sanierten und umgebauten Altbaus mit Blick auf den Rhein. Sie standen in einem großen Wohn-Esszimmer mit hohen Decken, das allerdings mit schweren dunklen Möbeln, viel Kitsch und pompösen Gegenständen vollgestellt war. Es war eine Schande für die modern konzipierten Räume, die, so könnte man es ausdrücken, beinahe zweckentfremdet gestaltet worden waren. Sie befanden sich eher in einer russisch angehauchten Rumpelkammer.

Die beiden teilten sich auf und durchsuchten die Schränke und den Schreibtisch des Hausherrn. Besondere Hinweise fanden sie allerdings nicht.

Auf dem überdimensionierten Esstisch fanden sie mehrere Gläser, teilweise noch mit Rotwein- oder Wodkaresten gefüllt, eingetrocknete Brotscheiben, eine fast leere Flasche Wodka, eine fast ganz geleerte Schüssel mit Blini und eine noch geöffnete Dose feinsten Beluga Kaviars, der Leib- und Magenspeise vieler Russen.

Hier hatte Igor Davidov wohl mehrere Gäste bewirtet und dann mit ihnen sein Appartement verlassen, ohne groß aufzuräumen. Die Gläser würden sie auf DNA Spuren untersuchen müssen. Somit wäre besonders das Wohn- und Esszimmer reiche Beute für die Spusi. Vielleicht würden sie ja den einen oder anderen Bekannten anhand von Fingerabdrücken identifizieren können.

Auch nach gründlicher Untersuchung der zwei luxuriösen Schlafzimmer konnten die beiden keine sachdienlichen Hinweise, die zu dem Täter hätten führen können, finden. Lediglich den Laptop des russischen Barbesitzers nahmen sie noch mit.

Um 14 Uhr trommelte van Kauteren seine Mannschaft zusammen, um erste Bilanz zu ziehen. Alle wirkten sehr unzufrieden, da sie in beiden Mordfällen, die, da waren sie sich sehr sicher, irgendwie zusammengehörten, bisher noch kein Packende hatten finden können. Es war zum Verzweifeln. Nichts aber auch gar nichts schien sie auf die Spur des Mörders zu führen.

Auf ein Zeichen seines Chefs begann Enrico:

„Wir haben zwei Morde in der Umgebung von Essen. Beide Opfer starben durch einen aufgesetzten Schuss auf der Brust. Der Tatort liegt jeweils in einer Gegend, die mit einem Auto gut erreichbar ist, in der es in der Nähe aber keine direkten Anwohner gibt, die auf Schüsse hätten aufmerksam werden können. Beide Opfer wurden vorher mit K.O. Tropfen betäubt und dann vermutlich zu ihrer Hinrichtung gefahren. Verdächtige Reifenspuren konnten wir nicht sicherstellen. Beide Opfer stammen aus dem Rotlicht- beziehungsweise kriminellen Milieu des Ruhrgebiets."

„Düsseldorfs", widersprach van Kauteren.

„Vivian König ging ihrem Gewerbe überwiegend in Düsseldorf nach und Igor Davidov betreibt eine Bar und einen Puff ebenfalls in dieser Stadt. Darauf sollten wir uns konzentrieren und die dortigen Kollegen mit einschalten. Regina übernimmst du bitte diese Aufgabe?"

Enrico setzte sein Statement fort.

„Beide Opfer wurden auf identische Weise umgebracht."

„Fast identische", ergänzte van Kauteren.

„Ja, ich weiß. Aber das Schweißabwischen bei unserem zweiten Opfer können wir, glaube ich, erst einmal vernachlässigen. Bei jedem Opfer fanden wir das gleiche Kaliber aus ein und derselben Schusswaffe. Also können wir von einem Täter ausgehen."

Mo wollte ergänzend wissen: „Ein Nachahmungstäter kommt nicht in Frage?"

„Nein, können wir so gut wie ausschließen, da bisher nichts über die Einzelheiten der Morde an die Öffentlichkeit gelangt ist."

Van Kauteren ergänzte: „Es ist richtig, wir haben es mit derselben Waffe zu tun, aber theoretisch könnte sie an einen anderen Täter weitergegeben worden sein. Sehr unwahrscheinlich, aber nicht unmöglich. Kommen wir jetzt zum Motiv des Täters. Ich denke es handelt sich jeweils um einen Racheakt, vermutlich aus dem kriminellen Milieu. Dann liegt allerdings die Vermutung nahe, dass sich die beiden Opfer gekannt haben. Dazu können wir sie allerdings leider nicht mehr befragen."

Regina meldete sich zu Wort. „Also wir dürfen nicht außer Acht lassen, dass ein Auftragskiller beide Morde verübt haben könnte, und dies nach seiner ganz speziellen Methode."

„Ja, stimmt.", ergänzte ihr Chef.

Kim Bäumer, die Praktikantin, hatte die Diskussion aufmerksam verfolgt und sich teilweise Notizen gemacht. Jetzt meldete sie sich zu Wort.

„Darf ich etwas einwenden?"

Alle nickten.

„Mir erschließt es sich einfach nicht, dass dies ein Racheakt aus dem Milieu gewesen sein soll. Denn, wann immer ich euren Erzählungen gelauscht habe, berichtet ihr davon, dass solche Täter ihre Hinrichtungen schnell, präzise und ohne besonders ausgeklügelte Vorbereitungen durchführen. Auch aufgesetzte Schüsse wären eher die Ausnahme. Das passt überhaupt nicht auf unser Täterprofil."

„Ja, sehr gut, Kim! Mich stört das auch. Die so präzise geplante Vorgehensweise und der Umstand, dass beide Opfer vor ihrer Hinrichtung erheblich geschwitzt haben, passen einfach nicht zu einem Täter aus dem uns bekannten Milieu."

Van Kauteren übernahm wieder die Diskussion:

„Ich möchte mit euch noch einmal erörtern, ob sich die beiden Opfer gekannt haben könnten und ob das überhaupt von Belang ist."

Enrico antwortete: „Wir hatten ja schon mal an einen gelinkten Freier gedacht, dies aber damals eher scherzhaft verworfen. Bleiben wir dabei oder wäre ein solches Motiv ernsthaft zu diskutieren?"

Regina ergriff das Wort. „Nein, das scheidet meiner Meinung nach völlig aus. Wenn, dann kommt es in solchen Fällen zu Affekttaten, die aber kaum mit Mord enden. Bei unseren Taten handelt es sich um sorgfältig und kühl geplante Morde. Ein Freier scheidet für mich daher definitiv aus. Allerdings scheint sich doch zunehmend herauszukristallisieren, dass es sich um zwei gezielte Racheakte handeln könnte. Dann hätten die beiden Opfer möglicherweise überhaupt nichts miteinander zu tun. Dann könnte jeder der Hingerichteten den Täter auf seine Weise verletzt oder gekränkt haben."

Van Kauteren nickte und ergänzte: „Richtig, ich komme auch zunehmend zu der Ansicht, dass sich unsere beiden Opfer wahrscheinlich nicht gekannt haben. Wären die beiden mit einem Täter aus dem kriminellen Milieu aneinandergeraten, dann hätten sie sich untereinander gekannt haben können, so aber eher nicht. Ich denke, wir sollten eine Verbindung zwischen den beiden zwar nicht völlig ausschließen, unsere Ermittlungen aber auch nicht in eine Sackgasse führen."

Mo hatte länger geschwiegen, jetzt meldete er sich.

„Wir müssen, so glaube ich, auch daran denken, dass uns ein Täter gegenüberstehen könnte, der für uns überhaupt kein erkennbares Motiv für die Morde hat, sondern sich die Opfer zufällig auswählt, vielleicht wegen einer kruden Weltanschauung oder zur Rettung der Moral oder, oder, oder."

Alle nickten betroffen.

„Leute, einen Punkt haben wir bisher vernachlässigt. Die Tatwaffe ist, wie ihr wisst, eine Sig-Sauer P6 mit dem dazu passenden Kaliber. Hier müssen wir unsere Ermittlungen vertiefen. Natürlich wurden diese Waffen vor 15 bis 20 Jahren nicht nur von der Polizei in NRW verwendet. Sie waren auch frei verkäuflich. Aber, wenn wir überhaupt irgendwo ansetzen wollen, dann dürfen wir an einem Polizisten als potentiellem Täter nicht vorbeigehen, auch, wenn es uns schwerfällt."

Große Entrüstung war zu hören. Alle redeten durcheinander, van Kauteren ließ seine Mitarbeiter eine Weile gewähren.

„Halt, halt, ich sage ja gar nicht, dass nur ein Polizist als Täter in Frage kommt, aber wir müssen diese Möglichkeit im Blick behalten, wobei erschwerend hinzukommt, dass es sich inzwischen um die Dienstwaffe eines ehemaligen Kollegen handeln könnte."

„Oder um eine Waffe, die ihm entwendet wurde.", ergänzte Regina.

„Ja, klar, auch das ist möglich. Nur, dann wird es für uns vollends unübersichtlich. Mo, du erhältst von mir den Auftrag, diesbezüglich zu recherchieren. Ich weiß, das wird eine Mammutaufgabe. Aber wir kommen nicht darum herum. Du wirst bis auf weiteres von allen anderen Aufgaben frei gestellt."

Der Angesprochene schien in sich zusammenzusacken und ergänzte noch: „Wenn wir nach einer so alten Waffe suchen, ist zu bedenken, dass erst in den Neunzigern des letzten Jahrhunderts damit begonnen wurde, Fotos in den Polizeicomputern zu digitalisieren. Ich denke diese Tatsache wird die Suche erheblich erschweren, eine Suche, die der bekannten Nadel im Heuhaufen sehr ähnlich werden dürfte."

„Ja, weiß ich, aber wir müssen uns darum bemühen. Andernfalls könnte man uns der Parteilichkeit bezichtigen.", endete van Kauteren, während er unruhig auf seinem Stuhl hin und her rutschte und bei seinen erfahrenen Mitarbeitern den Eindruck verstärkte, endlich wieder eine Prise nehmen zu wollen. Sie sollten Recht behalten.

Kapitel 31

2013, vor fast genau zwei Jahren hatte Klaus Oblonsky seinen Dienst quittiert und war in Rente gegangen, genau wissend, was er mit der gewonnenen Zeit anstellen würde. Früher war er mehrfach nach Italien, Ägypten und Spanien gefahren. Fast immer war er von den antiken Stätten, den kulturellen, aber auch profanen Höhepunkten solcher Reisen begeistert nach Bochum zurückgekehrt. Er liebte diese Länder, weil sie für ihn eine gelungene Mischung aus geistiger Anregung und genussvollem Leben darstellten.

In diesem Jahr hatte er wieder sein Lieblingsland auf dem Schirm. Fast 10 Jahre war es jetzt her, dass er zuletzt in die Türkei gereist war. Eine viel zu lange Zeitspanne, wie er für sich feststellte. Umso eifriger bemühte er sich daher um die konkrete Planung seines nächsten Urlaubs.

Vor vier Wochen hatte sein jetziger Hausarzt seine Praxis aus Altersgründen aufgegeben. Rechtzeitig hatte er alle seine Patienten informiert und ihnen teilweise in persönlichen Gesprächen andere Kollegen empfohlen, an die sie sich in Zukunft würden wenden können. Aus diesem Anlass heraus erinnerte er sich wieder an die für alle damals völlig unerwartete Praxisschließung seines früheren Hausarztes, jenes Dr. Keller, der vor 20 Jahren von einem auf den anderen Tag verschwunden war. Offenbar nicht ganz freiwillig, wie er vor zehn Jahren in Erfahrung bringen konnte, als er ihn in Canakkale, einer Stadt in der Türkei, wiedererkannt, dann aber in der Innenstadt verloren hatte. Wieder einmal musste er an diesen Vorfall denken. Er ging immer noch davon aus, dass sein früherer Arzt damals möglicherweise, nein, sogar sehr wahrscheinlich unter Bewachung stand und sich nicht frei bewegen konnte. Zu diesem Urteil war er vor fast genau 10

Jahren gekommen. Leider hatten ihn seine weiteren Nachforschungen nicht viel weiter gebracht, nur, dass Dr. Keller jetzt wohl Dr. Jung heißen könnte und in irgendetwas verwickelt war, das ihn in die Türkei verschlagen hatte.

Klaus Oblonsky wollte noch einmal nach Istanbul und auf einige Inseln an der Westküste. Dann erwischte er sich dabei, wie er einen zusätzlichen Aufenthalt in Canakkale einzuplanen begann. Die Sache hatte ihn immer noch nicht losgelassen. Er wollte die Suche nach seinem früheren Hausarzt noch einmal aufnehmen und, wenn möglich, zu einem guten Ende führen. Er war entschlossen, das Geheimnis um Dr. Keller, alias Dr. Jung, zu lüften. Dafür wollte er sich die notwendige Zeit nehmen.

Vorausschauend hatte er sich in Canakkale eine freundliche und nicht allzu teure Pension ausgesucht, sodass er seinen Aufenthalt in der Stadt flexibel gestalten konnte.

An einem bereits morgens sehr warmen Junitag genoss er ein ausgiebiges Frühstück und ließ sich von der Wirtin noch einmal Kaffee nachschenken. Dann nahm er einen Stadtplan, seinen Sonnenhut und eine Zeitung zur Hand, steckte alles in eine schmale Aktentasche und verließ das Haus mit dem Gefühl, heute möglicherweise erfolgreich werden zu können. Er müsste nur ganz systematisch vorgehen.

Gegen 11 Uhr näherte er sich dem relativ zentral gelegenen Marktplatz von Canakkale, holte den Stadtplan hervor und begann mit den nördlich liegenden Straßen der Altstadt. Danach wollte er im Uhrzeigersinn weiter voranschreiten.

Er achtete kaum auf die Passanten um sich herum, auch der Straßenverkehr interessierte ihn nur, wenn er die Straßenseite wechseln musste. Sein Blick war vielmehr sehr konzentriert auf alle Häuserzeilen gerichtet, er suchte akribisch nach einem Hinweis, einem Schild oder einem Namen, der zu Dr. Keller oder Dr. Jung passen könnte.

Bis zum Mittag hatte er sich vergeblich die Füße abgelaufen, auch die Wärme hatte noch zugenommen. Er brauchte dringend etwas zum Trinken. Eine Kaffeestube war schnell gefunden. Er bestellte eine große Flasche Wasser und einen türkischen Kaffee.

Als sein erster Durst gelöscht war, wählte er anhand des Stadtplans die nächsten Straßen aus. Was, wenn der gesuchte Arzt außerhalb der Altstadt wohnen würde? Darüber wollte er gar nicht erst nachdenken. Denn dann müsste er für die Suche mit mehreren zusätzlichen Tagen rechnen, falls er nicht vorher aufgeben würde.

Einer Eingebung folgend, sprach er den freundlichen Kellner in gebrochenem Türkisch an und versuchte ihm klarzumachen, dass er die Praxis eines deutschen Arztes in der Altstadt suche. Leider wisse er die Adresse nicht.

Der Kellner rief nach seinem Kollegen, da er selbst keinen Arzt namens Dr. Jung kannte. Wild gestikulierend standen die beiden zusammen, dann kamen sie zu seinem Tisch und konnten ihm tatsächlich eine Adresse nennen.

„Deutscher Arzt. Guter Arzt! Ganz kleine Praxis."

Dann nannte der Kollege einen Straßennamen, den Oblonsky nicht verstand. Mit fremder Hilfe und einigen Schwierigkeiten bei der Verständigung konnte die Straße schließlich auf dem Stadtplan identifiziert werden. Endlich ein Hinweis, der erfolgversprechend schien.

Er bedankte sich mehrfach, zahlte die Rechnung und ließ ein durchaus üppiges Trinkgeld auf dem Tisch zurück.

Obwohl ihm die Mittagshitze ziemlich zusetzte, machte er sich raschen Schrittes auf den Weg und fand tatsächlich nach einigem Suchen die ihm genannte Straße. Zunächst nahm er sich die rechte Seite vor. Jedes Haus, jeden Eingang inspizierte er ganz genau. Aber bis auf einen Zahnarzt mit deutsch klingendem Namen war die Suche vergebens. Auf der gegenüberliegenden Seite ging er noch sorgfältiger vor. Dann stand er vor einem Altbau, der früher wohl ein Ladenlokal beherbergt haben musste. Zuerst fiel ihm das Schild eines Notars auf, der offenbar in der ersten Etage sein Büro hatte. Daneben entdeckte Oblonsky schließlich ein kleines Pappschild mit der Aufschrift:

„Dr. med. Jung, Medikus, 9 Uhr 30 bis 13 Uhr."

Er ging auf die Eingangstür zu und wollte die Praxis betreten, aber um diese Zeit war sie geschlossen, wie ihm ein Blick auf seine Uhr verriet. Es blieb ihm nichts anderes übrig, als morgen wiederzukommen. Er fühlte sich zwar irgendwie ausgebremst, war aber mehr als froh, Dr. Jung nun tatsächlich gefunden zu haben. Voller Tatendrang und mit lange nicht mehr gekannter Vorfreude auf morgen schlenderte er jetzt deutlich langsamer als zuvor zu seiner Pension zurück. Er hatte Dr. Jung tatsächlich gefunden. Morgen würde er seinem ehemaligen Hausarzt gegenübertreten und ihn sprechen können. Was für ein Erfolg!

Der nächste Tag bescherte ihm etwas angenehmere Temperaturen. Nach einem wegen seiner inneren Unruhe nicht ganz so üppig ausgefallenem Frühstück ging er flotten Schrittes zu der ihm jetzt bekannten Adresse, nahm sich aber auf dem Weg dahin vor, den Praxiseingang und die ein- und ausgehenden Patienten erst einmal von weitem zu beobachten. Zum Glück befand sich in der Nähe der Praxis eine kleine

Kaffeerösterei, die draußen ein paar Stühle aufgestellt hatte. Von hieraus hatte er einen guten Blick auf den Praxiseingang. Er wartete ab und trank dabei bereits seinen vierten Kaffee. Was würde sein Blutdruck dazu sagen?

Der erste Patient war ein älterer Mann, offenbar ein Einheimischer, dann kamen eine Mutter mit ihrem Kind und später eine junge Frau. Offenbar Deutsche. Danach betrat ein älteres Ehepaar die Praxis, könnten auch Engländer sein. Inzwischen zeigte die Uhr 11 Uhr 45, als ein junger Mann mit türkischem Aussehen hineinging. Vielleicht 5 Minuten später kam ein ebenso gut gebauter, türkisch aussehender anderer Mann aus der Praxis und verschwand an ihm vorbei Richtung Zentrum.

Merkwürdig, überlegte Oblonsky, das sah aus wie ein Schichtwechsel. Ja, jetzt war er sich ganz sicher: das waren mögliche Bewacher von Dr. Jung, die sich gegen 12 Uhr abwechselten. Damit wurde ihm aber auch schlagartig klar, dass er sehr vorsichtig zu Werke gehen musste. Er würde mit dem Doktor nicht einfach über seine Vergangenheit und die Umstände seiner „Gefangenschaft" reden können. Vielleicht würde dieser beobachtet oder durch eine Kamera überwacht.

Für ihn passte jetzt alles zusammen. Wie schon vor Jahren vermutet, war sein ehemaliger Hausarzt in irgendeine Sache verwickelt, die so gravierend war, dass er über fast zwei Jahrzehnte unter häuslicher Bewachung stand. Was um alles in der Welt könnte das sein?

Nun legte er sich zurecht, welche Beschwerden er vorgeben wollte, um Dr. Jung möglichst mehrfach konsultieren zu können. Außerdem überlegte er sich, wie er dem Doktor unter diesen Bedingungen eine Nachricht zukommen lassen könnte, die ihm seine Bereitschaft zu einem privaten Kontakt signalisieren sollte.

Gegen 12 Uhr 30 fasste er sich ein Herz und betrat die Praxis. Er gelangte in einen kleinen Warteraum, in dem noch eine ziemlich aufgetakelte Frau mittleren Alters saß. Danach würde er drankommen.

Dann war es soweit. Er betrat das spärlich eingerichtete Ordinationszimmer, das lediglich mit einer Liege, einem Schreibtisch, zwei Stühlen und einem Medizinschrank eingerichtet war. In einer Ecke entdeckte er noch ein EKG Gerät älterer Bauart und neben der Liege ein kleines Tischchen mit Spritzen, Kanülen, Blutröhrchen etc.

Dr. Jung setzte sich an den Schreibtisch, nahm eine Karteikarte zur Hand und begann seinen Patienten nach Name, Anschrift, Geburtsdatum und so weiter zu befragen.

„Was kann ich für Sie tun? Sie sind Deutscher, richtig?"

„Ja, Herr Doktor, ich mache längere Ferien in der Türkei, aber seit ein paar Tagen geht es mir nicht so gut. Ich fühle mich schlapp, schlafe schlecht. Mein Appetit ist gestört und mich quälen zeitweilig Magenkrämpfe."

Dr. Jung stellte noch viele Fragen zu möglichen Vorerkrankungen, zu seinen Medikamenten und zu seiner Lebensführung, Alkohol und Nikotin eingeschlossen. Dann maß er bei seinem Patienten als erstes Puls und Blutdruck, der etwas zu hoch war. Das Coffein hatte seine Wirkung voll entfaltet.

„Bevor ich weiter fahre, möchte ich mich von Ihnen erst gründlich untersuchen lassen. Als Rentner habe ich ja Zeit."

„Sehr vernünftig. Ihre Beschwerden sollten wir ernst nehmen und zunächst sorgfältig abklären."

Jetzt bat der Doktor seinen Patienten auf die Liege und ließ ihn den Oberkörper frei machen. Er hörte ihn ab, ließ sich den geöffneten Mund zeigen, tastete ihn ab und drückte auf die Magengegend. Oblonsky quittierte es mit einer vorgetäuschten Schmerzangabe. Dann sollte er sich aufsetzen. Der

Arzt untersuchte die Wirbelsäule und schlug beidseits in die Nierengegend. Für Oblonsky fast unbemerkt hatte der Arzt etwas aus seiner rechten Kitteltasche genommen und es ebenso unbemerkt, beinahe wie ein Trickbetrüger, in die Hosentasche seines Patienten verschwinden lassen.

Dieser blitzschnelle Vorgang war auch Oblonsky nicht verborgen geblieben, er wusste nur nicht, was das zu bedeuten hatte.

Wenig später entdeckte er in der linken oberen Ecke des Raums eine kleine Kamera. Dr. Jung wurde tatsächlich, so wie er es vermutet hatte, auch während seiner Arbeit überwacht. Er musste noch vorsichtiger sein.

Als sich wenig später die Blicke der beiden trafen, war sich Oblonsky fast sicher, dass Dr. Jung ihn als seinen früheren Patienten erkannt hatte, ging aber genau so wenig wie sein Arzt darauf ein. Er zog sich seine Sachen wieder an und knöpfte sich umständlicher als nötig seine Hose zu, um festzustellen, dass sich tatsächlich ein Schriftstück in seiner linken Hosentasche befand. Er blieb völlig cool und war sich sofort darüber im Klaren, dass er erst später würde nachsehen dürfen.

Die beiden, obwohl erst wenige Minuten zusammen, hatten verstanden, um was es ging und dass sie extrem vorsichtig sein mussten.

Dann nahm Dr. Jung ihm Blut ab und bat ihn, auf der Toilette etwas Urin in einen Becher zu geben.

„Möglicherweise plagt sie eine Gastritis. Aber kommen Sie bitte in zwei Tagen wieder zu mir, dann habe ich die Laborergebnisse vorliegen. Bis dahin essen Sie möglichst nur leichte Sachen und verzichten Sie auf Alkohol und Kaffee." Oblonsky bedankte sich und versprach zu kommen.

Einige Straßenzüge weiter und in der Gewissheit, nicht verfolgt zu werden, griff er in seine linke Hosentasche und entnahm einen Brief mit folgendem Inhalt:

„Ich bitte Sie um Hilfe. Ich werde seit Jahren in der Türkei, genauer gesagt hier in Canakkale, festgehalten und rund um die Uhr bewacht. Ich habe keine Papiere und keine Kommunikationsmittel. Ich stamme aus Bochum. Vielleicht können Sie mir helfen zu fliehen. Das könnte aber auch für Sie gefährlich werden. Sollten Sie dennoch wieder in meiner Praxis erscheinen, nehme ich das als Zeichen, dass Sie mir helfen wollen.

Erschrecken Sie nicht! Unabhängig von dem, was ich bei Ihnen gesundheitlich feststelle, werde ich Sie zu einem Diabetiker machen. Das hat nur den einzigen Grund, Ihnen einen Diabetiker- Pass aushändigen zu können, über den wir schriftlich miteinander kommunizieren werden. Es tut mir leid, dass ich Ihnen nicht geringe Unannehmlichkeiten abverlangen werde, falls Sie mir überhaupt helfen wollen. Grundsätzlich wird es darum gehen, mich von meinen Bewachern zu trennen und mich dann nach Ankara zur deutschen Botschaft zu bringen. Danach komme ich alleine klar."

Oblonsky las den Brief mehrfach und fühlte sich in allen Punkten bestätigt. Und ja, selbstverständlich wollte er seinen verschollenen früheren Hausarzt unterstützen. Er wollte helfen, ihn zu befreien, wobei er immer noch nicht wusste, welche Umstände ihn in diese missliche Lage, die nun schon mehr als zwei Jahrzente bestand, gebracht hatten.

Zwei Tage später saß er Dr. Jung wieder gegenüber, der sichtlich erfreut war, ihn wiederzusehen.

„Also, Herr Oblonsky, ich glaube, jetzt wissen wir, was Ihnen fehlt. Die meisten Blutwerte waren soweit in Ordnung, aber Ihr Blutzucker ist viel zu hoch. Sie haben Diabetes. Daran müssen wir jetzt erst einmal arbeiten. Also, keine Süßigkeiten mehr, kein Zucker, wenig Kohlenhydrate und regelmäßige Blutzuckerkontrollen, zunächst hier in meiner Praxis. Ist das für Sie in Ordnung? Haben Sie ein bis zwei Wochen Zeit?"

„Ja, kein Problem, bin ja froh, wenn Sie mir helfen können."

„Ich gebe Ihnen gleich einen Diabetiker- Pass mit, in den ich Ihre Werte eintrage und Ihnen Anweisungen geben werde. Bitte schreiben Sie auf, welche Mahlzeiten Sie einnehmen und wie es Ihnen dabei geht. Zusätzlich erhalten Sie von mir ein Medikament, das Sie zweimal am Tag, morgens und abends, einnehmen. Wir sehen uns bitte in drei Tagen zur nächsten Kontrolle wieder."

„Danke Herr Doktor, ich werde da sein."

Mit dem Pass, dem Medikament und noch ein paar letzten Ratschlägen entließ Dr. Jung strahlend seinen sehr, sehr wichtigen Patienten.

Ungeduldig nahm Oblonsky in seiner Pension den Diabetiker- Pass zur Hand. Auf der zweiten Seite fand er seine echten Blutwerte, dann folgten auf der nächsten Seite der vermeintlich erhöhte Blutzuckerwert und auch das falsche Ergebnis der Urinuntersuchung. Auf der fünften Seite fand er endlich, sehr akkurat in kleiner Schrift geschrieben, folgenden Text:

„Hier mein Plan:

Abends darf ich das Haus verlassen und in Begleitung meiner Bewacher in die Altstadt gehen, sogar hier und da einkehren. Auf dem Marktplatz befindet sich ein Toilettenhäuschen, das ich zur Flucht benutzen möchte. Jede Toilette hat ein Oberlichtfenster, das sich öffnen lässt. Auf der Hinterseite der Toilette bräuchte ich aber Hilfe, um aus dem Fenster zu kommen. Außerdem müsste dort ein Auto bereitstehen, in das ich einsteigen und von Ihnen weggefahren werden könnte. Daher müssten Sie in den nächsten Tagen ein Auto mieten, wenn möglich ein dunkles, das Sie rechtzeitig und vollgetankt hinter das Toilettenhäuschen abstellen sollten.

Dann könnten wir mit einem ordentlichen Vorsprung nach Ankara fahren, wo Sie mich am nächsten Tag an der deutschen Botschaft absetzen dürfen. Es wäre gut, wenn Sie deren Adresse vorher herausfinden und in das Navi des Leihwagens eingeben könnten. Ich hoffe sehr, von Ihnen nicht zu viel zu verlangen. Schreiben Sie mir auf der nächsten Seite, wenn Sie alles Notwendige erledigt haben und bereit sind. Die Aktion würde in jedem Fall so gegen 23 Uhr beginnen. Der genaue Tag würde von mir zu gegebener Zeit festgelegt werden."

Kapitel 32

Klaus Oblonsky fühlte sich zunächst, gelinde gesagt, überfordert. Er konnte seine Gefühle nicht richtig einordnen. Einerseits machte er sich schon Sorgen, ob der Befreiungsversuch überhaupt gelingen könnte. Andererseits war er voller Tatendrang und manchmal beinahe euphorisch, war er es doch gewesen, der nicht locker gelassen hatte und nun vor der Erfüllung seiner einst fixen Idee stand. Und er war sich sicher: Zwanzig Jahre Unfreiheit und ständige Bewachung sind wahrlich genug. Das kann niemand aushalten! So war er schließlich fest entschlossen, bei der Befreiung seines früheren Hausarztes entscheidend mitzuhelfen.

Voller Schwung, aber auch mit der nötigen Sorgfalt und manchmal doch mit ein paar Bauchschmerzen machte er sich an die Arbeit.

Eine Autovermietung war schnell gefunden. Schwieriger gestaltete sich sein Wunsch, einen dunklen, wenn möglich, schwarzen Wagen zu mieten. Außerdem sollte dieser schon über eine ordentliche Anzahl von Pferdestärken verfügen. Denn Oblonsky war inzwischen klar geworden, dass sie nach erfolgreicher Befreiung möglichst rasch nach Ankara fahren müssten, damit mögliche Verfolger sie nicht einholen könnten. Denn für die Bewacher war es durchaus naheliegend, dass Dr. Jung in die Hauptstadt fliehen würde, um sich in der deutschen Botschaft neue Papiere zu besorgen. Andernfalls käme er kaum aus der Türkei heraus. Ihr Vorsprung wäre daher ganz gewiss nicht sehr groß.

So musste er schließlich tief in die Tasche greifen, um einen dunkelgrauen Audi A 6 zu bestellen Der Händler war mehr als zufrieden und hatte wegen der ungewöhnlichen Bestellung seine liebe Not, professionell zu bleiben. Schwierig gestaltete sich noch die Dauer der Buchung. Schließlich einigte man sich auf 8 Tage, was dem Autovermieter vor Freude und Genugtuung noch einen zusätzlichen Schweißausbruch bescherte. Er versprach, den Wagen übermorgen um 9 Uhr vor der Pension von Oblonsky bereitzustellen. Früher käme er an den Audi nicht heran.

Oblonyky unterschrieb. Der Vermieter machte sich Kopien von Führerschein und Pass. Dann vereinbarte man eine Vorauszahlung bei Übergabe des Wagens.

Am Nachmittag schlenderte Oblonsky in die Innenstadt und nahm das Toilettenhäuschen und dessen Umgebung in Augenschein.

Am Marktplatz, der ansonsten nur Fußgängern zur Verfügung stand, führte tatsächlich hinter dem Toilettenhäuschen eine Straße vorbei, die mit ein paar wenigen Parkbuchten ausgestattet war. Soweit stimmte die Beschreibung von Dr. Jung. Er würde den Wagen rechtzeitig, eventuell ein paar Tage vor dem geplanten Termin, dort platzieren müssen, um nicht Gefahr zu laufen, im entscheidenden Moment keinen Parkplatz ergattern zu können.

Er suchte sich ein Lokal aus, das er noch nicht kannte, um eine vorgezogene Abendmahlzeit einzunehmen. Seine Wahl fiel auf ein traditionelles türkisches Restaurant.

Später, nachdem er bezahlt hatte, betrat er das städtische Bauwerk zur Verrichtung der Notdurft, das natürlich nach Männlein und Weiblein getrennt war. Gestaltung und Geruch unterschieden sich nicht wesentlich von anderen Einrichtungen dieser Art. Er betrat eine Herrentoilette, die von seinen Vorbenutzern mit einigen unschönen Flecken und abgerissenem Toilettenpapier auf dem Boden hinterlassen worden war. Tatsächlich, an der Rückwand befand sich ein

Oberlichtfenster, das er öffnen konnte. Für sich wollte er es sich nicht vorstellen, dort hinausschlüpfen zu müssen. Aber, wenn er sich die sportliche Gestalt von Dr. Jung vor Augen führte, dann könnte das Vorhaben tatsächlich gelingen.

Er verließ das „gastliche Haus" und ging zur Hinterseite, wo ihn das von ihm geöffnete Fenster erwartete. Leicht würde es nicht werden, den Flüchtenden durch diese Luke zu bugsieren, aber unmöglich schien es auch nicht. Er würde ihm möglicherweise seine Schultern als Stütze anbieten müssen.

Anschließend schlenderte er zu einem Cafe, um den Abend bei ein wenig süßem Gebäck und einem Kaffee ausklingen zu lassen. Als Pseudo Diabetiker war ihm dies natürlich gestattet. Das Toilettenfenster, fiel ihm später ein, hatte er einfach offen gelassen.

Wieder in seiner Pension angekommen, bemühte er sein Laptop, um die Adresse der deutschen Botschaft herauszubekommen. Er schrieb sie auf einen Zettel und notierte zusätzlich noch die Öffnungszeiten.

Ohne, dass es mit seinem Doktor abgesprochen war, kam er zu dem Entschluss, ihm ein paar Sachen zum Anziehen zu kaufen und für sie beide später noch Proviant und Getränke. Dies würde er einen Tag vor dem geplanten Termin erledigen. Das Einkaufszentrum in Canakkale würde sich dafür anbieten.

Der Leihwagen wurde pünktlich und vollgetankt übergeben. Er beeilte sich, ihn bereits am Abend hinter dem Toilettenhäuschen zu platzieren. Dies gelang ihm mit ein wenig Geduld erst gegen Mitternacht.

Nun, als er endlich alles erledigt hatte, nahm er seinen zweiten Behandlungstermin bei Dr. Jung wahr. In seinen Diabetiker- Pass schrieb er auf Seite 6:

„Alle Vorbereitungen meinerseits sind abgeschlossen. Sie können den Termin bestimmen. Ich werde da sein."

Nachdem sie sich am nächsten Tag freundlich begrüßt hatten, erkundigte sich der Doktor nach seinem Befinden. Oblonsky überreichte ihm den Diabetiker- Pass mit der Bemerkung:

„Ich glaube mir geht es schon sehr viel besser. Habe mich, so gut ich konnte, an Ihre Ratschläge gehalten."

„Das ist ja sehr schön. Damit sind wir, denke ich, auf einem guten Weg. Zur Kontrolle nehme ich Ihnen heute wieder etwas Blut ab."

Dann schlug der Arzt den Pass auf und sein Gesicht hellte sich nur unmerklich auf. „Sehr schön ihre Einträge zu ihrer Lebensführung, das wird uns ganz bestimmt weiterbringen." Dann schrieb er seinerseits etwas in das Heft. Offenbar nur einen kurzen Satz.

„Wir sehen uns in drei Tagen, also am Montag wieder. Geht das bei Ihnen in Ordnung?"

„Ja, selbstverständlich."

„Noch eine Frage. Was machen Ihre Magenkrämpfe?"

„Schon viel besser. Wahrscheinlich hat die Diät bereits geholfen."

Sie verabschiedeten sich herzlich.

Erst in seiner Pension öffnete er den Pass und las:

Sonntag um 23 Uhr , wie verabredet.

Am Samstag besorgte er noch die Kleidungsstücke für Dr. Jung, er ging von Kleidergröße 48 aus. Am Sonntag orderte er vier große Wasserflaschen und belegte Brote, die er zum Glück über Tag in den Kühlschrank der Pensionswirtin lagern durfte. Bis zum Abend hatte er leider noch sehr viel Zeit, was seine Nervosität mit jeder Minute wachsen ließ.

Auch, wenn er kaum Appetit hatte, zwang er sich dazu, in seinem Lieblingsrestaurant in der Nähe des Marktplatzes, wo in wenigen Stunden etwas Außergewöhnliches passieren sollte, zu Abend zu essen. Die gefüllten Paprika waren an und für sich köstlich, trotzdem war er sehr bald satt und musste fast die Hälfte zurückgehen lassen.

Um seine zunehmende Unruhe zu bekämpfen, entschloss er sich, noch ein wenig in der Stadt umherzuschweifen. Dann, nach Einbruch der Dunkelheit, setzte er sich in seinen Mietwagen, drehte das Fenster herunter und wartete.

Wie vor 10 Jahren sah er ihn wenige Minuten vor 23 Uhr in Begleitung eines Aufpassers kommen. Wie damals setzte er sich auf eine Bank am Brunnen und unterhielt sich mit seinem ständigen Begleiter. Nach weiteren 5 bis 10 Minuten, es war jetzt 5 Minuten vor 23 Uhr, stand der Doktor auf und sprach mit dem jungen Türken. Dann ging er, für Oblonsky zum Schluss nicht mehr sichtbar, ganz offensichtlich zum Toilettenhäuschen, sein Schatten folgte ihm.

Es dauerte gefühlt nur wenige Sekunden, bis sich das Fenster öffnete und sich Dr. Jung wenige Augenblicke später hindurchquälte. Oblonsky sprang hinzu und irgendwie schaffte er es, den Flüchtling verletzungsfrei herauszuziehen. Die Tür zur Rückbank des Autos stand offen, der Flüchtling stürzte sich hinein und blieb auf dem Bauch liegen. Die Tür wurde geschlossen. Oblonsky schwang sich hinter das Steuer, startete den Wagen möglichst geräuschlos und verließ die Parkbucht so unauffällig wie möglich. Vor dem Toilettenhäuschen wartete einsam der Aufpasser.

Jetzt konnte die Fahrt nach Ankara beginnen.

Er wagte noch nicht mit seinem Gast zu sprechen. Erst als sie Canakkale hinter sich gelassen hatten, richtete sich Dr. Jung auf. Oblonsky fuhr zügig, aber nicht zu schnell und schaute sehr oft in den Rückspiegel, um mögliche Verfolger ausmachen zu können. Alles blieb ruhig.

Dann bot er Dr. Jung eine Flasche Wasser an, der dankbar ein paar Schlucke nahm und sich etwas zu entspannen begann.

Er bedankte sich überschwänglich. Oblonsky gratulierte seinem Beifahrer für die geniale Idee und beschleunigte die Fahrt auf der jetzt breiter gewordenen Schnellstraße. Das Navi leitete ihn problemlos.

„Sollten Sie sich nicht vielleicht erst eine Weile irgendwo in der Türkei verstecken? Falls uns die Bewacher einholen sollten, wäre doch alles verloren.", wollte sein Befreier wissen.

„Nein, ich muss so schnell wie möglich an Papiere kommen, sonst habe ich keine Chance.", war die Antwort.

Sicher, ohne Papiere konnte er sich nirgendwo verstecken. Das leuchtete Oblonsky ein. Er beschleunigte den Wagen, wo immer es ging.

„Wie kann ich Ihnen nur danken, Herr Oblonsky, wenn ich Ihren Namen richtig verstanden habe?"

„Ja, ja, das ist mein Name. Außerdem kennen wir uns schon länger. Sie waren vor 20 Jahren mein Hausarzt, dann waren Sie von heute auf morgen verschwunden."

„Ja, ich erinnere mich dunkel. Waren Sie nicht bei der Bundesknappschaft beschäftigt?"

„Ja, richtig, Sie haben ja ein phantastisches Gedächtnis."

„Aber nochmals: Ich danke Ihnen sehr, dass Sie mir helfen. Das ist überhaupt nicht selbstverständlich. Bei fünf deutschen Patienten habe ich es schon genauso wie bei Ihnen versucht, aber alle haben abgelehnt."

„Jetzt hören Sie schon auf, sich weiter zu bedanken. Das ist doch ganz normal. Aber nun erzählen Sie mir schon, wie Sie in diese missliche Situation gekommen sind."

„Ach, das ist eine lange Geschichte und schon etwas über 20 Jahre her. Ich war Augenzeuge eines Mordes. Ein stadtbekannter Gangsterboss hat vor meinen Augen einen Mann liquidiert.

Ich war bereit, als Zeuge vor Gericht auszusagen. Deshalb mussten meine Familie und ich in ein Zeugenschutzprogramm gehen. Ich nahm den Namen Dietrich Jung an, auch meine Frau und unsere älteste Tochter erhielten neue Namen."

„Ja, das weiß ich schon, früher kannte ich Sie als Dr. Keller." „Ja, richtig, das ist schon so lange her, dass ich es beinahe selbst nicht mehr glauben kann.

Dann wurden wir alle zusammen mit drei Personenschützern in einem Haus im Sauerland untergebracht. Einige Wochen später wurden wir nachts überfallen und unsere drei Personenschützer erschossen. Ich wurde mit meiner Frau und mit meinen zwei jüngeren Kindern verschleppt. Was aus meiner ältesten Tochter geworden ist, weiß ich nicht. Wir vermuten, dass auch sie erschossen wurde."

„Das ist ja schrecklich! Und die ganzen Jahre wurden Sie bewacht?"

„Über mehrere Zwischenstationen kamen wir schließlich nach Canakkale. Dort lebten wir, von der Außenwelt abgeschottet, über mehrere Jahre. Zwei Jahre nach unserer Ankunft in der Türkei nahmen sie uns unsere beiden Kinder weg. Soweit wir den Erklärungen unserer Bewacher trauen konnten, sollen sie wohl in türkische Familien gekommen sein."

„Um Gottes willen, was müssen Sie gelitten haben?".

„Ja sicher, Meine Frau ist nie mehr froh geworden. Sie verstarb vor 11 Jahren an einer Hirnhautentzündung. Ich konnte ihr nicht helfen, da mir die richtigen Antibiotika verweigert wurden."

„Was mussten Sie denn noch alles erleiden?"

„Ja, es waren wahrhaftig schreckliche Jahre für mich, aber irgendwie musste ich überleben. Als ich dann alleine war, ließen mich meine Bewacher eine Praxis eröffnen, mit der ich mich auch finanziell über Wasser halten konnte. Und den Rest kennen Sie ja."

„Sie müssen wissen, bereits vor zehn Jahren war ich in Canakkale und glaubte Sie auf dem Marktplatz erkannt zu haben. Damals gelang es mir jedoch nicht, Ihnen zu folgen. Ich konnte aber den Verdacht nicht loswerden, dass Sie nicht freiwillig in der Türkei waren. Ich ging deshalb in Deutschland sofort zur Polizei, um Sie als vermisst zu melden und meinen Verdacht auf eine Entführung zu äußern. Ein Kommissar Busian, wenn ich den Namen noch richtig erinnere, wimmelte mich allerdings ziemlich rigoros ab. Aber ich kam wenigstens an die Adresse eines Dr. Jung in Paderborn. War für mich leider eine Sackgasse, wie Sie sich denken können."

„Ja, stimmt, diese Anschrift war nur Teil unserer damaligen Legende."

„Erst in diesem Jahr fiel mir der damalige Vorfall wieder ein und ich begann, noch einmal systematisch nach Ihnen zu suchen. Den Rest kennen Sie."

So gingen die Stunden dahin. Immer wieder überprüfte Oblonsky, ob sie verfolgt würden. Aber alles blieb ruhig. Nur seine zunehmende Müdigkeit machte ihm zu schaffen. Er musste wach bleiben. Deshalb sprachen die beiden noch über dies und das. Auch der Fahrer berichtete aus seinem Leben.

Gegen 9 Uhr erreichten sie die Vororte von Ankara. Das Navi bugsierte sie zielgenau durch das Verkehrsgewühl der morgendlichen Großstadt.

Dann hielten sie auf einer breiten und prachtvollen Straße, etwa 100 Meter vor der deutschen Botschaft. Dr. Jung bedankte sich nochmals ganz überschwänglich, nahm die erfreulicherweise von Oblonsky besorgten Kleidungsstücke mit, stieg aus und verschwand im Botschaftsgebäude.

Er würde, so sein Vorhaben, sich Papiere besorgen, zunächst die Botschaft als Fluchtburg benutzen und sich dann nach Deutschland durchschlagen.

Oblonyky war erleichtert und froh. Jetzt kurvte er mit dem Wagen einige Straßen weiter, um ein ruhiges Plätzchen zu finden. In der Nähe eines weitläufigen Parks fand er schließlich einen Parkplatz, stieg aus und suchte sich eine Bank, die noch im Schatten lag. Dort wollte er sich zunächst ausruhen, bevor er die Heimreise antreten würde. Er genoss die noch morgendliche Frische, trank ein Paar Schlucke aus der letzten Wasserflasche und blickte über den sorgfältig gepflegten Rasen. Dann war er eingenickt.

Wie aus dem Nichts trafen ihn drei Schüsse, einer am Kopf, einer am Hals und einer am Bauch. Er war sofort tot!

Kapitel 33

Tagebuchnotiz eines zunehmend ungeduldig werdenden Menschen

vom 02.07. 2015

Gestern bin ich während meiner Recherchen in einen heftigen Gewitterguss gekommen. Das hatte mir gerade noch gefehlt. Ich wurde nass bis auf die Haut. Nur ein warmes Wannenbad konnte meinen Körper und meine Psyche danach wieder etwas ins Gleichgewicht bringen.

Langsam komme ich ohnehin an meine Grenzen. Alles wird mir zu viel. Das viele Beobachten und Recherchieren kostet mich viele Stunden. Mitunter habe ich überhaupt keine Zeit mehr für mich. Auch wenn ich insgesamt gut vorankomme, belastet mich alles immer mehr. Am schwierigsten ist es für mich, möglichst nah an meine Zielperson heranzukommen, aber gleichzeitig so gut wie unsichtbar und unerkannt zu bleiben.

Ich muss endlich den nächsten Schritt vollziehen. Die Sache soll ein Erfolg werden, darf mich aber nicht völlig überfordern. Ich brauche irgendwann wieder Zeit und Ruhe für mich.

Dennoch, ich weiß genau, was ich will und was geschehen muss. Vor allen Dingen darf ich keine Änderungen bei meinen Vorbereitungen vornehmen und muss den Ablauf des Geschehens akribisch beibehalten. Alles muss weiter nach Plan verlaufen.

Aber leider beobachte ich an mir immer mehr die Neigung, meine Vorgehensweise verändern oder abzukürzen zu wollen. Eine gefährliche Nachlässigkeit.

Hinzu kommt, dass meine Zielpersonen immer schwerer auszukundschaften sind. Man ist auf der anderen Seite vorsichtiger geworden. Ich muss höllisch aufpassen, nicht entdeckt zu werden.

Dennoch, es wird, nein, es muss gelingen!

Schlimm genug, dass mein nächstes Opfer völlig unverdient in Saus und Braus lebt, während andere leiden müssen. Das darf so nicht bleiben. Das ist auf gar keinen Fall gerecht. Ich habe eine Aufgabe zu erfüllen, dessen bin ich mir bewusst. Es muss Gerechtigkeit hergestellt werden. Daher will ich alles tun, um noch einmal erfolgreich zu sein, auch wenn es mir immer schwerer fällt.

Wenn alles erledigt sein wird, dürfte es mir auch wieder besser gehen.

Morgen möchte ich mir zum ersten Mal die Lokation ansehen, wo es geschehen soll. Meine Zielperson fühlt sich dort sicher. Das beschert mir den großen Vorteil, dass sie dort weniger mit Angriffen auf ihr Leben rechnet.

Aber ich muss mir noch eine Legende ausdenken, die ich der Person auftischen kann und die mich glaubwürdig erscheinen lässt. Das wird dieses Mal nicht ganz so einfach, weil ich mich in dem Milieu, in welchem die Person aus- und eingeht, nicht so gut, besser gesagt, gar nicht auskenne. Hier treffen die verwöhnten Kinder reich gewordener Eltern aufeinander und werfen das Geld mit vollen Händen zum Fenster hinaus.

Schon allein das ist eine Schande.

Werde mir sehr wahrscheinlich neue Sachen kaufen müssen, da ich nicht als Außenseiter auffallen darf. Ich muss es schaffen, dass sie mich sofort akzeptieren, wenn auch nur für wenige Tage. Aber das können die Beteiligten ja nicht wissen.

Knackpunkt ist wieder einmal, das nötige Vertrauen aufzubauen, damit ich mit dem Opfer alleine sein und es schlussendlich zu meinem Wagen bringen kann, ohne dass irgendjemand misstrauisch wird.

Habe mir vorgenommen, am Sonntag, also übermorgen, eine wohlverdiente Pause einzulegen. Das wird mir gut tun. Ich muss mit meinen Kräften haushalten und darf mich nicht selber unter Druck setzen. Auch, wenn ich die Sache möglichst schnell hinter mich bringen will, spielt es doch letztlich keine Rolle, wann ich zum nächsten Schlag gegen die Welt des Verbrechens ausholen werde. Ich werde der Gerechtigkeit so oder so zum Sieg verhelfen!

Kapitel 34

Zwei fast zeitgleiche Recherchen von Regina Bettendorf und ihrem Kollegen Enrico sollten endlich die Wende in den Ermittlungen zu den dubiösen Mordfällen bringen.

Die Kommissarin erinnerte sich nämlich an eine frühere Informantin, die zwar mit dem Milieu verbandelt war, aber ihr dennoch schon den einen oder anderen wertvollen Hinweis hatte geben können. Allerdings hatten sie sich bestimmt fünf bis sechs Jahre nicht mehr gesehen.

Regina versuchte, wieder mit ihr in Kontakt zu kommen. Sie erinnerte sich an die Nachtbar „Nizza" im Essener Rotlichtviertel.

Ein wenig musste sie schon suchen, dann stand sie vor dem von außen unscheinbar wirkenden Etablissement. Auch innen hatte sich nichts verändert. An der Bar der übliche Anblick. Von den zehn Barhockern waren drei von Männern vorgerückten Alters besetzt, die hier entweder über die Jahre ergraut waren oder nicht mehr wussten, warum sie hier saßen und das völlig überteuerte Bier in sich hineinschütteten.

Die Barfrau nickte Regina zu. Für größere Höflichkeitsbekundigungen war die in die Jahre gekommene, üppige Blondine wohl nicht willens. Doch dann hellte sich ihr Gesicht auf, sie hatte Regina offenbar erkannt. Ihre Blicke trafen sich und mühsam bahnten sich erste Erinnerungen ihren Weg.

„Geraldine?"

„Bettina?"

„Nein, Regina. Regina Bettendorf. Sie arbeiten immer noch hier?"

„Regina, ja! Und du bist immer noch bei der Kripo?"

„Ja, sicher, was anders kann ich doch nicht. Und wie steht es bei dir?"

„Ich komme von dem Laden hier einfach nicht los, gehört mir jetzt seit fünf Jahren. Hatte gute Zeiten, aber jetzt laufen die Geschäfte eher schlecht. Denke schon ans Aufhören."

Man kann nicht sagen, dass die beiden befreundet gewesen wären, aber sie hatten sich immer mit gegenseitigem Respekt behandelt. So war es auch zu verstehen, dass Geraldine früher die eine oder andere Nachricht preisgeben konnte, ohne sich selbst im Milieu zu schaden.

Drei neue, deutlich jüngere Gäste traten ein und bestürmten nassforsch die Theke. Geraldine blieb höflich, aber resolut. Sie machte den Neuankömmlingen unmissverständlich klar: Hier wird nicht gepöbelt oder randaliert! Die drei nahmen, jetzt deutlich ruhiger, an der Theke Platz und konnten sogar eine ordentliche Bestellung formulieren. Unterstützend wirkte dabei der immer noch sehr ansehnliche Ausschnitt der Chefin, den sie den Herren der Schöpfung durch geschickte Körpersprache unter die Nase zu reiben vermochte. Fortan konnten sich die drei richtig gut benehmen und machten sogar das eine oder andere Kompliment.

„Sag mal, Geraldine, hast du vom Tod von Igor Davidov gehört?", begann Regina.

„Ja, sicher, stand ja auch vor ein paar Tagen in der Zeitung." „Kommen denn die beiden Brüder in letzter Zeit noch zu dir?" „Nein, schon länger nicht mehr. Düsseldorf soll jetzt ihre Meile sein. Hier ist es ihnen wohl zu langweilig und zu provinziell. Aber das ist ja wirklich ein Ding mit Igor. Offensichtlich eine Art Hinrichtung."

„Ja, denke ich auch. Kannst du dir vorstellen, wer das getan haben könnte?"

„Nein, beim besten Willen nicht!"

„Kennst du vielleicht das erste Opfer, Vivian König? Sie wohnte in Essen und soll als Edelprostituierte gearbeitet haben." Geraldine antwortete nicht sofort. Nach einer Weile, in der sie gekonnt ein neues Bier zapfte, beantwortete sie die Frage:

„Ich kenne die Dame nicht persönlich, aber sie soll die Dauergeliebte von Dimitri Davidov sein, gewesen sein.", verbesserte sie sich.

Die Frühbesprechung am nächsten Tag begann pünktlich um 8 Uhr. Enrico wirkte sehr aufgeregt. Auch Regina musste sich zusammenreißen, um nicht sofort mit ihrer Nachricht herauszuplatzen.

Dann begann van Kauteren:

„ Wie sieht es aus mit Spuren von K.O. Tropfen an den Gläsern in Igors Wohnung? Haben wir vielleicht sogar Fingerabdrücke gefunden, die uns weiterbringen könnten?"

Regina fühlte sich ertappt.

„Also, ein abschließender Bericht der Spusi liegt noch nicht vor. Aber erste Andeutungen unserer Kollegen besagen, dass diesbezüglich keine neuen Erkenntnisse zu erwarten sind."

„Ist das sicher?"

„Ja, Chef, mehr weiß ich dazu leider nicht."

Anschließend berichtete Mo über den Stand seiner Recherchen bezüglich der Sig- Sauer P6.

„Das wird ein schwieriges Unterfangen, eine einzelne Waffe aufzuspüren und den damaligen Halter ausfindig zu machen. Voraussetzung ist hierbei sowieso: Der Polizist, dem die Waffe gehört haben könnte, müsste diese schon früher bei einem Einsatz benutzt und dabei irgendjemanden verletzt oder gar getötet haben. Nur dann wird eine Untersuchung der

Waffe veranlasst und anschließend eine Registrierung des für diese Waffe typischen Spurenbilds vorgenommen. Sollte mit dieser Waffe erstmals anlässlich unserer beiden Tötungsdelikte geschossen worden sein, würden wir nichts herausfinden können. Ich bleibe selbstverständlich weiter dran. Habe auch das LKA um Mithilfe gebeten."

„Sehr gut, Mo! Ich weiß, das ist wirklich eine Herkulesaufgabe."

„Aber jetzt zu dir, Enrico. Ich glaube, du hast wichtige Neuigkeiten."

Regina schwieg enttäuscht.

„Ja, ich hatte doch den Auftrag, mich in Igors Bordell umzuhören. Das habe ich getan. Alle befragten Nutten lobten ihren verstorbenen Chef in höchsten Tönen, naheliegend, dass man sie entsprechend instruiert hatte. Von einem Bandenkrieg wollte keiner etwas wissen und persönliche Feinde von Igor waren allen unbekannt. Das Bild von Vivian König erkannte niemand, hier gearbeitet habe sie auf keinen Fall.

Nur der Besorger des Hauses, ein gewisser Seidler, war etwas auskunftsfreudiger. Eine Labertasche der besonderen Güte. War überhaupt nicht mit Komplimenten über seinen verstorbenen Chef zu stoppen. Er habe ihm, einem Vorbestraften, eine Chance gegeben und so weiter. Ihr kennt das ja.

Auch er konnte sich nicht vorstellen, wer Igor, diesem wahren Menschenfreund, so etwas angetan haben könnte.

Als ich ihm das Foto von Vivian König zeigte, bedauerte er es, dass diese Frau hier nicht gearbeitet habe. Ich ließ ihn noch etwas weiter schwätzen und auf einmal plapperte er etwas vor sich hin, was ich zunächst nicht richtig verstand.

Er wusste zu berichten, dass er einmal den Bruder seines Chefs mit dieser Frau zusammen gesehen habe. Danach seien alle drei in einen Wagen gestiegen und davongerauscht. „Klasse Frau!", wie er noch lobend erwähnte. Näheres über sie konnte er allerdings nicht berichten. Auch ihren Namen kannte er nicht."

„Hab ich es mir doch gedacht. Dimitri Davidov hat gelogen!" Mit dieser Bemerkung war van Kauteren aufgesprungen.

„Er hat Vivian König gekannt!"

„Chef, es kommt noch viel besser, aber ich komme hier ja nicht zu Wort."

Jetzt berichtete Regina ausführlich von ihrem Gespräch mit ihrer Informantin und schloss mit der Bemerkung:

„Mit an Sicherheit grenzender Wahrscheinlichkeit war Vivian König die Dauergeliebte von Dimitri Davidov."

Alle schauten sich betroffen an. Das war die beste Nachricht seit langem.

Kim Bäumer bat um das Wort und erinnerte an den Obduktionsbericht von Vivian König.

„Könnt ihr euch erinnern? Auf dem Gesäß der Toten war, glaube ich, ein Herz mit den Initialen S und D tätowiert. Das wäre sozusagen der Beweis."

„Ja, sicher! Warum sind wir darauf nicht eher gekommen? Also, die beiden Opfer haben sich zumindest gekannt. Könnte auch der Täter beide gekannt haben?", wollte Mo wissen.

„Bei einem so planvollen Vorgehen spricht vieles für einen persönlichen Racheakt an beiden Opfern. Damit liegt der Verdacht sehr nahe, das der Mörder die Getöteten ebenfalls gekannt haben könnte.", ergänzte van Kauteren.

Jetzt lenkte er die gemeinsamen Überlegungen noch einmal auf die Schusswaffe.

„Wie wir ja schon wissen, gehörte die Sig- Sauer vor über 20 Jahren zur Bewaffnung der Polizei in NRW. Ich selbst habe noch so eine Pistole getragen, zum Glück aber nie benutzen müssen. Später wurden alle Schusswaffen ausgetauscht und durch andere ersetzt. Diese Prozedur wiederholte sich vor etwa 6 Jahren zum letzten Mal. Wie ihr wisst, werden die alten Waffen vernichtet."

„Also kann doch nur ein Polizist seine alte Waffe als vermisst beziehungsweise verloren gemeldet, sie aber in Wirklichkeit zu Hause aufgehoben haben.", meldete sich Enrico.

„Aber derjenige konnte doch nicht vorausahnen, mit ihr 20 Jahre später zwei Morde zu begehen. Das ist doch unlogisch und sehr unwahrscheinlich.", widersprach Mo.

„Ja, so wird es sehr wahrscheinlich nicht gewesen sein.", antwortete van Kauteren. „Aber stellt euch mal vor, diesem Polizisten wurde damals seine Waffe geklaut. Sie wurde irgendwo aufgehoben und spielt jetzt wieder eine Rolle bei zwei Morden."

Regina war nicht zufrieden:

„Ich kann noch nicht ganz folgen. Wenn ich unterstelle, dass die Waffe eines Polizisten vor langer Zeit in das kriminelle Milieu gelangt sein könnte, warum wurde die Waffe dann so lange aufgehoben, um sie jetzt bei zwei Tötungsdelikten zu benutzen? Kriminelle kommen doch viel leichter an neue Waffen heran. Außerdem müsste das alles von langer Hand geplant gewesen sein, um die beiden Morde nach Jahren einem Polizisten in die Schuhe schieben zu können. Zwar sehr raffiniert, aber für mich höchst unwahrscheinlich."

„Das sehe ich so ähnlich.", erwiderte van Kauteren.

„Das sind auch mir ein paar Zufälle zu viel.", ergänzte Regina. „Die dazwischen liegende Zeit ist mir einfach viel zu lang."

„Oder", beendete van Kauteren jetzt die Diskussion. „ein ehemaliger oder älterer Polizist hat tatsächlich unsere beiden Morde begangen."

Kapitel 35

Dr. Schwarz hatte sich inzwischen an die Arbeit als Gefängnisärztin gewöhnt. Jedenfalls war sie nicht mehr aufgeregt, wenn sie die Justizvollzugsanstalt an vier Tagen in der Woche betrat. Bereits seit 3 Wochen durfte sie alleine, mit einem großen Schlüssel bewaffnet, durch die Gänge und Türen der Haftanstalt gehen. Schon längst machte es ihr nichts mehr aus, wenn ihr dabei der eine oder andere Häftling begegnete. Sie wurde sogar meistens höflich gegrüßt. Vielen Gefangenen sah man zudem überhaupt nicht an, dass sie straffällig geworden waren, stellte sie fest. Das änderte aber nichts daran, dass es noch genügend Häftlinge gab, denen man ihre kriminelle Karriere durchaus anmerkte und die ihr mitunter in Hand- und Fußfesseln vorgeführt wurden.

Heute schleppte sie sich mit einigen Paketen mitgebrachter Medikamente ab. Beim Auf- und Zuschließen der Gangtüren musste sie sich anstrengen, nichts fallen zu lassen. Jetzt betrat sie die Abteilung III B, ihr entgegen kam ein Kalfaktor, der noch mit der Essensausgabe beschäftigt war. Fast hätte sie ihn gebeten, die Gittertür für sie abzuschließen, was der Häftling sehr wahrscheinlich auch anstandslos getan hätte. Doch im letzten Moment wurde ihr klar, dass sie einem Häftling natürlich niemals einen Schlüssel geben durfte. So schnell, wurde ihr bewusst, kann man sich auch an Situationen, wie die des Gefängnisalltags, gewöhnen, sodass sich ganz schnell die eine oder andere Nachlässigkeit einzuschleichen beginnt.

Heute hatten sich insgesamt 12 Häftlinge bei ihr angemeldet, jetzt wieder eine beinahe normale Zahl, nachdem sie in den ersten Wochen tatsächlich von einer ziemlich großen Flut von neugierigen Häftlingen überrollt worden war. Mit den fantasievollsten Gründen waren besonders die Männer vorstellig geworden, nur um ihre neue Ärztin in Augenschein nehmen zu können.

Der erste Patient für heute betrat ihr Zimmer, setzte sich auf den für ihn vorgesehenen Stuhl und druckste ziemlich herum. „Was kann ich für Sie tun?", begann sie das Gespräch.

„Ich, ich habe so ein Problem, also so Beschwerden.", stotterte der eher einfach gestrickte Mann.

„Was für Beschwerden haben Sie denn?"

„Ja, eigentlich nicht so richtige Beschwerden."

Jetzt wurde der Pate, der neben dem Gefangenen stand, ungeduldig:

„Jetzt sag schon, was du hast!"

„Also ich müsste, glaube ich, meine Hose ausziehen."

„Haben Sie Jucken oder Brennen im Intimbereich?", versuchte Dr. Schwarz den Vorgang zu beschleunigen.

„Nein, eigentlich nicht.", erwiderte der Mann, der sich jetzt damit abmühte, seine Hose zu öffnen und sie dann im Stehen nach unten fallen zu lassen.

Sich wieder hinsetzend öffnete er den Hosenschlitz seiner grauen Feinripp -Unterhose und beförderte sein Prachtstück an die frische Luft. Er legte das relativ große Glied mit einer gehörigen Portion Besitzerstolz so hin, dass auch die Ärztin den durch die Penisspitze gezogenen relativ großen Metallring und eine Tätowierung der Penisspitze zu sehen bekam. Er hatte überhaupt keine Beschwerden, sondern wollte ganz einfach sein aufregend gestaltetes Ding zeigen und dafür bewundert werden.

„Muss ja höllisch wehgetan haben, als Sie das haben machen lassen?", nahm Dr. Schwarz das Gespräch wieder auf, inzwischen ahnend, dass der schlichte Mann tatsächlich nur gekommen war, um ihr seinen Penis zu zeigen.

„Das können Sie mir glauben!", war seine einsilbige Antwort, bevor ihn der Pate relativ unsanft aufforderte, seine Hose wieder zu verschließen.

Der nächste Patient wurde als Notfall angekündigt. Er kam am Kopf blutend und sich ein Taschentuch an die Stirn haltend zu Dr. Schwarz. Sie ließ den Untersuchungshäftling auf die Liege legen und sah sich die Verletzungen an, nachdem sie das Gesicht mit einer sterilen Kompresse und Wundbenzin vom Blut gesäubert hatte. Sie fand mehrere kleine Platzwunden, Hautabschürfungen und Blutergüsse im Bereich der Stirn. Sie ließ alles mit Jod beträufeln und einen Kopfverband anlegen.

„Was, um Gottes Willen ist Ihnen passiert?", wollte sie wissen. Der Häftling antwortete nicht. Der Pate stand neben ihr und erläuterte:

„Häftling Bauer hat sich diese Verletzungen selber zugefügt, wir haben ihn so in seiner Zelle aufgefunden. Er hat wohl seinen Kopf mehrfach gegen die Wand geschlagen. Zu ihrem Verständnis, Frau Doktor, solche Selbstverletzungen sehen wir hier in der Anstalt gar nicht so selten."

„Warum haben Sie das gemacht? Haben Sie jetzt Kopfschmerzen oder Übelkeit?"

Wieder keine Antwort.

„Lassen Sie den Patienten eine Weile liegen und geben Sie ihm eine Tetanusspritze.", ordnete sie an.

Später setzte sie sich neben den offenbar verwirrten und immer noch völlig schweigsamen Mann.

„Möchten Sie mir sagen, warum Sie sich selbst verletzt haben? Kann ich Ihnen irgendwie helfen? Wir können auch, wenn das für Sie besser ist, alleine reden."

Der Mann blickte sie zum ersten Mal richtig an und nickte. Daraufhin versorgte der Pate den immer noch verunsichert dreinblickenden Gefangenen mit einem Kopfverband, dann brachte er ihn in den hierfür vorgesehenen und mit besagter Kamera ausgestatten Nebenraum, wies ihn an, sich anständig zu benehmen, und ließ ihn anschließend mit der Ärztin alleine zurück.

Stockend und fast etwas verlegen begann der Verletzte zu erzählen:

„Ich bin Apotheker und wegen Steuerhinterziehung angeklagt. Um meine Steuerschuld noch zu meinen Gunsten beeinflussen zu können, habe ich auf Anraten meines Anwalts vor kurzem meinen ganzen Besitz auf meine Frau überschrieben, meine Apotheke, einfach alles. Ich wurde dennoch verhaftet und angeklagt."

„Und was ist jetzt passiert, dass Sie sich diese Verletzungen zugefügt haben?"

„Gestern erhielt ich einen Brief von meiner Frau. Darin teilte sie mir mit, dass sie die Scheidung eingereicht habe und die Apotheke verkaufen werde. Außerdem ist sie mit meinem Vermögen und meinem besten Freund auf und davon. Jetzt habe ich die Steuerschuld am Hals, aber keine Existenz und keine Frau mehr."

„Ja, hallo, da hätte ich mir, glaube ich, auch die Stirn blutig geschlagen.", antwortete Dr. Jung entsetzt über so viel Skrupellosigkeit einer Geschlechtsgenossin.

„Ich biete Ihnen gern weitere Gespräche an, wobei Ihnen aber auch der Psychologische Dienst zur Verfügung steht, wie Sie wahrscheinlich wissen."

„Ja, danke, es wäre schön, wenn ich gelegentlich zu Ihnen kommen könnte. Heute musste ich mein Missgeschick einfach irgendjemandem erzählen, wäre sonst daran erstickt."

„Das verstehe ich. Soll ich Ihnen vielleicht ein Schlafmittel geben, für die ersten Tage?"

Der Häftling nahm dieses Angebot dankbar an. Er erhielt fünf Tabletten aus der rechten, also der richtigen Manteltasche des Paten.

Nach der Sprechstunde kamen die Neuzugänge an die Reihe. Drei Eingangsuntersuchungen warteten auf Dr. Schwarz. Umso verwunderter war sie, als ihr zuerst ein ihr bereits bekannter Häftling vorgestellt wurde. Denn vor zwei Wochen durfte sie ihn bereits untersuchen. Doch dann kam es zu einem Ereignis, das sie so schnell nicht vergessen sollte.

In der Nacht war sie zu einem Notfall gerufen worden. Sie wurde durch die leeren Gänge der Anstalt zu einer Einzelzelle geführt, wo sie einen akut erkrankten Häftling vorfand. Er lag auf seinem Bett, klagte über heftige Bauchschmerzen und starke Übelkeit. Bei der Untersuchung stellte sie einen sehr schmerzhaften, brettharten Bauch fest. Außerdem war der Patient kaltschweißig, alles Hinweise auf einen akuten Bauch, wie die Mediziner dazu sagen. Dr. Schwarz war schnell klar, dass dieser Häftling unverzüglich in einem Krankenhaus untersucht und behandelt werden musste. Ein Magendurchbruch oder eine Darmverschlingung, genannt Ileus, wären mögliche Ursachen für das schwere Krankheitsbild.

Unter großem Aufwand, vier wenig begeisterte Beamte mussten zusätzlich aus dem Bett geholt werden, wurde der

223

Häftling schnellstmöglich ins nächste Krankenhaus verbracht und dort sofort zum Röntgen geschickt.

Zwei Beamte begleiteten ihn zu dieser Untersuchung, mussten jedoch, als die Röntgenaufnahme geschossen werden sollte, den Raum verlassen. Diesen Augenblick nutzte der eigentlich gesunde Häftling zu einer ganz besonderen Aktion. Er sprang, wissend, dass er sich im ersten Stock des Krankenhauses befand, durch ein geschlossenes Fenster und ließ eine völlig überraschte Assistentin zurück. Nur wenig verletzt, gelang ihm die Flucht, obwohl sofort eine Fahndung nach ihm ausgelöst worden war.

Nun saß er wieder Dr. Schwarz gegenüber. Nur zwei Wochen hatte es gedauert, bis man ihn erneut gefasst hatte.

„Herzlichen Glückwunsch zu Ihren enormen medizinischen Kenntnissen und der schauspielerischen Glanzleistung damals in der Nacht. Sie haben mich ganz schön an der Nase herumgeführt."

Ihr Gegenüber erwiderte nichts, er schien die Situation zu genießen. Noch einmal untersuchte sie ihn routiniert. Der rechte Knöchel war von dem Fenstersturz noch leicht geschwollen, aber funktionstüchtig. Am rechten Handballen zeigten sich ein fast abgeheilter Bluterguss und einige ältere Hautabschürfungen.

„Sie haben bei Ihrer waghalsigen Aktion wirklich riesiges Glück gehabt."

Dr. Schwarz beendete die Untersuchung und füllte einige Papiere aus, dann sah sie den Häftling länger an.

„Sagen Sie, ich glaube, Sie von irgendwoher zu kennen."

„ Ja, das kann ich Ihnen ganz genau erklären, wollte mich nur nicht damit brüsten. Vor einigen Wochen waren Sie in der Diskothek „Joker" in Düsseldorf. Dort saßen Sie an meiner Bar. Ich bin nämlich dort Barkeeper und kann mir Gesichter ziemlich gut merken. Mir fiel damals allerdings auf, dass Sie überhaupt nicht getanzt haben."

„Richtig, jetzt erinnere ich mich auch an Sie ganz genau. Und es stimmt, ich bin keine begeisterte Tänzerin. Aber ich mag die Musik und die Atmosphäre einer solchen Lokation."

Bevor der Häftling, der des schweren Raubes beschuldigt wurde, in seine Zelle zurückgebracht werden sollte, sprach sie ihn noch einmal an.

„Sagen Sie, hat sich diese waghalsige Flucht für Sie denn überhaupt gelohnt? Sind ja doch wieder gefasst worden."

„Frau Doktor, Sie können es mir glauben: Es hat sich für mich mehr als gelohnt!"

Kapitel 36

„Willst du schon wieder ausgehen?"

Voller Sorge wandte sich Fritz Bergmann an seine Tochter.

„Ich kann nicht verstehen, warum du so oft und meistens am Abend ausgehen musst. Und jetzt schon wieder? Ist es denn so schlimm, den einen oder anderen Abend mit mir zu verbringen? Außerdem wirkst du in letzter Zeit so gehetzt und unruhig. Ich kenne dich gar nicht mehr wieder."

Anne starrte ihren Vater an. Er hatte ja Recht. Wie ein ertapptes Kind zog sie ihre Jacke wieder aus, legte ihre Mütze auf die Kommode und ging auf ihren Vater zu.

„Tut mir leid, ich habe mich in letzter Zeit wirklich nicht genug um dich gekümmert."

„Nein, nein, das ist es nicht! Auf mich kommt es hierbei nicht an. Aber du wirkst für mich wie auf der Flucht. Das macht mir große Sorge."

„Ja, Papa, ich weiß auch nicht. Ich suche nach Erlebnissen, nach neuen Ansätzen in meinem Leben und ich suche immer noch nach Gerechtigkeit."

„Ich weiß mein Kind, die damaligen Ereignisse haben dich völlig aus der Bahn geworfen. Sie haben dein Leben vielleicht nicht zerstört, aber vollkommen verändert. Wir haben ja schon öfter darüber gesprochen. Aber versündige dich nicht an deinem Schicksal! Schließlich sind deine beiden Kollegen tot, du aber hattest und hast die Chance, noch etwas aus deinem Leben zu machen."

„Ich weiß. Aber es gelingt mir einfach nicht, den Zorn über das damals so Unfassbare loszuwerden und den Hass gegenüber den damaligen Tätern oder Auftraggebern zu überwinden. Deshalb brauche ich Ablenkung und Kontakte mit Unbekannten, die mir von anderen Problemen erzählen oder sich mit mir über Banales unterhalten. In der anonymen Gesellschaft anderer fühle ich mich zwar oft ebenso sprachlos, bin aber mit meiner Geschichte nicht mehr alleine."

„Du hattest mir doch vor einigen Wochen davon erzählt, Eleonore Jung gefunden zu haben. Was ist denn daraus geworden? Suchst du noch nach ihr oder hast du schon Kontakt herstellen können?"

„Nein, nein, es hat sich diesbezüglich nichts Neues ergeben. Auf meinen damaligen Brief hat sie nie geantwortet."

„Willst du es nicht noch einmal versuchen? Vielleicht hat dein Brief sie nicht erreicht oder es gibt andere Gründe für ihre Zurückhaltung? Denn das Schicksal von Eleonore beschäftigt dich doch auch. Das weiß ich."

„Ja, sicher. Ich würde gerne mit ihr sprechen und vor allem wissen, was aus ihr geworden ist. Allerdings habe ich gleichzeitig Angst davor, dass auch ihr Leben verpfuscht sein könnte. Denn, sie hat ja mindestens so Schreckliches erlebt wie ich. Dazu noch die Ungewissheit über das Schicksal ihrer Familie. Wir sind beide Opfer dieses verfluchten russischen Clans, davon bin ich überzeugt."

„Das verstehe ich mein Kind, aber du solltest deinen Privatkrieg gegen diese Kriminellen langsam aber sicher aufgeben, er vernichtet dich."

„Aber versteh doch, Papa! Wir haben alle gelitten. Meine Kollegen, die ihr Leben verloren haben, deren Angehörige, ich, deren Leben sich von einem auf den anderen Tag aufgelöst hat und die Familie Jung, deren Schicksal völlig ungewiss ist. Wir alle haben verloren. Das ist die eine Seite. Die andere Seite ist Dimitri Davidov, der die gewissenlosesten

Taten begangen hat, der zu einem Mörder geworden ist und nie verurteilt werden konnte. Er lebt mit seiner Familie in Saus und Braus, hat bis heute Geld ohne Ende, das er alles verjuxen kann. Ich gehe daran kaputt, dass die Polizei und die Gerichte nichts, aber auch gar nichts gegen diese Ungerechtigkeit unternehmen konnten und können."

„Ich kenne deine Einstellung, aber ich kann nicht glauben, dass du dich über das Gesetz stellen möchtest.

Aber jetzt frage ich dich: Hast du den Artikel in der WAZ von vor drei Tagen gelesen, in dem von der Ermordung eines Igor Davidov und einer Edelprostituierten berichtet wurde? Ich wollte es dir nicht erzählen, um deine Schwierigkeiten mit dieser Familie nicht noch mehr hochkommen zu lassen. Hast du es gelesen?"

„Ja, habe ich. Da hat es aber eher den Falschen erwischt. Besser wäre es gewesen, wenn es seinen gewissenlosen Bruder getroffen hätte, auch wenn dieser Igor sicher auch genug auf dem Kerbholz gehabt haben sollte."

„Was redest du denn da. So kenne ich dich nicht. Denn, Mord, ganz gleich von wem er begangen wird, bleibt Mord. Wir können auch nicht Mord mit Mord aufwiegen. Ich kann nur hoffen, dass du mit der Sache nichts zu tun hast."

„Papa, was glaubst du denn von mir? Hältst du mich vielleicht für eine Mörderin?"

„Nein, das denke ich natürlich nicht. Aber was sollen dann deine häufig gemachten Einlassungen zum Thema Gerechtigkeit beziehungsweise zu der von dir erlittenen Ungerechtigkeit?"

„Ich denke oft darüber nach und bin weiter davon überzeugt, dass es ein Ventil für diejenigen geben müsste, die andernfalls an den ihnen zugefügten allzu großen Ungerechtigkeiten ersticken. Wenn, davon bin ich theoretisch überzeugt, wenn unsere Gesetzgebung nicht ausreicht, um Gerechtigkeit einigermaßen wieder herzustellen, dann sollte es in extremen Fällen erlaubt sein, die Dinge selbst in die Hand nehmen zu dürfen."

„Kind, ich kenne dich nicht wieder, du bist dabei, einen unheilvollen Weg einzuschlagen. Lass dir an zwei Beispielen erklären, dass Vergeltung, also die Mär von Auge um Auge und Zahn um Zahn, keine Legitimation hat.

Nimm als erstes den Holocaust, diesem schlimmsten Verbrechen der Nazis am jüdischen Volk, einem Verbrechen an allem, was Menschlichkeit ausmacht.

In der Stunde „Null" nach dem Krieg gab es unter den Zionisten in Israel eine nicht zu unterschätzende Bewegung radikaler Juden, die unter dem Eindruck des Erlebten und des Unfassbaren forderte, im Namen der Gerechtigkeit nach dem Krieg zusätzlich noch 6 Millionen Deutsche zu ermorden. Dieses unsägliche Ansinnen war ernst gemeint, konnte sich aber nicht durchsetzen.

Zum Glück ist aus dieser wahnsinnigen, wenn auch irgendwo verständlichen, Idee nichts geworden. Sie hätte niemals Gerechtigkeit herstellen können, sondern nur neue Ungerechtigkeiten geschaffen."

„Das sehe ich ein bisschen anders als du. Ich halte diese Idee zwar für völlig undurchführbar. Aber einen gewissen Ausgleich der Interessen, wenn ich das so sagen darf, hätte das schon gebracht."

„Kind, nein, das darfst du nicht einmal denken! So funktioniert das Zusammenleben der Menschen nicht. Den Deutschen bleibt nur die Rolle des mahnenden Gewissens für alle Generationen nach uns. Wiedergutzumachen ist das Riesenverbrechen an den Juden durch nichts, schon gar nicht durch neue Verbrechen.

Aber lass mich noch ein zweites Beispiel anführen:

Ein bis zu einem Tag X völlig unbescholtener Autofahrer fährt betrunken nach Hause und überfährt ein Kind, das an den Folgen des Unfalls verstirbt. Er hat diesen Unfall zwar nicht absichtlich herbeigeführt, war aber grob fahrlässig. Würdest du in diesem Fall zulassen, dass dieser Mensch von den untröstlichen Eltern getötet werden darf, weil er ja ein Leben, dazu noch ein sehr junges ausgelöscht hat? Wenn du es bejahen würdest, wäre das das Ende unserer Zivilisation. Selbstverständlich muss der Täter wegen fahrlässiger Tötung bestraft werden. Aber Gleiches mit Gleichem zu vergelten, wäre der ganz sicher falsche Weg."

„Ja, Papa, ich verstehe, was du sagen willst. Von meinem Verstand her kann ich dir auch folgen, muss ich dir sogar zustimmen. Aber in meinem Inneren sagt mir mein Gewissen, dass es in besonderen Einzelfällen auch Lösungen geben muss, die es ermöglichen, einem anderen das Gleiche zuzufügen zu dürfen, was man selbst erlitten hat. Denn, so glaube ich, nicht einmal eine Verurteilung zu lebenslanger Haft ist bei Mord gerecht, wenn der Täter bereits nach 15 bis 20 Jahren wieder auf freien Fuß kommt. Ich fordere in solchen Fällen zwar nicht die Todesstrafe, aber lebenslänglich müsste schon wirklich lebenslänglich bleiben. Auch hier sehe ich ein großes Defizit unserer Justiz."

Kapitel 37

Am Montag, den 27.07., war die Frühbesprechung kürzer ausgefallen als an anderen Tagen. Allen machte die schwüle Luft an diesem verregneten Sommertag, der mit einem Gewitter in den frühen Morgenstunden begonnen hatte, sehr zu schaffen.

Van Kauteren nutzte die gewonnene Zeit, um in Ruhe über den Stand ihrer Ermittlungen nachzudenken.

Er kam für sich zu folgenden Schlussfolgerungen:

Die beiden Mordanschläge waren sehr wahrscheinlich gezielte Racheakte, die dem russischen Clan und damit besonders Dimitri Davidov schaden sollten. Ein Täter aus einem konkurrierenden Clan konnte zwar nicht grundsätzlich ausgeschlossen werden, aber die Tötungsart mit den akribischen Vorbereitungen und dem aufgesetzten Schuss durchs Herz waren schon sehr untypisch für einen Mörder aus dem Milieu. Beide Morde sollten, davon war er inzwischen überzeugt, Dimitri Davidov das Herz brechen. Dies wurde immer mehr zur Gewissheit seit sie wussten, dass Vivian König die Dauergeliebte des Clanchefs gewesen war. Auch ihr Tod sollte wohl dazu beitragen, Dimitri ganz persönlich zu treffen.

Unklar blieb nach wie vor, warum beide Opfer vor ihrem Tod stark geschwitzt hatten. Dieses Rätsel ließ van Kauteren keine Ruhe. Er konnte es allerdings bisher nicht lösen.

Fest stand eigentlich auch, dass nur ein Täter für beide Morde in Frage kam und dass die Schüsse aus derselben Waffe abgefeuert worden waren. Ferner mussten sie zumindest in Erwägung ziehen, dass die Waffe einem älteren oder ehemaligen Polizisten gehört haben könnte. Auszuschließen war selbstverständlich auch nicht, dass die Waffe einem Polizisten abhandengekommen und in andere Hände gelangt sein könnte. Hoffentlich würde Mo....

Weiter kam er in seinen Überlegungen nicht, weil Enrico ohne anzuklopfen in sein Zimmer gestürmt kam.

„Wir haben eine neue Leiche, wieder eine Frauenleiche!"

Nach dem Überbringer der schlechten Nachricht schlichen auch die anderen in sein Büro. Alle wirkten erregt und frustriert zugleich. Mo wischte sich sein Gesicht mit einem Taschentuch ab. Die feuchte Luft machte ihm sehr zu schaffen. Kim Bäumer kam als Letzte und zog wegen ihres sehr knappen, die Rundungen ihres Oberkörpers besonders betonendem Shirts schon zum zweiten Mal ein paar strenge Blicke ihres Chefs auf sich. Sie konnte es nicht mehr ändern, würde aber morgen ganz sicher züchtiger, am besten in „Hut und Mantel", zum Dienst erscheinen. Trotzdem durfte sie mit van Kauteren und Enrico zum Tatort fahren. Regina war schon längst mit einem weiteren Fall beschäftigt. Achim Gläser, der sich noch immer in einer Rehabilitationsmaßnahme befand, wurde schmerzlicher denn je vermisst.

Der Fundort der neuen Frauenleiche befand sich wieder einmal in Nähe der Ruhr beziehungsweise des Baldeneysees, dieses Mal allerdings am unteren Ende des Sees, hinter dem Stauwehr, auf der flussabwärts rechten Seite der Ruhr.

Holpriges Kopfsteinpflaster, das durch die viele Feuchtigkeit spiegelnd glänzte und mit Pfützen übersät war, wies ihnen den Weg zu einer jungen Frau am Rande eines Gebüschs. Sie war relativ spärlich, aber luxuriös bekleidet, trug hochhackige Schuhe, wobei sich der Rechte von ihrem Fuß gelöst hatte. Der starke Regen hatte dafür gesorgt, dass ihre gesamte Kleidung, eine rosafarbene Seidenbluse und ein kurzer schwarzer Rock mit Glitzereffekten, pitschnass waren und sich komplett mit Wasser vollgesogen hatten. Die Bemühungen der Spusi, über der Toten ein Zelt aufzubauen, waren sicher gut gemeint, kamen aber letztendlich zu spät. Spuren, die sie erkennungsdienstlich hätten auswerten können, würde man hier ganz sicher nicht mehr finden. An der rechten Seite des mit Randsteinen begrenzten Wegs, hatte sich, unter der Leiche beginnend, ein rötliches Rinnsal gebildet, das aus Regenwasser und Blut der Getöteten bestand, und einige Meter „flussabwärts" rann, um sich dann langsam aufzulösen.

Alle standen mehr als unglücklich im Regen, zwei Mitarbeiter der Spurensicherung waren unter dem Zelt beschäftigt. Van Kauteren ging auf seine Praktikantin zu:

„Frau Bäumer, hätten Sie Lust die Ermittlungen hier am Leichenfundort verantwortlich zu übernehmen? Erfahrungen haben Sie ja inzwischen zur Genüge sammeln können."

Einigermaßen überrascht, aber sofort begeistert stimmte Kim dem Vorschlag zu, wobei sie das für ihren Chef so anstößige Outfit inzwischen etwas hatte entschärfen können. Regina hatte ihr einen türkisfarbenen Seidenschal geliehen, der einen Großteil ihrer Blöße verdecken konnte, aber mit ihrem orangefarbenen Shirt farblich wenig harmonierte.

Sie nahm das eher altertümlich wirkende Diktaphon zur Hand und begann ihre Beobachtungen auf Band zu sprechen.

Sie beschrieb sehr genau und ernsthaft alles zum Fundort und zu der Frau, die mit langen schwarzen Haaren eher spärlich bekleidet vor ihr lag. Die hochhackigen, schwarzen Schuhe wurden von ihr sehr genau beschrieben, besonders die auffälligen roten Sohlen, die für modebewusste Frauen ein eindeutiger Hinweis auf eine teure Schuhmarke sind. Sie schätzte die Tote auf Mitte zwanzig. Kleidung und Haare waren völlig durchnässt, Spuren von Schweiß würden sie wahrscheinlich nicht mehr finden. Dennoch wies sie die Spurensicherung an, nach noch übrig gebliebenen Kochsalzkonzentrationen zu suchen. Denn die Verletzung auf der Brust, die wieder von einem aufgesetzten Schuss stammen sollte, wies eindeutig darauf hin, dass es sich um die Fortsetzung ihrer Mordserie handeln dürfte.

Der Todeszeitpunkt wurde zwischen 0 Uhr und 3 Uhr angegeben. Eine weitere Eingrenzung gestaltete sich nach Angabe des Rechtsmediziners schwierig, weil die ersten Nachtstunden noch sehr warm gewesen waren, die einsetzende Nässe dann aber für raschere Auskühlung der Leiche gesorgt haben dürfte. Weitere Spuren, die vielleicht wichtig gewesen wären, hatte der Regen vernichtet. Wieder einmal fanden sie bei der Toten weder eine Handtasche, noch einen Ausweis oder ein Handy.

Van Kauteren lobte Kims Arbeit, wies aber auf zwei Versäumnisse hin.

„Sie haben nicht nachgefragt, wer, wann die Leiche gefunden hat. Sie haben allerdings Glück. Der Jogger, der die Tote gefunden hat, war ein junger Anwalt, den die Streifenpolizisten befragt und dann haben gehen lassen, weil er in seiner Kanzlei gebraucht wurde.

Ihr zweiter Fehler hat etwas hier mit der Umgebung zu tun. Schauen Sie sich doch mal genau um! Was sehen Sie auf der anderen Seite der Ruhr?"

„Ich weiß nicht, worauf Sie hinaus wollen."

„Sehen Sie die Wohnhäuser nicht? Die sollten wir heute Nachmittag noch abklappern. Vielleicht hat jemand in der Nacht einen Schuss oder Knall gehört. Das würde uns bei der Bestimmung des genauen Todeszeitpunktes helfen."

„Ach, ja. Na, klar."

Bevor van Kauteren noch etwas bemerken konnte, drängte sich Enrico nach vorne:

„Leute, ich bin mir ziemlich sicher, die Frau zu kennen. Das müsste, nein, das ist die Tochter von Dimitri Davidov."

„Woher weißt du das?"

„Du hattest mich doch zur Beerdigung von Igor Davidov geschickt. Dort habe ich sie gesehen."

Schnell konnte diese Annahme bestätigt werden. Vor ihnen lag Alexandra Davidov, 29 Jahre alt, wohnhaft in Ratingen und einziges Kind ihrer Eltern.

„Leute, das ist eine Katastrophe.", erregte sich van Kauteren. „Der dritte Mord nach dem gleichen Muster und immer noch keine konkreten Hinweise zum Täter. Und dann noch der dritte Mord, der mit Dimitri Davidov, beziehungsweise mit seiner Familie zu tun hat. Verdammt! Jetzt tut mir dieses Miststück von Dimitri beinahe schon leid. Und das Schlimmste, wir müssen es den Eltern auch noch schonend beibringen. Verdammt noch mal!"

„Was ich allerdings nicht verstehe, ist, dass der Clanchef ganz offensichtlich seine Familie nicht ausreichend schützen konnte.", ergänzte Enrico.

„Stimmt, aber wir waren auch nicht viel besser. Er wird uns in der Luft zerreißen und uns zum Teufel jagen.", entgegnete van Kauteren zornig.

„Aber das konnten wir doch nicht wissen. Bisher sah es nicht danach aus, dass die ganze Familie ausgerottet werden sollte."

„Stimmt, also keine unnötige Selbstkritik! Nun lasst uns hier abbrechen und direkt zu den Davidovs fahren.", erwiderte der Hauptkommissar.

Dieses Mal wurden sie von einem Muskelprotz der ganz besonderen Art empfangen, besser gesagt, abgewiesen. Auch die Präsentation ihrer Dienstausweise ließ den Mann, dessen Gehirn durch die Einnahme vieler Anabolika ganz offensichtlich gelitten hatte, völlig unbeeindruckt. Erst als van Kauteren sehr energisch geworden war, versprach der Wächter, nach seinem Boss zu suchen. Schließlich sei es noch sehr früh am Tag.

So dauerte es noch etwa zehn Minuten, bis das Ehepaar den Wohnraum betrat.

„Was, um Gottes willen, wollen Sie denn noch von uns, verdammte Polizei?", waren die ganz sicher lieb gemeinten Begrüßungsworte von Dimitri Davidov.

„Herr Davidov, Frau Davidova, vermissen Sie Ihre Tochter? Und, wenn ja, wann haben Sie zuletzt mit ihr gesprochen?", antwortete van Kauteren, ohne auf die Beschimpfung einzugehen.

„Was wollen Sie von meiner Tochter? Sie wohnt nicht hier bei uns, hat ihre eigene Wohnung in Ratingen."

„Ja, das wissen wir. Aber nochmals, wann haben Sie zuletzt mit ihr gesprochen?"

„Das weiß ich nicht mehr genau, aber wahrscheinlich vor etwa zehn Tagen. Aber jetzt sagen Sie schon, was Sie von ihr wollen!"

„Frau Davidova, Herr Davidov, ich muss Ihnen leider mitteilen, dass wir Ihre Tochter heute Morgen am Ufer der Ruhr in Nähe des Baldeneysees erschossen aufgefunden haben."

Völlige Stille und ungläubig aufgerissene Augen waren die Folge dieser Worte. Dann brach es aus Dimitri hervor:

„Das kann nicht sein! Da liegt bestimmt eine Verwechslung vor. Kennt man doch bei der Polizei!"

Zeitgleich wankte seine Frau zu dem nächstgelegenen Sofa, ließ sich fallen und schrie auf. Es folgten undefinierbare Klagelaute und unterdrückte Schreie. Dies schien ihren Mann allerdings wenig zu interessieren. Vielmehr versuchte er jetzt, seine Tochter über Handy zu erreichen. Vergeblich, wie sich herausstellte.

„Dass ich sie jetzt nicht erreichen kann, sagt noch gar nichts. Also, ich will sofort die verstorbene Frau sehen."

„Das wäre ohnehin notwendig. Können Sie bitte um 12 Uhr in die Rechtsmedizin kommen? Früher wird der Leichnam dort nicht eintreffen."

Dimitri nickte versteinert und ließ seine Frau weiter unbeachtet allein auf dem Sofa sitzen.

„Wenn das eine Verwechslung ist, werde ich Sie und die ganze Polizei verklagen. Dann können Sie sich warm anziehen.", waren die letzten Worte des Clanchefs, bevor der Intelligenzbolzen sie wieder hinausgeleitete.

Fast vor der Zeit traf Dimitri mit gerötetem Gesicht und ziemlich zappelig im Institut für Rechtsmedizin ein. Er schimpfte erneut auf die Polizei, verstummte aber, als sie die Räume des Instituts betraten. Jetzt wirkte er beinahe hilflos und offenbar doch beunruhigt.

Dann wurde das grüne Tuch von der vorbereiteten Frauenleiche weggeklappt, bis der Kopf und die Schultern der unbekleideten Toten zu sehen waren.

Dimitri Davidov stierte auf die Tote, dann sackte er zusammen. Er hatte seine Tochter, sein einziges Kind, verloren.

Kapitel 38

Am dritten Tag hielt es van Kauteren nicht mehr aus. Das Seminar in der Abtei Maria Laach, zu dem er vom Polizei-präsidenten eingeladen worden war und das sich mit Verwal-tungsreformen im Polizeidienst beschäftigte, musste ab heute, dem letzten Tag der Veranstaltung, ohne ihn auskom-men. Schon am Sonntag hatte er ein leichtes Ziehen im Be-reich des linken Unterkiefers bemerkt, dem aber keine be-sondere Bedeutung beigemessen. Doch bereits am Montag konnte er den Ausführungen verschiedener Redner kaum noch folgen, weil sich seine Zahnschmerzen fast stündlich verschlechterten. Es war eigentlich nicht seine Art, Zahnbe-schwerden zu ignorieren, aber hier saß er in der Falle. Zum Glück fand er noch ein paar Schmerztabletten in seinem Kul-turbeutel, die er sich nach und nach einwarf und die ihn bis Mittwoch hatten durchhalten lassen.

In der letzten Nacht konnte er vor Schmerzen überhaupt nicht mehr schlafen, zudem beobachtete er eine leichte Schwellung an der linken Wange. Er packte hastig seine Sa-chen und trat schon sehr früh die Heimreise nach Essen an.

Von unterwegs entschuldigte er sich bei seinem Seminar-leiter, der ihm nur noch gute Besserung wünschen konnte. Später buchte er noch einen Termin bei seinem Zahnarzt und gab ordentlich Gas, um so schnell wie möglich nach Essen zurückzukehren und sich behandeln zu lassen.

Nach gut drei Stunden Fahrt war er heilfroh, im Wartezim-mer seines Retters zu sitzen. Der Übeltäter, es war der zweite Backenzahn unten links, musste gezogen werden. Die Pro-zedur war leider sehr schmerzhaft, weil das Betäubungsmit-tel seine Wirkung wegen der zusätzlich bestehenden Entzün-dung nicht voll entfalten konnte. Nach der Behandlung war van Kauteren mehr als erleichtert, auch wenn ihm zwischendurch ein paar Mal etwas mulmig geworden war. Er erhielt noch ein Rezept mit einem Antibiotikum, verbunden mit dem Hinweis, seine linke Backe möglichst beständig zu kühlen.

Zu Hause angekommen, zog er seinen Schlafanzug an und legte sich mit einem Kühlakku bewaffnet auf sein Bett, um die Anweisungen seines Zahnarztes umgehend zu befolgen und um versäumten Schlaf nachzuholen.

Kaum war er ein wenig eingenickt, als sein Handy klingelte. Am anderen Ende war Mo, der seinen Chef noch im Kloster wähnte. Er entschuldigte sich für die Störung und kam dann zum Grund seines Anrufs.

„Ich störe dich nur ungern, aber hier gibt es eine Sache von besonderer Brisanz. Möchte dich nur informieren und von dir wissen, was ich tun soll."

Van Kauteren antwortete widerstrebend:

„Mo was gibt es? Ich bin zu Hause, musste das Seminar heute Morgen wegen heftiger Zahnschmerzen vorzeitig abbrechen." „ Oh, das tut mir leid, aber die Kollegen sind alle unabkömmlich beziehungsweise außer Haus, weil wir ja noch ein weiteres Tötungsdelikt bearbeiten müssen."

„Ja, ich weiß. Jetzt sag schon: Was ist los?"

„Also, der Rechtsmediziner hat mich angerufen und darum gebeten, dass jemand von uns möglichst umgehend in sein Institut kommen solle. Es gäbe wichtige Neuigkeiten im Fall Alexandra Davidov, die er mit uns besprechen müsse. Ich könnte auch selber hinfahren, aber dann wäre die Dienststelle hier unbesetzt. Möchte von dir nur eine Entscheidung, wie wir es machen."

Van Kauteren rappelte sich hoch und antwortete:

„ Mo, gut, dass du mich angerufen hast. Ich fahre hin. Müssen meine Rekonvaleszenz und mein Schlafdefizit noch etwas warten. Wann soll ich im Institut sein?"

„13 Uhr 30, wenn du es einrichten kannst. Ich sage dort Bescheid, dass du kommst."

Ohne etwas zu essen, was er ja ohnehin noch nicht durfte, ging er unter die Dusche und zog sich wieder an. Dann machte er sich auf den Weg, wobei er den weiteren Verlauf dieses Tages allerdings so schnell nicht vergessen sollte.

Der Rechtsmediziner empfing ihn in seinen kühlen Räumen und dem unverwechselbaren Geruch mit sehr ernster Miene, wie van Kauteren feststellen musste.

Ohne große Umschweife kam er zur Sache:

„Kommen Sie, Herr Kommissar, ich muss Ihnen im Fall Alexandra Davidov etwas mitteilen, was mir so noch nicht untergekommen ist.

Genauso wie Sie bin ich zunächst davon ausgegangen, dass die Mordserie im Hause Davidov auch in diesem Fall auf dieselbe Art und Weise fortgesetzt wurde. Mit dem abermals aufgesetzten Schuss auf der Brust fühlte ich mich darin sofort bestätigt. Nicht verwunderlich war hingegen, dass wir nur noch sehr geringe Kochsalzkonzentrationen an der Bluse, an der Haut und an den Haaren der Toten finden konnten. Der starke Regen hatte selbstverständlich alles ausgewaschen, was nicht ausschließt, dass auch Alexandra vor ihrem Tod stärker geschwitzt haben könnte.

Die Kugel hatte wie bei den beiden vorangegangenen Opfern das Herz durchdrungen und steckte noch in der Wirbelsäule der Toten, wir konnten sie schonend entfernen. Und, um es vorweg zu nehmen: Gleiches Kaliber und gleiche

Waffe wie bei den beiden vorangegangenen Morden. So gesehen ging ich zunächst davon aus, dass auch Alexandra Davidov durch einen Schuss mitten durchs Herz getötet worden war. Aber ich habe mich getäuscht.

Denn meine weiteren feingeweblichen Untersuchungen ergaben, und nun halten Sie sich fest: Der aufgesetzte Schuss war nicht die Todesursache! Die junge Frau war schon tot als die Kugel durch ihr Herz drang."

„Wie bitte?"

Van Kauteren schaute den Mediziner völlig entgeistert und mit weit aufgerissenen Augen wie vom Donner gerührt an.

„Was sagen Sie da?"

„Zu Ihrer Beruhigung, ich war genauso überrascht wie Sie jetzt. Aber es gibt keinen Zweifel! Die Kugel hat Alexandra nicht getötet. Aber, was noch schlimmer ist, ich finde keine andere Todesursache. Keine anderen Verletzungen, keine Zeichen einer stumpfen Gewalt, keine Würgemale oder Zeichen von Erstickung."

„Dann wurde sie wahrscheinlich vergiftet!"

„Ja, ja, habe ich auch schon alles überprüft. Keine der gängigen Substanzen habe ich gefunden, übrigens dieses Mal auch keine K.O. Tropfen. Es laufen zurzeit noch weitere Untersuchungen auf seltenere Gifte, aber ich bin mir schon fast sicher, dass wir auch diesbezüglich nichts finden werden. Ich habe nämlich den ganzen Körper der Toten akribisch auf Einstichstellen abgesucht, durch die irgendwelche Substanzen hätten verabreicht werden können. Nichts! Absolut nichts!"

„Dann war sie vielleicht krank?", wollte van Kauteren wissen.

„Nein! Nein, eine völlig gesunde, junge Frau! Keinerlei Anzeichen eines natürlichen Todes!"

„Aber wie erklären Sie sich dann ihren Tod?"

„Ich kann ihn mir nicht erklären. Ich habe keine Todesursache! Das ist mir in meiner ganzen Laufbahn so noch nicht vorgekommen."

Beide schwiegen eine Weile.

„Das gibt es doch nicht!", sinnierte van Kauteren.

„Alles deutete doch auf die gleiche Vorgehensweise hin.

Aber, gehen wir wenigstens davon aus, dass es sich weiter um den gleichen Täter handelt? Sehe ich das richtig?", wollte der Kommissar wissen.

„Es gibt jetzt erst einmal keinen Täter. Derjenige, der den aufgesetzten Schuss abgegeben hat, könnte höchstens wegen Leichenschändung oder Störung der Totenruhe angeklagt werden. Sonst nichts."

Sie saßen noch eine Weile ratlos zusammen. Dann verabschiedete sich van Kauteren völlig verwirrt und irgendetwas vor sich her brummelnd von dem immer so überaus korrekten und fachlich überzeugenden Mediziner. Seine Zahnschmerzen waren auch ohne Kühlung verflogen, sein Schlafmangel spielte keine Rolle mehr.

Kapitel 39

Tagebuchnotiz eines erschöpften Menschen

vom

28.07.2015

Ich habe es geschafft! Habe mich nach der dritten Tat abends völlig erschöpft ins Bett gelegt und tatsächlich fast acht Stunden geschlafen. Jetzt beginne ich, meine Gedanken zu ordnen.

Ich müsste erleichtert und zufrieden sein. Aber das Gegenteil ist der Fall. Ich renne in meiner Wohnung hin und her und komme nicht mehr zur Ruhe, wobei ich doch dort angekommen bin, wo ich hin wollte. Hastig trinke ich eine Tasse Tee. An essen kann ich nicht denken. Ich müsste mit dem Erreichten doch zufrieden sein. Aber ich bin es nicht.

Ich war dieses Mal vorher sehr aufgeregt und unsicher. Doch alles lief perfekt. Mein Opfer war zum Glück sehr leichtgläubig und naiv. Es gelang mir sehr schnell, sie in meinen Bann zu ziehen, auch wenn die Konversation etwas zäh und voller Plattitüden war. In ihrer Lieblingsdiskothek hatten wir uns verabredet und schnell ihren offenbar reservierten Lieblingsplatz an der Bar eingenommen. Hier konnte sie von allen beobachtet werden, was ihr ganz offensichtlich sehr gefiel. Sie tanzte fast unaufhörlich. Sie tat es mit einem lasziven Gesichtsausdruck, so, als ginge es darum mit jedem der Männer, die sie aufforderten, ins Bett zu kommen. Sie tanzte wie um ihr Leben. Mit ihrer schwarzen Mähne, ihrer recht weit geöffneten Bluse und dem viel zu kurzen Rock verwirrte sie den einen oder anderen Tänzer völlig, kehrte aber

jedes Mal zu mir an die Bar zurück, um den völlig verunsi-
cherten und auf einen One- Night- Stand hoffenden Lover
frustriert stehen zu lassen. Sie war nicht wirklich hübsch,
hatte aber eine verruchte Ausstrahlung und einen Körper,
der zwar schon zur Fülligkeit neigte, für die meisten ihrer
Verehrer aber offenbar anziehend genug wirkte.

Kurz nach Mitternacht hatte ich sie so weit, dass sie mir
zustimmte, sie heute Nacht nach Hause fahren zu dürfen. Ich
hatte ihr eine besondere Überraschung versprochen. Das
machte sie neugierig. Gemeinsam gelang es uns, ihren Bo-
dyguard abzuschütteln, wobei sie mit einem Bündel von
Scheinen noch eindrucksvoll nachhalf.

Es war ein Leichtes, ihr die Tropfen, während sie tanzte, in
ihr Glas Mojito zu schütten. Der Rest war fast schon Routine.

Sie hat es verdient! Sie lebte wie die Made im Speck und
gab mit vollen Händen das Geld ihres Vaters aus, das dieser
auf so unredliche Weise zusammengerafft hat. In ihrem noch
nicht so langen Leben hatte sie noch nie irgendwelche Ver-
antwortung übernommen oder sich für andere Menschen
eingesetzt. Sie lebte ein völlig unnützes und oberflächliches
Leben, das Leben einer Partymaus.

Jetzt, wo ich es geschafft habe, ist alles für mich besser, aber
alles gleichzeitig auch schlechter geworden. Viele Jahre hat
mich der Hass beflügelt und genährt. Doch jetzt weiß ich
nicht mehr, ob es das Richtige war, mich ihm zu verschrei-
ben.

Obwohl ich auf Erlösung gehofft habe, fühle ich mich zu-
nehmend angespannt und in scheinbarer Ausweglosigkeit.
Ich muss außerdem immer mehr Kraft aufbringen, um meine
Fassade und mein bürgerliches Leben aufrechtzuerhalten.
Alle glauben von mir, ich sei gerne für sie da und zweifle

nicht an meiner Existenz. Aber das Gegenteil ist der Fall. Mehr als einmal habe ich daran gedacht, mir das Leben zu nehmen. Letztlich war ich dafür zu feige oder zu selbstverliebt. Außerdem hielt mich immer aufrecht, meine mir selbstgestellte Aufgabe erfüllen zu müssen. Aber damit ist es jetzt ja erst einmal vorbei.

Schon länger habe ich aus meinem engeren Umfeld scharfe oder spitze Gegenstände verbannt. Doch immer wieder gelingt es mir, einen Gegenstand zu finden, mit dem ich meine Haut aufritzen kann. Sobald dann das warme Blut an mir herunterläuft, spüre ich für einen winzigen Augenblick Erleichterung. Für ein paar Minuten bin ich dann den Druck, dem ich ausgeliefert bin, los. Wirklich geholfen hat mir diese „Therapie" allerdings nicht. Außerdem finde ich bald keine Hautpartien mehr, die ich mit Kleidung verdecken kann, was besonders im Sommer ein Problem ist. Wie lange soll ich das noch aushalten? Ich schlafe schlecht, sehne mich aber nach Ruhe, nach endgültiger Ruhe.

Vor einigen Tagen ging es mir wieder besonders miserabel. Ich schlich auf dem Bahnhof herum und kämpfte mit mir. Dann verschwand ich auf die Toilette. Ich glotzte in ein Gesicht, das nicht zu mir zu gehören schien. Ich nahm mein Schlüsselbund und zerstörte es, zerstörte den Spiegel mit einem einzigen Schlag. Er zerbrach in tausend Teile. Dann sah ich an mir herunter und bemerkte, wie ich eine große, spitze Scherbe krampfhaft in meiner rechten Hand hielt. Ich wusste noch nicht, was ich damit tun würde.

Kapitel 40

Die Tage Anfang August waren ereignisreich und brachten dem Team endlich einen lange ersehnten Ermittlungserfolg. Die Witterung blieb heiß und trocken, nachts fand man kaum Schlaf.

Achim Gläser war endlich nach langer Krankheit zurückgekehrt, um ein paar Pfunde leichter und, wie Regina als Erste bemerkte, zeitweilig etwas nachdenklicher als früher. Der Schuss vor den Bug, den er bekommen hatte, und die Notwendigkeit, sich weiter ärztlich behandeln zu lassen, hatten ihn irgendwie verändert. Umso mehr freute er sich jetzt darauf, seine Arbeit wieder aufnehmen zu können.

Am Tag seiner Rückkehr hatte er für jeden seiner Kollegen eine Tafel feinster Schokolade mitgebracht, für die Herren der Schöpfung jeweils eine mit entsprechend hohem Kakaoanteil, für Regina und Kim dagegen eine Milchschokolade mit reichlich Nüssen. Er konnte es einfach nicht lassen, sich und andere mit Süßigkeiten zu verwöhnen, was allerdings für ihn mit seinem Hang zum Übergewicht nicht gerade zuträglich war.

Er war von Enrico auf den letzten Stand ihrer Ermittlungen gebracht worden, wohl ahnend, dass sie die Mordserie im Hause Davidov noch eine geraume Weile beschäftigen würde.

Für Kim Bäumer war seine Erkrankung ein Glücksfall gewesen, wobei er ihr nicht verübelte, die durch seine Abwesenheit entstandene Lücke nach ihren Kräften genutzt zu haben. Vielmehr ließ er sich von seinen Kollegen unvoreingenommen schildern, wie gut sich ihre Praktikantin schon eingearbeitet habe.

Ein nochmaliges Gespräch mit dem Rechtsmediziner hatte keine neuen Erkenntnisse gebracht. Nur so viel: Die Todesursache bleibt weiterhin unklar, es gibt keine Erklärung, wie Alexandra Davidov zu Tode gekommen ist. Irgendeine Vergiftung, auch mit einer seltenen Substanz, konnte mit an Gewissheit grenzender Wahrscheinlichkeit ausgeschlossen werden.

Auf Nachfrage, warum dieses Mal im Blut des letzten Opfers keine K.O. Tropfen nachgewiesen werden konnten, antwortete der inzwischen genervte Mediziner wie folgt:

„K.O. Tropfen werden im Blut relativ rasch abgebaut. Sie könnten also ohne weiteres auch dieses Mal verabreicht worden sein. Dann wäre die Zeit zwischen der mutmaßlichen Einnahme der Tropfen bis zum Todeszeitpunkt einfach zu lang gewesen. Die sofort durchgeführte Blutuntersuchung der Leiche unmittelbar nach Eintreffen im Institut habe, wie bereits erwähnt, keine messbare Konzentration von Gamma Hydroxy Buttersäure erkennen lassen. Vielleicht sind aber auch zur Abwechslung dieses Mal keine K.O. Tropfen verabreicht worden. Ich kann das letztlich nicht entscheiden."

Dennoch versuchten van Kauteren und sein Team mit einer gehörigen Portion Starrsinn auch für diesen Todesfall an der bereits bekannten Abfolge der Geschehnisse festzuhalten. Zu sehr schien der Tod von Alexandra mit dem der beiden vorausgegangenen Opfer vergleichbar zu sein, wäre da nicht die völlig ungeklärte Todesursache, die sie alle ziemlich ratlos zurückließ.

„Wo ist eigentlich Mo?", wollte Achim Gläser einen Tag später bei der Frühbesprechung wissen.

Van Kauteren suchte sichtlich genervt nach seiner Prise, immer ein schlechtes Zeichen für seine Mitarbeiter. Er antwortete ziemlich poltrig:

„ Mo ist heute beim LKA in Düsseldorf, will dort wohl das Archiv durchforsten, immer auf der Suche nach dem Besitzer der ominösen Waffe. Weiß nicht, ob das noch was wird."

Er verschwieg, dass er es war, der Mo damit beauftragt hatte, akribisch nach dieser Waffe und seinem Besitzer zu suchen, deren „forensischen Fingerabdruck" sie zwar bei allen drei Todesfällen in Händen hielten, aber bisher niemandem zuordnen konnten.

Dann berichtete Enrico von der Besichtigung der Wohnung von Alexandra Davidov. Wohnung wäre eine schiere Untertreibung, wenn man ihr Luxusappartement gesehen habe. Bezahlt vom Vater, konnte sich seine verwöhnte Tochter in fünf sehr modern und teuer eingerichteten Räumen vergnügen, die Schränke mit Kleidern vollpacken und den lieben Gott einen guten Mann sein lassen. Neue Erkenntnisse haben er und Kim nicht gewinnen können, nur so viel: Alexandra lebte dort ganz offensichtlich allein, wechselnde Kurzbekanntschaften mit Männern nicht ausgeschlossen. Ganz sicher lebte sie aber in keiner festen Beziehung.

Van Kauteren berichtete noch kurz von einem zweiten, sehr einseitigen Gespräch mit Dimitri Davidov.

„ Der Mann scheint wirklich gebrochen. Man erkennt ihn nicht wieder. Nur sehr diffus schwor er dem oder den Tätern fürchterliche Rache. Ganz wage verdächtigte er die bulgarische Mafia, die sich im Pott breit gemacht habe. Einen anderen, konkreten Verdacht hatte er nicht."

Immer noch nestelte van Kauteren an seiner Hose herum, seine Prise hatte er immer noch nicht gefunden.

„Und nun?", fasste der Chef den Stand ihrer Ermittlungen zusammen. „Wir haben immer noch keinen konkreten Hinweis zum Täter."

„Oder zu einer Täterin.", ergänzte Achim.

„Ja, versteht sich. Und wir haben ein neues Problem. Der Tod von Alexandra ist völlig ungeklärt. Möglicherweise war es gar kein Mord."

„Aber wer schießt einer Leiche mitten durchs Herz, in genau der gleichen Weise und mit derselben Waffe wie bei den vorangegangenen Tötungsdelikten? Das macht doch keinen Sinn.", widersprach Regina.

„Ja, richtig! Das ist alles noch völlig ungeklärt. Außerdem stehen wir mächtig unter Druck, endlich Ergebnisse zu liefern und die Mordserie baldmöglichst zu beenden."

„Sollten wir das Ehepaar Davidov daher nicht besser unter Polizeischutz stellen?", wollte Enrico wissen.

„Daran habe ich auch schon gedacht, fällt mir bei einem Gangster dieser Art aber sehr schwer.", antwortete der immer noch fahrig wirkende Hauptkommissar.

„Aber welche Einzelperson sollte ein so starkes Interesse daran haben, Dimitri Davidov und seiner Familie so immens zu schaden? Ich weiß es nicht.", gab van Kauteren offen zu.

„Es gäbe sicher eine Menge Leute, die von ihm schlecht behandelt wurden und Rachegelüste haben könnten. Aber zu einer so dezidierten und konsequenten Vorgehensweise sind die meisten Menschen, meiner Meinung nach, weder willens noch in der Lage.", konstatierte Achim Gläser.

In diesem Moment klingelte Enricos Handy. Er nahm an und wechselte augenblicklich seinen Gesichtsausdruck. Er schien völlig verdutzt und fasziniert zu sein. Vor Schreck ließ er seinen Kugelschreiber fallen, machte aber keine Anstalten, ihn aufzuheben. Was der andere Gesprächsteilnehmer zu erzählen hatte, war offensichtlich mehr als spannend.

Dann berichtete er der neugierigen Runde:

„Schöne Grüße von Mo. Also, er ist ja auf der Suche nach dem Besitzer der Sig-Sauer P6, welche, wie wir vermuten, auch die Dienstwaffe eines früheren Polizisten gewesen sein könnte. Mo hatte diesbezüglich bereits mit fast allen Polizeipräsidien im Ruhrgebiet und Umgebung Kontakt. Von den meisten Archivaren sei ihm aber mitgeteilt worden, dass sie solch weiter zurückliegende Dokumente meistens noch nicht auf Datenträgern erfasst hätten. So gesehen eine Sackgasse. In den letzten Jahren seien aber alle Dienststellen von Düsseldorf aufgefordert worden, ihre Rohdaten dem LKA zu übermitteln, damit sie dort auf einem zentralen Rechner gespeichert werden könnten. Deshalb hatte Mo schlussendlich direkten Kontakt zum Landeskriminalamt hergestellt. Noch heute ist das Archiv der Behörde mit der Dateneingabe früherer Jahrgänge beschäftigt.

Einer Eingebung folgend habe er sich zunächst die entsprechenden Daten aller Mitarbeiter des LKA selbst vorgenommen. Und, was soll ich Euch sagen? Mo ist tatsächlich fündig geworden! Die Dienstwaffe, um die es geht, ist im System gespeichert, sie wurde also bei einem früheren Einsatz bereits benutzt und gehörte einer früheren Personenschützerin des LKA. Ihr Name ist Anne Bergmann."

Kapitel 41

Die Melderegister der wichtigsten Ruhrgebietsstädte waren relativ schnell durchforstet. Wie nicht anders zu erwarten, gab es weit mehr als eine Anne Bergmann. Sie brauchten dringend das Geburtsdatum oder zumindest das Alter der früheren Beamtin. Van Kautern durfte gar nicht daran denken, dass die Gesuchte möglicherweise durch Heirat einen anderen Namen angenommen haben könnte. Dann wäre diese Spur verloren.

Es half nichts, sie brauchten einen neuen Termin beim LKA Düsseldorf. Sie mussten so genau wie möglich klären, wie die Waffe der früheren Kommissarin womöglich in andere Hände gelangt sein könnte. Oder sie müssten beweisen, dass niemand anderes als Anne Bergmann die Schüsse aus ihrer ehemaligen Dienstwaffe abgegeben hätte und damit aller Wahrscheinlichkeit nach für die drei Morde verantwortlich wäre.

Der Leiter des LKA empfing van Kauteren und Mo freundlich, aber etwas reserviert.
„Lassen Sie uns gleich in medias res gehen.", begann dieser. „Wir haben inzwischen die Personalakte von Frau Bergmann gefunden. Sie stand von 1992 bis 1995 in unseren Diensten. Von 1994 bis 1995 war sie als Personenschützerin eingesetzt. 1996 verließ sie uns wegen Dienstunfähigkeit, erhielt danach Berufsunfähigkeitsrente."
Mo machte sich Notizen, später äußerte er den Wunsch, die Personalakte von Frau Bergmann einsehen zu dürfen, was ihm nach einigem Zögern auch gewährt wurde. Er notierte sich das Geburtsdatum und die ehemalige Adresse.

Dort war auch zu lesen, dass sie ihre Dienstwaffe im Januar 95 bei einem Einsatz benutzt hatte, weil sie einen Angreifer niederschießen musste. Nur deshalb war die Waffe forensisch überhaupt erfasst und von ihnen identifizierbar gewesen.

Dann zitierte der LKA Chef noch aus einem Gutachten, das darlegte, welch schwere Verletzungen Frau Bergmann im Frühsommer 1995 in Ausübung ihres Berufs erlitten hatte. Leider waren die gesundheitlichen Langzeitfolgen so schwerwiegend, dass sie den Dienst quittieren musste. Insbesondere der Verlust ihres rechten Auges sei gravierend gewesen.

Van Kautern fasste nach:

„Wissen Sie, bei welchem Einsatz es zu diesen schlimmen Verletzungen von Frau Bergmann gekommen ist?"

„Nein, das kann ich Ihnen so nicht sagen. Selbstverständlich werden alle Einsätze, Überwachungen oder Zeugenschutzprogramme protokolliert, beziehen sich aber immer auf die Person, die geschützt werden soll. So werden die Einsätze der Mitarbeiter den jeweiligen Fällen zugeordnet. Die eingesetzten Beamten stellen aber kein eigenes Suchkriterium dar. Wir müssten daher alle Akten des Jahrgangs 1995 durchsehen, um Näheres zu diesem Fall zu erfahren."

Es machte sich leichte Resignation breit. Doch van Kauteren gab nicht auf:

„Sagen Sie, gibt es noch einen älteren Beamten aus dieser Zeit, der sich vielleicht an die Geschehnisse von damals erinnern könnte?" Der Leiter der Dienstelle zuckte mit den Schultern. „Das möchte ich bezweifeln, da wir eine relativ hohe Fluktuation unserer Mitarbeiter verzeichnen können. Aber ich werde mich trotzdem darum kümmern."

„Denn, irgendwie müssen wir ja weiterkommen!", meldete sich Mo.

„Wäre es Ihnen vielleicht möglich, uns den Namen und die Adresse des damaligen Behördenleiters zu geben. Falls dieser noch leben sollte, könnten wir ihn vielleicht direkt befragen."

Man zögerte lange, war dann aber doch gewissermaßen zur „Amtshilfe" bereit, behielt sich aber vor, den früheren Leiter der Dienststelle vorab informieren zu wollen. So gelangten die beiden Kommissare schlussendlich an die Adresse von Dr. Hubert Langbein, den früheren Leiter des LKA.

Sie verabschiedeten sich und verließen erleichtert den inzwischen von der Sonne aufgeheizten Raum.

Um ihre Arbeit zu beschleunigen, gingen sie jetzt mehrgleisig vor. Mo sollte weiter in den Melderegistern nach Anne Bergmann, jetzt mit ihrem Geburtsdatum ausgestattet, suchen. Regina und Kim sollten mit ihrem geballten Charme Dr. Langbein aufsuchen und Achim Gläser sollte die frühere Adresse ausfindig machen und schauen, ob Anne Bergmann vielleicht doch noch dort wohnen sollte.

Achim fuhr allerdings wenig optimistisch nach Essen Heisingen und konnte die gesuchte Person tatsächlich auf keinem Namensschild des mehrstöckigen Hauses ausmachen. Anne Bergmann wohnte hier garantiert nicht mehr. Um nicht unverrichteter Dinge wieder umkehren zu müssen, schellte er einfach mal bei einem der Bewohner. Er wählte ganz zufällig den Mieter oder die Mieterin A. Groß.

Nach geraumer Zeit öffnete sich die schwere Haustüre mittels eines Summers und in der zweiten Etage fand er eine ältere Frau, in ihrer Wohnungstür stehend, die ihn mit großen, fragenden Augen empfing.

„Guten Tag! Frau Groß? Richtig? Ich komme von der Kriminalpolizei. Mein Name ist Gläser. Ich hätte Sie gerne kurz gesprochen."

Ziemlich irritiert ließ sich die vielleicht achtzigjährige Frau den Ausweis zeigen. Dann bat sie den Fremden zögerlich in ihre Wohnung.

„Ich möchte Sie gar nicht lange belästigen. Mir geht es nur um eine frühere Mieterin hier im Haus. Wir suchen eine Anne Bergmann, die hier, soweit wir wissen, vor etwa 20 Jahren gewohnt haben soll."

Sein Gegenüber schien von der Frage überrascht und antwortete zunächst nicht. Um das Gespräch zu beschleunigen, ergänzte er:

„Frau Bergmann war Polizistin, also Kommissarin, so wie ich. Hilft Ihnen das vielleicht weiter?"

Frau Groß bot Gläser, inzwischen mit ihm in ihrem Wohnzimmer angekommen, einen Sitzplatz an. Alle vier Stühle, der Tisch und die dazugehörige Schrankwand waren aus graugrünlichem, grob gemasertem Eichenholz hergestellt. Etwas despektierlich nennt man solche Möbel im Revier „Gelsenkirchener Barock". Gläser war überrascht, dass es so eine Einrichtung überhaupt noch gab, ließ sich aber nicht anmerken, dass er seine Wohnung mit solchen Möbeln garantiert nicht einrichten würde.

„Haben Sie vor etwa 20 Jahren auch schon hier gewohnt, Frau Groß?"

„Ja! Ja, ich wohne schon sehr lange hier, bestimmt an die 30 Jahre. Aber an den Namen Bergmann kann ich mich nicht erinnern."

„Vielleicht haben Sie die Polizistin nicht so oft gesehen, weil sie zu sehr unterschiedlichen Zeiten nach Hause kam. Sie wird auch mitunter wochenlang nicht in ihrer Wohnung gewesen sein, nämlich immer dann, wenn sie als Personen-schützerin im Einsatz war."

Auf einmal wurde Frau Groß aktiv.

„Das könnte die junge Frau aus dem dritten Stock gewesen sein."

Sie nahm ihren Telefonhörer in die Hand und rief offenbar bei ihrer Freundin an. Gespannt verfolgte Achim das etwas holprige Gespräch mit der Nachbarin. Sie war es schließlich, die sich definitiv an Anne Bergmann erinnern konnte und auch daran, dass diese als Polizisten gearbeitet hatte.

„Sie soll in den neunziger Jahren zu ihrem Vater gezogen sein, erinnert sich meine Freundin noch. Ihre neue Adresse kennen wir aber beide nicht."

Gläser bedankte sich und verließ, der alten Dame weiter alles Gute wünschend, raschen Schrittes das Haus.

Regina und Kim hatten mit Dr. Langbein einen Termin abgestimmt. Genau um 15 Uhr schellten sie an und eine rundliche, für ihr Gewicht viel zu kleine Frau mit zwei pfiffigen schwarzen Augen und grauem Haar öffnete ihnen. Nachdem sie sich vorgestellt und ausgewiesen hatten, kamen sie zum Grund ihres Besuchs.

Offenbar für jede Abwechslung dankbar, bat die Hausherrin die beiden Frauen herein. Sie führte sie an einem offenen Kamin vorbei in ein mit Bücherregalen vollgestopftes Wohnzimmer, das durch eine moderne Sitzgruppe komplettiert wurde. Durch die bodentiefen Fenster hatte man einen einzigartigen Blick in den überaus gepflegten Garten.

„Wir hoffen, Dr. Langbein, Sie können uns zu einer ehemaligen Mitarbeiterin des LKA, deren Chef Sie vor etwa 20

Jahren gewesen sein müssten, einige Angaben machen.", begannen sie das Gespräch mit dem geschätzt noch sehr rüstigen Achtzigjährigen.

„Ja, gerne. Worum geht es?"

„Wir suchen eine Kommissarin mit Namen Anne Bergmann, die zu der damaligen Zeit als Personenschützerin in ihrer Dienststelle gearbeitet hat, ihren Dienst aber wegen eines schweren Dienstunfalls vorzeitig quittieren musste."

„Anne Bergmann, sagten Sie? Der Name sagt mir im Moment nicht so viel. Aber ich erinnere mich dunkel an ein Ereignis einige Jahre vor meiner Pensionierung, an dem drei Personenschützer beteiligt waren. Einer davon war, wenn ich mich recht erinnere, eine Frau. 1995, sagten Sie?"

„Ja, sie ist ein Jahr später aufgrund ihrer schweren Verletzungen aus dem Dienst ausgeschieden."

„Ja, jetzt erinnere ich mich. Natürlich, diese schlimme Sache irgendwo im Sauerland. Zwei Personenschützer wurden bei einem nächtlichen Überfall getötet und eine junge Kollegin hat nur, wie durch ein Wunder, überlebt. Das war damals eine riesige Katastrophe für unsere Behörde und eine menschliche Tragödie für die Angehörigen und Betroffenen. Damals waren wir zu dem einzig möglichen Schluss gekommen, dass einer der beteiligten Beamten unser Versteck verraten haben musste." „Von was für einem Versteck reden Sie?"

„Eine ganze Familie musste damals in ein Zeugenschutzprogramm aufgenommen werden und erhielt eine neue Identität. Die erste Station zur Vertuschung ihrer Spuren war ein im Sauerland angemietetes Haus. Alles natürlich strikt geheim.

Ganz schreckliche Sache! Und das Schlimmste war noch, dass diese Familie bei dem Überfall entführt wurde und, soweit ich mich noch erinnere, nie mehr lebend irgendwo aufgetaucht ist. Aber an den Namen Anne Bergmann kann ich mich nach wie vor nicht erinnern."

Inzwischen war seine Ehefrau mit Kaffee hereingekommen. Dankbar nahm man die kleine Auszeit an.

„Sag mal, Lisbeth, kannst du dich noch an diese Sache vor etwa 20 Jahren erinnern, bei der zwei Polizisten erschossen wurden und eine Kollegin nur sehr schwer verletzt überlebt hat?"

„ Sicher, weiß ich noch genau. Wochenlang hast du damals von nichts anderem erzählt."

„Kannst du dich noch an den Namen der Polizistin erinnern?" Nach kurzer Bedenkzeit kam die Antwort:

„Berger oder so ähnlich. Nein, warte mal, Bergmann, glaube ich."

„Ja, richtig. Könnte es Anne Bergmann gewesen sein?", schaltete sich jetzt wieder Regina ein.

„Ja, stimmt! Anne Bergmann. Erinnerst du dich noch an ihren Vater? Du hattest, als es der Tochter so schlecht ging, mehrfach Kontakt zu ihm. Ein sehr netter Mann. Und, weißt du noch, zwei-, dreimal war er sogar bei uns zu Gast? Wir hatten ihn eingeladen, um ihn etwas aufzumuntern. Ihr habt sogar zusammen Schach gespielt. Du hast jedes Mal haushoch verloren."

„Ja, jetzt erinnere ich mich."

Geduldig hörten die beiden Ermittlerinnen der Diskussion zu, jetzt schaltete sich Regina ein.

„Können Sie sich eventuell noch an den Vornamen des Vaters erinnern?"

Beide überlegten. Dann schoss es aus der Ehefrau heraus: „Fritz hieß er. Den schlauen Fritz hast du ihn genannt."

„Bist du sicher?"

„Ganz sicher, Fritz Bergmann!"

„Kennen Sie zufällig seine damalige Adresse?"

„Nein, wissen wir nicht.", antworteten beide fast synchron.

„Noch eine letzte Frage, Herr Dr. Langbein. Können Sie sich noch erinnern, warum die Familie, von der Sie sprachen, damals in das Zeugenschutzprogramm gehen musste?"

„Ich denke, ich denke, es ging um irgendeinen Mord, den der Vater dieser Familie beobachtet hatte und den er vor Gericht bezeugen wollte."

„Wissen Sie vielleicht noch den Namen des wegen Mordes Angeklagten?"

„Nein, habe ich im Augenblick nicht parat."

„Könnte es sich um einen Dimitri Davidov gehandelt haben?" Nach einer fast nicht enden wollenden Denkpause ihres Gegenübers sprudelte es plötzlich aus ihm heraus:

„Ja, jetzt fällt es mir wieder ein. Sie haben Recht. Es ging um Dimitri Davidov, dem Chef der Zigarrenbande in Essen. Was für ein fast heiterer und ausgefallener Name für eine ganz üble Familie!"

Kapitel 42

Tagebuchnotiz eines verstörten Menschen

vom

05.08.2015

Der allerletzte Schritt steht noch aus. Jetzt gilt für uns, für Dimitri und für mich: Wir leiden beide! Endlich ist eine gewisse Waffengleichheit hergestellt. Dann aber, wenn er sich in sein Schicksal gefügt haben wird, dann, wenn er kaum noch Schmerzen spüren wird, dann, wenn er in einigen Monaten wieder sein verfluchtes Leben genießen will, dann wird es soweit sein. Dann gehört er mir. Dann wird auch er liquidiert werden. Das habe ich mir versprochen. Aber erst einmal habe ich Zeit gewonnen.

Trotzdem fühle ich mich nach wie vor wie gelähmt. Ich fühle mitunter gar nichts, so als wäre ich nicht ich, sondern eine andere, mir unbekannte, Person.

Gestern Abend war es wieder soweit. Ich ertrug die innere Anspannung und die Leere in mir nicht mehr. Zum ersten Mal habe ich mich in den Arm geritzt, in den linken Oberarm, weil ich an den Oberschenkeln keine passende Stelle mehr fand. Das war sehr unvorsichtig. Ich darf nicht nachlässig werden.

Viel warmes Blut lief an mir herunter, mehr als sonst. Wahrscheinlich wegen der frischen, noch unberührten Haut und, weil ich wohl etwas zu tief geschnitten hatte.

Ich muss zu mir zurückfinden. Ich darf mir nicht entgleiten. Ich muss alles zu einem guten Ende bringen. Aber ich komme über das, was ich vor zwanzig Jahren erleben musste, was damals über mich hereingebrochen ist, nicht hinweg. Nur wenn ich die Geschichte von vor zwanzig Jahren irgendwann überwunden und verarbeitet haben werde, dann werde ich vielleicht zur Ruhe kommen. Bis dahin hilft mir, dass ich jetzt nicht mehr alleine leiden muss.

Letztlich bin ich doch nur mir allein verantwortlich. Wenn sich mein Gewissen meldet, befrage ich mich, ob ich alles richtig mache oder gemacht habe. Und dann sage ich mir: Ich habe das Recht auf meine eigene Sichtweise, auf meinen eigenen Weg. Ich bin meine eigene Instanz, die mir mein Tun vorschreibt und mich damit zugleich entlastet.

Früher einmal war ich gläubig, bin in einer evangelisch orientierten Familie groß geworden. Aber so viele Ereignisse später und bei meiner verwundeten Seele kenne ich Gott nicht mehr an. Bedeutet er mir überhaupt noch etwas? Über eines bin ich mir sehr sicher: Das, was ich verloren habe, all das kann er mir nicht zurückgeben. Er ist entweder zu mild oder zu streng, meistens aber hält er sich aus allem heraus. Ich benötige aber eine Instanz, der ich unvoreingenommen vertrauen kann und die für mich da ist, wenn ich sie brauche.

Nach Meinung der Kirche soll Gott ein gerechter Gott sein. Aber wie soll ich das verstehen? Ich empfinde das Gegenteil.

Denn, war es etwa gerecht, die ersten Menschen, die noch nichts von Schuld oder Unschuld wussten, zum Sündenfall zu führen, sie damit aus dem Paradies zu verjagen und sie ihrem Schicksal zu überlassen?

War es gerecht, die Menschen mit der Erbsünde zu belasten, um sie dann durch einen Kunstgriff der Extraklasse, indem Gott seinen Sohn auf die Welt schickte und ihn später ans Kreuz nageln ließ, wieder davon zu befreien?

Dieser Instanz kann ich nicht vertrauen. Ihr kann ich mich nicht anvertrauen. Und ich glaube, dafür Beweise zu haben.

Wehrlose ihrem Schicksal zu überlassen oder ihnen jegliche Hilfe zu verweigern, ist wenig barmherzig, ist insbesondere wirklich nicht hilfreich, um sich als Retter der Menschheit, als der aufzuspielen, der die Welt erschaffen hat und sie lenkt. Wo bleibt die Gerechtigkeit in der Welt? Wozu diese sinnlosen Katastrophen der Menschheit? Warum dieses unsägliche Leid und warum diese eigene Unzulänglichkeit?

Viele würden meine Taten verurteilen, aber Gott würde nicht einmal das tun. Er würde sich wie immer aus allem heraushalten und mich meinem Schicksal überlassen.

Deshalb geht es nicht anders. Ich muss mir in meinem Inneren eine Instanz aufbauen, die mich stützt, der ich mich anvertrauen kann und die mir sagt, was für mich das Richtige ist. Ich muss aufhören zu zweifeln oder mich zu verurteilen. Dann gewinne ich die innere Freiheit, die ich brauche. Nur so kann ich ein Leben führen, das für mich fair und gerecht ist.

„Seelig sind die Gerechten". So steht es in der Bibel. Dort ist es ganz sicher anders gemeint, aber mit meiner Sicht auf die Dinge gilt dies wohl auch für mich.

Kapitel 43

Sie hatten drei Patronen aus derselben Schusswaffe, einer Dienstwaffe der Polizei. Sie hatten diese Pistole Anne Bergmann, einer früheren Personenschützerin, zuordnen können. Jetzt kannten sie auch den Namen ihres Vaters. Es war ein Leichtes die Anschrift von Fritz und Anne Bergmann herauszufinden. Vater und Tochter hatten die gleiche, also eine gemeinsame Adresse. Denn Anne Bergmann lebte bei ihrem Vater und war in dessen Wohnung, in Essen Holsterhausen, gemeldet.

Endlich kamen sie voran! Ein Einzeltäter rückte immer mehr in den Vordergrund ihrer Überlegungen, wobei ein persönlicher Racheakt am wahrscheinlichsten war. Die Theorie einer Clanauseinandersetzung trat zunehmend in den Hintergrund ihrer Vermutungen.

Van Kauteren behielt es sich vor, Anne Bergmann persönlich aufzusuchen, und ordnete an, dass ihn sein Stellvertreter begleitete.

An einem regnerischen und diesigen Tag fuhren sie bereits gegen 9 Uhr zu der Adresse. Nachdem sie geklingelt hatten, dauerte es eine geraume Weile bis ihnen die Haustüre geöffnet wurde. Sie stiegen das dämmrige Treppenhaus hinauf und wurden im zweiten Stock von einem älteren Herrn begrüßt, der sich offenbar nur schwer auf den Beinen halten konnte und einen Stock benutzte.

„Sie sind Fritz Bergmann?", begann van Kauteren.

„Ja, und wer sind Sie und was wollen Sie von uns zu so früher Stunde?"

„Wir kommen von der Polizei, ich bin Hauptkommissar van Kauteren und mich begleitet mein Kollege Achim Gläser. Wir hätten ein paar Fragen an Ihre Tochter. Ist sie zu Hause?"

„Ja, ja, ist sie schon, aber ich glaube sie ist noch nicht angezogen. Sie kommen, wie gesagt, sehr früh. Darf ich fragen, worum es geht?"

„Das möchten wir gerne mit Ihrer Tochter direkt besprechen."

Ihnen war nicht verborgen geblieben, dass Fritz Bergmann offensichtlich Schwierigkeiten hatte, die richtigen Worte zu finden und sich flüssig zu artikulieren. Außerdem schien er seinen rechten Arm nicht richtig bewegen zu können. Sehr widerstrebend ließ er die beiden in seine Wohnung und bot ihnen mit einer ärgerlichen Geste an, im Wohnzimmer Platz zu nehmen.

„Ich werde mal nach meiner Tochter schauen. Ich weiß nicht, ob sie Sie schon empfangen kann."

Nach einer gefühlten Ewigkeit, vielleicht waren es fünf Minuten, erschien Anne Bergmann. Sie hatte ihre langen, ergrauten Haare zu einem Zopf gebunden. Ihre schlanke Figur ließ immer noch erahnen, dass sie früher eine sportliche Frau gewesen war. Ihren Blick konnten die beiden Kommissare nur schwer erwidern, da beide zunächst nicht genau wussten, mit welchem Auge sie ihr Gegenüber anschaute.

„Die Polizei möchte mich sprechen. In welcher Angelegenheit, wenn ich fragen darf?"

„Frau Anne Bergmann?", begann van Kauteren.

„Ja, die bin ich."

„Sie leben hier mit Ihrem Vater zusammen, nehme ich an?"

„Ja, mein Vater hatte einen Schlaganfall und deshalb bin ich vor Jahren zu ihm gezogen, um ihn zu unterstützen und für ihn da zu sein."

„Sie waren vor mehr als 20 Jahren beim LKA als Kommissarin beschäftigt?"

„Ja, schon eine Ewigkeit her, aber das stimmt."

„Wir hätten jetzt gerne alleine mit Ihnen gesprochen."

„Ich habe zwar nichts vor meinem Vater zu verbergen, aber, bitte schön, wenn Sie es so wollen. Papa, vielleicht fängst du in der Küche schon mit dem Frühstück an. Ich komme gleich nach, wird sicher nicht lange dauern."

Etwas Unverständliches vor sich hin brummelnd, verschwand Fritz Bergmann aus dem Wohnzimmer und schloss die Tür ziemlich energisch.

„Frau Bergmann.", begann van Kauteren erneut. „Wir untersuchen zurzeit die Morde an drei Personen aus dem näheren Umfeld der Familie Davidov, einem stadtbekannten Clan. Alle drei Personen wurden dabei mit derselben Waffe erschossen."

Er unterließ es, zu erwähnen, dass die Todesursache des dritten Opfers überhaupt noch nicht geklärt war.

„Ich habe davon in der Zeitung gelesen. Aber was habe ich damit zu tun?"

„Stimmt es, dass Sie vor etwa 20 Jahren bei einem Einsatz lebensgefährlich verletzt wurden?"

„Ja, stimmt. Ich leide noch heute unter den Folgen des damaligen Überfalls. Wie Sie vielleicht schon bemerkt haben, verlor ich mein rechtes Auge und habe ziemliche Probleme mit meinem rechten Knie. Damals lag ich lange in einem künstlichen Koma und habe nur mit viel Glück überlebt. Aber, um mich das zu fragen, sind Sie ganz bestimmt nicht hierhergekommen."

Achim Gläser schaltete sich ein:

„Frau Bergmann, können Sie uns schildern, was damals Ihr Auftrag gewesen ist und wie sich die Ereignisse zugetragen haben?"

„Und, was ist, wenn ich das nicht erzählen will? Was interessiert Sie eigentlich an dieser alten Story?"

Beide Kommissare gingen auf diese Fragen nicht weiter ein. „Sie würden uns einen großen Gefallen tun, uns über die Geschehnisse von damals in Kenntnis zu setzen und unsere Fragen zu beantworten.", versuchte van Kauteren die offenbar ahnungslose Frau zu ermuntern.

Mit einer Geste der Ablehnung, indem sie ihre Arme über der Brust verschränkte, begann Anne Bergmann stockend:

„Vor etwa 20 Jahren war ich mit zwei Kollegen im Rahmen eines Zeugenschutzprogramms als Personenschützer der Familie Jung zugeteilt. Vater, Mutter und drei Kinder. Herr Dr. Jung war Arzt und war bei einem Hausbesuch in Bochum Zeuge einer Hinrichtung geworden, die Dimitri Davidov, Ihnen ja offenbar bekannt, nachts auf offener Straße begangen hatte.

Da Dr. Jung bereit war, den Mord vor Gericht zu bezeugen, blieb nichts anderes übrig, als der Familie Jung eine neue Identität zu geben und sie in ein Zeugenschutzprogramm aufzunehmen. Als erstes Versteck hatten wir ein Haus im Sauerland angemietet, später wollten wir für die Familie eine neue Gemeinde und ein neues Haus irgendwo in Süddeutschland finden. Reichen Ihnen diese Angaben?"

„Soweit o.k., aber erzählen Sie bitte weiter von dem Überfall."

„Eines Nachts, ich hatte mich gerade zum Schlafen hingelegt, erwachte ich erst Wochen später auf einer Intensivstation aus einem Koma, da ich durch Schüsse lebensgefährlich

265

verletzt worden war. An den Ablauf des Überfalls und an meine Beteiligung dabei kann ich mich bis heute nicht erinnern. Jetzt zufrieden mit meiner Schilderung der Ereignisse? Ach, fast hätte ich es vergessen, meine beiden Kollegen bezahlten diesen Einsatz damals mit ihrem Leben."

„Danke, Frau Bergmann, das genügt fürs Erste. Dennoch haben wir einige weitere Fragen an Sie. Wie können Sie sich erklären, dass die drei Morde in Essen mit Ihrer früheren Dienstwaffe begangen wurden?"

„Wie bitte? Das kann nicht sein! Völlig unmöglich!"

Ihr Gegenüber war erregt aufgesprungen.

„Beruhigen Sie sich, Frau Bergmann. Die Spurensicherung hat ganz eindeutige Beweise, dass mit Ihrer damaligen Dienstwaffe auf die drei Opfer geschossen worden ist. Ganz nebenbei gefragt, was hatten Sie damals für eine Waffe?"

„Eine Sig -Sauer, P6, wenn ich mich richtig erinnere!"

„Ja, sehr richtig, um genau eine solche Pistole handelt es sich."

Ratlos schaute Anne Bergmann zum Fenster.

„Es kann ja sein, dass meine damalige Dienstwaffe, wie sie behaupten, nach 20 Jahren zu einer Tatwaffe bei drei Mordfällen geworden ist. Aber, was habe ich damit zu tun? Ich lag damals im Koma und konnte mich ganz bestimmt nicht um meine Waffe kümmern, sie mitnehmen oder gar irgendwo verstecken. Das sollte Ihnen doch wohl einleuchten. Das ist doch alles völliger Unsinn!"

Anne Bergmann konnte sich einfach nicht beruhigen und stand zornig und entrüstet vor den beiden Kommissaren.

Van Kauteren wollte sie beschwichtigen.

„Bitte, Frau Bergmann, nehmen Sie doch wieder Platz. Ich kann Ihre Erregung durchaus verstehen."

„Nichts können Sie verstehen! Sie wissen nicht, was ich gelitten habe. Sie haben keine Ahnung, wie es ist, wenn sich ihr Leben von einem auf den anderen Tag um 180 Grad verändert, zum Schlechten, versteht sich. Ich war eine optimistische, tatkräftige, junge Frau, jetzt fühle ich mich alt, nutzlos und völlig frustriert, habe nur noch ein Auge und immer stärkere Kniebeschwerden. Ich habe meinen Beruf verloren und führe ein völlig anderes Leben als das, was ich hätte führen wollen."

„Das verstehen wir alles, Frau Bergmann.", schaltete sich Achim Gläser ein. „Aber Tatsache ist nun mal, die jüngsten Morde wurden mit Ihrer früheren Waffe begangen. Und da fragen wir uns nun schon: Hatten Sie die Gelegenheit dazu? Ein Motiv, das haben Sie uns eben sehr plastisch vor Augen geführt, hatten Sie auf alle Fälle."

„Sehe ich das richtig? Sie verdächtigen mich doch tatsächlich, die Mordserie begangen zu haben? Das wird ja immer schöner!

Aber jetzt zählen Sie doch mal drei und drei zusammen. Ich wurde angeschossen und schwer verletzt, war nicht bei Besinnung. Die eingedrungenen Killer, vermutlich von Herrn Davidov beauftragt, machten ihre Arbeit und nahmen dabei vermutlich die Dienstwaffen ihrer Opfer mit."

„Darf ich Sie unterbrechen? Noch wissen wir nicht, ob die Waffen Ihrer Kollegen auch verschwunden sind. Wir werden das noch genau prüfen." „So oder so, ich jedenfalls kann meine Waffe nicht mitgenommen haben, ich lag ja im Koma und rang um mein Leben."

„Ja. Ja, schon klar.", antwortete van Kauteren. „Aber es ist zum Beispiel nicht auszuschließen, dass ein Sanitäter daran gedacht haben könnte, Ihre Waffe beim Abtransport in die Klinik zu Ihren Sachen zu legen. Vielleicht haben Sie diese dann bei Ihrer Entlassung aus der Klinik ausgehändigt bekommen, mitgenommen und nicht abgegeben, als Sie aus dem Dienst ausgeschieden sind."

„Und wozu? Um damit zwanzig Jahre später drei Morde zu begehen. Sie ticken doch nicht mehr ganz sauber!"

Anne Bergmann war außer sich.

„Bitte Frau Bergmann, wir können Ihre Erregung wirklich nachvollziehen, aber bei allem Verständnis. Wir haben Ihre Dienstwaffe als Mordwerkzeug identifiziert und wir stellen fest: Sie haben ein starkes Motiv, sich für Ihr verpfuschtes Leben an Dimitri Davidov zu rächen. Wir müssen Sie daher bitten, sich etwas überzuziehen und uns auf das Kommissariat zu begleiten."

„Sie wollen mich tatsächlich verhaften?"

„Wir wollen Sie zunächst vorläufig festnehmen und auf unserer Dienststelle weiter befragen."

Kapitel 44

Zuerst waren es ein, zwei Briefe, die aus dem Briefkasten von Klaus Oblonsky ragten, dann war der Postbote schon gezwungen, die nächste Sendung in den leicht verbeulten Kasten zu stopfen. Nach zwei weiteren Tagen kam auch noch die Auslieferung der NRZ hinzu. Der Briefträger konnte die Tageszeitung jetzt nur noch auf dem Boden ablegen.

Erika Fröhlich, seine Nachbarin hatte schließlich ein Einsehen. Was sie greifen konnte, nahm sie mit in ihre Wohnung und begann, die Post ihres Nachbarn zu stapeln. Sie beide hatten ein freundschaftliches Verhältnis, wobei Erika ein paar Jahre älter war. Sie war früher Chefsekretärin gewesen, jetzt genoss sie als attraktive Endsechzigerin ihre Freiheit und ihre manchmal noch ungewohnte Freizeit.

Ein bis zweimal im Jahr gingen sie zusammen zu einem Konzert oder in ein italienisches Restaurant. Gelegentlich lud sie ihren Nachbarn auch zum Essen ein und servierte ihm eine seiner Lieblingsspeisen. Revanchieren konnte sich Klaus Oblonsky hierfür jedoch nicht, da sich seine Kochkünste deutlich in Grenzen hielten.

Allmählich begann sie sich Sorgen um ihn zu machen. Wie bei seinen früheren, ziemlich häufigen Urlaubsreisen hatte er Erika auch dieses Mal den Schlüssel zu seiner Wohnung überlassen, falls mal was sein sollte. Blumen gießen brauchte sie nicht, da Oblonsky von Grünzeug in einer Wohnung nichts hielt. Leider hatte er es aber versäumt, ihr den Schlüssel zu seinem Postkasten zu geben.

Bei seinem Abschied vor seiner Reise in sein Sehnsuchtsland Türkei hatte er ihr erklärt, vermutlich vier bis fünf Wochen weg bleiben zu wollen. Spätestens nach sechs Wochen wäre er wieder zurück, da er nur bis zu diesem Termin seine Tageszeitung abbestellt habe.

Jetzt fehlte von ihm schon fast sieben Wochen lang jedes Lebenszeichen.

Nach zwei weiteren Tagen traute sich Erika in die Wohnung ihres Nachbarn, vielleicht würde sie dort irgendwelche Hinweise für sein längeres Verschwinden finden. Ihr Nachbar hatte alles sehr ordentlich hinterlassen, auf dem Küchentisch fand sie lediglich ein paar Prospekte über Städte in der Türkei, unter anderem auch über Canakkale. Die bei ihr aufgelaufene Post nahm sie mit und legte sie daneben. Dabei fielen ihr zwei Briefe aus der Türkei, genauer gesagt aus jenem Canakkale auf. Absender war jedes Mal eine dortige Autovermietung. Der zweite Brief schien ein Mahnbrief zu sein.

„Merkwürdig", dachte sie. Sehr schade war zudem, dass sie keine Handynummer von Klaus Oblonsky hatte. Diese wäre jetzt sehr nützlich gewesen.

Einige weitere Tage später machte sich Erika auf den Weg zur Polizei. Sie wollte ihren Nachbarn als vermisst melden. Mehr konnte sie für ihn zunächst einmal nicht tun.

Da sie sich nicht getraut hatte, die beiden Briefe der Autovermietung zu öffnen, steckte sie diese in ihre Handtasche und fuhr damit zur Polizei.

Der zuständige Beamte empfing sie freundlich aber distanziert.

„Was kann ich für Sie tun, Frau Fröhlich?"

„Ich mache mir zunehmende Sorgen um meinen Nachbarn, Herrn Klaus Oblonsky, der vor über 7 Wochen in die Türkei gereist ist, dort aber nur 4 bis 5 Wochen bleiben wollte."

„Nun, vielleicht ist er in der Türkei krank geworden. Haben Sie denn eine Telefonnummer Ihres Nachbarn?"

„Nein, habe ich leider nicht, sonst säße ich wahrscheinlich jetzt nicht vor Ihnen. Sie müssen wissen, er ist ein sehr zuverlässiger Mensch, man kann sich auf sein Wort verlassen. Daher mache ich mir große Sorgen, dass ihm etwas zugestoßen sein könnte." „Ich verstehe, aber im Ausland und dazu noch in einem Nicht EU Land haben wir nur wenige Möglichkeiten. Da sind uns die Hände gebunden."

„Dennoch möchte ich eine Vermisstenanzeige aufgeben."

Der Beamte machte sich entsprechende Notizen und wollte gerade weitere Fragen stellen, als ihm sein Gegenüber zuvorkam.

„Und dann habe ich noch diese zwei Briefe gefunden."

Sie öffnete ihre Handtasche und zog sie heraus.

„Sehen Sie, ein Brief einer Autovermietung aus der türkischen Stadt Canakkale und hier zwei Wochen später offenbar dieses Mahnschreiben der gleichen Firma. Ich traue mich allerdings nicht, die Briefe zu öffnen."

Der Beamte nahm sie in Augenschein.

„Wissen Sie was, ich kann die Briefe von Amtswegen öffnen, vielleicht erhalten wir dadurch Hinweise zum Verschwinden Ihres Nachbarn."

„Ja, gut, das hatte ich gehofft."

In etwas schwer verständlichem Englisch wurde Klaus Oblonsky angeschrieben, nun endlich das längst überfällige Auto zurückzugeben. Es wurde mit Schadenersatz gedroht. Der zweite Brief war noch drastischer und enthielt eine Anzeige, die von der Firma bei der örtlichen Polizei erwirkt worden war. Es wurde mit gerichtlichen Schritten gedroht.

„Sie haben allem Anschein nach Recht. Irgendetwas muss Herrn Oblonsky zugestoßen sein. Aus dem Schreiben geht zudem hervor, dass er am 06.06. ein Auto für 8 Tage gemietet hat, welches aber zum vereinbarten Termin nicht zurückgegeben wurde. Ich denke, das Wahrscheinlichste ist, dass er einen Autounfall hatte und vermutlich irgendwo in einem Krankenhaus liegt."

„Ja, so könnte es gewesen sein. Aber hätte die türkische Polizei bei der Aufnahme des Unfalls nicht die Autovermietung informieren müssen?"

„Ja, das stimmt. So kommen wir offenbar nicht weiter. Ich nehme jetzt die Vermisstenanzeige auf, dann sehen wir, was wir tun können."

Erika Fröhlich war zwar erleichtert, etwas unternommen zu haben, aber beruhigt war sie ganz und gar nicht.

Früher war sie selber viel verreist, besonders nach Italien. In den letzten zwei Jahren war sie meistens zu Hause geblieben. Deshalb, so überlegte sie, wäre ein Urlaub in der Türkei eine willkommene Abwechslung und würde nebenbei den Zweck erfüllen, vielleicht doch noch etwas über ihren Nachbarn zu erfahren.

Eine Woche später, Oblonsky war immer noch nicht aufgetaucht, saß sie in einem Flugzeug nach Istanbul. Ein Auto hatte sie direkt am Flughafen reservieren lassen. Sie würde es brauchen.

Istanbul war gewaltig. Die Gerüche des Orients trafen auf die Lebhaftigkeit einer Großstadt. Die Menschen waren ihr fremd und nah zugleich. Alles war neu. Sie genoss es, die Andersartigkeit und Einmaligkeit dieser Stadt in sich aufzunehmen. Für fast fünf Tage war sogar ihr Nachbar vergessen.

Dann machte sie sich auf nach Canakkale, wo sie sofort die ihr bekannte Autovermietung aufsuchte. Zunächst verlief das

Gespräch etwas holprig, auch, weil sie mit Oblonsky nicht verwandt war, aber auch, weil sie keine diesbezügliche Vollmacht vorweisen konnte.

Schließlich konnte sie den Agenten davon überzeugen, dass Klaus Oblonsky auch in Deutschland als vermisst galt.

Dann begann sie konkreter zu werden.

„Haben Sie den Wagen inzwischen aufgefunden?"

„Nein haben wir bisher nicht. Auch bei unseren Vertragswerkstätten ist der Wagen nicht aufgetaucht. Könnten Sie uns deshalb den Verlust des Autos ersetzen?"

„Nein, ganz und gar nicht. Dafür bin ich nicht hierhergekommen.", antwortete sie entrüstet.

„Außerdem wissen wir doch noch gar nicht, was passiert ist. Haben Sie denn nicht ihrerseits die hiesige Polizei eingeschaltet, die nach dem Kennzeichen fahnden könnte?"

„Doch, ist gestern geschehen. Die Polizei sucht inzwischen landesweit nach dem Fahrzeug."

„Endlich", dachte Erika, sprach dies aber aus Höflichkeit nicht aus.

„Nun ich bleibe noch ein paar Tage hier in der Gegend. Ich gebe Ihnen meine Handynummer, dann können Sie mich erreichen, wenn Sie neue Informationen haben sollten."

Vier Tage später - Erika wollte gerade ihre Zelte in Cannakale abbrechen - erreichte sie von der Autovermietung folgender Anruf:

„Sie glauben es nicht, aber die Polizei von Ankara hat den Wagen völlig unversehrt und ordnungsgemäß abgeschlossen in der Innenstadt von Ankara gefunden und sofort beschlagnahmt. Von Herrn Oblonsky fehlt allerdings jede Spur. Damit ist für uns erst einmal alles erledigt. Wir werden den Wagen überstellt bekommen, sobald die Ermittlungen abgeschlossen sein werden."

„Und wo ist nun Herr Oblonsky?"

„Das weiß zurzeit niemand, auch nicht die Polizei."

Erika fasste sich erneut ein Herz. Denn jetzt war sie schon so weit gekommen.

„Bitte teilen Sie mir doch genau mit, wo der Wagen gefunden wurde, ich möchte mich dort zumindest etwas umsehen."

Einen Tag später machte sie sich mit der Adresse auf den Weg nach Ankara. Eine lange Fahrt würde vor ihr liegen. Sie wollte es langsam angehen lassen und plante mindestens zwei Zwischenstopps.

Sich durch den dichten und teilweise schwindelerregenden Verkehr der türkischen Hauptstadt durchhangelnd, erreichte sie schließlich die Fundstelle des Wagens. Vor ihr, in einer Nebenstraße, lag ein gepflegter Park. Von dort schlenderte sie durch die nächst größere Straße, bis sie vor einem repräsentativen Gebäude stehen blieb, dessen glänzendes Messingschild ihr auffiel und die Aufschrift trug: Botschaft der Bundesrepublik Deutschland. Darunter wahrscheinlich der gleiche Text in türkischer Sprache.

Sollte sie hier nachfragen? War Oblonsky aus irgendeinem Grund hier vorstellig geworden? Sie zögerte lange. Doch, was hatte sie zu verlieren? Sie entschloss sich, nichts unversucht zu lassen.

Sie wurde ausgesprochen freundlich von einem Botschaftssekretär empfangen, dem sie ihr Anliegen vortrug und der zugleich versprach, alles zu tun, um den vermissten Staatsbürger zu finden. Dann verstummte er eine Weile, weil er seinen Computer aufmerksam durchmusterte.

„Sagen Sie, war Herr Oblonsky mit einem Freund hier in der Türkei unterwegs?"

„Nicht, dass ich wüsste. Ich denke, er war wie geplant und wie mir bekannt alleine unterwegs."

„Ich sehe hier nämlich gerade einen Eintrag, der vor etwa fünf Wochen gemacht wurde. Ein anderer deutscher Staatsbürger auch aus Canakkale wurde bei uns vorstellig, weil er neue Papiere brauchte. Ich denke, ich hole besser meine Kollegin, die damals diesen Vorgang bearbeitet hat, hinzu."

Eine nicht mehr ganz junge Frau in einem beigefarbenen Kostüm mit knallrotem Halstuch betrat den Raum. Nach den üblichen Höflichkeitsfloskeln übernahm nun die Legationsrätin das Gespräch.

„Ich darf Ihnen selbstverständlich keine Einzelheiten nennen. Aber so viel kann ich Ihnen sagen: Ein deutscher Arzt lebte und arbeitete viele Jahre in Canakkale, brauchte aber neue Papiere. Deshalb kam er hier zu uns in die Botschaft. Er erhielt einen neuen Pass und blieb aus Gründen, die ich Ihnen leider nicht nennen darf, noch für drei Wochen bei uns in der Botschaft. Dann machte er sich wieder auf den Weg nach Deutschland. Aber, und das ist jetzt für Sie interessant, er hat uns damals angegeben, dass ihn eine Zufallsbekanntschaft aus einer misslichen Lage befreit und hierher zur Botschaft gefahren habe. Dieser Mann hieß nach seinen Angaben Klaus Oblonsky. Mehr wissen wir leider nicht."

„Können Sie mir denn den Namen dieses Arztes nennen?", wollte Erika noch wissen.

„Nein, das dürfen wir Ihnen leider nicht mitteilen. Ich hoffe, Sie haben dafür Verständnis."

Kapitel 45

Schon auf der Fahrt zum Präsidium beschlich Anne Bergmann das Gefühl, für längere Zeit inhaftiert zu werden. Schließlich war sie Profi und wusste, was eine Tatwaffe, die ihr gehören sollte, in Verbindung mit einem starken Motiv, bedeutete.

Sie saß mit zusammengefalteten Händen auf der Rückbank des schwarzen BMW und grübelte über ihre Verhaftung, die so völlig aus heiterem Himmel über sie hereingebrochen war. Sie hätte toben, schreien oder schimpfen wollen, das hätte ihrer Gefühlslage eher entsprochen, aber sie verhielt sich völlig ruhig und sagte kein einziges Wort.

Ihr war so elend zumute und sie machte sich so große Sorgen um ihren Vater. Sie war schließlich nicht nur für sich alleine verantwortlich. Was würde mit ihm geschehen, wenn man sie tatsächlich ins Gefängnis stecken würde?

Bekannte und weniger bekannte Straßenzeilen rauschten an ihr vorbei, sie nahm von der Essener Innenstadt kaum etwas richtig wahr. Dann erreichten sie das Polizeipräsidium, ihr bisher nur von außen bekannt.

Van Kauteren betrat den Verhörraum. Regina kümmerte sich um Anne und brachte ihr einen Kaffee. Schließlich handelte es sich um eine ehemalige Kollegin, da sollte die Atmosphäre bei der anstehenden Befragung schon so entspannt und angenehm, wie unter diesen Umständen möglich, sein.

Punkt elf Uhr begann die Vernehmung.

„Frau Bergmann, Sie wissen, dass wir das Gespräch aufzeichnen, Videoaufnahmen machen wir von Ihnen allerdings nicht. Als erstes möchte ich von Ihnen wissen, wo Sie in der Nacht vom 23. auf den 24.05., in der Nacht vom 12. auf den 13.06. und in der Nacht vom 26. auf den 27.07. gewesen sind. Denken Sie gründlich nach. Wir werden, wie Sie sich denken können, die gleichen Fragen Ihrem Vater stellen."

„Also bezichtigen Sie mich, die drei Morde im Umfeld der Familie Davidov begangen zu haben."

„Nein, noch nicht. Wir versuchen erst einmal den Sachverhalt zu klären. Wenn Sie uns zum Beispiel schlüssige Alibis für die drei Zeiträume liefern könnten, würden wir Sie augenblicklich auf freien Fuß setzen. Wir würden Sie dann nicht mehr verdächtigen."

Anne Bergmann nahm sich die angebotene Zeit zum Nachdenken. Denn sie blieb für ein paar Minuten völlig stumm.

„Ich weiß das heute nicht mehr genau.", antwortete sie zögerlich.

„Wahrscheinlich war ich zu Hause. Aber Sie werden von meinem Vater bestimmt hören, dass ich gelegentlich, auch abends, länger ausgehe. Das kann und will ich nicht leugnen. Nur weiß ich nicht mehr, an welchen Tagen ich zu Hause war und an welchen nicht. Daran kann ich mich einfach nicht mehr erinnern."

„Noch eine Frage, Frau Bergmann. Wenn Sie, wie Sie schildern, gelegentlich abends ausgegangen sind, wohin sind Sie dann gegangen und wen haben Sie möglicherweise getroffen?" „Nun, ich hatte keine festen Verabredungen. Bei gutem Wetter habe ich ausgiebige Spaziergänge gemacht, das tat erstaunlicherweise meinem lädierten Knie gut. Gelegentlich habe ich auch irgendwo einen Absacker getrunken."

„Wo war das?"

„Meist in der Bar des Capobianco, einem italienischen Restaurant in Essen Steele, direkt an der Ruhr gelegen."

„Hat Sie dort jemand gesehen?"

„Sicher, der Wirt wird mich kennen, aber mit großer Wahrscheinlichkeit wird er nicht mehr sagen können, an welchen

Tagen ich in seiner Gaststätte war. Und mitunter zog ich auch völlig ziellos um die Häuser."

„So ganz alleine, als Frau?"

„Ich hatte nie Angst, falls Sie das meinen. Schließlich hätte ich mich als ausgebildete Personenschützerin auch adäquat zur Wehr setzen können."

„Und Sie hatten ja immer ihre Waffe dabei.", bemerkte van Kauteren ganz spontan.

Regina griff ein:

„Auf diese provokante Bemerkung meines Kollegen sollten Sie nicht antworten."

Anne schüttelte nur mit dem Kopf.

„Entschuldigen Sie, Frau Bergmann, war mir so rausgerutscht. Aber nun ernsthaft. Besitzen Sie eine Waffe? Noch genauer gefragt, befindet sich Ihre ehemalige Dienstwaffe in Ihrem Besitz?"

„Nein! Das ist doch völliger Unsinn!"

„Wir können jetzt aber noch nicht ausschließen, dass Sie im Besitz dieser Waffe sind. Natürlich werden wir Ihre Wohnung, wie Sie sich denken können, noch sehr gründlich nach ihr absuchen."

„Ja, hallo. Wie soll ich denn beweisen, dass ich keine Waffe besitze? Ich denke, Sie müssen mir beweisen, dass ich mich dieser Waffe bedienen konnte und damit, wie Sie mir unterstellen, die drei Morde begangen habe."

Die Kommissare gaben auf diese ziemlich einleuchtende Bemerkung keine Antwort.

„Noch eine weitere Frage: Wenn Sie von Ihren nächtlichen Streifzügen zurückkamen, hat Sie Ihr Vater dann noch gesehen oder gesprochen?"

„Das war sehr unterschiedlich. Mal war er noch wach, mal haben wir noch miteinander gesprochen und manchmal hat er schon geschlafen. Gelegentlich hat er mich auch am nächsten Tag auf meine mitunter ausgiebigen Spaziergänge angesprochen. Er war darüber selbstverständlich aus Sorge um seine Tochter nicht sehr glücklich."

„Sind Sie gelegentlich auch mal über Nacht weggeblieben?" „Nein, nie!"

Van Kauteren straffte sich. „Ich fasse mal das Bisherige zusammen: Für die infrage kommenden Nächte haben Sie kein sicheres Alibi. Außerdem können Sie nicht schlüssig beweisen, dass Sie nicht im Besitz der Tatwaffe sind."

„Kann ich nicht, stimmt! Aber nochmal, Sie müssen mir den Besitz beweisen, ja, und Sie müssen mir den Gebrauch dieser Waffe beweisen. Sie und nicht ich."

„Eine andere Frage, Frau Bergmann. Das damalige Geschehen mit Ihren schweren Verletzungen, mit dem Tod Ihrer Kollegen und dem Verlust Ihrer Tätigkeit als Personenschützerin, was hat das in Ihnen ausgelöst?"

„Darauf möchte ich nicht antworten. Außerdem sind Sie ja schon längst davon überzeugt, dass ich ein sehr starkes Motiv besitze, mich an Herrn Davidov und seiner Familie rächen zu wollen. Aber nicht jeder, der ein Motiv für diese Morde hat, ist auch der Mörder."

„Könnte Ihr Vater von der Pistole gewusst haben?", kam überraschend eine Frage von Regina.

„Was soll jetzt das? Lassen Sie meinen Vater aus dem Spiel! Er hatte einen Schlaganfall und ist auf meine Hilfe angewiesen. Aber vielleicht verdächtigen Sie ja jetzt ihn.", antwortete sarkastisch die verzweifelte Anne Bergmann.

Regina stand auf.

„Soll ich noch Kaffee für alle holen?"

„Nein danke" war die Antwort der beiden Kontrahenten. Nur Regina bemühte noch einmal den Kaffeeautomaten für sich.

„Sind Sie in Behandlung mit Psychopharmaka, Schlafmitteln oder haben Sie ein Suchtproblem?", wollte van Kauteren wissen.

„Wie kommen Sie denn jetzt darauf?"

„Könnten wir in Ihrer Wohnung eventuell K.O. Tropfen finden?", legte der Kommissar nach.

„Was soll das jetzt? Sie haben keine Irre vor sich, die nicht weiß, was sie tut, und reihenweise Mafiosi umbringt."

„Welche Schuhgröße haben Sie?" „Oh, jetzt werden wir noch konkreter. Wahrscheinlich bin ich an den Tatorten mit meinen Schuhen der Größe 39 nur so herumgehüpft. Dann viel Spaß nach der Suche für die passenden Indizien. Ich überlasse Ihnen gerne alle meine Schuhe, brauche ich ja im Augenblick wahrscheinlich eh nicht."

„Da haben Sie leider Recht, Frau Bergmann. Ich muss Ihnen nämlich mitteilen, dass Sie vorläufig festgenommen sind und spätestens morgen früh einem Haftrichter vorgeführt werden. Alles, was Sie aussagen, kann gegen Sie verwendet werden. Sie haben das Recht zu schweigen und einen Anwalt hinzuzuziehen. Ich verdächtige Sie jedenfalls, die Morde an Vivian König, Igor Davidov und Alexandra Davidov begangen zu haben.", endete van Kauteren.

Regina hatte sich noch freundlicherweise um einen Pflegedienst für Fritz Bergmann gekümmert. Anne hatte noch einmal mit ihrem Vater telefonieren dürfen, dann war von einem auf den anderen Moment Schluss mit lustig. Sie wurde ohne langes Federlesens mit einem Polizeiauto in die JVA Gelsenkirchen verbracht.

Man nahm ihr ihre persönlichen Sachen ab und stellte ihr ansonsten frei, ihre Kleidung oder die der Anstalt zu tragen. Anne entschied sich für die Anstaltskleidung, zumal sie nicht genug eigene Sachen bei sich hatte. Wenn schon, denn schon, dachte sie mit einer gehörigen Portion Galgenhumor.

Sie wurde, einen Wäschestapel und eine Toilettenpapierrolle vor sich her tragend, von einer Beamtin durch die langen, hellhörigen Gänge und von Gitter zu Gitter geschleust. Unangenehm laut war es überall, unangenehm für ihre empfindlichen Ohren und ihren überreizten Gemütszustand. Sie gingen an einer Gruppe von Häftlingen vorbei, die sie mit neugierigen Blicken verfolgten, so als wollten sie fragen „Was ist das denn für eine Neue und was hat die angestellt?"

Dann standen sie vor der Zellentür mit der Nummer 306, zum Glück eine Einzelzelle. Die Beamtin erklärte ihr noch, wo sie ihr Essbesteck, nur ein kleiner und ein großer Löffel, sowie eine ziemlich stumpfe Gabel, finden könne und ab wann das Licht in den Zellen gelöscht würde. Dann schloss sich sehr plötzlich und mit lautem Getöse die Tür hinter ihr. Sie wurde unüberhörbar eingeschlossen. Sie war allein, so allein wie noch nie in ihrem Leben zuvor.

Da saß sie nun auf einem Metallbett mit weißem Laken und grauer Bettwäsche. Darüber eine Decke mit der Aufschrift „JVA Gelsenkirchen", so, als würde jemand auf die Idee kommen, die Decken der Anstalt klauen zu wollen, wenn sie ohne Aufschrift auf dem Bett lägen.

Der Raum war noch mit einem Tisch und einem Stuhl eingerichtet. In der Ecke die unvermeidliche Toilette aus Stahl und ein kleines Waschbecken aus dem gleichen Material.

Da saß sie nun und legte ihren Kopf in ihre Hände, unbeweglich und voller Scham. Nichts war mehr so wie am Vortag. Schweres Gemäuer trennte sie von der Außenwelt und von ihrem Vater. Am Telefon hatte er sich noch schrecklich aufgeregt, geschimpft und gejammert, ihr aber versprochen, keinen Unsinn anzustellen und den Pflegedienst zu akzeptieren.

Sie konnte keinen klaren Gedanken fassen, sie saß nur da, grübelte vor sich hin, fluchte unangemessen und heulte Rotz und Wasser, alles in beliebiger Reihenfolge.

Später wurde ganz unvermittelt eine Klappe in der Zellentür heruntergestoßen, das Abendessen wurde „gereicht". Zwei Scheiben Graubrot, eine kleine Schale mit Fleischsalat, zwei Scheiben undefinierbare Wurst und eine Tasse mit heißem Tee standen ihr zu.

Sie stellte alles auf den Tisch, war aber nicht in der Lage zu essen. Nur den Tee trank sie schluckweise, wahrscheinlich Hagebutte.

An Schlaf war später nicht zu denken, obwohl sie sich bei Einbruch der Dunkelheit auf das Bett gelegt hatte, so wie sie war und ohne sich umzuziehen. Vollkommen versteinert lag sie auf dem mehr als unbequemen Bett, starrte auf die silbrig glänzende Stahltoilette, deren Schlichtheit sie irgendwie beeindruckte, und weinte still vor sich hin. Erst gegen Morgen war sie vor Erschöpfung unruhig eingeschlafen. Als man ihr Punkt sieben Uhr durch die Klappe der Zellentür das Frühstück reichte, war es mit dem Kurzschlaf abrupt vorbei.

Gegen 10 Uhr wurde sie dem Haftrichter vorgeführt, der, wie war es anders zu erwarten, den Mordverdacht in drei Fällen bestätigte und Untersuchungshaft anordnete. Ihr Pflichtverteidiger wollte ihr ganz offensichtlich die Haft ersparen, faselte etwas von besonderer Härte und versuchte möglichst überzeugend darzulegen, dass keine Fluchtgefahr bestünde. Es half alles nichts.

Für Anne Bergmann schien es so, als redeten die drei Personen, der Staatsanwalt, der Richter und ihr Verteidiger nicht über ihr Schicksal, sondern über das einer fremden Person. Sie war zum ersten Mal in ihrem Leben in die Mühlen der Justiz geraten und konnte nichts dagegen tun.

Auch, als sie von dem Richter zu den Anschuldigungen befragt wurde, hatte sie nichts zu sagen. Sie war völlig abwesend. Es betraf sie anscheinend alles nicht!

Das Mittagessen verweigerte sie ebenfalls, sie hatte keinen Appetit.

Wieder lag sie für eine Weile auf dem Bett und grübelte erneut über ihr Schicksal, wissend, dass sie für die nächste Zeit auf viele liebe Gewohnheiten würde verzichten müssen. Sie war nicht nur hermetisch von der Außenwelt abgeschnitten, auch ihr Inneres erlebte eine nie gekannte Veränderung. Sie war völlig auf sich zurückgeworfen, ohne irgendwelche Mechanismen zur Erleichterung ihrer Bedrängnis und ihrer Ängste zu besitzen. Davor graute ihr am meisten.

Für sie völlig überraschend wurde die Zellentür wenige Minuten später mit einem für ihre Ohren noch immer fast schmerzlich klirrenden Geräusch aufgeschlossen. Sie erschrak sehr, weil sie auf dem Bett, jetzt ihrem Bett zumindest für die nähere Zukunft, ein wenig eingedöst war. Es war 15 Uhr und die etwas grobschlächtig wirkende Beamtin mit der zu einem Knoten geformten Frisur erklärte ihr, dass sie nun zu der Anstaltsärztin gebracht würde. Alles sei Routine. Dort würde sie untersucht. Anschließend würde sie zum Freigang gebracht.

Man sollte nicht glauben, im Gefängnis gäbe es keine Abwechslung, dachte Anne und ließ alles mit sich geschehen. Wie dieser erste Tag von anderen für sie verplant wurde, genau so würden weitere folgen.

Sie wurde wieder von Gang zu Gang und von Gittertür zu Gittertür gebracht, immer begleitet von dem Geräusch des Auf- und Zuschließens. Ihre Ohren begannen sich langsam daran zu gewöhnen. Dann gingen sie an einer Gruppe von Frauen vorbei, wobei die älteste von ihnen herumkeifte und ihr unvermittelt Prügel anbot. Wahrscheinlich war dieses Ansinnen einer allzu langen Inhaftierung und dem niedrigen IQ dieses Menschen geschuldet, da Anne ihr nichts getan haben konnte, was eine Tracht Prügel in irgendeiner Weise gerechtfertigt hätte.

In der medizinischen Abteilung wurde sie unerwartet freundlich in Empfang genommen. Wenige Minuten später saß sie einer noch sehr jungen Anstaltsärztin gegenüber, die ihr die Hand reichte und sie bat, Platz zu nehmen.

Die Ärztin befragte sie ausführlich nach ihren Vorerkrankungen und, wie sich dann herausstellte, nach den Folgen ihrer schweren Verletzungen. Selbstverständlich wollte sie auch wissen, ob und welche Medikamente sie benötigte und ob sie Kontakt zu suchtmachenden Drogen hätte.

„Wie kommen Sie mit dem Essen in der Anstalt zurecht?"

„Äh? Also, eher gar nicht. Sie müssen wissen, ich habe eine Lactoseunverträglichkeit und eine Allergie auf Roggenprodukte und Sellerie. Das macht mich abhängig von ganz bestimmten Zubereitungen, die ich hier in der Anstalt wohl nicht bekommen kann."

„Doch, doch, ich werde mich darum kümmern. Ich hoffe, dass Sie schon ab Morgen eine Kost bekommen, die auf Ihre Unverträglichkeiten Rücksicht nimmt. Zur Sicherheit werde ich Ihnen noch Laktase Tabletten mitgeben."

Dabei drehte sich die Ärztin zu ihrem Medizinschrank um, sodass Anne ihr Profil sehen konnte. Sie musste stutzen, irgendetwas irritierte sie. Ob sie der Ärztin schon einmal irgendwo begegnet war? Sie konnte es nicht entscheiden. Aber vielleicht spielte ihr ihr Gedächtnis auch nur einen Streich. Sie bedankte sich bei ihrem Gegenüber und war froh, dass die Ärztin sie nur eher oberflächlich körperlich untersuchte. Sie musste nur ihren Oberkörper frei machen. Ihr rechtes Knie allerdings nahm sich die Ärztin ausführlicher vor. Die Folgeschäden ihrer früheren Verletzungen waren schon sehr offensichtlich.

„Wie sieht es bei Ihnen mit dem Schlaf aus? Soll ich Ihnen für die Anfangszeit ein Paar Tabletten mitgeben, Frau Bergmann?" „Nein danke, ich glaube, ich werde so zurechtkommen. Aber vielen Dank für Ihr Angebot."

„Wenn Sie gesundheitliche Probleme haben, können Sie jederzeit zu mir kommen. Das wissen Sie?"

Sie verabschiedeten sich. Für diese viertel Stunde hatte sich Anne Bergmann verstanden und geborgen gefühlt, so wie auf einer Insel einer ansonsten besonders rauen und stürmischen See.

Der anschließende erste Hofgang stellte ein besonderes Kontrastprogramm zu ihren sonst so spontanen und ausgiebigen Spaziergängen dar und ließ sie wieder sehr nachdenklich werden. Auch die an einer Ecke des Hofs noch wärmenden Sonnenstrahlen konnten ihre Stimmung nicht aufhellen. Sie befand sich in einer absolut desolaten und misslichen Lage.

Kapitel 46

Die Wohnungsdurchsuchung und die damit verbundene Befragung von Fritz Bergmann stellten sich im Nachhinein als zwar einkalkulierter, aber doch schmerzlicher Fehlschlag heraus. Diese ziemlich unangenehme Aufgabe war Mo und Enrico zugefallen, wobei letzterer als erfahrener Schnüffler galt, dem so schnell nichts verborgen blieb.

Die Wohnung von Vater und Tochter machte auf beide einen eher altmodischen, etwas verkitschten, aber insgesamt noch ganz gemütlichen Eindruck. Im Flur waren mehrere Wanduhren älterer Bauart einfach nicht zu übersehen, die, jede in ihrem Takt schlagend, zusammen ein eher disharmonisches Konzert veranstalteten. Hier und da zeichnete sich beginnende Unordnung ab, ganz sicher der Tatsache geschuldet, dass Fritz Bergmann kaum in der Lage war, richtig aufzuräumen.

Das Zimmer von Anne Bergmann hinterließ bei den beiden Kommissaren einen zwiespältigen Eindruck. Irgendwie erkannte man schon noch, dass es sich um ihr ehemaliges Kinder- beziehungsweise Jungmädchenzimmer handelte, zu wenig neue oder moderne Einrichtungsgegenstände waren hinzugekommen. Bett und Schrank waren sicher schon viele Jahrzehnte alt, lediglich eine kleine Sitzgruppe war neueren Datums, passte aber eigentlich nicht zu der übrigen Einrichtung.

Auf einer älteren Kommode saßen mehrere Puppen, aufgereiht und offensichtlich nach Größen sortiert, hinten die größeren, vorne die kleineren. Drei weitere lagen auf ihrem Bett, angelehnt an mehrere verschiedenfarbige Kissen. Puppen zu sammeln war wohl eine Leidenschaft von Anne Bergmann, entweder noch aus ihrer Jugendzeit oder eine spätere Obsession.

Was allerdings beide Ermittler sehr stutzen ließ, war der Anblick einer mittelgroßen, nicht sehr feingliedrigen Puppe, ganz aus Stoff, die geradezu massakriert worden war. Es fehlte ein Glasauge, die Haare waren größtenteils abgeschnitten und das Kleid war teilweise zerrissen. Zu allem Elend steckten drei Stricknadeln im Körper des bejammernswerten Geschöpfes. Das alles erinnerte Mo an eine Hinrichtung oder an Wudu Zauber. Eine plausible Erklärung hierfür hatten sie nicht. Vielleicht, so überlegten sie, verarbeitete eine Mörderin auf diese Weise ihre Aggressionen.

Wie kaum anders zu erwarten, fanden Sie keine Waffe, schon gar nicht eine Sig-Sauer P6. Sie hatten wirklich die ganze Wohnung auf den Kopf gestellt, waren allerdings auch so anständig gewesen, die untersuchten Schränke wieder in den vorgefundenen Zustand zurückzuversetzen. In einem Schränkchen im Bad fanden sie lediglich verschiedene Schmerzmittel und ein harmloses Schlafmittel, von K.O. Tropfen fehlte jede Spur. Die Medikamente in einer Schublade im Wohnzimmerschrank waren eindeutig Fritz Bergmann zuzuordnen. Auch im zur Wohnung gehörenden Keller fanden sie keine der gesuchten Gegenstände.

Besondere Aufmerksamkeit schenkten sie natürlich dem PC von Anne Bergmann. Wie sich in den nächsten Tagen jedoch herausstellen sollte, gaben die durchsuchten Dateien keinerlei Hinweise für ein mörderisches Geschehen der Besitzerin preis, alles nur Bilddateien aus vergangenen Zeiten, mehrere Steuererklärungen, diverse Kochrezepte oder Adresslisten, die keinerlei verdächtige Personen enthielten.

Ziemlich frustriert beendeten sie die Durchsuchung.

Schlimmer gestaltete sich noch die Befragung von Anne Bergmanns Vater.

Ihnen saß, jetzt in seinem Rollstuhl, ein stark vorgealterter, in sich zusammengesunkener Mann gegenüber, der nach der Verhaftung seiner Tochter in einem noch bemitleidenswerteren Zustand zu sein schien, als es nach Lage der Dinge anzunehmen gewesen wäre. Ganz im Gegensatz zu seinem hilflosen äußeren Erscheinungsbild, brodelte es in diesem Mann. Zwar konnte er nur stoßweise und mit vielen Unterbrechungen sprechen, war aber unendlich wütend, völlig verzweifelt und machte einen vollkommen hilflosen Eindruck. Eine zielführende Befragung war eigentlich nicht möglich, da er beständig über die Polizei schimpfte, die beiden Kommissare beleidigte und immer wieder von sich gab, welch himmelschreiende Ungerechtigkeit seiner Tochter widerfahren sei. Ob nicht die vor zwanzig Jahren erlittene Katastrophe für einen Menschen bereits genug sei. Und jetzt diese völlig aus der Luft gegriffenen Anschuldigungen und eine total überflüssige Verhaftung. Nur Verachtung könne er dafür empfinden, machte er ihnen unmissverständlich klar.

Erst nach mehrfachem Insistieren rang er sich auf die Frage nach der Dienstwaffe seiner Tochter zu einer Antwort durch. „Selbstverständlich gibt es in unserem Haushalt keine Waffen. Was soll denn dieser Blödsinn."

Auch zu den Lebensgewohnheiten seiner Tochter antwortete er nur widerwillig. Auf die sehr konkreten Fragen von Enrico, ob er sich erinnern könne, wie oft und wie lange seine Tochter aus dem Haus gegangen sei, antwortete er:

„Meine Tochter ist ein freier Mensch, kann tun und lassen, was sie will. Selbstverständlich macht sie manchmal auch längere Spaziergänge. Gott sei Dank, dass ihr Knie dabei noch mitspielt."

Auf die Frage, ob seine Tochter schon mal über Nacht nicht nach Hause gekommen sei, kam es bei ihm zu einem Wutanfall. Eine konkrete Antwort erhielten Enrico und Mo jedenfalls nicht. So gaben sie sich schließlich geschlagen, zumal Aussagen eines möglicherweise durch einen Schlaganfall alterierten Mannes vor Gericht kaum Bestand gehabt hätten. Sie vermieden es auch, nach den Tagen zu fragen, an denen die Morde geschehen waren. An diese Termine hätte sich Fritz Bergmann mit Sicherheit nicht mehr erinnern können. Im Gegenteil, er hätte seiner Tochter möglicherweise nicht überprüfbare Alibis geben können, wenn er behauptet hätte, dass seine Tochter an den strittigen Tagen seiner Erinnerung nach ganz sicher zu Hause gewesen wäre. Also war es so oder so überflüssig, ihn nach den Tagen, an denen die Morde geschehen waren, zu befragen.

Während Enrico über die insgesamt unergiebige Hausdurchsuchung und die mehr als fehlgeschlagenen Befragung von Fritz Bergmann berichtete, verfinsterte sich die Miene von van Kauteren, nicht einmal eine Prise schien zu helfen.

„Müssen wir Anne Bergmann jetzt aus der Untersuchungshaft entlassen?", wollte Regina schließlich wissen.

Nach längerer Pause antwortete van Kauteren:

„Nein! Ein klares Nein. Sie hat ein mehr als starkes Motiv. Bei Haftentlassung bestünde Verdunklungsgefahr. Außerdem wäre nicht auszuschließen, dass Frau Bergmann weitere Morde begehen könnte. Schließlich sitzen wir einer erfahrenen Kriminalistin gegenüber. Sie wird die Tatwaffe, wenn sie noch in ihrem Besitz sein sollte, ganz sicher an einem für uns unerreichbaren Ort aufbewahren. Habt Ihr denn wirklich angenommen, wir würden in ihrer Wohnung ihre Dienstwaffe, vielleicht noch mit ihren Fingerabdrücken und gleich daneben ein Fläschchen mit K.O. Tropfen finden?"

Alle schüttelten betreten mit ihren Köpfen.

„Ich denke, wir alle haben schon mehrfach darüber nachgedacht, wer sonst noch für die Morde infrage kommen könnte. Inzwischen bin ich allerdings überzeugt. Hier handelt es sich nicht um eine Auseinandersetzung mit einem gegnerischen Clan. Dafür ist die Vorgehensweise zu untypisch und zu filigran vorbereitet. Es muss sich um einen persönlichen Rachefeldzug handeln und deshalb bleibt Frau Bergmann bis auf weiteres in Untersuchungshaft."

Kapitel 47

Anne Bergmann versuchte, sich an den Gefängnisalltag zu gewöhnen. Immer wieder wanderten ihre Augen ziel- und planlos in ihrer Zelle umher, um fast jedes Mal auf dem blanken Metall ihres Waschbeckens oder auf der aus dem gleichen Material hergestellten Toilette hängen zu bleiben. Zu ungewöhnlich und in ihrer Schlichtheit fast klassisch gestaltet, wirkten diese Gegenstände auf sie immer wieder anziehend.

Glücklicherweise war ihr die Einzelzelle erhalten geblieben, auch wenn sie damit auf soziale Kontakte weitestgehend verzichten musste. Das war ihr die Sache wert.

Sie zweifelte mehr und mehr an der inzwischen auch ihr ausgehändigten Anklageschrift. Sie zweifelte an allem, was ihr vorgeworfen wurde und an der erneuten Ungerechtigkeit, die ihr widerfuhr.

Am fünften Tag ihrer Inhaftierung hatte sie auf den Hofgang verzichtet. Das Wetter war schlecht und ihr Zustand war desolat. Sie fühlte sich wie eine Getriebene. Ihre Gedanken kreisten um ihre Wut, ihre Hilflosigkeit und ihre Verzweiflung. Sie war diesen Gefühlen schutzlos ausgeliefert, was sie über mehrere Tage nicht wirklich hatten schlafen lassen. Nach dem Abendbrot, das sie teilweise angewidert stehen ließ, lag sie zwar auf ihrem Bett, aber Entspannung oder Schlaf wollten sich wieder einmal nicht einstellen. Es war ihr nicht möglich, den Irrsinn, der sie umgab, zu akzeptieren.

So konnte es nicht weitergehen. Schließlich bat sie ihre Wärterin um einen Termin bei der Gefängnisärztin. Spätestens nach einer Stunde wurde ihr dieser gewährt. Auf Pünktlichkeit und Korrektheit konnte man sich in diesem Laden zumindest verlassen.

Auf dem Gang zur Medizinischen Abteilung wurde sie kaum mehr angestarrt oder angepöbelt, irgendwie gehörte sie jetzt schon dazu.

Heute nahm sie mit Entsetzten wahr, dass zu den darunterliegenden Geschossen des Hauptgebäudes auf jedem Stockwerk ein grobmaschiges Netz gespannt war, dessen Zweck sicher nicht der Fischfang war. Also musste es früher zu schrecklichen Ereignissen gekommen sein, die für den oder die Betroffenen vielleicht sogar eine Erlösung gewesen sein mochten. Der Weg, sich möglicherweise einer längeren Haftstrafe durch einen mutigen Sprung zu entziehen, war nun endgültig versperrt. Es lebe die freie Entscheidung des Menschen!

Eine stattliche, wie ebenso freundliche, Erscheinung empfing sie in der medizinischen Abteilung. Der „Pate" machte sich noch ein paar Notizen und lotste sie dann augenblicklich weiter in das Arztzimmer. Beim Eintreten konnte Anne gerade noch das Namensschild ihrer Gefängnisärztin wahrnehmen:

„Dr. J. Schwarz", stand dort. Sie wollte sich den Namen der sympathischen Ärztin auf jeden Fall merken.

Sie hatte um den Termin gebeten, weil es ihr wirklich nicht gut ging und weil sie das Angebot, für die ersten Tage der Haft ein Schlafmittel zu verwenden, bisher heroisch abgelehnt hatte.

Jedoch, und das war der zweite Grund, Dr. Schwarz aufzusuchen, war ihr in den Sinn gekommen, nur die Ärztin könne ihr vielleicht dabei helfen, ihre Unschuld zu beweisen. Dieser mehr oder weniger irreale Wunsch war die Erkenntnis einer schlaflosen Nacht. Aber würde sie die Ärztin überhaupt alleine sprechen können? Es war eben nur so eine Idee gewesen und vielleicht würde es auch nur bei dieser Idee bleiben.

Sie war aufgeregt und das Herz pochte ihr bis zum Hals.

„Guten Tag, Frau Bergmann. Wie geht es Ihnen und was kann ich für Sie tun?", begann die Ärztin freundlich das Gespräch. „Sie sehen blass aus. Können Sie ausreichend schlafen?" Viele Fragen auf einmal.

„Es geht mir gar nicht gut und ich kann kaum schlafen. Ich komme mit der Situation hier in der JVA nicht zurecht."

„Ja, ich verstehe. Die ersten Tage sind natürlich am schlimmsten, und ich möchte Ihnen gerne helfen. Ich denke, für ein paar Tage sollte ich Ihnen doch Schlaftabletten mitgeben. Dann sehen wir weiter. Kommen Sie denn mit dem Essen zurecht?"

„Nein, irgendwie gar nicht. Zu Hause ernähre ich mich eher von Obst und Gemüse, hier soll ich Nudeln, Reis, Kartoffeln, irgendwelches undefinierbares und völlig zerkochtes Fleisch, Brot und Wurst essen. Ich bin zwar keine Vegetarierin, esse aber lieber Fisch und Milchprodukte. Mit diesem Essen komme ich einfach nicht zurecht, auch wenn ich jetzt schon auf ihre Anordnung hin überwiegend Weißbrot bekomme. Aber das Essen insgesamt bekommt mir nicht."

„Ja, ich verstehe!"

„Ja, Sie verstehen! Was verstehen Sie?", brach es aus Anne heraus. „Nichts ist mehr so wie vor ein paar Tagen. Ich leide unsäglich und mache mir die schlimmsten Gedanken um meinen Vater."

„Ja, Frau Bergmann, ich ahne, wie Sie sich zurzeit fühlen, aber ein Sanatorium ist das hier natürlich nicht. Sie wissen aber schon, dass Sie sich als Untersuchungshäftling jedwedes Essen von draußen liefern lassen können, natürlich auf

Ihre Kosten. Vielleicht könnte Ihnen dies das Leben hier zumindest ab und zu etwas erleichtern."

„Entschuldigen Sie, Frau Doktor, mein Zorn richtete sich nicht gegen Sie. Ich habe wohl etwas überreagiert. Meine Nerven liegen halt blank. Aber, sagen Sie, könnte ich Sie auch unter vier Augen sprechen? Wäre das möglich? Ich habe nämlich ein besonderes Anliegen an Sie."

„Ja, sicher, das geht. Dann würden wir beide uns in einen Raum direkt hier hinter mir zurückziehen. Sie würden dann allerdings zu meiner Sicherheit an einen Stuhl fixiert und mein Assistent könnte unser Gespräch über Video, aber gänzlich ohne Ton, an einem Monitor verfolgen. Sie wissen schon, falls Sie mir gegenüber handgreiflich würden. Wären Sie damit einverstanden?"

„Ja sicher! Ist mir schon klar, Ihre Person muss unter allen Umständen geschützt werden."

Die Gefängnisärztin informierte ihren Mitarbeiter und ließ Frau Bergmann in den separaten Raum führen, wo sie aber nicht fixiert und nur die Kamera eingeschaltet wurde.

„Kann ich mich auch auf Ihre ärztliche Schweigepflicht verlassen?", wollte die Gefangene wissen.

„Ja, ich stehe uneingeschränkt zu meiner ärztlichen Schweigepflicht, der Ton ist abgedreht und die Videoaufnahme wird nach Beendigung unseres Gesprächs unter meiner Aufsicht gelöscht. Das verspreche ich Ihnen."

„Ja, dann bin ich einverstanden."

Etwas ungewöhnlich war die Situation auch für Dr. Schwarz. Denn nur selten machten Gefangene von dieser Form des ärztlichen Gesprächs Gebrauch. Bisher vielleicht drei bis vier Mal. An das letzte vertrauliche Gespräch dieser Art erinnerte sich die Ärztin allerdings noch sehr genau. Damals hatte sie der Apotheker, der sich in seiner Zelle aus Verzweiflung selbst verletzt hatte und von seiner Frau so dermaßen übers Ohr gehauen worden war, darum gebeten.

Nun saß ihr eine ehemalige Polizistin gegenüber, die verdächtigt wurde, drei Morde begangen zu haben.

„Bitte, legen Sie los! Was liegt Ihnen auf dem Herzen?", ermunterte Dr. Schwarz ihr Gegenüber.

„Zunächst eine Gegenfrage. Kennen Sie meinen Fall?"

„Nur grob. Ich weiß, welcher Taten Sie beschuldigt werden, aber nähere Details sind mir nicht bekannt."

„Also, wenn die Justiz Recht behält, sitzt Ihnen eine Serienmörderin gegenüber, das ist Ihnen doch wohl klar."

„Für mich sind Sie ein Untersuchungshäftling, dem ich bei seinen Problemen gerne helfen will. Eine Mörderin sind Sie für mich zunächst einmal nicht."

„Ja, das ist genau mein Problem. Ich bin, und das müssen Sie mir glauben, völlig unschuldig und werde zu Unrecht angeklagt. Es gibt lediglich ein paar wage Indizien. Außerdem wird mir ein sehr starkes Motiv unterstellt, die Morde im Umfeld eines stadtbekannten Gangsters aus Rachegelüsten begangen zu haben. Ich soll genügend nachvollziehbare Gründe haben, dem Chef eines Essener Clans schaden zu wollen. So sollten nach Ansicht der Staatsanwaltschaft die Tötungsdelikte an den Familienmitgliedern und an der Freundin eines gewissen Dimitri Davidov einzig und allein dem Zweck dienen, diesem Herrn besonderes Leid zufügen zu wollen. Das wäre mein innerer Antrieb für die mir zur Last gelegten Taten."

„Es tut mir leid, ich habe allerdings noch nicht verstanden, warum Sie an dieser Familie Rache üben sollten.", insistierte die Ärztin.

„Das ist schnell erzählt. Ich war vor zwanzig Jahren als Personenschützerin im Rahmen eines Zeugenschutzprogramms eingesetzt. Wir hatten eine Familie in unsere Obhut nehmen müssen, weil der Vater Zeuge eines Mordes von Herrn Davidov geworden war und dies vor Gericht bezeugen wollte. Leider wurde unser Aufenthaltsort verraten, wir wurden von einem Killerkommando überfallen. Zwei meiner Kollegen wurden erschossen. Ich überlebte nur schwer verletzt, musste aber meine Polizeikarriere beenden. Dimitri Davidov blieb, wie so oft, völlig straffrei. Die von uns betreute Familie wurde entführt und wahrscheinlich später liquidiert. Nur die älteste Tochter konnte entkommen. Es lebe die Gerechtigkeit! So, jetzt kennen Sie mein „Motiv". Aber ich habe die Morde wirklich nicht begangen, auch wenn ich dem, der es getan hat, dafür die Füße küssen könnte."

Dr. Schwarz wirkte unruhig und irgendwie verwirrt.

„Ich will Ihnen gerne glauben. Aber das wird Ihnen nicht sehr viel nützen."

„Richtig! Aber deswegen sitze ich jetzt vor Ihnen. Ich möchte Sie bitten, mir in dieser Angelegenheit zu helfen. Ich habe sonst niemanden, der etwas für mich tun könnte."

„Was stellen Sie sich da konkret vor?", wollte die sichtlich irritierte Gefängnisärztin wissen.

„Als ehemalige Polizistin habe ich noch ganz gute Kontakte in das kriminelle Milieu. Und es gibt einen Mann, einen früheren Informanten, den ich kenne und der mir noch etwas schuldig ist. Bitte, Sie müssten ihn aufsuchen und ihm eine verschlüsselte Nachricht von mir überbringen. Nur er kann dafür sorgen, dass dieser Dimitri Davidov auch noch aus dem Weg geräumt wird. Nur Sie können mir helfen und damit den Beweis erbringen, dass ich unschuldig bin."

Bei den letzten Worten war Dr. Schwarz mit weit aufgerissenen Augen und aufflammender Röte im Gesicht aufgesprungen. Ihr Stuhl fiel nach hinten, ihre Hände zitterten. Ihren Ohren kaum trauend, antwortete sie:

„Wie kommen Sie mir vor? Völlig unmöglich! Ich lasse mich von Ihnen nicht missbrauchen oder instrumentalisieren! Ich würde mich doch Ihretwegen nicht strafbar machen. Unser Gespräch ist hiermit beendet!"

Kapitel 48

Dem Heimkehrer stand ein Behördenmarathon bevor, das war ihm bewusst, als er zum ersten Mal seine frühere Heimatstadt durchstreifte. In der Stadt seiner Kindheit hatte sich fast alles verändert und doch war vieles genauso geblieben, wie er sie vor vielen Jahren verlassen hatte. Er strich durch ihm bekannte oder weniger bekannte Straßen Bochums. Irgendwie fühlte er sich als Fremder, als Zeitreisender oder als jemand, der nach seiner Identität suchte.

Er hatte alles verloren, seine Frau, seine Kinder und seine Existenz.

Am Stadtrand hatte er eine kleine Pension ausfindig machen können, die ihre drei Zimmer in der Regel an auswärtige Monteure vermietete. Alles war einfach eingerichtet, aber sehr sauber. Zudem verwöhnte ihn seine Pensionswirtin jeden Morgen mit einem leckeren und umfangreichen Frühstück, das auf die körperliche Arbeit der meisten seiner Bewohner abgestimmt war. Für ihn war es in der Regel viel zu üppig. Die Wirtin betüttelte ihn fast jeden Tag, ohne zu wissen, wer eigentlich vor ihr saß und welches Schicksal ihn zu ihr geführt hatte.

Nach dem Streifzug durch die alte Bergbaustadt war er in sein Zimmer zurückgekehrt und blickte eher unfreiwillig auf einen röhrenden Hirsch an der Wand über seinem Bett, dessen Rahmen aus braunem, auf ihn eher bedrückend wirkendem, Eichenholz gefertigt war. Alles in allem hatte man es hier mit einem „Klassiker innenarchitektonischer Gestaltungskunst" zu tun, wobei er sich von diesem Bild aber immer weniger irritieren ließ, je länger dieses Zimmer zu seiner Heimstatt wurde.

Vor ihm, auf dem Schreibtisch, lag sein vorläufiger Pass, ausgestellt auf den Namen „Ernst Keller", angefertigt in der deutschen Botschaft in Ankara. Mit diesem einzigen Dokument, aber ohne weitere Papiere, wie Geburtsurkunde, Heiratsurkunde, Familienstammbuch, Führerschein oder anderes mehr, würde er in den nächsten Tagen bei den zuständigen Behörden viel Geduld und Überredungskunst mitbringen müssen.

Am nächsten Tag schlug er etwas angespannt und nicht ganz ausgeschlafen sein Frühstücksei auf. An der gegenüberliegenden Wand bewunderte er das in matt grau gerahmte Plakat des Filmklassikers „Das Boot". Er musste an Herbert Grönemeyer denken, der in diesem Kriegsfilm mitgespielt hatte und ein Kind des Ruhrgebiets war. Seine Wirtin hatte ihm gleich am ersten Tag hierzu erklärt, dass ihr Sohn bei der Marine sei und als U-Boot Fahrer angeheuert habe. Sie könne das Plakat zwar nicht besonders gut leiden, aber ihrem Manfred zuliebe bleibe es dort hängen, wo es alle Gäste bewundern könnten.

Verwaltungsangestellte werden meistens als recht unflexibel und unsensibel beschrieben, aber er hatte in der Meldebehörde letztlich doch Glück. Er durfte seinen Fall ausführlich einer relativ jungen, allerdings zur Korpulenz neigenden Beamtin erläutern und mit Hilfe seines einzigen, wohlgehüteten Dokuments nachzuweisen versuchen, dass er derjenige war, für den er neue Papiere zu erwerben gedachte. Aber es gab bei allem guten Willen seines Gegenübers ein Problem nach dem anderen. Nicht einmal den Tod seiner Frau konnte er beweisen beziehungsweise nachweisen. Alles beruhte auf Treu und Glauben. Dass er nicht einmal den Aufenthaltsort seiner zwei Kinder in der Türkei dokumentieren konnte, löste ebenfalls große Verwunderung aus.

In seinem vorläufigen Pass hatte er nicht einmal seinen Doktortitel eintragen lassen können. Er konnte in der deutschen Botschaft ja keine diesbezüglichen Papiere vorlegen.

Aber in weiser Voraussicht und aus ganz pragmatischen Gründen hatte er damals seinen früheren Namen angegeben. Jetzt kam ihm dies zugute, weil er vor den Behördengängen mit der zuständigen Ärztekammer und seinem Rententräger, dem Ärztlichen Versorgungswerk, Kontakt aufgenommen hatte. Wie von ihm erhofft, stand er noch im Ärzteregister als Dr. Ernst Keller mit seiner alten Adresse in Bochum. Auch die Rentenstelle führte ihn weiter, obgleich die monatlichen Einzahlungen vor zwanzig Jahren abrupt geendet hatten. Aber eine gewisse Rentenanwartschaft hatte er sich schon erworben, auch wenn daraus wegen der großen Beitragslücke nur eine sehr kleine Rente resultieren würde. Er kannte sich inzwischen aus mit den Termini technici der Verwaltungen.

Schlagartig wurde ihm allerdings klar, dass er, obwohl nun schon einundsechzig Jahre alt, die nächsten Jahre noch kräftig würde verdienen müssen, um sich eine neue Existenz aufzubauen und sein Alter zu sichern.

Bis er nachweisen konnte, dass er Arzt war, hatte er eine Stelle als ungelernter Altenpflegehelfer angenommen. Die Bezahlung war, wie zu erwarten, miserabel, aber es half ihm, die ersten Monate über die Runden zu kommen.

Denn das wenige Geld, Türkische Lira, die er bei seiner Flucht am Leib getragen hatte, waren schnell verbraucht. Schon die Bahnfahrt von Ankara nach Deutschland war nicht billig gewesen. Er hatte damals zur Sicherheit einen Nachtzug genommen und war unter größter Vorsicht zum Bahnhof geschlichen, nicht ahnend, welches Schicksal seinen freundlichen Patienten und Fluchthelfer ereilt hatte. Nicht einmal die türkische Polizei und schon gar nicht die Deutsche Botschaft hatten Kenntnis vom Tod eines Klaus Oblonsky. Seine Mörder hatten ihn an einem unbekannten Ort ganz einfach verscharrt. Wer sollte noch nach ihm suchen?

Der Behördenmarathon wurde, nachdem er sich endlich mit seinem vorübergehenden Wohnsitz ausweisen konnte, noch ergänzt durch einen Gang zu seiner früheren Bank und zum Finanzamt. Erstaunlicherweise hatte sein altes Konto auch ohne Ein- oder Auszahlungen oder sonstige Kontobewegungen noch Bestand. Auch bei der Finanzbehörde wurde er noch geführt. So ganz langsam wurde aus ihm wieder ein ganz normaler Bürger Bochums.

Bei seinen Bemühungen, die für ihn notwendigen Papiere zu bekommen, hatte er es vermieden, nach dem Schicksal seiner ältesten Tochter forschen zu lassen. Dies hätte alle Beteiligten, die mit seiner vertrackten Geschichte genug zu tun hatten, endgültig verwirrt und überfordert. Er wollte sich später darum kümmern.

Was war wohl aus Eleonore geworden? War sie überhaupt noch am Leben? Schon die vielen Jahre in der Türkei hatte er, erst noch mit seiner Frau, später alleine, ganz oft an sie und ihr ungewisses Schicksal denken müssen.

Eigentlich waren sie mehr und mehr davon ausgegangen, dass Eleonore bei dem Überfall erschossen worden sein musste, sonst wäre sie ja mit ihnen entführt worden. Anders konnte es nicht sein. Aber ein winziger Funken Hoffnung glomm noch in seinem Herzen. Vielleicht hatte sie den Überfall ja irgendwie überlebt. Vielleicht hatte sie fliehen können. Nur, wie hatte sich ihr Leben dann weiter gestaltet? Er durfte nicht weiter darüber nachdenken, ohne dass ihm die Tränen kamen.

Drei Monate später gelang es ihm, eine Assistenzarztstelle in einer Rehaklinik in der Nähe von Essen zu bekommen. Er war, so teilte man ihm mit, damit der älteste Assistenzarzt, den sie je eingestellt hätten. Nun konnte er sich auch eine kleine Zweizimmerwohnung leisten, die er in Bochum Stiepel fand. Nach und nach richtete er sich ein und seine Gedanken nun auch auf den Verbleib seiner ältesten Tochter.

Ein Gang zur Bochumer Polizei brachte erst einmal keine verwertbaren Hinweise. Weder unter ihrem früheren Namen noch mit dem Namen, den seine Tochter im Zeugenschutzprogramm erhalten hatte, gab es irgendwelche Vermerke über ihren Verbleib. Allerdings fand der diensttuende Kommissar eine Aktennotiz seines früheren Kollegen, die besagte, dass vor Jahren ein gewisser Klaus Oblonsky nach einem Dr. Keller, seinem früheren Hausarzt, gesucht habe. Den Rest dieser Geschichte kannte er nur zu gut.

Aber, was war aus Eleonore geworden? Welches Schicksal hatte sie erleiden müssen und war sie überhaupt noch am Leben? Alles Fragen, die ganz offensichtlich nicht schnell und leicht zu beantworten waren. Er würde Geduld brauchen, um das Rätsel zu lösen. Noch hatte er keine genaue Vorstellung davon, wie er mit der Suche nach seiner Tochter voran käme und wo er ansetzen sollte.

Kapitel 49

Van Kauteren hatte keine Ruhe gegeben. Persönlich war er nochmals auf Dr. Langbein zugegangen, um mehr über die damalige Katastrophe zu erfahren. Schließlich hatte dieser den Hauptkommissar an seinen früheren Mitarbeiter, einen gewissen Süterling verwiesen, der als Abteilungsleiter mit dem Fall viel direkter befasst gewesen war. So hatte van Kauteren schließlich Kontakt zu dem damaligen Einsatzleiter des Zeugenschutzprogramms aufnehmen können und den armen Mann, inzwischen nicht mehr beim LKA beschäftigt, nach Strich und Faden ausgequetscht.

Er war inzwischen voll im Bilde, was damals geschehen und vor allem was schief gelaufen war.

Nach einer fast schlaflosen Nacht, dessen Ursache sich ihm verschloss, saß er am frühen Nachmittag seinen Mitarbeitern etwas verkatert gegenüber. Mo spielte noch an seinem Laptop, als der Hauptkommissar die Besprechung eröffnete.

„Wo ist Regina?", wollte er als erstes wissen.

Allgemeines Schweigen.

„Ich glaube, sie hatte noch einen Termin.", ergänzte Achim Gläser.

Als erstes kündigte van Kauteren an, von seinen weiteren Gesprächen mit den ehemaligen LKA Mitarbeitern berichten zu wollen. Aber zunächst solle sein Stellvertreter mitteilen, ob es neue Erkenntnisse im Todesfall Alexandra Davidov gäbe. In diesem Augenblick betrat Regina das Büro, entschuldigte sich und schlich schuldbewusst zu ihrem Platz.

„Ich begrüße unsere allseits geschätzte Mitarbeiterin, Frau Kommissarin Bettendorf."

„Tut mir Leid für die Verspätung, aber es gibt wichtige neue Erkenntnisse."

„Dazu kommen wir später. Achim fang du an!"

„Ja, gut, ich habe nochmals unseren Doktor ausgequetscht. Aber es gibt keine neuen Erkenntnisse, woran Alexandra gestorben sein könnte. Die Todesursache bleibt weiterhin völlig unklar."

„Aber, wir sind uns doch einig, dass es sich um den gleichen Ablauf wie bei den vorausgegangenen Morden handelt.", erwiderte Enrico.

„Oder handeln soll.", ergänzte van Kauteren.

„Der aufgesetzte Schuss mitten durchs Herz kann doch nicht nur Zufall oder vorgetäuscht gewesen sein. Das glaube ich nicht.", meldete sich Achim erneut zu Wort.

„Vielleicht irrt sich unser Rechtsmediziner ja mal in diesem Fall. Wie soll denn der Tod einer jungen, gesunden Frau sonst zu erklären sein."

Mo insistierte: „Könnte ihr Tod nicht durch einen Herzstillstand, ausgelöst durch einen großen Schreck, eingetreten sein?"

„Darüber habe ich mit dem Doktor zwar nicht explizit gesprochen, aber, ich glaube, so etwas geschieht eher bei älteren oder gesundheitlich angeschlagenen Menschen."

„Ich brauche auch nicht mehr nachfragen, ob noch ein selten vorkommendes, spezielles Gift gefunden wurde.", wollte van Kauteren wissen.

„Nein, absolut nichts! Alles mehr als unbefriedigend."

Sie saßen ziemlich betroffen und ratlos um den Tisch.

Dann berichtete van Kauteren von den Ereignissen des Jahres 1995 mit dem Überfall auf das Ferienhaus im Sauerland und ergänzte:

„Wir wissen jetzt, die Familie, die damals in das Zeugenschutzprogramm genommen wurde, hieß früher Keller.

Der Vater hatte eine Arztpraxis in Bochum, hieß Dr. Ernst Keller. Mit seiner Frau hatte er drei Kinder, zwei Töchter und einen Sohn. Im Zeugenschutzprogramm erhielt die Familie den Namen Jung. Aus Dr. Ernst Keller wurde Dr. Dietrich Jung. An den Vornamen seiner Ehefrau konnte sich mein Gesprächspartner leider nicht erinnern, aber schon, dass die älteste Tochter den Namen Eleonore Jung bekommen hatte.

Tatsächlich wurde die Familie in der schrecklichen Nacht nur mit den beiden jüngeren Kindern entführt. Eleonore konnte irgendwie fliehen und wurde von einem älteren Ehepaar aus der Umgebung völlig verschreckt an einer Straße aufgegriffen. Später sei sie in ein Kinderheim gekommen.

Von Familie Jung fehlt seit Jahren jede Spur. Es gibt bis heute keinerlei Lebenszeichen von ihnen. So nahm man schließlich an, dass sie nach ihrer Entführung irgendwo liquidiert worden seien."

„Gibt es Nachkommen des älteren Ehepaars?", wollte Mo wissen.

„Ja schon, aber die Söhne hatten mit der Sache überhaupt nichts zu tun."

„Kennen wir den Namen des Kinderheims?"

„Noch nicht, aber ich bin immer noch dran, Aufzeichnungen aus der damaligen Zeit zu ergattern.

Außerdem denke ich, dass Eleonore entweder bis zu ihrer Volljährigkeit in dem Kinderheim geblieben oder möglicherweise zu einer Pflegefamilie gekommen ist.", antwortete van Kauteren.

„Also, Leute, wenn es irgendwo noch eine Eleonore Jung geben sollte, haben wir von der Motivlage her noch eine Kandidatin, die die Morde begangen haben könnte. Das sollten wir ab jetzt bedenken. Mo, du erhältst den Auftrag, so viele Melderegister wie möglich nach einer Eleonore Jung, damals etwa sieben, jetzt vermutlich siebenundzwanzig Jahre alt, abzugrasen. Auch nach einer Frau Keller gleichen Alters sollten wir suchen."

„O.k. Chef, aber die Gesuchte kann natürlich längst verheiratet sein und einen anderen Namen angenommen haben.", entgegnete Enrico.

„Ja, sicher, weiß ich. Aber wir müssen es versuchen."

„So, nun zu dir, Regina. Du hattest ja den Auftrag nochmals mit Anne Bergmann zu sprechen, sozusagen von Frau zu Frau."

„Ja, das Gespräch habe ich hier im Präsidium mit ihr geführt und, ihr werdet es nicht glauben, daraus haben sich einige überraschende Neuigkeiten ergeben, die auch mein Zuspätkommen erklären. Aber eines nach dem anderen.

Anne Bergmann ist ziemlich mit den Nerven fertig. Sie erzählte mir, in den letzten Tagen kaum geschlafen zu haben. Auch mit dem Essen käme sie nicht zurecht. So, wie sie vor mir saß, wirkte sie nicht wie eine Dreifachmörderin."

„Bitte keine Interpretationen, nur Fakten!", intervenierte van Kauteren.

„Ja schon, aber Folgendes lässt mich schon nicht unberührt: Sie gab mir gegenüber unumwunden zu, dass sie ein Motiv für die Taten gehabt haben könnte und dass sie allen Grund habe, Dimitri Davidov zu hassen. Bei der Lage der Dinge könnte sie sogar verstehen, dass wir sie verdächtigten. Aber dennoch sei sie unschuldig und habe die Morde nicht begangen. Allerdings würde sie demjenigen, der die Taten wirklich verübt habe, am liebsten die Füße küssen. So ihre wörtliche Einlassung. Redet man sich so heraus, wenn man schuldig ist, frage ich euch?"

Van Kauteren nestelte an seiner Schnupftabakdose und begann mit dem bekannten Ritual.

„Leute, bitte, lasst euch nicht einwickeln! Wir haben einen Profi vor uns. Das sind alles keine harten Fakten und sollte uns nicht verwirren. Aber nun weiter, Regina! Was hast du noch für uns?"

„Später habe ich sie noch einmal zum Ablauf des damaligen Geschehens im Sauerland befragt. Nur widerwillig antwortete sie mir, da sie diese Katastrophe ganz offensichtlich lieber vergessen wollte. Schließlich erzählte sie mir noch einmal das schlimme Ereignis aus ihrer Sicht, wobei sie sich an die schreckliche Nacht selbst nicht erinnern kann. Erst Monate später hat sie die Einzelheiten zum Tathergang und die weiteren Umstände der Tat von ihren Vorgesetzten erfahren und sich ihren Reim daraus gemacht. Für sie war auch noch überhaupt nicht geklärt, wer der Verräter in ihren Reihen wirklich gewesen sein könnte. Sie glaubte nicht daran, dass es einer ihrer Kollegen gewesen sein sollte.

Dann habe ich sie nach dem Schicksal von Eleonore Jung gefragt. Ihren Angaben nach wusste sie nur das, was auch dem LKA hierzu bekannt geworden ist. Sie war über das Ehepaar Brückner informiert, das Eleonore gefunden und die ersten Wochen betreut hatte. Dann sei die Kleine in ein Kinderheim gekommen. Mehr wisse sie nicht. Auf meine ganz konkrete Frage, ob sie Eleonore Jung später noch einmal gesprochen oder gesehen habe, antwortete sie mit einem klaren „Nein". Auch wisse sie nicht, wo sich die älteste Tochter der Familie Jung jetzt aufhalte.

Dann entwickelte sich das Gespräch mit ihr in eine ganz andere Richtung. Die Sorge um ihren Vater gewann immer mehr die Oberhand. Schließlich bat sie mich, ihm einen Brief von ihr zu überbringen. Sie hatte ihn wohl am Körper versteckt, als man sie ins Präsidium gebracht hatte. Da sie nicht leibesvisitiert worden war, war es ihr gelungen, mir den Brief zu geben. Ich durfte beziehungsweise sollte ihn lesen."

„Du hast den Brief doch hoffentlich nicht weitergeleitet, sondern der Gefängnisleitung angezeigt?", wollte van Kauteren ziemlich beunruhigt wissen.

„Nun, wartet doch erst einmal ab. Der Brief hatte etwa folgenden Inhalt:

Sie entschuldigte sich bei ihrem Vater für die Unannehmlichkeiten, die ihm durch ihre Verhaftung entstanden waren. Sie beteuerte auch ihm gegenüber ihre Unschuld und versprach ihm, baldmöglichst wieder nach Hause zu kommen. Sie erinnerte ihn an die schlimmen Zeiten vor zwanzig Jahren und an seinen selbstlosen Einsatz, ihr damals auf so wunderbare Weise zur Seite gestanden zu haben. Sie werde es daher nicht zulassen, dass er jetzt ohne ihre Hilfe auskommen müsse. Allein, um ihn adäquat unterstützen zu können, hätte sie niemals riskiert, straffällig und für längere Zeit inhaftiert zu werden. Das hätte sie ihm niemals antun können. Alles werde sich, und da sei sie sich ganz sicher, bald aufklären. Dann wäre sie wieder für ihn da." Damit endete der Brief und vorläufig der Bericht von Regina.

„Was haltet ihr davon?", wollte van Kauteren wissen.

Niemand wollte sich zunächst konkret äußern. Dann begann Achim: „Ich weiß nicht so recht. Eigentlich scheinen diese Zeilen unkritisch zu sein. Aber vielleicht enthalten sie ja eine verschlüsselte und vorher zwischen den beiden vereinbarte Botschaft. Deswegen wäre ich vorsichtig gewesen."

„Richtig, ganz heiße Kiste!", verstärkte van Kauteren noch den Einwand seines Stellvertreters.

„Und nun, Regina, was hast du gemacht?"

„Auch wenn ich jetzt von euch in der Luft zerrissen werde, ich versprach Anne Bergmann, ihrem Vater den Brief zu überbringen, machte mich auf den Weg und komme jetzt mit einigen besonderen Neuigkeiten zu euch zurück."

„Über die Angelegenheit mit der Weitergabe dieses Briefes müssen wir beide noch gesondert sprechen, aber jetzt spann uns nicht so auf die Folter! Was hast du noch in Erfahrung bringen können?"

„Das, was ich mit Fritz Bergmann erlebt habe, entwickelte sich eher langsam, dann aber umso dramatischer. Ich kürze alles, was sich zugetragen hat, jetzt deutlich ab.

Fritz Bergmann las den Brief, verharrte zunächst regungslos und begann zu weinen. Erst zitterten nur seine Hände, dann fast der ganze Körper. Er wirkte tief getroffen, ließ aber das Schreiben seiner Tochter zunächst unkommentiert. Dann schien er förmlich in sich zusammenzubrechen. Er redete sich um Kopf und Kragen und achtete offenbar überhaupt nicht mehr darauf, ob seine Worte seiner Tochter schaden oder nützen könnten. Er wollte offenbar alles loswerden, was ihn bedrückte."

„Nun, sag schon, was das war!"

„Er berichtete stockend und unter Tränen davon, dass seine Tochter bei dem damaligen Überfall schwanger gewesen war, wohl im zweiten, beziehungsweise dritten Monat. Der Fötus sei offenbar durch die starken Blutverluste und die notwendigen Narkosen abgestorben. Sie habe das Kind während ihres Komas verloren. Bisher habe er allerdings nie den Mut aufgebracht, es ihr zu sagen. Dafür schäme er sich. Auch mache er sich deswegen große Vorwürfe und fühle sich schuldig."

„Das ist ja sensationell! Aber, was sagt uns das?", antwortete van Kauteren.

„Im Zusammenhang mit der massakrierten Puppe könnte das bedeuten, dass Anne Bergmann möglicherweise von ihrer Schwangerschaft gewusst hat. Das Ausbleiben der Regel wird sie ganz sicher bemerkt haben. Vielleicht hat sie vor dem Überfall auch einen Schwangerschaftstest gemacht. Dann allerdings hätte sie ein noch stärkeres Motiv, sich an ihrem Erzfeind zu rächen. Puh!"

„Das Zweite was ich von Fritz Bergmann erfahren habe, ist noch aufregender. Fritz Bergmann berichtete davon, dass seine Tochter schon vor Monaten Eleonore Jung aufgespürt habe. Er wisse allerdings nicht, ob die beiden persönlichen Kontakt miteinander hatten oder haben. Darüber habe sich seine Tochter ihm gegenüber ausgeschwiegen. Ganz sicher wisse er aber, dass sie Eleonore einen Brief geschrieben habe, dessen Inhalt er bedauerlicherweise nicht kenne. Das Schreiben habe sie Frau Jung nicht per Post, sondern persönlich zugestellt."

Van Kauteren schnaufte hörbar durch.

„Regina, das sind ja tolle Neuigkeiten. Auch, wenn ich dein Verfahren eigentlich nicht billigen darf, das hast du richtig gut gemacht, verdammt noch mal!"

Auch ihre Kollegen waren überrascht und äußerten sich lobend.

„Konntest du denn in Erfahrung bringen, wo Eleonore Jung lebt? Kennt Fritz Bergmann ihre Adresse?", wollte Achim wissen.

„Nein, eine konkrete Anschrift konnte er nicht nennen. Seinen Angaben nach habe seine Tochter Eleonore Jung in einer Wohngemeinschaft in Düsseldorf entdeckt. Mehr wisse er nicht. Auf meine Nachfrage, ob diese denn auf den Brief geantwortet habe, erhielt ich von ihm die Auskunft:

„Nach Aussage meiner Tochter ist nie ein Antwortschreiben zurückgekommen."

„Wie gehen wir denn mit diesen Erkenntnissen jetzt weiter um?", wollte Enrico wissen.

„Alles steht und fällt damit, ob wir Eleonore Jung ausfindig machen können.", antwortete der Hauptkommissar.

„Aber bei dieser neuen Faktenlage ist Anne Bergmann noch lange nicht aus dem Schneider. Wir werden sie zu den neuen Aussagen ihres Vaters in die Mangel nehmen müssen. Das verspreche ich euch. Außerdem hat sie ganz offenbar gelogen, als Regina sie nach Eleonore Jung befragt hat."

Kapitel 50

Manchmal hasste Dr. Schwarz ihren Beruf und im speziellen ihre Tätigkeit als Anstaltsärztin in der JVA. Denn Anne Bergmann bat drei Tage nach ihrem Rausschmiss aus den Praxisräumen erneut um ein vertrauliches Gespräch bei ihr. Sie konnte es der Gefangenen nicht verweigern.

Vor dem vereinbarten Termin fühlte sie sich unsicher und nervös. Wie würde dieses zweite Gespräch wohl verlaufen und was würde die Gefangene dieses Mal von ihr wollen? Sie begann ihren Schmeichelstein, den sie in ihrer Kitteltasche stets bei sich trug, zu berühren und in der linken Hand hin und her zu wenden. Irgendwie half ihr das, etwas herunterzukommen.

Der Pate begann mit der bereits bekannten Prozedur, verdrehte dabei, für die Gefangene nicht sichtbar, seine Augen und fixierte sie jetzt an ihrem Stuhl, auch wenn diese Sicherheitsmaßnahme eigentlich auch dieses Mal nicht notwendig gewesen wäre. Dann betrat Dr. Schwarz den Raum.

„Guten Tag, Frau Bergmann, Sie haben noch einmal um ein Gespräch gebeten. Also, was kann ich für Sie tun?"

„Ich danke Ihnen, dass Sie mich noch einmal anhören. Vielleicht wird das Gespräch wieder etwas länger. Ich hoffe, Sie haben die notwendige Zeit für mich. Aber ich verspreche Ihnen, Sie nicht zu bedrängen und nichts Unmögliches von Ihnen zu verlangen. Aber lassen Sie mich zunächst ein wenig ausholen."

„Sie sollen alle Zeit haben, die Sie brauchen, aber ich bitte darum, dass Sie mich nicht erneut kompromittieren."

„Ja, ja, versprochen! Also, Sie kennen ja wohl inzwischen mein Schicksal und das meiner damaligen Kollegen. Sie wissen auch was der Familie Jung zugestoßen ist. Bis auf ihre älteste Tochter Eleonore dürften alle zu Tode gekommen sein. Ihr war es damals gelungen zu fliehen, wobei ich nicht weiß, was aus ihr geworden ist und welches Schicksal sie ertragen musste." „Bitte kommen Sie zum Punkt! Was wollen Sie mit mir besprechen?", drängte ungeduldig die Ärztin.

„Ich möchte Sie bitten, mit mir über mein unentwirrbares Knäul meiner Gedanken zu sprechen. Alleine werde ich damit nicht fertig. Vielleicht liege ich ja mit meinen Ansichten von Gerechtigkeit im Allgemeinen und in meinem speziellen Fall völlig falsch. Deshalb brauche ich jemanden, der mir zuhört, der mir möglicherweise aber auch widerspricht.

Die ganze Katastrophe von vor zwanzig Jahren geschah nur, damit mein ganz spezieller Freund – ich denke Sie wissen inzwischen, von wem ich rede - nicht für den Rest seines Lebens hinter Gittern musste, sondern weiter in Saus und Braus leben kann. Er, der sein Leben lang nur andere Menschen ausgenutzt oder ihnen Schaden zugefügt hat, der alle Gesetze, die ihm im Weg standen, missachtet hat, ohne je dafür bestraft zu werden, er sollte als völlig skrupelloser und unmoralischer Mensch bezeichnet werden dürfen. Und ich bin davon überzeugt, dass er bestraft gehört.

Oder würden Sie zu denen gehören, die sagen, dass das leider nicht zu ändern ist, weil die Justiz keine Handhabe hat, ihn beweiskräftig zu verurteilen. Ich jedenfalls kann mich damit nicht abfinden. Er nutzt auf infame Weise das Recht des Stärkeren oder Cleveren und kommt damit durch. Oder sehe ich das falsch? Was ist Ihre Meinung zu diesem Fall?"

„Frau Bergmann, ich kann und darf mich zu Ihrem Fall nicht äußern. Wir können allerhöchstens ganz allgemein darüber diskutieren. Und ja, solch ein Geschehen ist natürlich als höchst ungerecht einzustufen. Ja, sicher, ich kann das alles irgendwie nachvollziehen. Ich verstehe Ihre Wut und sogar Ihre Rachegedanken. Ich verstehe Ihren Wunsch nach einer gerechten Strafe für diesen Mann. Aber das wäre dann Selbstjustiz, die in unserer Gesellschaft eigentlich nicht erlaubt ist. Das weiß ich und das wissen auch Sie. Aber eine Frage: Wie definieren Sie eigentlich Gerechtigkeit, wenn wir schon darüber diskutieren wollen?"

„Als Mensch möchte ich gegenüber anderen Menschen gleich und respektvoll behandelt werden. Ich möchte von keinem Individuum oder einer Institution geschädigt, verletzt oder gar getötet werden. Ich beanspruche für mich wie für andere Rechtssicherheit und ich möchte Chancengleichheit. Jedem soll das Seine zukommen ohne Ausbeutung oder Erniedrigung. Nicht zuletzt wegen dem Verlangen nach Gerechtigkeit steht in unserem Grundgesetz der Satz: Die Würde des Menschen ist unantastbar."

„Aber Sie wissen schon, dass Menschen verschieden sind, nicht immer das Gleiche leisten können, teilweise sehr unterschiedlich verdienen?"

„Ja, das ist mir bewusst. Auch bei den Diskussionen mit meinem Vater zu diesem Thema habe ich erkannt, dass es absolute Gerechtigkeit nicht gibt, nicht geben kann. Trotzdem sollte man sich bemühen, die Unterschiede in der Gesellschaft, wenn sie schon nicht ausgeglichen werden können, so doch wenigstens erträglich zu gestalten. Zudem wird Gerechtigkeit fast immer subjektiv, also im Vergleich zu einem konkreten Anderen, empfunden. Abstrakt, so weiß ich inzwischen, können wir mit dem Gerechtigkeitsbegriff relativ wenig anfangen. Dann könnte man alles Mögliche als ungerecht empfinden, ohne dass es auch nur im Ansatz veränderbar wäre. Es bedarf also immer des konkreten Vergleichs zu einem anderen. Hierzu ein Beispiel: Sie stehen in einer

Kantine an der Essensausgabe und beobachten, wie ein Mann hinter Ihnen für den gleichen Preis eine doppelte Portion erhält. Das würden Sie ganz gewiss als ungerecht empfinden und möglicherweise dagegen protestieren."

„Ja, schon, aber wird das damit gleich zu einer Ungerechtigkeit? Vielleicht reicht mir eine einfache Portion oder das Essen schmeckt hier nicht besonders, eine doppelte Portion wäre eine Zumutung für mich."

„Ja stimmt, es kommt auf beide Beteiligte an. Jeder wird das vermeintliche „Unrecht" etwas anders empfinden. Aber richtig ist die Vorgehensweise an der Essensausgabe selbstverständlich nicht.

Oder nehmen Sie ein anderes Beispiel. In nicht wenigen Ländern ist es Usus, dass sie einem Arzt, bevor er auch nur einen Finger rührt, einen ordentlichen Geldbetrag als Vorschuss über den Tisch schieben müssen. Nur dann ist er überhaupt bereit, mit der Behandlung zu beginnen. Das ist selbstverständlich für einen Menschen, der nicht genügend Geld hat, eine große Ungerechtigkeit. Andererseits könnte der begüterte Mitbürger, der sich den Arzt leisten kann, argumentieren, er habe auch sein Leben lang fleißig gearbeitet und sich seinen Reichtum ehrlich verdient. Alles habe schon seine Ordnung."

„Ich verstehe natürlich, was Sie sagen wollen. Ein wenig kommt es auch auf die Perspektive an, um Ungerechtigkeiten zu bewerten. Aber jetzt lassen Sie mich mal eine Frage stellen? Haben Menschen, denen Schlimmes widerfährt oder die Schlimmes ertragen mussten das Recht, sich zu wehren, sich das zurückzuholen, was ihnen genommen wurde?", erwiderte Dr. Schwarz, wobei ihre Augen zu flackern begannen.

„Ja, ich glaube schon. Denn schon von Anbeginn der Menschheit gab es das Recht auf Selbstverteidigung."

„Aber nicht das Recht auf eigene Sanktionierung.", antwortete Dr. Schwarz.

„Das ist leider der Unterschied."

„Im Alten Testament steht noch der Satz: Auge um Auge, Zahn um Zahn. Hier wird noch geduldet, sich Recht zur Not auch mit Gewalt zu verschaffen. Aber im neuen Testament steht der für mich waghalsige Satz: „Ich aber sage Euch, wenn dich einer auf die linke Wange schlägt, dann halte ihm noch die rechte Wange hin." Diese Maxime, die die Nächstenliebe und den Verzicht auf Gewalt zum Inhalt hat, scheint mir zumindest in manchen Situationen ziemlich weltfremd zu sein und wäre für den Unterlegenen, der ungerecht behandelt wird, nur dann zumutbar, wenn sein Kontrahent aufgrund seines friedfertigen Verhaltens von ihm ablassen würde. Aber was, wenn das nicht geschieht?"

Nachdenklich geworden, antwortete Dr. Schwarz.

„Ich stimme Ihnen insoweit zu, dass man in seinem Leben die eine oder andere, auch größere Ungerechtigkeit hinnehmen muss. Wie kann ich mich aber wehren, wenn die Ungerechtigkeit jedes Maß übersteigt. Dazu geben uns weder die Bibel noch die Grundsätze der Ethik eine plausible und akzeptierbare Antwort."

Während sie sprach wirbelte sie einen Kugelschreiber mit dem zweiten und dritten Finger der rechten Hand hin und her.

Dies beobachtend, antwortete Anne Bergmann:

„Sehe ich genauso. Wenn ich einem Verbrecher wie Dimitri Davidov auch noch die andere Wange hinhalte, ist er fein raus und ich habe die Arschkarte gezogen.

Das liegt natürlich auch daran, dass unsere Gesetzgebung und die Justiz in vielen Fällen zwar Recht sprechen aber nicht für Gerechtigkeit sorgen können. Deshalb, so denke ich, sollte in extremen Ausnahmefällen ein gewisses Maß an Selbstjustiz möglich sein. Sonst zerfällt die Moral der Gutwilligen. Als Stichwort sei hier auch der sogenannte Tyrannenmord genannt, der unter bestimmten Bedingungen erlaubt wird und in der Regel straffrei bleibt."

„Irgendwie haben Sie ja Recht, auch wenn man noch einmal daran erinnern muss, dass selbst bei angemessener Strafverfolgung Gerechtigkeit oft überhaupt nicht herbeigeführt werden kann. Als Beispiel fällt mir Folgendes ein: Ihr Vater wird ermordet. Ihre Mutter kommt mit dem Verlust ihres Mannes nicht zurecht und nimmt sich das Leben. Der Täter wird als 22jähriger zu lebenslanger Haft verurteilt. Nach 25 Jahren, er ist jetzt 47 Jahre alt, wird er vorzeitig aber gesetzeskonform aus der Haft entlassen und kann noch ein neues Leben beginnen. Ist das gegenüber dem Verlust Ihrer beider Eltern gerecht?"

„Nein, irgendwie nicht, das muss ich Ihnen zugestehen. Ich glaube auch langsam zu verstehen, was Sie mir so eindringlich klar machen wollen. Mitunter mag Selbstjustiz zwar ungesetzlich sein, ist aber aus der Hilflosigkeit des Opfers heraus mehr als verständlich, kann ihm Genugtuung verschaffen und ihm erst ermöglichen, ein befreites Leben zu führen. Denken Sie nur an den Fall Monika Bachmann, die im Gericht den Mörder ihres Kindes erschossen hat."

Bei den letzten Sätzen röteten sich die Wangen der Ärztin immer mehr.

„Sie sagen es, Frau Dr. Schwarz. Als ich von den Tötungen im Umfeld von Dimitri Davidov in der Zeitung las, war ich tief bewegt, und demjenigen, der die Taten begangen hatte, mehr als dankbar. Ein schlechtes Gewissen hatte ich dabei nicht. Aber alles wäre umsonst, wenn nicht auch Dimitri selbst getötet würde. Es muss irgendjemand tun. Erst dann wäre wieder volle Gerechtigkeit hergestellt und zudem könnte ich beweisen, nicht die Mörderin zu sein."

„Kann ich theoretisch nachvollziehen. Aber, ich habe es Ihnen bereits deutlich gesagt, als Vermittlerin bin ich die absolut falsche Person. Dieses Thema hatten wir doch schon."

„Ja, ich weiß. Ich wage es ja auch überhaupt nicht mehr, Sie diesbezüglich zu belästigen. Aber gestatten Sie mir noch eine letzte Frage: Irgendwie kommen Sie mir bekannt vor. Vielleicht sind wir uns schon mal früher begegnet. Darf ich fragen, woher Sie stammen und wo Sie aufgewachsen sind?"

„Nein, dürfen Sie nicht! Persönliches bespreche ich grundsätzlich nicht mit meinen Patienten. Außerdem habe ich Sie noch nie gesehen, das weiß ich ganz genau.

Kapitel 51

Ohne Vorankündigung wurde Anne Bergmann von einem Beamten und einer Beamtin aus ihrer Zelle zu einem erneuten Verhör geführt. Ihr wurden Handschellen angelegt, was sie sehr verwunderte. Wie eine Schwerverbrecherin wurde sie zum Kommissariat nach Essen gefahren. Nun ja, solange sie dreier Morde verdächtigt wurde, war sie genau das, wurde ihr dann doch bewusst. Aber irgendetwas schien sich verändert zu haben.

Bei der Mordkommission angekommen, wurde sie von der Beamtin in einen kleinen Raum geführt, der normalerweise wohl als Abstellkammer diente und in dem der Kopierer der Abteilung stand. Nur noch ein alter Holzstuhl ergänzte die Wandregale, die mit Plastikflaschen, Papierstapeln oder sonstigen Vorräten gefüllt waren. Dann wurde sie angewiesen, ihre gesamte Kleidung auf dem Stuhl abzulegen. Anne war verwirrt, so wurde sie noch nie behandelt. Selbst ihre Unterwäsche musste sie ablegen, sodass sie nun nackt vor der Beamtin stand. Diese inspizierte sie sehr genau, ließ auch ihren Mund und die hochgesteckten Haare öffnen. Welche Demütigung!

Nachdem sie sich wieder anziehen durfte, wies ihr Gegenüber sie an, auf dem Stuhl Platz zu nehmen und zu warten.

Für den Hauptkommissar war die Schonzeit gegenüber Anne Bergmann endgültig vorbei. Er hatte sich, zunächst allerdings widerstrebend, sogar dem Vorschlag seines Stellvertreters angeschlossen, einen Profiler vom LKA in Düsseldorf anzufordern. Nichts sollte unversucht bleiben, um endlich den lang ersehnte Durchbruch zu schaffen.

Gerd Blessing war von Beruf Psychologe und sollte das Verhör gewissermaßen als Zuhörer und Beobachter verfolgen.

Wieder in Handschellen wurde Anne in den Verhörraum geführt. Man forderte sie auf, sich auf einen Stuhl genau gegenüber einer Kamera zu setzen. Dann betraten drei Männer den Raum.

Van Kauteren stellte ihr seinen Stellvertreter Achim Gläser sowie den Psychologen vor und begann:

„Frau Bergmann, wir haben Sie zu einem erneuten Verhör hierher gebracht, da es neue Erkenntnisse gibt. Vorab, unser Gespräch wird selbstverständlich aufgezeichnet, sowohl in Ton als auch mit der Kamera."

Anne Bergmann war verwirrt. Sie erkannte schnell die neue, für sie nachteilige Situation und hielt deswegen ihre inzwischen von der Fessel befreiten Hände in ihrem Schoss zu einer Faust geschlossen. Ihren Blick hielt sie überwiegend gesenkt, nur ab und zu schaute sie zu ihren Kontrahenten auf.

„Frau Bergmann", begann van Kauteren. „Sie haben vor ein paar Tagen meiner heute nicht anwesenden Kollegin Regina Bettendorf ein Schreiben übergeben, das diese Ihrem Vater aushändigen sollte. Ein solches Ansinnen ist zwar grundsätzlich nicht strafbar, aber schon eine gewisse Zumutung. Meine Kollegin hat Ihrem Wunsch entsprochen und den Brief ihrem Vater übergeben. Dies hätte sie unter keinen Umständen tun dürfen. Sie wurde diesbezüglich bereits von mir gerügt. Denn es kann nicht sein, dass Sie die Polizei dazu missbrauchen, Ihrem Vater Nachrichten zukommen zu lassen. Es kann trotz des relativ unverfänglichen Textes nicht sein, dass Sie damit die Möglichkeit erhielten, gegebenenfalls versteckte Nachrichten weiterzugeben. Soviel dazu.

Nun aber haben sich wegen Aussagen Ihres Vaters neue Erkenntnisse ergeben, die wir mit Ihnen besprechen müssen. Zudem haben Sie uns in einem Fall nicht die Wahrheit gesagt. Wir werden dies jetzt klären.

Zunächst, geben Sie uns bitte eine ehrliche Antwort darauf, ob Sie zum Zeitpunkt des Überfalls, vor nunmehr 20 Jahren, schwanger waren."

Völlig verblüfft schreckte Anne Bergmann auf. Sie hielt inne, dann erwiderte sie:

„Ich war zum Zeitpunkt der damaligen Katastrophe meines Wissens nach nicht schwanger. Wie kommen Sie darauf?"

„Nun, Frau Bergmann, genau das hat uns Ihr Vater mitgeteilt. Er schämte sich sogar dafür, mit Ihnen darüber nicht gesprochen zu haben."

„Das kann nicht sein."

„Doch, Frau Bergmann", ergänzte jetzt Achim Gläser.

„In Ihren alten Krankenakten haben wir zudem den Hinweis gefunden, dass sie während ihres Komas einen zwei bis drei Monate alten Fötus verloren haben. Daran gibt es keinen Zweifel."

Anne Bergmann sackte merklich in sich zusammen, sie begann zu schluchzen und versuchte ihre Tränen mit dem Handrücken von ihrer Nase abzuwischen.

„Frau Bergmann, wir glauben Ihnen diese Vorstellung jetzt nicht. Sie sind eine moderne und intelligente Frau, die mitbekommt, wenn ihre Regel aussetzt. Also nochmal gefragt, haben Sie damals zumindest den Verdacht gehabt, schwanger zu sein?"

„Auch wenn Sie mir das wieder nicht glauben werden, ich habe von einer Schwangerschaft nichts gewusst. Das hätte man mir doch auch in der Klinik mitteilen müssen. Nichts Derartiges ist geschehen."

„Frau Bergmann, wir glauben Ihnen nach wie vor nicht, zumal es ja noch ein anderes Indiz gibt. Eine Ihrer Puppen, das wissen Sie, haben Sie dermaßen zugerichtet, dass der Verdacht nahe liegt, Sie wollten sich wegen einer vielleicht ungewollten Schwangerschaft symbolisch an dieser Puppe abreagieren. Wir denken, der Verlust Ihres ungeborenen Kindes ist ein zusätzliches schwerwiegendes Motiv, sich an Dimitri Davidov rächen zu wollen."

Anne antwortete darauf nicht.

„Aber nun zu etwas anderem.", beschleunigte van Kauteren das Verhör.

„Wir haben von Ihrem Vater gehört, dass Sie Eleonore Jung gesucht, sehr lange gesucht und schließlich gefunden haben. Sie haben uns in einem der früheren Verhöre aber mitgeteilt, keinerlei Kontakt zur ältesten Tochter der Familie Jung gehabt zu haben. Sie haben uns ganz offenbar angelogen. Was sagen Sie dazu?"

Anne Bergmann schaute auf, schien wütend, ließ sich aber zu keiner stärkeren Emotion hinreißen. Dann sprach sie sehr leise, kaum hörbar, folgende Worte:

„Sie müssen wissen, mein Vater hatte einen Schlaganfall. Wer ihn nicht kennt, glaubt einen Mann vor sich zu haben, der voll zurechnungsfähig ist. Aber so ist es leider nicht. Manches vergisst er, zu manchen Sachverhalten ergänzt er Dinge, die gar keine Relevanz haben. Dann weiß er nicht mehr, was wahr ist oder was er sich dazu fantasiert hat. Also, ich will damit sagen, ich habe nie gezielt nach Eleonore Jung gesucht und gefunden habe ich sie schon gar nicht. Sicherlich habe ich in Gesprächen mit meinem Vater mal erwähnt, gerne mit Eleonore in Kontakt zu kommen, um zu erfahren, was aus ihr geworden ist. Aber das war nur so ein ganz allgemeiner Wunsch."

„Ihr Vater ist allerdings sehr konkret geworden. Er hat uns berichtet, Sie hätten die Gesuchte in einer Wohngemeinschaft in Düsseldorf gefunden und ihr persönlich einen Brief zukommen lassen. So einen Sachverhalt denkt sich ein älterer Mensch wie Ihr Vater doch nicht einfach so aus.", ergänzte Achim Gläser.

„Was soll ich dazu noch sagen. Sie glauben mir ja doch nicht."

„Stimmt, Frau Bergmann, wir glauben Ihnen gar nichts mehr. Im Gegenteil, wir gehen nach wie vor davon aus, dass Sie es waren, die die drei Morde begangen hat. Sollten Sie es sich noch anders überlegen, kommen Sie nicht zu spät auf die Idee, mit der Wahrheit herauszurücken. Nur ein frühes Geständnis kann sich strafmildernd auswirken."

Dann wurde Anne Bergmann auf ein Zeichen des Hauptkommissars wieder gefesselt, danach fast grußlos entlassen und wieder in die JVA verbracht.

Van Kauteren nutzte die entstandene Zeitlücke zu einer Prise, der ersten an diesem Tag. Nur der Profiler starrte gebannt auf das Schauspiel, das sich ihm bot. Dann verrieb der Hauptkommissar die letzten Reste des Schnupftabaks an seiner Nase und wollte wissen:

„Welchen Eindruck haben Sie von Frau Bergmann?"

„Nun, ich muss Sie warnen, ich bin kein Hellseher, und die Mordverdächtige ist natürlich ein Profi. Das erschwert eine Beurteilung. Aber zunächst einmal mein allgemeiner Eindruck: Bei allem, womit Sie die Verdächtige konfrontiert haben, wären viel stärkere Emotionen normal gewesen. Interessant war auch ihre Körpersprache beziehungsweise ihre

Körperhaltung. Sie hat wahrscheinlich sehr schnell realisiert, dass sie mit neuen, unangenehmen Erkenntnissen konfrontiert werden würde. Darauf hat sie sich mit ziemlicher Sicherheit eingestellt. Sie blieb bei dem Verhör fast immer in einer demütigen und konzentrierten Körperhaltung. Versteckte Zeichen, die für Lügen typisch sind, konnte sie damit vermeiden. Es schien mir, dass sie kaum aus der Ruhe zu bringen war. Anderseits empfand ich ihre einzige Emotion auf die von Ihnen unterstellte Schwangerschaft eher gespielt oder so vorgetragen, dass man ihr die Trauer über ein potentiell verlorenes Kind nicht wirklich abnehmen konnte."

„Ist es richtig, auch Sie glauben, Frau Bergmann habe weiter gelogen oder zumindest nichts Substanzielles zu den Vorwürfen erwidert?"

„Ja, richtig"

„Also halten Sie sie eher für schuldig?"

„Ja und nein. Sollte sie trotz Ihrer berechtigten Zweifel doch unschuldig sein, dann verschweigt sie uns etwas, was wir jetzt noch nicht erkennen können."

„Wie deuten Sie die Sache mit der Puppe?"

„Wenn ein Zusammenhang zwischen der massakrierten Puppe und einer möglichen Schwangerschaft bestehen sollte, würde die ungewöhnliche Behandlung der Puppe ganz sicher auf eine ungewollte Schwangerschaft hindeuten. Das haben Sie schon ganz richtig gedeutet."

Achim übernahm jetzt die Diskussion.

„Lieber Herr Blessing, wenn wir Sie schon mal da haben, vielleicht könnten Sie uns noch weiterhelfen, was die Tatwaffe angeht. Aus den Akten, die wir Ihnen haben zukommen lassen, dürften Sie bereits wissen, dass die drei Morde, halt, ich muss vorsichtig sein, zumindest die zwei ersten Morde mit der ehemaligen Dienstwaffe von Frau Bergmann begangen wurden. Was ist Ihre Meinung zu der fast etwas skurrilen Vorstellung, dass eine so alte Waffe nach so langer Zeit wieder zum Einsatz gekommen ist?"

„Oh, da stellen Sie mir aber eine schwierige Frage. Wenn ich es richtig deute, glauben Sie, dass Frau Bergmann in den damaligen Wirren des Überfalls ihre Waffe nicht abgegeben, sondern behalten hat, um in diesem Jahr Rache an dem zu nehmen, was ihr damals angetan wurde."

„Ja, richtig, wir finden einfach keine andere Lösung."

„Was wäre denn die Alternative, die Sie sicherlich auch überlegt haben?"

„Nun, naheliegend wäre natürlich noch, dass einer der Gangster, die Frau Bergmann und ihre Kollegen überfallen haben, ihre Waffe hat mitgehen lassen. Dann würden die Morde allerdings keine Beziehungstat sein, sondern eine Racheaktion einer feindlichen Gang, die noch eine Rechnung mit der Familie Davidov offen hätte. Andere Indizien sowie die weiteren Umstände der Morde schließen eine solche Tat unserer Meinung nach aber eher aus."

„Ich will versuchen, Sie in ihrer Diagnose zu bestätigen. Professionelle Killer heben in aller Regel keine erbeuteten Waffen auf, es sei denn als Trophäe. Aber dann benutzen sie diese nicht mehr. Außerdem sollte man wissen, dass Profikiller jederzeit an neue, wenn nicht sogar an die neusten Waffen herankommen. Mit einer alten Waffe würden sie nicht hantieren, weil sie viel zu große Sorge hätten, dass die Waffe im entscheidenden Augenblick nicht mehr funktionstüchtig wäre."

„Ja, das sehen wir genauso. Noch unbegreiflicher wäre für uns, dass damals einer der Angreifer die Waffe mitgenommen hat, um nach Jahren diese Morde zu begehen und sie bequemerweise Frau Bergmann in die Schuhe schieben zu können."

„Stimmt, so etwas kann man mit diesem zeitlichen Abstand nicht wirklich planen."

„Gott sei Dank, endlich mal eine vernünftige Antwort auf diese so absurde Theorie, die auch bei uns eine Zeit lang kursierte.", bestätigte Achim Gläser.

Van Kauteren hatte abgewartet. Jetzt wollte er noch wissen: „Ich denke, Sie sind sich bei all den Indizien gegen Frau Bergmann nicht hundertprozentig sicher, ob sie wirklich die Täterin ist. Aber wer käme Ihrer Meinung nach dann noch in Frage?"

„Das ist wieder eine sehr schwierige Frage, wobei ich glaube, Sie haben sich bereits selbst die Antwort gegeben. Natürlich kommt die älteste Tochter der Familie Jung grundsätzlich auch als Mörderin in Frage und, soweit ich weiß, suchen Sie bereits nach ihr. Sie hätte vielleicht ein noch stärkeres Motiv. Allerdings eines bitte ich noch zu bedenken: Die einerseits so akribisch und doch so brutal begangenen Morde sehen eher nach dem Werk eines Mannes aus."

Kapitel 52

Zum Glück war es in der JVA Gelsenkirchen gängige Praxis, die Untersuchungsgefangenen auch nachts zumindest alle zwei Stunden zu überwachen. Dabei reichte in der Regel ein Blick durch den Türspion, um die Einsitzenden nicht bei jeder Kontrolle zu wecken. Sollte allerdings Licht brennen, war der Diensthabende verpflichtet, nachzuprüfen, ob etwas Besonderes vorlag.

Genau um zwei Uhr stand die Wärterin während der Nachtschicht vor der Zelle von Anne Bergmann, sie schaute hinein und sah den Raum hell erleuchtet. So leise, wie es mit dem groben Schlüssel möglich war, entriegelte sie die Zellentür. Auf dem Bett lag die Gefangene. An der Wand, auf dem Überbett und am Boden sah sie überall Blut. In der rechten Hand hielt Frau Bergmann krampfhaft ein selbstgebasteltes Werkzeug fest, mit dem sie sich am linken Unterarm verletzt hatte. Aus der Wunde sickerte weiter Blut. Die Gefangene war aber offenbar noch bei Bewusstsein.

„Was haben Sie denn gemacht, Frau Bergmann? Können Sie mich hören?" Mühsam und mit fast tonloser Stimme antwortete die Angesprochene nur mit einem schwachen „Ja". „Bleiben Sie ruhig liegen. Ich hole Verbandszeug und rufe um Hilfe. Halten Sie den Arm hoch und drücken Sie auf die Wunde!"

Sie konnte die Verletzte nur deshalb allein lassen, weil es zwar weiter blutete, aber nicht im Strahl, also offensichtlich keine Arterie verletzt worden war. Somit war die Gefangene nicht akut gefährdet.

Die Nacht war schwül, noch hatte kein Gewitter für Erleichterung gesorgt. Dr. Schwarz wurde zu dem Notfall in der JVA gerufen und fuhr zügig, aber ohne sich und andere zu gefährden, durch die fast leeren Straßen des Ruhrgebiets. Sie stellte ihren Wagen auf dem für sie reservierten Parkplatz ab, griff nach ihrer Notfalltasche und meldete sich am Eingang des Gefängnisses. Sie wurde bereits erwartet und dieses Mal, als Ausnahme von der Regel, von einem Wärter rasch durch die langen Flure geführt, bis sie vor der Zelle von Anne Bergmann stand.

„Was machen Sie denn für Sachen? Wie geht es Ihnen, Frau Bergmann?", begann sie die Untersuchung.

Die Wärterin hielt währenddessen den linken Arm hoch und drückte mit einer Mullkompresse auf die immer noch leicht blutende Wunde. Die Beine hatte sie fachmännisch mit einigen Kissen unterpolstert, um den Kreislauf zu stabilisieren.

„Ja, es geht schon wieder. Tut mir leid, dass Sie wegen mir in die JVA gerufen wurden."

„Kein Problem, aber jetzt lassen Sie mich mal ihre Verletzung anschauen!"

Immer noch sickerte etwas Blut aus der ausgefaserten Wunde. Es war schnell klar, hier musste genäht werden.

„Womit haben Sie sich denn verletzt? Lassen Sie mal sehen!" Die Wärterin zeigte der Ärztin das aus drei Haarklammern selbstgebastelte Instrument.

„Nicht zu glauben! Aber ein eher ungeeignetes Mittel um sich die Pulsadern aufzuschneiden. War das denn Ihre Absicht, Frau Bergmann? Oder was sollte diese Aktion bedeuten?"

Anne antwortete nicht.

„Bringen Sie Frau Bergmann zu mir in die Praxisräume, die Wunde muss genäht werden. Ich bereite schon alles vor.", gab sie ihre Anweisung.

Während Dr. Schwarz sterile Instrumente, ein Betäubungsmittel, Nahtmaterial, Verbandzeug und eine Tetanusspritze bereitlegte, überlegte sie, was Anne Bergmann mit diesem unzureichenden Werkzeug wohl vorgehabt haben könnte. Wollte sie sich wirklich die Pulsader aufschneiden oder war alles nur ein Hilferuf. Da einer ehemaligen Polizistin sicher klar sein musste, ihre Unterarmarterie mit diesem sehr unzureichenden Werkzeug nicht wirklich eröffnen zu können, vermutete sie eher ein Zeichen ihrer Verzweiflung und ihrer Hilflosigkeit.

Gekonnt betäubte Dr. Schwarz die Haut und das darunter liegende Gewebe, begradigte dann die ausgefransten Wundränder und vernähte mit drei Stichen die Wunde. Es folgten der obligatorische Verband und eine in solchen Fällen notwendige Tetanusauffrischung.

„Alles erledigt, Frau Bergmann, Sie können gleich wieder in Ihre Zelle zurück. In zehn Tagen werde ich Ihnen die Fäden ziehen. Haben Sie noch Schmerzen?"

„Nein, alles in Ordnung."

Dr. Schwarz beobachtete allerdings, dass Anne Bergmann weiter sehr unruhig war. „Sagen Sie, soll ich Ihnen vielleicht ein Beruhigungsmittel für den Rest der Nacht verabreichen?"

„Ja, das wäre nett."

Bevor die Ärztin eine Ampulle Tramal aufziehen konnte, deutete Anne an, ihr etwas leise ins Ohr flüstern zu wollen. Die Ärztin neigte sich zu ihr herunter und vernahm:

„Bitte Frau Doktor, gehen Sie für mich nach Essen, genauer gesagt, in die Frankenstraße zu einem Imbiss mit dem Namen „Pommes Minister". Der Inhaber ist ein gewisser Vranau, ein gebürtiger Rumäne. Bitte bestellen Sie ihm von mir, er solle den Rest erledigen. Sie wissen schon, was ich meine."

Die Ärztin antwortete ihr nichts, machte sich vielmehr am Medikamentenschrank zu schaffen, um die gewünschte Spritze vorzubereiten und die Injektion anschließend rasch in den rechten Arm zu verabreichen. Nur wenige Sekunden später bemerkte sie, wie sich die Gesichtszüge von Frau Bergmann entspannten, ganz sicher noch nicht die Wirkung des injizierten Medikaments.

Kapitel 53

Van Kauteren litt seit zwei Tagen an einer leichten - er würde behaupten - sehr schweren Sommergrippe, was ihn aber nicht davon abhielt, seinen dienstlichen Verpflichtungen weiter nachzukommen. Allerdings war seine Stimmung deutlich getrübt, nicht zuletzt, weil er während eines Schnupfens sehr viel seltener zu seiner geliebten Prise griff, obwohl die Mischung seines Schnupftabaks wegen der sie beinhaltenden ätherischen Öle durchaus eine befreiende Wirkung für seine Nase gehabt hätte. Aber, bei verstopfter Nase hielt er sich meist daran, seinen Schleimhäuten weitere „Schadstoffe" zu ersparen.

Mo hatte inzwischen bis zu zwanzig Städte und Landkreise nach Eleonore Jung abgesucht, leider ohne Erfolg. Namensgleiche Personen konnte er identifizieren, aber das Alter passte in keinem Fall. Auch Düsseldorf, sowie die Landkreise Ratingen und Mettmann hatte er mit einbezogen.

„Mo, bleib weiter dran!", versuchte van Kauteren seinen Mitarbeiter zu motivieren.

„Es ist zum Verzweifeln. Auch die Suche nach ihrem früheren Namen, also dem vor Eintritt in das Zeugenschutzprogramm, ist leider ergebnislos geblieben."

„Mach dir keine Vorwürfe! Mehr kannst du nicht tun. Wahrscheinlich hat sie inzwischen geheiratet, einen anderen Namen angenommen oder lebt ganz woanders in der Republik. Sollte sie ins Ausland gegangen sein, hätten wir überhaupt keine Chance mehr, sie je zu finden."

In diesem Augenblick klopfte es an der Tür und Regina trat ein, wobei sie andeutete, dass ihn jemand wolle.

„Ja, wir sind, glaube ich, gerade fertig. Wer möchte mich denn sprechen?"

„Eine Frau Dr. Schwarz. Wenn ich sie richtig verstanden habe, ist sie die Gefängnisärztin der JVA Gelsenkirchen."

„Und, was will sie?"

„Hat sie mir nicht näher erläutert."

„Ja, komm! Schick sie rein!"

Das Zimmer betrat eine junge, durchaus attraktiv zu nennende Frau, deren Outfit allerding etwas zu konservativ ausgefallen war. So der Eindruck des Hauptkommissars.

„Frau Dr. Schwarz, habe ich das richtig verstanden?"

„Ja, richtig. Ich bin die Gefängnisärztin der JVA Gelsenkirchen." „Bitte nehmen Sie doch Platz. Womit kann ich Ihnen dienen? Möchten Sie einen Kaffee?"

„Ja, gerne, aber mit viel Zucker."

Nachdem Regina für beide Kaffee gebracht hatte, ging sie ziemlich verwundert aus dem Büro ihres Chefs, saß dieser doch geradezu in Positur, um ganz offenbar einen möglichst guten Eindruck bei der jungen Frau zu hinterlassen. So zumindest das subjektive Gefühl einer erfahrenen Geschlechtsgenossin.

Behutsam schlürfte Dr. Schwarz ein paar Schlucke ihres Lieblingsgetränks, um dann zu beginnen:

„Ich bin, wie Sie sich denken können, als Ärztin für alle körperlichen Wehwehchen der Gefangenen zuständig, aber gar nicht so selten kommen die Gefangenen auch wegen mancherlei Sorgen und Nöte oder wegen seelischer Probleme zu mir, ganz besonders dann, wenn sie Vertrauen zu mir gefasst haben. Sie möchten sich dann bei mir aussprechen oder haben besondere Wünsche, die ich ihnen allerdings nur in seltenen Fällen erfüllen kann.

Nun gab es in den letzten Tagen ein Vorkommnis in der JVA, das mich sehr beunruhigt. Ich habe lange mit mir gerungen, ob ich mich mit meinem Anliegen überhaupt an Sie wenden sollte. Denn, wie Sie sicherlich wissen, gilt auch für die Gefangenen oder besser gesagt, gerade für sie in besonderem Maße die ärztliche Schweigepflicht. Nach Abwägung aller Für und Wider habe ich mich am Ende doch entschlossen, Ihnen etwas vorzutragen, was ich der Polizei eigentlich überhaupt nicht mitteilen dürfte."

„Ich unterbreche Sie nur ungern, Frau Doktor, aber Sie reden für mich in Rätseln. Aber bitte, berichten Sie weiter, wenn möglich, etwas konkreter!"

„Alles, was ich Ihnen jetzt erzählen werde, tue ich ohne Namensnennung und auch, ohne Ihnen das Geschlecht des oder der Gefangenen mitzuteilen. Aber ich halte es für meine Pflicht, mit Ihnen über den Fall zu sprechen, da mich die Person, um die es geht, als Überbringer einer Nachricht missbrauchen wollte. Ich sollte einem mir völlig unbekannten Mann etwas mitteilen und ihn ganz offensichtlich zu einem Tötungsdelikt anstiften."

„Wie bitte? Wie soll ich das verstehen?", antwortete ein sichtlich geschockter Kommissar.

„Also, ich erkläre es Ihnen noch etwas genauer. Die Person, über die ich spreche, wandte sich in einer für sie ganz offensichtlich verzweifelten Situation an mich. Außerdem gab sie vor, unschuldig im Gefängnis zu sitzen. Sicher nichts Neues für uns beide. Ich hatte der Person schon vorher eingeräumt, alle Probleme, die sie beschäftigten, mit mir zu erörtern. Daraus ergaben sich teilweise recht lange Gespräche. Und, ich muss zugeben, ich entwickelte ein gewisses Verständnis für die Sorgen und Nöte der Person, obgleich ich ihr mehrfach und eindeutig klar machte, dass ich ihr nicht wirklich würde helfen können.

Vor zwei Tagen wurden die Wünsche der Person sehr konkret. Ich sollte, wie ich Ihnen schon gesagt habe, einen mir gänzlich unbekannten Mann aufsuchen und davon überzeugen, etwas für die einsitzende Person zu erledigen, was, wenn ich richtig liege, einer Aufforderung zu einem Tötungsdelikt sehr nahe kommt."

„Sagen Sie, Frau Doktor, hätten Sie etwas dagegen, wenn ich eine Kollegin zu unserem Gespräch hinzuziehe?"

„Nein, sicher nicht."

Während van Kauteren Regina zu sich rief, trank die Zeugin ihren Kaffee aus und bediente ihr Smartphone, da eine Nachricht eingetroffen war. Nachdem der Hauptkommissar nunmehr seine Kollegin vorgestellt und auf den letzten Stand der Diskussion gebracht hatte, nahm er das Gespräch wieder auf:

„Wir müssen Sie, auch wenn Sie aus freien Stücken zur Polizei gekommen sind, dennoch zu einigen Punkten befragen. Zunächst einmal, wie können wir sicherstellen, dass Sie die Ihnen aufgetragene Nachricht nicht schon längst an den erwähnten Adressaten weitergegeben haben?"

„Ja, nun, da müssen Sie mir schon vertrauen, zumal, welchen Sinn würde es dann noch machen, mich an Sie zu wenden." „Ich weise aber sicherheitshalber doch darauf hin, wer solche Nachrichten überbringt, macht sich, insbesondere dann, wenn es tatsächlich zu einem Tötungsdelikt kommen sollte, strafbar."

„Ja, sicher, ist mir schon bewusst."

Regina schaltete sich ein: „Bei der einsitzenden Person, von der Sie sprechen, handelt es sich dabei um einen Strafgefangenen oder um einen Untersuchungsgefangenen? Damit würden Sie uns schon wesentlich weiter helfen, ohne dass Sie ihre ärztliche Schweigepflicht wesentlich verletzen müssten."

„Ja, gut, die besagte Person befindet sich in U-Haft."

„Noch eine Frage, die uns wichtig ist. Wenn wir die Verbindung zwischen dem Untersuchungsgefangenen und dem Empfänger der Nachricht durchleuchten sollen, dann benötigen wir von Ihnen dessen Namen und seine Adresse."

„Nein, ganz unmöglich! Das geht gar nicht!"

„Nun, Frau Doktor, wenn sie uns schon solche Nachrichten zukommen lassen, könnten wir Sie gegebenenfalls in Beugehaft nehmen, um mehr zu erfahren. Sonst hätten Sie ganz einfach schweigen müssen."

Dr. Schwarz rutschte unruhig auf ihrem Stuhl hin und her, schien zu überlegen und gab erst nach einer größeren Pause eine Antwort.

„Sie müssen mir versprechen, dass ich wegen der von mir gemachten Angaben nicht in Konflikt mit der gefangenen Person und damit in Konflikt mit der ärztlichen Schweigepflicht gerate."

„Ja, sicher, alles bleibt unter uns. Wir werden Sie als Informantin niemals preisgeben."

Immer noch sehr zögerlich gab Dr. Schwarz schließlich Name und Adresse bekannt.

„Was war das denn?", begann Regina die Diskussion, nachdem die Zeugin wieder gegangen war und van Kauteren Mo und Enrico zu sich gerufen und entsprechend informiert hatte. Achim Gläser war außer Haus.

„Eine Gefängnisärztin lässt sich auf ein mehr als brisantes Gespräch mit einem Gefangenen ein und kommt dann zu uns, um uns ein paar Brocken hinzuschmeißen, sich aber ansonsten auf ihre ärztliche Schweigepflicht zu berufen."

„Ja, sehr merkwürdig.", ergänzte Enrico.

„Sie hätte doch das Gespräch nur abbrechen müssen und alles wäre gut gewesen. Darüber hätte sie dann auch niemanden informieren müssen."

Mo schien ungeduldig, blickte von seinem Laptop auf und meinte:

„Können wir überhaupt sicher sein, dass unsere Frau Doktor die Nachricht nicht doch bereits weitergegeben hat und jetzt ihr Gewissen bei uns erleichtern will?"

Van Kauteren ging es offenbar besser. Denn wieder war er dabei, Schnupftabak erst in das rechte, dann in sein linkes Nasenloch zu saugen und alles mit einem Schniefen abzuschließen. Wie so häufig hatte er durch diese Prozedur wieder einmal Zeit gewonnen, länger nachdenken zu können.

„Ich denke die Schweigepflicht der Ärztin ist ein sehr hohes Gut, zumal der Gefangene ja offenbar explizit um ein ganz vertrauliches Gespräch unter besonderer Wahrung der ärztlichen Schweigepflicht gebeten hatte. Das ist, denke ich, unantastbar. Daher können wir eigentlich von Glück sagen, dass Dr. Schwarz uns überhaupt informiert hat. Sie hätte das nicht tun brauchen. Darf ich euch daran erinnern, wie viele Zellengenossen Ankündigungen zu einer Straftat mitbekommen. Nur in den seltensten Fällen werden wir darüber informiert und noch seltener haben wir eine Handhabe, den Mitgefangenen wegen einer nicht vereitelten Straftat vor Gericht zu stellen.

Nun zu deiner Frage, Mo, ob wir sicher sein können, dass die Ärztin die ihr aufgetragene Nachricht nicht schon längst weitergegeben hat. Das können wir natürlich nicht. Zunächst einmal müssen wir ihr glauben. Allerdings wär ihre Vorgehensweise schon mehr als merkwürdig. Schwer zu sagen, ob sie sich bei uns nur entlasten möchte. Aber lasst uns jetzt die theoretische Diskussion beenden."

Zu Mo gewandt: „Ist uns eigentlich etwas zu dem Pommesbudenbesitzer in der Frankenstraße bekannt?"

Mo brauchte nur wenige Minuten, dann berichtete er:

„Ja, hier sehe ich zweimal Raubüberfall, einmal Erpressung, Beteiligung an einem Tötungsdelikt, bei dem ihm die Tat nicht nachgewiesen werden konnte. Verdacht auf Mitgliedschaft in einer kriminellen Vereinigung. Eine wirklich ergiebige Liste. Aber in den letzten vier Jahren ist er sauber geblieben."

„Also", ließ sich van Kauteren vernehmen, „wir müssen diesen Knaben rund um die Uhr, aber völlig unsichtbar, überwachen. Enrico, übernimmst du bitte dafür die Organisation."

Ein leichtes Grummeln war zu vernehmen, dann machte er sich an die Arbeit.

„Mo und Regina, ihr solltet euch ganz intensiv um unsere Frau Doktor kümmern. Irgendetwas macht mich misstrauisch. Wir hatten in der JVA noch nie eine so junge und attraktive Gefängnisärztin. Ich will alles über sie wissen. Wo sie noch arbeitet, wie die Kollegen sie einschätzen und woher sie stammt."

Regina ergänzte: „Und alles über ihr Privatleben. Das sehe ich doch richtig?"

„Ja, natürlich, das volle Programm. Ich werde mit Achim die Gefängnisleitung aufsuchen und den Kreis der Gefangenen einzugrenzen versuchen, die möglicherweise unserer Frau Doktor um das Undenkbare gebeten haben könnten. Ich schlage vor, dass wir die Gefangenen mit Kapitaldelikten herausfiltern. Dann müssen wir allerdings noch nach Vorwänden suchen, um mit den potentiellen Kandidaten ins Gespräch zu kommen. Keine leichte Aufgabe."

„Dabei sollten wir die Frauen nicht vergessen!", schaltete sich Regina ein.

„Immerhin sitzt Anne Bergmann auch in der JVA Gelsenkirchen ein."

„Ja, alles richtig. Aber wir müssen ganz vorsichtig agieren. Es darf uns kein Fehler unterlaufen."

Genau um 13 Uhr verabschiedete sich van Kauteren zum Mittagessen. Denn, immer, wenn es in der Kantine Eintopf gab, versuchte er, sich die Zeit zu nehmen. Heute stand Linsensuppe auf dem Programm, nach Königsberger Klopsen sein zweites Leibgericht, das der Koch der Kantine zudem sehr schmackhaft zubereiten konnte.

Nachdem er ein zweites Brühwürstchen hatte abstauben können, ließ er sich den Eintopf schmecken. Sein Teller war noch halb gefüllt, als Mo mit entsetztem Gesicht hereingestürmt kam.

„Gott sei Dank, hier bist du."

„Was ist los, Mo?"

„Bitte halte dich fest! Dimitri Davidov hatte einen schweren Autounfall und liegt in der Universitätsklinik Essen. Es geht um Leben und Tod. Sie wissen nicht, ob er durchkommt."

Kapitel 54

Jessika Schwarz erschrak, als es an einem Sonntag gegen 17 Uhr an ihrer Wohnungstür klingelte. Sie hatte selten Besuch, und, wenn überhaupt, dann kündigte sich dieser in der Regel vorher an. Wer könnte das jetzt wohl sein, der sie ohne Anmeldung besuchen wollte? Ein Gefühl von Angst kroch in ihr hoch. Am Türspion konnte sie niemanden erkennen. Als sie schließlich die Tür mit aller Vorsicht öffnete, stand ein schon etwas älterer, ergrauter, schlanker, aber nicht unsympathisch wirkender Mann vor ihr. Er trug eine beigefarbene Hose und ein dunkelblaues, kurzärmliges Polohemd. In seiner linken Hand hielt er einen Blumenstrauß, den er noch nicht ausgepackt hatte. Sie war verunsichert, da sie den Mann nicht kannte, er ihr aber offensichtlich einen Besuch abstatten wollte.

„Wohnt hier eine Jessika Schwarz und sind Sie das?", begann der Fremde etwas hilflos das Gespräch.

„Ja, bin ich, und was wünschen Sie?"

Kaum hatte sie die wenigen Worte ausgesprochen, als winzige Tröpfchen einer längst vergangenen Zeit ganz langsam in ihr Gedächtnis flossen und sich zu rudimentären Erinnerungen formten. Noch stand sie reglos da, wollte nach dem Namen ihres Besuchers fragen, doch im gleichen Augenblick überkam sie eine Ahnung, wer vor ihr stehen könnte. Sie hielt sich am Türrahmen fest, hoffend dass ihr ihr Gedächtnis keinen Streich spielte. Sie begann zu zittern und brachte nur ein einziges Wort über ihre Lippen:

„Papa?"

Als ihr Gegenüber nickte, brach es aus ihr heraus. Sie schrie auf, ließ den Türrahmen los und rannte auf einen Mann zu, den sie zuletzt vor etwa 20 Jahren gesehen, gehört, gerochen oder gefühlt hatte. Das „Ja, der bin ich" ihres völlig überwältigten Vaters nahm sie gar nicht mehr wahr. Sie fiel in seine Arme, der Blumenstrauß ging zu Boden. Immer noch vor der Türe stehend, hielten sie sich minutenlang fest. Jessika schluchzte, schrie und rief immer wieder:

„Papa! Papa! Du lebst? Wo kommst du her?"

Konkrete Antworten erwartete sie in diesem Moment nicht. Sie ließ vielmehr ihren Tränen freien Lauf, weinte und lachte zugleich. Erst nach gefühlt fünf Minuten war sie in der Lage, ihren Vater, ihren wiederauferstandenen Vater, in ihre Wohnung zu lassen, um ihn, als sie die Tür geschlossen hatte, erneut zu umarmen, zu küssen und zu herzen. Auch er weinte hemmungslos vor Schmerz, vor Freude, vor Anspannung und vor Erleichterung. Ihren Vater verdutzt im Flur stehen lassend, rannte sie jetzt durch ihre Wohnung und rief laut:

„Das gibt es doch nicht. Das kann doch nicht wahr sein. Du lebst! Du lebst wirklich! Ich werde verrückt! Das ist der schönste Tag in meinem Leben. Aber, wo sind Mama, Chrissi und Maike?"

Das ganze Dilemma dieses unverhofften Wiedersehens wurde mit dieser einzigen Frage augenscheinlich. Was sollte er jetzt sagen, ohne die Freude, sie endlich wieder in die Arme schließen zu können, dieses scheinbar nicht endende Glücksgefühl zugleich zu zerstören.

Zögerlich betrat er das Wohnzimmer, das mit eleganten Sitzmöbeln eher sparsam eingerichtet war, dadurch aber ein wenig Gemütlichkeit vermissen ließ. Er setzte sich in einen weißen, sehr ausladenden Ledersessel und begann, seine Geschichte, die nun auch zu der seiner Tochter werden sollte, zu erzählen. Wie in einem Zeitraffer drehte er die Zeit zurück und war sich dabei bewusst, dass er seiner Tochter jetzt große Schmerzen würde zufügen müssen.

Beginnend mit der Entführung im Sauerland, berichtete er davon, wie sie vier Tage lang in einem völlig abgedunkelten Verlies festgehalten wurden und fast verdurstet wären. Dann seien sie eines Nachts in schweren Limousinen abgeholt und an einen unbekannten Ort, wie sich später herausstellen sollte, in Albanien verschleppt worden. In einem eher schäbigen Haus in einer ihnen unbekannten Einöde hätten sie sich zwar frei bewegen können, wären aber weiter rund um die Uhr bewacht worden. Er erzählte, das Chrissi in den nächsten Wochen sehr krank geworden sei und nur mit viel Glück überlebt habe. Jessika war entsetzt. Wie versteinert hörte sie ihrem Vater zu. Nach weiteren Monaten seien sie in eine Stadt namens Canakkale, in der Türkei gelegen, verbracht worden. In einem Haus am Rande der Stadt seien sie untergekommen. Erst nach Wochen habe man ihnen gestattet, das Haus gelegentlich auch zu verlassen, natürlich unter strenger Bewachung.

„Und Ihr konntet nie fliehen?", wollte Jessika wissen.

„Erstens wurden wir rund um die Uhr bewacht, aber zudem hatten wir ja weder Papiere noch Handys und wussten bis zuletzt kaum, wo wir uns genau befanden. Außerdem durften wir nie gemeinsam das Haus verlassen."

Jessika schüttelte nur mit dem Kopf.

„Der Anführer unserer Bewacher war offenbar ein einflussreicher türkischer Gangsterboss. Aller Wahrscheinlichkeit nach wollte dieser den mir so gut bekannten Dimitri Davidov erpressen, ihm regelmäßig dafür Geld zu bezahlen, dass er mich, seinen potentiellen Zeugen, aus dem Verkehr gezogen hatte und weiter gefangen hielt. Ganz unverblümt haben die Entführer davon gesprochen, davon ausgehend, dass ich kein Türkisch verstehe."

„Du altes Fremdsprachengenie, da hatten sie sich aber geirrt."

Nun erzählte er davon, wie ihnen nach etwa einem Jahr die Kinder weggenommen wurden und irgendwelchen türkischen Familien übergeben worden seien. Jessika schrie auf, ihr Vater begann zu weinen.

„Wir konnten es nicht verhindern. Mama wäre fast daran zugrunde gegangen. Sie aß nicht mehr und verfiel in eine tiefe Depression. Es war einfach grauenhaft."

Jessika war entsetzt, aber bei genauerer Beobachtung zeigte sich in ihrem Gesicht im Bereich ihrer Mundwinkel ein leichtes Zucken.

Nach einer kurzen Pause setzte er seinen Bericht fort, wohl wissend, dass er seiner Tochter nun nochmals sehr wehtun würde.

„2003 erkrankte Mama an einer schweren Meningitis, die auf die gängigen Antibiotika nicht ansprach. Ein Mittel, das noch in Frage gekommen wäre, konnte in der Türkei nicht beschafft werden. Vergeblich kämpfte ich um das Leben deiner Mutter, zumal ihr ein Krankenhausaufenthalt verwehrt wurde. Fast hätte ich mich vergessen und wäre auf meine Bewacher losgegangen, als ich Mama tot in meinen Armen hielt. Mir war damals alles egal."

Jessika stand mit versteinertem Gesicht vor ihm, krümmte sich dann vor Trauer und vor Wut. Der seelische Schmerz war einfach zu groß. Tränen wollten sich allerdings in diesem Augenblick nicht mehr zeigen.

„Was ist aus Chrissi und Maike geworden?", drängte es Jessika jetzt, hoffend, dass sie nicht auch noch gestorben wären.

„Ich weiß es nicht. Ich weiß wirklich nicht, was aus ihnen geworden ist, wo sie leben und wie sie jetzt heißen. Sie sind für uns unauffindbar verschollen. Und vielleicht erinnern sie sich auch gar nicht mehr an uns, ihre Familie. Das ist fast noch schlimmer, als wenn sie gestorben wären."

Der Vorrat an Tränen war bei beiden aufgebraucht. Völlig konsterniert saßen sie sich gegenüber.

Jessika stand wortlos auf, ging in ihre Küche und brühte Tee auf. Dann hockte sie sich auf ihr Sofa, das üppig mit Kissen aufgefüllt war. Nahm die Teetasse in beide Hände und seufzte hörbar.

„Das ist alles zu viel auf einmal. Um Gottes Willen, was hast Du alles durchgemacht? Armer Papa."

Sie schwiegen eine Weile. Dann ergänzte er seine Geschichte noch damit, dass seine Entführer ihn schließlich eine Praxis eröffnen ließen und ihm einige kleine Freiräume zugestanden. Dennoch sei er immer rund um die Uhr bewacht worden. In seinem Beruf wieder zu arbeiten, hätte ihm viel bedeutet und ihn von seinem Kummer abgelenkt, wobei er das verdiente Geld nur zu seinem Lebensunterhalt nutzen durfte, alles Übrige sei ihm weggenommen worden.

Schließlich berichtete er noch von seiner Flucht aus der Türkei, die ihm mit freundlicher Unterstützung eines deutschen Patienten gelungen war. Er erzählte von seinem Aufenthalt in der deutschen Botschaft, seiner abenteuerlichen Rückkehr nach Bochum und über seine ersten Schritte in der alten Heimat.

Sie erzählten sich noch dies und das, lagen sich zwischendurch immer wieder in den Armen und vergossen doch noch so manche Träne.

343

Eine Stunde später fanden sie allmählich in die Wirklichkeit zurück und Jessika stellte fest, dass sie beide Hunger haben müssten und bestellte bei einem Italiener zwei Pizzen, die ihnen nach etwa einer halben Stunde gebracht wurden. Ihr beider Appetit hielt sich allerdings in Grenzen, auch wenn das Essen köstlich duftete und ebenso gut schmeckte. Ein kleines Glas Rotwein rundete die bescheidene Wiedersehensfeier ab.

Dann musste ihr Vater noch etwas loswerden.

„Das Schlimmste nach unserer Verschleppung war noch, dass wir überhaupt nicht wussten, was aus dir geworden war. Standhaft hatte es Mama unterlassen, nach dir zu fragen. Sie muss fürchterlich gelitten haben, dich einfach deinem Schicksal überlassen zu müssen, damit du, falls du hattest fliehen können, überhaupt eine Chance bekommen würdest. So schwiegen wir uns aus, noch eine zweite Tochter zu haben. Wir konnten niemanden nach deinem Schicksal befragen, um dich nicht zu gefährden. Schlussendlich gingen deine Mutter und ich aber davon aus, dass du bei dem Überfall getötet sein müsstest. Und jetzt sitzt du ganz lebendig vor mir. Ein Wunder ist geschehen. Aber nun erzähle mir schon, wie es dir ergangen ist."

Jessika erzählte von ihrem Versteck, ihrer panischen Flucht aus dem leeren Haus, davon, wie sie von den Brückners aufgesammelt worden war, von ihrem Aufenthalt im Kinderheim und ihrer Freundschaft zu Rosi. Dann stockte ihre Schilderung. Sie musste sich sammeln und ein paar Tränen herunterschlucken, bis sie erklären konnte, wie sie zu ihren Pflegeeltern gekommen war.

Sie berichtete von Julia, Philipp und der kleinen Sophia, sie erzählte davon, wie herzlich sie aufgenommen worden sei und welche Mühe und Geduld ihre Pflegeeltern aufgebracht hätten, ihr eine neue Familie zu geben. Die letzten Worte hatte sie nur noch stammeln können, Jessika schluchzte auf und war unfähig weiter zu sprechen.

Als sie sich wieder einigermaßen gesammelt hatte, fuhr sie fort:

„Du musst verstehen, Julia und Philipp Neubauer gaben sich wirklich alle Mühe, mir Geborgenheit, Liebe und Verständnis zu geben. Ich kann ihnen einfach nur dankbar sein. Ich konnte in ihrem schönen Haus leben, und die kleine Sophia machte mir viel Freude. Aber in mir blieb ich unglücklich und zerrissen. Ich wollte um euch trauern, konnte es aber nicht, weil ich die ganzen Jahre hoffte, euch wiederzusehen. Dieser fürchterliche Überfall spukte ständig in meinem Kopf herum und ließ meine Gedanken nicht los. Mitunter wurde ich zornig und ungerecht, aber in meinem Inneren fanden schreckliche Kämpfe statt."

Ihr Vater nahm sie in den Arm und tröstete seine weinende Tochter.

Relativ zügig berichtete sie dann von ihrem weiteren Werdegang, vom Abitur in Ratingen, dem Medizinstudium in Düsseldorf, von ihrer Wohngemeinschaft, von dem so schwierigen behördlichen Weg zu ihrer Namensänderung und von ihrer ersten Stelle als Assistenzärztin im Kruppschen Krankenhaus. Von ihrer Nebentätigkeit als Gefängnisärztin erzählte sie zunächst nichts.

Noch eine Weile saßen sie zusammen, hingen ihren Gedanken nach. Dann drängte ihr Vater zum Aufbruch.

„Papa, warte, ich gebe dir noch schnell den Zweitschlüssel zu meiner Wohnung mit. Dann kannst du jederzeit zu mir kommen, auch, wenn ich Dienst haben sollte."

Von schnell konnte allerdings keine Rede sein, denn mindestens zehn Minuten suchte sie nach dem Schlüssel, dann hielt sie ihn triumphierend in der Hand und gab ihn ihrem Vater.

„Morgen habe ich in der Klinik Nachtdienst, aber am Dienstag kann ich gerne abends zu dir kommen. Bin schon ganz neugierig auf deine Wohnung."

Ihr Vater gab ihr seine Adresse, dann drückten sie sich noch einmal und er verschwand im Treppenhaus.

„Bis Dienstag um halb acht. Ich freue mich!", rief sie ihm hinterher.

Behutsam schloss sie die Tür, stand träumend da und sagte zu sich selber: „Jetzt habe ich doch tatsächlich wieder eine Familie, eine kleine Familie mit meinem Vater und mit mir."

Kapitel 55

Für die Verkehrspolizei war der Verkehrsunfall unter Beteiligung eines gewissen Dimitri Davidov zwar ein schwerer Unfall, aber ansonsten ein Verkehrsunfall wie jeder andere. Zwei Limousinen, beide an Gewicht und Volumen gefühlt einem mittleren Kleinlaster gleichend, aber neuerdings SUV genannt, waren frontal zusammengestoßen und zwar so heftig, dass der Fahrer eines BMW X6 durch die eingedrückte Fahrgastzelle so schwer verletzt wurde, dass er mit dem Hubschrauber in die Universitätsklinik gefahren werden musste. Sein Zustand war immer noch kritisch. Sein Kontrahent war etwas besser davongekommen. Er hatte „lediglich" einen Beckenbruch und Prellungen am Brustkorb sowie Schnittwunden im Gesicht erlitten.

Die Ermittlungen am Unfallort hatten schließlich zu folgendem Unfallhergang geführt: Der Mercedes GL, gefahren von einem einundzwanzigjährigen jungen Mann, dem Sohn des Autobesitzers, war auf der B51 zwischen Hattingen und Sprockhövel an unübersichtlicher Stelle zu einem Überholmanöver ausgeschert. Hinter einem Laster hatte sich nämlich eine Schlange von sieben PKW gebildet. Der Fahrer des Unglückswagens fuhr an zweiter Stelle hinter dem LKW und glaubte wohl, das vor ihm fahrende Fahrzeug und den LKW in einem Vorgang überholen zu können. Dabei verschätzte er sich mit der viel zu kurzen Strecke, die er bis zu dem ihm entgegenkommenden Fahrzeug noch zur Verfügung hatte. Dimitri Davidov, der der Wagenkolonne entgegenfuhr, war möglicherweise davon ausgegangen, das ihm entgegenkommende Fahrzeug würde wieder einscheren. Daher hatte er sein eigenes Tempo zunächst wohl nicht wesentlich reduziert. Erst im letzten Moment, als der Unfall nicht mehr zu vermeiden war, hatten beide Fahrer abrupt gebremst. Ein weiterer, hinter dem LKW in der Schlange fahrender PKW wurde noch in das Unfallgeschehen hineingezogen, sein Fahrer blieb aber bis auf einen gehörigen Schrecken ansonsten unverletzt. Er konnte der Polizei wertvolle Hinweise zum Unfallhergang geben.

Somit galt ein gewisser Marcel Breitenbach, Fahrer des Mercedes GL und Sohn des Bauunternehmers Breitenbach, bald ganz eindeutig als der Unfallverursacher.

Die Breitenbachs sind schon in dritter Generation damit beschäftigt, Häuser zu bauen, und, bis auf eine Flaute Ende der neunziger Jahre des letzten Jahrhunderts, daran interessiert, stetig ihr Geld zu vermehren. Ob der Sohn diese Tradition wird fortsetzen können, war bisher eher zweifelhaft. Beim Geld ausgeben half er jedoch bereits fleißig mit.

Nach seiner Operation zum Unfallhergang befragt, gab er zu, falsch gehandelt und sich zu sehr auf die Beschleunigung seines Fahrzeugs verlassen zu haben.

Soviel zum Unfallhergang. Auch der Abschlussbericht war bei eindeutiger Rechtslage bereits geschrieben.

Umso erstaunter waren daher die zuständigen Beamten, als sie Besuch von der Essener Kriminalpolizei bekamen. Ein Hauptkommissar Gläser, in Begleitung einer Praktikantin, ließ sich den vermeintlichen Unfallhergang schildern, sehr akribisch schildern. Die Unfallskizze, die Fotos der zerstörten Fahrzeuge, die gemessenen Bremswege und die Zeugenaussagen wurden vorgelegt. Zusätzliche Fragen wurden, so gut es ging, beantwortet.

Dann unterrichteten die Kriminalbeamten ihre verdutzten Kollegen darüber, warum sie solch ein Interesse an einem eigentlich „normalen" Verkehrsunfall hatten. Sie ließen durchblicken, dass der Unfall auch ein Attentat auf den am

Unfall beteiligten Dimitri Davidov sein könnte. Daher müssten sie akribisch alle Informationen zu diesem Unfall zusammentragen. Die Verwunderung bei den Kollegen der Verkehrspolizei war groß. Dieser schwere Verkehrsunfall unter Beteiligung dreier Fahrzeuge sollte absichtlich herbeigeführt worden sein? Sie wiesen diesen Verdacht mit Nachdruck zurück. Selbstverständlich waren ihnen Selbstmörder nicht unbekannt, auch solche, die andere Verkehrsteilnehmer mit ins Verderben nahmen. Aber ein einundzwanzigjähriger, verwöhnter Sohn aus reichem Elternhaus sollte, wo möglich, ein Attentäter sein? Für die Verkehrspolizei sprachen eigentlich alle Details gegen diese Annahme. Auch Achim Gläser und seiner Begleitung gingen zunehmend die Argumente für einen herbeigeführten Anschlag aus. Einen Frontalzusammenstoß mit dem Risiko, selbst schwer oder tödlich verletzt zu werden, absichtlich herbeigeführt zu haben, passte nicht zu diesem jungen Fahrer. Die Schilderungen der Beteiligten sprachen eindeutig für ein waghalsiges, aber fehlgeschlagenes Manöver eines jungen Heißsporns, zumal dieser nicht wissen konnte, ob sein Kontrahent nicht noch rechtzeitig würde bremsen können. Außerdem hätte ihm ein zweiter Mittäter genau über Funk mitteilen müssen, wann und wo ihm Dimitri Davidov entgegen käme. Alles mehr als unwahrscheinlich.

Die Kommissare ließen sich dennoch alle Unterlagen kopieren und wünschten auch die Adresse von Marcel Breitenbach. Denn ganz sicher würde ihr Chef ihn und seine Familie noch weiter unter die Lupe nehmen wollen. Mehr konnten sie ansonsten hier nicht erreichen.

Die lückenlose Beschattung des Grillrestaurants „Pommes Minister" an der Frankenstraße gegenüber einem Baumarkt war zeit- und personalintensiv, aber völlig unergiebig verlaufen. Acht Tage hatten sie den potentiellen Auftragsmörder, einen gebürtigen Rumänen mit Namen Vranau, beobachtet. Der Besitzer der Grillstation stand Tag für Tag selbst am Herd und bediente seine Kundschaft. Zwielichtige Personen oder solche, die länger mit ihm geredet hätten, tauchten nicht auf. Auch die Überwachung seiner Wohnung in Essen Katernberg war völlig ergebnislos verlaufen. Allem Anschein nach hatte der Verdächtige keine Verbindungen mehr zum kriminellen Millieu, so das eher dürftige Ergebnis. Dennoch bestand van Kauteren darauf, Herrn Vranau zu einer Befragung ins Kommissariat kommen zu lassen.

Achim Gläser konfrontierte den sichtlich überraschten und empört wirkenden Mann mit seiner kriminellen Vergangenheit und versuchte ihn auf eventuell noch bestehende Kontakte zur Unterwelt anzusprechen. Mehr als einmal beteuerte der Mann, dass er seine Vergangenheit hinter sich gelassen und sich eine neue Existenz aufgebaut habe.

Dann schaltete sich van Kauteren persönlich ein:

„Sagen Sie, Herr Vranau, kennen Sie eine Frau Doktor Schwarz, Jessika Schwarz?"

Völlig verständnislos und mit ungläubigen Gesichtsausdruck saß der Befragte auf seinem Stuhl.

„Wer soll das sein? Meine neue Hausärztin oder meine Gynäkologin?", versuchte er zu scherzen.

Van Kauteren schob ihm ein Bild der Ärztin über den Tisch. „Kennen Sie diese Frau? Hat sie in den letzten Wochen Kontakt zu Ihnen aufgenommen?"

„Nein! Was soll das? Ich kenne diese Frau nicht! Vielleicht habe ich ihr mal eine Currywurst verkauft, aber an alle Gesichter meiner Kundschaft kann ich mich beim besten Willen nicht erinnern. Also, nochmals zum Mitschreiben: Ich kenne diese Frau nicht! Habe sie noch nie gesehen! Aber ich würde sie ganz gerne kennenlernen, sieht klasse aus, die Schnecke."

Van Kauteren winkte ab.

„Sie können gehen, Herr Vranau, aber halten Sie sich zu unserer Verfügung, falls wir noch Fragen haben sollten."

Mehr als konsterniert verließ der Mann das Kommissariat. Seine Beschattung wurde eingestellt. Auch hier kamen sie nicht weiter.

Wenigstens Mo und Regina waren etwas erfolgreicher. Sie hatten einiges zur Person der Gefängnisärztin zusammentragen können.

Hauptberuflich arbeitete sie als Assistenzärztin im Krupp Krankenhaus in Essen. Ihr Chef, Professor Schorlemmer, konnte nur Gutes über seine junge Kollegin berichten. Sie sei für den Arztberuf sehr begabt, sehr fleißig und zuverlässig. Außerdem habe sie ein gutes Fachwissen. Die Ausbildung zur Internistin würde sie ganz bestimmt erfolgreich abschließen. Daher, so der Professor, habe er ihr auch die zeitlich recht aufwendige Nebentätigkeit in der JVA Gelsenkirchen gestatten können. Zu ihrem Privatleben gefragt, konnte ihr Chef nichts Wesentliches beitragen. Offensichtlich habe sie sich aber finanziell etwas übernommen, deshalb sei ihr die durchaus lohnende Nebentätigkeit wohl wie gerufen gekommen.

Nach den Charaktereigenschaften von Frau Schwarz gefragt, musste er zumindest einräumen, dass sie gelegentlich etwas schroff sein könne, aber nicht zu den Patienten, wie er betonte. Allerdings habe er in den letzten Wochen eine gewisse Überforderung seiner Assistenzärztin feststellen müssen. Die Doppelbelastung Klinik und JVA wäre auf Dauer möglicherweise doch nicht haltbar.

Zu ähnlichen Erkenntnissen kamen Mo und Regina auch, als sie die Kollegen und die Pflegekräfte, die mit Frau Schwarz zu tun hatten, befragen konnten. Ihr Privatleben hatte sie offenbar gut abgeschirmt. Denn keiner der Befragten konnte Näheres berichten. Allem Anschein nach habe sie keinen festen Freund oder Partner.

Lediglich Schwester Birgit berichtete nach längerem insistieren davon, wie ihre Stationsärztin einmal fast ausgerastet sei, als der Vater einer noch minderjährigen Tochter diese erst besuchen wollte, als sie bereits zur Entlassung anstand. Denn wochenlang, als es seiner Tochter sehr schlecht ging, hatte er sich nicht blicken lassen. Wie ein Irrwisch sei sie dem völlig überraschten Mann entgegengetreten und habe ihn heftig beschimpft.

„Zu ihrer Vergangenheit haben wir nicht viel gefunden, dazu müsste man sie eventuell persönlich befragen.", endete der Bericht der beiden.

Van Kauteren fasste zusammen:

„Soweit wir bis jetzt vermuten können, ist Dimitri Davidov keinem gezielten Anschlag zum Opfer gefallen. Der uns bekannte Unfallhergang spricht gegen diese Theorie. Übrigens, wer weiß, wie es unserem Freund jetzt geht?"

Mo schaltete sich ein:

„Habe heute Morgen mit der Station gesprochen. Er befindet sich nach mehreren Operationen noch im künstlichen Koma, sei aber wohl außer Lebensgefahr."

„Frau Dr. Schwarz", fuhr van Kauteren fort, „dürfte nach unseren jetzigen Erkenntnissen die ihr von Frau Bergmann aufgetragene Botschaft nicht weitergegeben haben. Außerdem hätte diese jetzt ohnehin jede Relevanz verloren. Das Verhalten der Gefängnisärztin ist zwar, meiner Meinung nach, ungewöhnlich, lässt aber primär keine Rückschlüsse auf eine Beteiligung an einer kriminellen Handlung erkennen. Seht ihr das auch so?"

Allgemeines Nicken war die Antwort.

Zum Schluss berichtete van Kauteren noch von seinem Gespräch mit der Anstaltsleitung der JVA Gelsenkirchen.

Nach einem etwas holprigen Start und mit einigen Überredungskünsten sei der Anstaltsleiter schließlich bereit gewesen, diejenigen Untersuchungsgefangenen herauszusuchen, die wegen Verdacht auf ein Kapitalverbrechen einsaßen. Es waren insgesamt 9, davon 7 Männer und 2 Frauen. Schlussendlich sei es ihm auch noch gelungen, die Gefangenen herausfiltern zu lassen, die, abgesehen von der Eingangsuntersuchung bei Einlieferung in die Anstalt, weitere Konsultationen bei der Anstaltsärztin gewünscht hätten. Es blieben 4 Männer und 2 Frauen übrig. Eine davon war Anne Bergmann.

„Hier scheint sich der Kreis zu schließen. Oder, wie seht ihr das?"

Achim Gläser widersprach:

„Nein, da müssen wir sehr vorsichtig sein und dürfen nicht vorschnell urteilen. Wir sollten mit allen sechs Verdächtigen vorurteilsfrei sprechen. Sonst kommen wir nicht weiter."

„Du hast ja Recht, Achim. Aber, ehrlich gesagt, ich weiß noch nicht, unter welchem Vorwand wir die Häftlinge befragen sollen, ohne Verdacht zu erregen, dass die Anstaltsärztin uns mit Informationen versorgt und damit ihre Schweigepflicht verletzt hat. Wie können wir verhindern, dass die Gefangenen hellhörig werden und wie können wir unser Versprechen halten, Frau Dr. Schwarz unter allen Umständen zu schützen?"

In diesem Augenblick klingelte das Handy von Mo mit der Melodie von „Freude schöner Götterfunken". Man hörte ihn, als er das Gespräch angenommen hatte, nur sagen: „Ja. Ja, gut. Ich werde es ihm ausrichten."

„Chef, das war unser Rechtsmediziner. Er hat neue Erkenntnisse zur Todesursache von Alexandra Davidov. Sie möchten bitte gegen 14 Uhr in sein Institut kommen."

Kapitel 56

Auf der Fahrt zur Rechtsmedizin, die van Kauteren über-
pünktlich angetreten hatte, entlud sich ein für Ende September ungewöhnlicher Starkregen, der ein wenig nachließ, als
er vor dem Institut angekommen war. Ein Parkplatz war
schnell gefunden, lag aber gut 100 Meter vom Eingang entfernt. Da er keinen Schirm mitgenommen hatte, gab es für
ihn nunmehr zwei Möglichkeiten. Entweder warten, bis der
Regen ganz vorüber wäre, oder jetzt, da er augenscheinlich
etwas nachgelassen hatte, unverzüglich die Beine in die
Hand zu nehmen und sein Heil in der Flucht zu suchen. Er
entschied sich für die zweite Variante, was zur Folge hatte,
dass nicht nur seine Brille Opfer des doch noch recht starken
Regens wurde, sondern auch der Rest von ihm.

Im Flur saß er wie ein Häufchen Elend und versuchte, sich
mit nur zwei Papiertaschentüchern, die er noch in seiner Hosentasche gefunden hatte, ein wenig zu trocknen. Eines ging
für Brille und Gesicht drauf, mit dem zweiten rieb er seine
Hände und seine Schuhe ab, so gut es eben ging.

Noch war von dem Mediziner nichts zu sehen. Van Kauteren wurde unruhig und hätte eigentlich eine Prise vertragen.
Aber auf der immer noch recht feuchten Haut wäre er damit
gescheitert. So ließ er es bleiben und überlegte, zu welchen
neuen Erkenntnissen der Dok wohl gekommen sein könnte.

Nach gefühlten 10 Minuten, aber nur fünf Minuten über
dem vereinbarten Termin bat ihn sein, im Gegensatz zu ihm,
völlig trockener Gesprächspartner herein. Er musterte van
Kauteren ziemlich verwundert von Kopf bis Fuß.

„Kommen wir zur Sache, Herr Kommissar. Ich habe Sie
herbestellt, weil ich neue, wichtige Erkenntnisse zur Todesursache von Alexandra Davidov habe. Es bleibt dabei, sie

wurde nicht erschossen. Das Projektil wurde erst post mortem auf sie abgefeuert. Aber Vorgestern erinnerte ich mich noch einmal an die vor dem Tod eingetretene Schweißbildung, die, so wurde mir plötzlich bewusst, auch bei starker Hypoglykämie, also Unterzuckerung, auftreten kann."

„Wie auch bei den anderen beiden Mordopfern, wenn ich erinnern darf."

„Ja, richtig. Also, um es kurz zu machen, ich hatte von allen dreien noch eingefrorene Blutproben aufbewahrt und, was soll ich Ihnen sagen, alle drei Opfer waren vor ihrem Tod schwerst unterzuckert. Bei Alexandra Davidov war der Befund am deutlichsten mit einem Wert von nur noch 20 mg/dl. Normal sind 70 bis 120 mg/dl. Sie ist daher an einer schweren Unterzuckerung verstorben. Die beiden anderen Opfer waren zum Todeszeitpunkt auch unterzuckert, wurden aber eindeutig durch die aufgesetzten Schüsse getötet."

„Und, wodurch war es nun zu den Unterzuckerungen gekommen?", wollte van Kautern wissen.

„Das kann nur durch eine injizierte Überdosis Insulin geschehen sein. Hier hat jemand die Opfer noch leiden lassen wollen, bis sie vermutlich irgendwann ins Koma gefallen sind. Bei Frau Davidov war das Spiel allerdings tödlich."

„Und, warum dann noch die Schüsse, wenn man auch die beiden anderen Opfer ganz elegant ins Jenseits hätte befördern können?", wollte der Kommissar wissen.

„Da habe ich eine Vermutung, die fast einer Gewissheit Platz macht. Wie ich Ihnen schon erläutert hatte, wurde von mir insbesondere das dritte Opfer akribisch auf Injektionsspuren abgesucht, als ich noch annahm, dass Alexandra Davidov mit irgendeiner Substanz vergiftet worden sein könnte. Ich habe aber keinerlei diesbezügliche Spuren an ihrer Leiche gefunden. Deshalb nehme ich inzwischen an, dass die

Insulininjektion im Bereich des Brustkorbs verabreicht wurde und die Schüsse durch die Brust genau dem Zweck dienten, die Injektionseinstiche zu vernichten."

Van Kautern war völlig überrascht und konnte zunächst nichts erwidern.

„Sie glauben also, eigentlich sollten alle durch eine Überdosis Insulin getötet werden. Die Schüsse dienten nur zur Vertuschung dieser Tötungsart?"

„Ja, so sehen Sie es richtig."

„Aber die beiden ersten Opfer lebten doch noch, als sie erschossen wurden."

„Ja , ebenfalls richtig. Entweder war das ein Versehen oder der Täter konnte den Todeszeitpunkt nicht genau erkennen und hat sozusagen die Schüsse auf Vivian König und Igor Davidov etwas zu früh abgegeben."

„Puh, das sind wirklich ganz besondere Neuigkeiten", ließ sich van Kauteren vernehmen.

„Das wird unsere Ermittlungen gehörig auf den Kopf stellen. Aber noch eine Frage habe ich. Kommt als Täter nur ein Arzt oder auch anderes medizinisches Personal in Frage? Sie wissen, was ich meine."

„Eigentlich sollte es sich bei dem Täter um einen Arzt handeln, er muss schließlich an das Insulin herankommen, weiß genau, wieviel er injizieren muss und kennt die Symptome. Aber natürlich kann auch jemand aus dem pflegerischen Bereich mit guten Kenntnissen auf diesem Gebiet und mit der Möglichkeit, sich Insulin auf irgendeinem Weg zu beschaffen, eine solche Tat verüben."

„Dok, ich bedanke mich sehr für diese Informationen. Bekommen wir ja noch schriftlich, denke ich."

Mit diesen Worten verschwand van Kauteren eiligen Schrittes aus der Rechtsmedizin und gelangte bei Sonnenschein zu seinem Fahrzeug. Von unterwegs wies er an, Frau Dr. Schwarz zu einer Befragung ins Präsidium zu bestellen.

Die Ärztin erschien zum vereinbarten Zeitpunkt, zeigte sich mehr als überrascht und verwundert, was es denn so Wichtiges gäbe, das keinen Aufschub duldete.

Van Kauteren und Regina begrüßten Dr. Schwarz und baten sie, Platz zu nehmen. Die Kommissarin begann das Gespräch:

„Frau Dr. Schwarz, wir haben Sie nochmals zu uns gebeten, weil es einige neue Erkenntnisse gibt und wir noch ein paar Fragen an Sie haben.

Vielleicht vorab, Sie haben es sicher in der Zeitung gelesen, Dimitri Davidov wurde Opfer eines Verkehrsunfalls."

„Glauben Sie, dass es in diesem Fall einen Zusammenhang mit meiner Mitteilung an Sie gibt?"

„Darüber wollen wir jetzt nicht spekulieren und dies auch nicht mit Ihnen diskutieren. War sozusagen nur eine Info.

Sagen Sie, Frau Dr. Schwarz, Sie können sich sicher ausweisen. Wir hätten gerne Ihre Adresse und Ihr Geburtsdatum."

„Und wozu das Ganze?"

„Nun, Sie sind eine Zeugin und das müssen wir schon genau nehmen, also: Wann und wo sind Sie geboren?"

Dr. Schwarz antwortete nicht sofort, spielte an ihrer Handtasche herum und begann dann:

„Ich glaube kaum, dass ich Ihnen diese Angaben machen …" Weiter kam sie nicht, als sie van Kauteren unterbrach.

„Wir können als Polizei zu jeder Zeit Ihre Identität über-
prüfen, auch ohne Angaben von Gründen, also: Wann sind
Sie geboren?"

„Am....14.08.1988.", kam die Antwort, sehr zögerlich und
sehr leise.

„Und, wo sind Sie geboren?", wollte jetzt Regina wissen.

„Was tut das zur Sache? Ja, gut, also in Bochum."

„Als Jessika Schwarz, nehme ich an?"

Van Kauteren hatte vor ein paar Augenblicken den Raum
verlassen, jetzt kam er wieder zurück.

„Ja, als Jessika Schwarz, was sonst."

„Frau Dr. Schwarz", schaltete sich van Kauteren wieder
ein: „Ich glaube, das stimmt so nicht."

Die Ärztin errötete.

„Ja , wenn Sie es so genau wissen wollen, als Jessika Keller." „Und, wie kam es zu der Namensänderung? Kommt ja
nicht so häufig vor."

„Nun, ich fand den Namen Keller einfach nicht schön und
habe ihn ändern lassen."

„Wann war das?"

„Nach meinem Studium, noch vor der Approbation."

„Frau Dr. Schwarz oder Frau Dr. Keller, mich befriedigt
das immer noch nicht. Kann es sein, dass Sie vor etwa zwanzig Jahren in einem Zeugenschutzprogramm den Namen Eleonore Jung erhielten? Wir kennen nämlich eine solche Na-
mensgebung mit exakt dem gleichen Geburtsdatum, das Sie
uns genannt haben."

Frau Dr. Schwarz sprang auf und versuchte, den Raum zu
verlassen. Regina war schneller und führte sie an ihren Platz
zurück.

„Das bringt doch jetzt nichts. Wir beide wissen, dass es sich
so verhält. Wir wissen auch, dass Sie vor etwa 20 Jahren Ihre

Eltern und Geschwister bei einem nächtlichen Überfall verloren haben. Nur noch die Wahrheit kann Ihnen jetzt weiter helfen. Bitte seien Sie einsichtig. Wir wollen Ihnen, die sie sehr wahrscheinlich ein sehr schlimmes Schicksal haben erdulden müssen, so gut wie möglich, helfen."

In diesem Augenblick verlor die Ärztin ihre künstliche Fassade und begann zu schluchzen und zu zittern. Die Befragung musste unterbrochen werden. Später stellte van Kauteren noch eine letzte Frage:

„Kennen Sie die Gefangene Anne Bergmann aus gemeinsamer Vergangenheit?"

„ Nei… !"

Weiter kam sie wieder nicht.

„Ja, ich kenne sie. Sie war, soweit ich mich noch erinnern kann, eine der damaligen Personenschützer."

„Hatten Sie mit ihr privaten Kontakt?"

„Nein, absolut nicht. Ich bin ihr seit damals nur jetzt wieder als Gefängnisärztin begegnet und habe ihr, so gut ich konnte, geholfen."

Jetzt wurde van Kauteren förmlich.

„Frau Dr. Schwarz, wir können nicht ausschließen, dass Sie mit der Ermordung von Vivian König, Igor Davidov und Alexandra Davidov etwas zu tun haben. Ich muss Sie leider vorläufig festnehmen, weil Sie ein starkes Motiv haben und bei Ihnen Verdunklungsgefahr besteht. Bitte händigen Sie uns Ihre Wohnungsschlüssel aus. Wir werden eine richterlich angeordnete Durchsuchung vornehmen müssen."

Völlig apathisch und scheinbar willenlos gab sie Regina ihre Wohnungsschlüssel. Aus der so tough wirkenden Gefängnisärztin war eine völlig verunsicherte Person geworden. Nach entsprechender Belehrung wurde sie abgeführt.

Kapitel 57

Als die Spurensicherung in Begleitung von Enrico die Wohnung von Frau Dr. Schwarz betrat, lag das Wohnzimmer in gleißendem Licht. Eine auf dem Esstisch stehende Skulptur aus dunkelblauem Glas führte zu wunderschönen Lichtbrechungen. Eine Jugendstiluhr auf einem weißen Sideboard erstrahlte zu einem funkelnden Schrein. Die ansonsten schlichte, sehr helle Möblierung stand in angenehmen Kontrast zu dem sich offenbarenden Farbspiel.

Obwohl sie alle Polster umdrehten und unter jedes Möbelstück schauten, konnte das Wohnzimmer relativ schnell aber ergebnislos durchsucht werden. In der angrenzenden kleinen Küche war die Arbeit bereits viel schwerer, weil viele Schubladen zumindest teilweise entleert und untersucht werden mussten. Selbst der halb gefüllte Abfalleimer war für die Spurensicherung von Interesse.

Im angrenzenden Schlafzimmer fanden sie etwas, was sie endlich weiter bringen sollte. Neben dem Kleiderschrank entdeckten sie einen ärztlichen Notfallkoffer, den Frau Dr. Schwarz allem Anschein nach für mögliche Einsätze in der JVA benötigte. Sie fanden die üblichen Gegenstände, die ein Arzt zur Behandlung eines Erkrankten oder Verletzten benötigt. Hinzu kam eine lange Liste von Medikamenten zu Injektionszwecken. Eines davon war eine Flasche mit „Alt-Insulin", die etwa um ein Drittel geleert war.

Im Bad war für die Beamten besonders der Spiegelschrank über dem Waschbecken von Interesse. Er enthielt eine Reihe üblicher Tabletten, Salben oder Suppositorien, K.O. Tropfen fanden sie hier nicht. Allerdings konfiszierten sie noch 38 Stück eines relativ starken Schlafmittels, wie sich bei genauerer Untersuchung feststellen ließ. Ein offenbar gebrauchtes und ein steriles, noch eingepacktes, chirurgisches Messer, das neben ausreichend Verbandszeug lag, waren für die Ermittler eher nicht von Interesse.

Neben dem Bad befand sich ein zum Flur offener Raum, den die Ärztin ganz offenbar als Büro nutzte. An der linken Wand stand ein weißes Regal mit Büchern, Fachliteratur und Aktenordnern. Auf dem Schreibtisch lag ihr Laptop, der sofort in Augenschein genommen wurde. Da ein direkter Zugang zu den Daten nicht möglich war, entfernte die Spusi alle Kabel und nahm das Gerät mit. Wie sich später herausstellen sollte, waren die Daten allerdings kriminaltechnisch nicht von Belang. Es fanden sich keinerlei Hinweise, die sie in der Sache weitergebracht hätten.

Bei erster Sicht der Aktenordner, mitgenommen wurden ohnehin alle, entdeckte Enrico in einem eine Sammlung von Zeitungsartikeln, die fein säuberlich ausgeschnitten, aufgeklebt und abgeheftet waren, und alle von den Morden an Vivian König und Igor Davidov berichteten.

Ganz am Ende des Ordners fand er in einer Klarsichthülle einen Briefumschlag, der an Eleonore Jung gerichtet, aber nicht über den Postweg verschickt worden war. Darin befand sich ein Brief, der, wie sich am Ende des Schreibens herausstellte, von Anne Bergmann geschrieben worden war. Datiert war der Brief auf den 02.09. 2014.

Enrico war elektrisiert und rief umgehend seinen Chef an.

„Du glaubst nicht, was ich gefunden habe, einen Ordner mit gesammelten Zeitungsartikeln zu den Morden und einen Brief von Anne Bergmann an Eleonore Jung, alias Jessika Schwarz. Soll ich ihn dir vorlesen?"

„Ja, leg los! Was schreibt sie?"

„Also, hör zu! Folgender Text:

Liebe Frau Jung,

ich weiß nicht, ob Sie sich noch an mich erinnern. Vor gut 19 Jahren war ich eine der drei Personenschützer ihrer Familie, als sie alle zusammen in das Zeugenschutzprogramm gehen mussten. Sicher ist Ihnen noch die fürchterliche Tragödie im Sauerland präsent. Ich selbst habe den damaligen Überfall, der zur Verschleppung Ihrer Familie führte, nur knapp überlebt, zwei meiner Kollegen haben den Einsatz mit ihrem Leben bezahlt.

Ich habe lange nach Ihnen gesucht und wusste lang Zeit nicht, wo ich Sie überhaupt finden könnte. Von meinen Vorgesetzten hatte ich allerdings nach meiner schwierigen Genesung erfahren, dass Sie die Tragödie von damals als Einzige überlebt hatten und fliehen konnten. Deshalb habe ich mich schließlich auf die Suche nach Ihnen begeben.

Es tut mir unendlich leid, dass wir Sie und Ihre Familie damals nicht besser haben schützen können. Es war eine einzige Katastrophe, unter der ich bis heute leide.

Ich sehe Sie immer noch als junges Mädchen vor mir, wie wir beide öfters Uno gespielt haben und ich ab und zu ein paar Tränen trocknen musste, wenn Ihnen bewusst wurde, dass Sie auf nicht absehbare Zeit weder Ihre Freundinnen noch Ihre zurückgebliebenen Verwandten würden sehen können. Ich erinnere mich noch immer an Ihre langen, blonden Haare, die Ihre Mutter oft so liebevoll gekämmt hat.

Da wir uns beide, so denke ich, sehr viel zu erzählen hätten und ich neugierig bin, was Sie nach diesen denkbar schlechtesten Startbedingungen aus ihrem Leben gemacht haben, würde ich mich sehr freuen, wenn Sie auf diesen Brief antworten würden, egal auf welche Weise. Ich gebe Ihnen gleich

*meine Adresse, meine Telefonnummer und meine
Mailadresse.*

*Ich denke, wir sind beide Opfer und wir sollten allmählich
einen Weg finden, unserem gemeinsamen Feind etwas davon, was wir erleiden mussten, zurückzugeben.*

*Mit freundlichen Grüßen
Ihre Anne Bergmann*

Enrico hatte geendet.

„Bist du noch dran?"

„Ja, sicher. Der letzte Satz ist ja der Knaller. Mir kommt
langsam der Verdacht, dass die beiden möglicherweise zusammen gearbeitet haben könnten. Da müssen wir unbedingt
nachstoßen und, wenn möglich, mehr herausfinden. Und
sonst? Habt ihr was gefunden, was uns weiterhilft?"

„Ja, einen Notfallkoffer mit einer Flasche Insulin, die um
etwa ein Drittel geleert war. Sonst nichts Wesentliches."

„Habt ihr eine Pistole gefunden?"

„Nein, wir haben die Wohnung auf den Kopf gestellt, aber
die Sig-Sauer P6 haben wir auch hier nicht gefunden. Den
Rest erzähle ich dir im Präsidium."

Eine aschfahle, scheinbar um Jahre gealterte, Frau saß im
Verhörraum. Regina und van Kauteren setzten die Befragung fort, an deren Ende sie die Ärztin entweder verhaften
oder frei lassen müssten.

„Frau Dr. Schwarz, wir haben inzwischen Ihre Wohnung
kriminaltechnisch untersucht. Es stehen noch einige Unter-
suchungsergebnisse aus, dennoch möchten wir Ihnen schon
jetzt einige Fragen stellen.", begann van Kauteren. Regina
ergänzte:

„Wir kommen immer mehr zu der Einsicht, dass Sie an den Ermordungen von Vivian König, Igor Davidov und auch Alexandra Davidov zumindest beteiligt waren. In allen drei Fällen wurde den Opfern Insulin in einer sehr hohen, wenn nicht sogar tödlichen Dosis gespritzt. Wir haben in einem Arztkoffer in Ihrer Wohnung ein Flasche mit Insulin gefunden, die bereits soweit geleert war, dass mit der entnommenen Menge an Insulin alle drei Tötungsdelikte begangen worden sein könnten. Was sagen Sie dazu?"

„Ja, sicher, Sie werden meinen Notfallkoffer in meiner Wohnung gefunden haben. Und ja, darin befindet sich, wie in jedem anderen auch, Insulin. Welchen Strick wollen Sie mir daraus jetzt drehen?"

„Nun, Frau Dr. Schwarz, unter normalen Bedingungen wäre dies völlig unbedeutend. Aber es gibt nun mal diesen Zusammenhang zu den Tötungsdelikten. Also hatten Sie zumindest die Gelegenheit, den Opfern Insulin zu verabreichen. Ein Indiz, mehr zunächst nicht.", antwortete Regina.

Dann fuhr sie fort:

„Frau Dr. Schwarz, wir haben einen Aktenordner sichergestellt, der Zeitungsartikel zu den besagten Morden enthielt. Sie müssen sich ganz offenbar damit beschäftigt haben. Außerdem haben wir einen Brief von Anne Bergmann an Sie gefunden, datiert aus dem Vorjahr. Was sagen Sie dazu?"

„Ja, stimmt. Eine Anne Bergmann hat mich vor Monaten angeschrieben. Ich habe darauf nicht geantwortet, weil mich der Kontakt nicht interessierte."

Van Kauteren grätschte dazwischen:

„ Ich weiß nicht recht, ob wir Ihnen das glauben können, umso mehr, weil Frau Bergmann fast unverhohlen gemeinsame Aktionen gegen Ihren Intimfeind andeutet. Bei Ihrer Vorgeschichte wäre doch ein Gedankenaustausch mit einer

Leidensgenossin und Ihrer früheren Personenschützerin nur hilfreich gewesen."

„Wie Sie meinen, aber ich bleibe dabei, wir hatten keinen Kontakt."

„Nun noch etwas anderes, Frau Dr. Schwarz. Wir würden gerne aus ihrem Mund hören, wie Sie damals haben fliehen können und welche weiteren Stationen Sie durchlebt haben, zunächst als Eleonore Jung, später als Jessika Schwarz. Damit wir Ihre ganze Geschichte verstehen."

Ziemlich genervt und zeitweilig sehr holprig berichtete die Verdächtige von ihrer Flucht, ihrem Aufenthalt bei den Brückners, ihrem Leben im Kinderheim und ihrer Zeit bei ihren Pflegeeltern, den Neubauers. Sie ließ auch nicht unerwähnt, dass sie noch als Eleonore Jung nach Düsseldorf in eine WG gezogen sei. Ihr Medizinstudium habe sie dort erfolgreich abgeschlossen, habe sich aber dann umbenannt, um die Zeit des Zeugenschutzprogramms endgültig hinter sich zu lassen und ihre erste Stelle als Ärztin in Essen gänzlich unbelastet antreten zu können.

„Warum nahmen Sie nicht wieder Ihren alten Namen, Jessika Keller an?", wollte van Kauteren wissen.

„Und wie kamen Sie auf den Namen Schwarz?"

„Der Name Keller gefiel mir wirklich nicht besonders, deshalb nahm ich den Mädchennahmen meiner Mutter an. Das war zwar komplizierter, wurde mir aber schließlich von den Behörden gestattet."

„Wollten Sie nicht vielleicht länger unerkannt bleiben?", deutete Regina an.

„Ich weiß nicht, was Sie meinen.", war die Antwort.

„Nun, Frau Dr. Schwarz, ich fasse zusammen.", ließ sich van Kauteren vernehmen. „Sie haben ein sehr starkes Motiv, die drei Morde allein oder zusammen mit Frau Bergmann begangen zu haben. Hinzu kommt, dass wir bei Ihnen Indizien gefunden haben, die diesen Verdacht verstärken. Ich muss Sie daher in Untersuchungshaft nehmen und dem Untersuchungsrichter vorführen. Er wird über Ihren weiteren Verbleib im Gefängnis entscheiden."

Kaum war Frau Dr. Schwarz abgeführt worden, erhielt Mo einen Anruf von der Gefängnisleitung der JVA Gelsenkirchen, Frau Bergmann wolle eine Erklärung abgeben. Endlich! Jetzt bewegte sich etwas! Ihre Ermittlungen machten deutliche Fortschritte.

Kapitel 58

Anne Bergmann rutschte nervös auf ihrem Stuhl hin und her, sie knetete ihre Finger und ihr Blick irrte durch den Raum. Wieder hatte sie sich vorher nackt ausziehen müssen, um dieses Mal von einer anderen Vollzugsbeamtin leibesvisitiert zu werden. Alles wieder sehr beschämend, aber nun für sie wenigstens nicht mehr überraschend. Beinahe spielte sich eine gewisse Routine ein, auf die sie gut und gerne würde verzichten können. Gespannt verfolgte sie die Szenerie um sie herum. Van Kauteren näherte sich mit sehr finsterem Gesichtsausdruck und hielt ihre Akte in der Hand. Regina begleitete ihn und lächelte sie ein wenig an. Sie begrüßte Anne freundlich. Wollten die beiden Kommissare etwa die Geschichte von „good boy und bad boy" aufführen, überlegte sie irritiert. Es wäre zu lächerlich.

Deutlich länger als nötig blätterte der Kommissar mit ernster Miene in ihrer Akte, dann hob er seinen Kopf und begann:

„Frau Bergmann, ich habe gehört, Sie wollen eine Aussage machen. Bitte, fangen Sie an!"

Die Untersuchungsgefangene wusste offenbar nicht, wie sie beginnen sollte. Stockend und mit sehr leiser Stimme rang sie nach Worten:

„Ich habe gestern erfahren, dass es meinem Vater gesundheitlich schlechter geht. Er braucht ganz offensichtlich meine Hilfe. Daher bin ich bereit, mit Ihnen zu kooperieren. Einiges habe ich bisher verschwiegen oder falsch beantwortet. Ich will mich bemühen, meinen Teil zur Aufklärung der Mordserie beizutragen. Aber eines vorweg: Ich habe niemanden umgebracht."

„Dann sind wir aber sehr gespannt, wie sie uns das plausibel erklären wollen.", entgegnete der Kommissar.

Unbeirrt fuhr Anne Bergmann fort:

„Ich muss eingestehen, dass ich gelogen habe, als Sie mich vor einiger Zeit nach meiner früheren Schwangerschaft gefragt haben. Vor dem Überfall war meine Regel bereits ausgeblieben, ich machte einen Test, der mir bestätigte, dass ich guter Hoffnung war. Als ich aber Wochen später aus dem Koma aufgewacht bin, haben mir die behandelnden Ärzte ziemlich schnell die bedauerliche Nachricht überbringen müssen, dass ich im dritten Monat schwanger war und während einer schweren Operation mein Kind verloren hatte. Ich habe diese Tatsache vor Ihnen geleugnet, weil ich vermeiden wollte, dass Sie mir deswegen noch viel stärkere Rachegelüste gegenüber meinem Erzfeind unterstellen könnten."

„Ganz richtig, Ihre Hassgefühle gegenüber einem gewissen Dimitri Davidov dürften sich damals nahezu vervielfacht haben. Sind wir uns in diesem Punkt jetzt einig?"

Anne gab auf die Bemerkung des Kommissars zunächst keine Antwort. Dann fuhr sie mit tränenerstickter Stimme fort:

„Um es ganz klar zu sagen, der Verlust meines ungeborenen Kindes wurde für mich zum schlimmsten Albtraum, den die damalige Katastrophe, dieser brutale Überfall, in mir ausgelöst hat. Ich geriet in eine tiefe Depression und litt zunehmend unter Panikattacken, wollte deshalb auch meine dringend notwendige Rehabilitationsbehandlung zunächst gar nicht antreten. Ich wollte nur weg, nach Hause, um mich dort zu verkriechen.

Auch, wenn ich mich jetzt um Kopf und Kragen rede, aber die Vorstellung, es einem gewissen Davidov und seiner Familie irgendwann einmal heimzahlen zu können, gab mir neuen Lebensmut. Diesen verfluchten Clan eines Tages leiden zu sehen und sie am Ende alle zu töten, diese Vorstellung hielt mich am Leben und führte dazu, dass ich der Rehabilitationsbehandlung schließlich zustimmte. Ich wollte wieder ganz gesund werden."

„Vorsicht, Frau Bergmann, Sie geben im Augenblick Schuldeingeständnisse ab, die Sie schwer belasten könnten.", insistierte die Kommissarin.

„Keine Sorge, ich habe zwar mein ganzes weiteres Leben mit meinem Schicksal gehadert und immer wieder Rachegedanken gehabt, aber ich habe all das, was passiert ist, nicht getan. Denn, als mein Vater krank wurde und meine Hilfe brauchte, war das Risiko, ins Gefängnis zu müssen, wenn ich meinen Plänen gefolgt, aber durch irgendeine Unachtsamkeit überführt worden wäre, viel zu groß. Ich lag zwar weiter mit der Gerechtigkeit und meinem Schicksal im Clinch, musste aber einsehen, dass ich zu Lebzeiten meines Vaters nichts, aber auch gar nichts würde ausrichten können."

„Sie wissen aber schon, dass die Taten mit Ihrer Dienstpistole begangen wurden. Dieses Indiz können Sie nach wie vor nicht leugnen."

„Ich bleibe dabei: Weder im Krankenhaus noch über irgendeinen anderen Weg bin ich an meine frühere Dienstwaffe gekommen. Ich versichere Ihnen nochmals: Ich habe die Morde nicht begangen, die Waffe befand oder befindet sich nicht in meinem Besitz. Ich habe mit ihr nach meiner Dienstzeit nicht geschossen."

Anne Bergmann war sichtlich erschöpft. Eine Pause wäre hilfreich, dachte Regina.

„Soll ich Ihnen einen Kaffee besorgen oder ein Glas Wasser?" „Ein Wasser wäre schön."

Nachdem sie hastig ein paar Schlucke getrunken hatte, fuhr Anne Bergmann fort:

„Was ich Ihnen im Weiteren mitteilen werde, wird mich einerseits entlasten, mich andererseits in gewisser Weise belasten. Ich weiß aber, was ich tue."

„Sie reden für mich gerade in Rätseln.", erwiderte van Kauteren.

„Sie werden es gleich verstehen."

Jetzt wirkte sein Gegenüber entschlossen, die anfängliche Unsicherheit war völlig verflogen.

„Nachdem ich endlich einigermaßen wiederhergestellt, aber aus dem Polizeidienst ausgeschieden war, beschäftigte mich das Schicksal der Familie Jung sehr. Auch wenn ich nichts mehr zur weiteren Aufklärung des Falls beitragen konnte, ließ ich mich von meinem früheren Vorgesetzten immer wieder über den Stand der Ermittlungen informieren, anfänglich ziemlich häufig, dann immer seltener und später gar nicht mehr.

So erfuhr ich selbstverständlich auch davon, dass Eleonore Jung hatte fliehen können, dass sie zunächst bei einem älteren Ehepaar Unterschlupf gefunden hatte, dann in ein Kinderheim gesteckt worden war und schließlich Pflegeeltern gefunden hatte. Daher machte ich mich in den letzten drei Jahren auf die Suche nach ihr, zunächst ohne jeden Hintergedanken. Ich wollte einfach nur mit ihr sprechen und sehen, ob ich etwas für sie tun könnte."

„Wie wir beide schon wissen, haben Sie Eleonore, inzwischen zu einer jungen Studentin herangewachsen, tatsächlich gefunden und Kontakt mit ihr aufgenommen. Ihr Vater berichtete uns davon. Sie erinnern sich?"

„Ja, ist mir bewusst. Aber dazu möchte ich noch einiges, was der Wahrheit dienen soll, ergänzen. Als ich Eleonore

371

endlich in Düsseldorf gefunden hatte, habe ich ihr einen Brief geschrieben und darum gebeten, mit ihr in Kontakt treten zu dürfen. Daraus wurde aber nichts."

Van Kauteren blätterte in der vor ihm liegenden Akte.

„Darf ich Sie kurz unterbrechen? Könnten Sie mir den Inhalt des Briefes in ihren Worten schildern? Wäre das möglich?"

„Ja, ich versuche es."

Dann gab Anne Bergmann den Inhalt wieder, so gut, wie sie sich erinnern konnte. Van Kauteren schien nicht ganz zufrieden.

„Wissen Sie noch, von wann der Brief datiert war?"

„Nein, so genau weiß ich das heute nicht mehr, müsste aber Anfang September 2014 gewesen sein."

„Ja, richtig. Könnte es dieser Brief sein?"

Der Kommissar hielt den in der Wohnung von Dr. Schwarz gefundenen Brief hoch.

„Ja, ich denke, das ist er. Ich erkenne meine Schrift. Wo haben Sie ihn her?"

Van Kauteren ließ diese Frage unbeantwortet.

„Wenn ich Sie darauf hinweisen darf, der Brief enthält einen Schlusssatz, der, gelinde gesagt, missdeutet werden könnte. Aber fahren Sie zunächst fort."

„Wir, Eleonore und ich, haben uns nie gesehen oder gesprochen. Im Frühjahr dieses Jahres schrieb ich ihr einen zweiten Brief, der ebenfalls unbeantwortet blieb. In diesem Schreiben forderte ich sie mehr oder weniger direkt auf, etwas dafür zu tun, die damaligen Untaten nicht ungesühnt zu lassen. Ich habe dabei ganz einfach unterstellt, dass Eleonore aufgrund ihrer Leidensgeschichte so ähnliche Rachegelüste haben müsste wie ich. Ich wollte, dass sich ganz einfach etwas tat. Wenn uns die Justiz schon nicht helfen konnte, sollte eben einer von uns Betroffenen die Sache in die Hand nehmen. Aber nochmals, auch auf diesen Brief habe ich keine Antwort erhalten.

Umso überraschter war ich, als ich von den Morden an Vivian König, sowie Igor und Alexandra Davidov hörte. Auch, wenn ich bis heute nicht weiß, wer die Taten wirklich begangen hat, vermutete ich Eleonore hinter den Morden. Und, wenn ich ehrlich bin, war ich hoch erfreut über diese Entwicklung. Ich deutete Ihnen meine diesbezüglichen Gefühle ja bereits bei einem unserer früheren Gespräche an."

Van Kauteren nickte.

„Sie belasten in diesem Moment jemand Anderen schwer. Ist Ihnen das bewusst?"

„Ja, aber lassen Sie mich zunächst weiter berichten.

Als ich in die JVA Gelsenkirchen eingeliefert wurde und zum ersten Mal einer Frau Dr. Schwarz gegenübersaß, war ich sehr irritiert. Gewisse Ähnlichkeiten mit Eleonore Jung fielen mir sofort auf, waren aber nicht eindeutig. Da es mir im Gefängnis zeitweilig ziemlich schlecht ging, ich aber auch die Gefängnisärztin näher kennenlernen wollte, suchte ich sie zu weiteren Gesprächen auf. Mehr und mehr kam ich dann zu der Erkenntnis, dass mir Eleonore Jung gegenübersaß."

„Haben Sie diesen Verdacht Frau Dr. Schwarz mitgeteilt?"
„Nein, ich habe mich nicht getraut und habe mich ihr weiterhin nicht offenbart.

Eines Tages, ich saß völlig niedergeschlagen in meiner Zelle, ging es mit mir durch. Ich war irgendwie völlig verzweifelt, aber auch voller Hass gegenüber Dimitri Davidov. Denn dieser Mensch lebte noch. Vielleicht war der Täter oder die Täterin inzwischen überfordert oder zögerte aus anderen Gründen, das begonnene Werk zu vollenden. Ich musste die Sache beschleunigen. Der Clanchef musste, sobald als möglich, sterben!

Daher verletzte ich mich in dieser Nacht mit einem selbstgebastelten Utensil, nur, um Dr. Schwarz möglichst rasch und ohne Verdacht zu erregen, in meiner Zelle kontaktieren zu können. Mein Plan war, einem meiner früheren Informanten mit krimineller Vergangenheit eine Nachricht zukommen zu lassen, um ihn zur Tötung von Dimitri Davidov zu überreden. Und, wer außer Dr. Schwarz käme für mich als Überbringer dieser Botschaft in Frage. Mir war zu diesem Zeitpunkt alles egal!"

Van Kauteren räusperte sich hörbar.

„Ich weiß noch nicht, was ich von Ihrem sehr ungewöhnlichen Vorgehen halten soll. Wir werden das noch bewerten müssen. Trotzdem gut, dass sie sich entschlossen haben, jetzt reinen Tisch zu machen. Aber noch etwas: Ich weiß nicht, ob Sie bereits Kenntnis davon haben, dass Dimitri Davidov inzwischen einem schweren Autounfall zum Opfer gefallen ist."

Er ließ sie dabei absichtlich im Unklaren, ob der Chef der Zigarrenbande ums Leben gekommen war oder den Unfall überlebt hatte.

Anne Bergmann schien überaus erleichtert. Ein Lächeln huschte über ihr Gesicht.

Kapitel 59

Van Kauteren wurde auf der Fahrt ins Präsidium durch einen größeren Stau auf der Ruhrallee aufgehalten. Es half alles nichts. Er musste an diesem sehr nebeligen Herbsttag Geduld beweisen, hatte aber so mehr Zeit zum Nachdenken, vielleicht mehr, als ihm im Augenblick lieb war.

Ihm war klar, dass er heute im Fall Anne Bergmann eine Entscheidung würde treffen müssen. Am Vortag hatte ihn der Untersuchungsrichter zum Stand der Ermittlungen befragt. Er konnte zu diesem Zeitpunkt nur ausweichend antworten, da das Gespräch mit Frau Bergmann noch ausstand.

Heute hatte sich für elf Uhr dreißig Staatsanwalt Küppersbusch bei ihm angemeldet. Somit hatten er und sein Team nur noch wenige Stunden, um über die gemeinsame weitere Vorgehensweise zu beraten und das gestrige Gespräch mit Frau Bergmann zu bewerten.

Als er sein Büro betrat, wurde er von dumpfen, sich stetig wiederholenden Geräuschen überrascht, die vom Geschoß über ihm herzurühren schienen. Handwerker waren offenbar damit beschäftigt, irgendetwas zu reparieren, was nicht ohne laute Schläge zu erledigen war. Da das lästige Klopfen nicht aufhören wollte, trafen sie sich ausnahmsweise im Büro seines Stellvertreters. Dieser Raum war etwas kleiner, aber er befand sich am Ende des Gangs, die Geräusche waren hier erträglicher.

Bis auf Regina waren alle anwesend. Van Kauteren hatte sie wegen ihrer mehrfach bewiesenen besonderen Intuition und ihrer Fähigkeit, abwegige Pfade zu bestreiten, nochmals zur Wohnung von Frau Dr. Schwarz geschickt. Er wollte einfach nicht akzeptieren, dass die besagte Pistole wieder nicht gefunden werden konnte. Regina sollte auch in der Umgebung des Hauses einfach noch einmal alles umdrehen, was nicht niet- und nagelfest war. So ähnlich hatte er sich ausgedrückt.

„Was sagt ihr zu den gestrigen Einlassungen von Anne Bergmann?", begann er die Besprechung.

Mo traute sich als erster aus der Deckung. „Ich denke, uns allen ist aufgefallen, dass ihre Geständnisse wechselseitig entweder sie selbst oder Frau Dr. Schwarz belasteten. Ich werde noch nicht schlau daraus, aber ich werde den Verdacht nicht los, dass die beiden gemeinsame Sache gemacht haben könnten und uns mit diesen Aussagen verwirren wollen."

„Ja, sehe ich auch so.", ergänzte Achim Gläser.

Van Kauteren nahm eine Prise und schien eine zu starke Dosis erwischt zu haben. Jedenfalls musste er viel Energie aufbringen und mehrfach an seiner Nase reiben, um nicht niesen zu müssen.

„Dazu kommen wir gleich. Lasst uns erst einmal zusammentragen, ob wir wirklich noch überzeugende Verdachtsmomente haben, Frau Bergmann die Morde anlasten zu können. Sie hat zwei Briefe an Eleonore Jung geschrieben, nur den Inhalt des ersten kennen wir. Der letzte Satz dieses Schreibens kann dabei durchaus missverständlich aufgefasst werden. Eleonore Jung, alias Dr. Schwarz, könnte dies als Aufforderung zu den uns bekannten Straftaten aufgefasst haben. Aber, wenn wir diese verfänglich wirkenden Worte und ihr späteres Ansinnen an die Gefängnisärztin, sie als Botin zu missbrauchen, ernst nehmen, entlasten diese Umstände Anne Bergmann selber mehr als sie sie belasten. Sie müsste dann eher wegen Anstiftung zu einer Straftat angeklagt werden. Aber dafür sitzt sie nicht in Untersuchungshaft."

Enrico schaltete sich ein:

„Ich denke, ihr Wille, mit uns zu kooperieren und unangenehme Wahrheiten einzuräumen, schien aufrichtig. Ihr Geständnis, doch von Ihrer Schwangerschaft gewusst zu haben, macht sie glaubwürdiger, auch wenn sich ihre Motivlage dadurch dramatisch verschlechtert hat."

„Ich denke, das Wichtigste ist doch," , so Achim Gläser, „dass wir bei Dr. Schwarz eine gebrauchte Insulinflasche gefunden haben. Die Menge Insulin, die entnommen wurde, entsprach nach Auskunft unseres Rechtsmediziners genau der für drei tödliche Dosen. Was wollen wir noch mehr? Für mich ist die Gefängnisärztin dringend tatverdächtig, was im Umkehrschluss Frau Bergmann entlastet."

Allgemeines Gemurmel setzte ein. Es ließ sich Zustimmung erkennen.

„Was sagt ihr zu ihrer Aussage, nur die Sorge um ihren Vater habe sie davon abgehalten, sich an Dimitri Davidov zu rächen, beziehungsweise ihn zu töten?", wollte van Kauteren wissen. „Ja, wirkt auf irgendeine Weise ziemlich einleuchtend, auch wenn das schon ein sehr seltsames Eingeständnis war.", antwortete Mo.

Van Kauteren richtete sich auf: „Noch eines müssen wir klären. Sind wir inzwischen alle der Meinung, nur noch eine dieser beiden Frauen kommt als Täterin in Frage?"

Achim gab die Antwort.

„Nun, bis auf den großen Unbekannten, an den ich nicht mehr glauben kann, liegt meines Erachtens nach eindeutig eine Beziehungstat vor. Die Katastrophe von vor 20 Jahren mit ihren schlimmen Folgen ist nur für die beiden Frauen relevant. Nur sie haben beide ein so starkes Motiv, dass sehr wahrscheinlich nur eine von ihnen, und dabei viel wahrscheinlicher Frau Dr. Schwarz, als Täterin in Frage kommt."

„Oder beide!", ergänzte van Kauteren.

„Sollen wir ihnen glauben, dass sie keine persönlichen Kontakte haben oder gehabt haben?", wollte Mo wissen.

„Keine Ahnung.", erwiderte Enrico.

„Wenn doch, dann sind ihre Geschichten brillant. Vielleicht hat ja Anne Bergmann die Pistole mitgebracht und Frau Dr. Schwarz das Insulin sowie die K.O. Tropfen. Das wäre doch die perfekte Ergänzung."

Van Kauteren hielt inne.

„Also Leute, der Staatsanwalt hat sich bei mir für elf Uhr dreißig angekündigt. Er will heute von uns wissen, ob sich die Verdachtsmomente gegen Frau Bergmann verdichtet haben oder ob inzwischen sogar Beweise vorliegen, dass nur sie als Täterin in Frage kommt. Ich denke, wir müssen das verneinen. Somit müsste sie aus der Untersuchungshaft entlassen werden."

„Aber, dann hätte sie doch alle Möglichkeiten, die Tatwaffe endgültig verschwinden zu lassen.", so die Einlassung von Enrico.

„Nein, sehe ich ganz anders. Denn, wir haben in ihrer Wohnung auch bei gründlichster Durchsuchung keine Schusswaffe gefunden. Entweder hat sie diese längst entsorgt oder irgendwo so gut versteckt, dass sie niemand finden kann. Diese Waffe werden wir wahrscheinlich nie mehr zu Gesicht bekommen. Somit besteht meiner Meinung nach auch keine Verdunklungsgefahr mehr", so die Einlassung von Achim Gläser.

Van Kauteren antwortete mit einiger Verzögerung.

„Ich weiß, was Achim meint, und er hat Recht: Bei Frau Bergmann besteht tatsächlich keine Verdunklungsgefahr mehr. Davon gehen wir, denke ich, inzwischen alle aus." Auch Enrico nickte.

„Übrigens, das wisst ihr noch gar nicht, ich habe Regina heute Morgen noch einmal zur Wohnung von Frau Dr. Schwarz geschickt. Ich kann einfach nicht akzeptieren, dass die Sig- Sauer P6 vom Erdboden verschwunden sein soll." Erstauntes Schweigen war die Folge.

Dann fasste er zusammen: „Ich sehe das doch richtig, unsere Indizienlage gegenüber Anne Bergmann hat sich eher verschlechtert. Verdunklungsgefahr besteht nicht mehr. Die Motivlage ist bei beiden Verdächtigen gleich, aber uns fehlen handfeste Beweise, die die Fortsetzung der Untersuchungshaft bei ihr rechtfertigen würden. Also muss Frau Bergmann aus der Untersuchungshaft entlassen werden."

Er blickte zwar in bedenklich wirkende Gesichter, doch alle drei bejahten die weitere Vorgehensweise.

Ganz ähnlich verlief das spätere Gespräch mit Staatsanwalt Küppersbusch. Man war sich schnell einig, genau so zu verfahren. Anklage auf mögliche Mittäterschaft würde zwar aufrechterhalten, Frau Bergmann aber bis auf weiteres aus der Haft entlassen.

Kurz vor der Mittagspause berichtete van Kauteren seinen Mitarbeitern noch von seinem Gespräch mit dem Staatsanwalt. Mo wollte gerade eine Frage stellen, als Regina hereingestürmt kam und mit einer ganz überraschenden Neuigkeit herausplatzte.

„Leute, ihr glaubt es nicht. Ich habe die Sig -Sauer P6, also ganz offenkundig die alte Dienstwaffe von Anne Bergmann im Keller der Wohnanlage von Frau Dr. Schwarz entdeckt. Sie war an einer sehr schmalen Stelle oberhalb eines Elektroschaltkastens unterhalb der Kellerdecke feinsäuberlich deponiert. Die Pistole war in eine wasserdichte Folie eingewickelt und fest verklebt. Erkennen konnte man das Paket von unten nicht. Niemand hätte dort etwas vermutet."

„Setz dich Regina, das ist ja fantastisch. Wusste ich es doch, du alte Spürnase."

Der Beifall der Kollegen war ihr sicher.

„Und, wo hast du das Corpus Delicti?"

„Habe ich gleich zum Erkennungsdienst gebracht."

„Jetzt haben wir unsere Täterin. Frau Dr. Schwarz wird sich dieser Beweise nicht mehr entziehen können. Fragt sich nur noch, wie sie an diese so spezielle Waffe gekommen ist."

„Aber, das klären wir heute nicht mehr. Leute, lasst uns essen gehen. Ich lade euch zur Feier des Tages ein.", triumphierte der Hauptkommissar.

Bevor die Anklageschrift gegen Frau Dr. Schwarz wegen dreifachen Mordes formuliert werden konnte, wurde sie noch mehrfach eindringlich verhört. Ein Geständnis war ihr nicht zu entlocken. Entweder schwieg sie zu den Vorwürfen oder gab ausweichende Antworten.

Dann platzte die Bombe! Die Spurensicherung hatte die gefundene Sig- Sauer P6 mehr als gründlich untersucht. Es handelte sich tatsächlich um die frühere Dienstwaffe von Frau Bergmann. Drei Patronen waren aus dem Magazin verschossen, noch drei weitere waren vorhanden.

Aber viel interessanter war, dass man an der Waffe und an der wasserdichten Folie Fingerabdrücke gefunden hatte, die nur zu einer einzigen Person gehörten, aber weder Frau Dr. Schwarz noch Anne Bergmann zugeordnet werden konnten. Auch deren Vater konnte ausgeschlossen werden. Gab es doch noch den großen Unbekannten?

Der Staatsanwalt war außer sich. Konnte der Prozess bei diesen neuen Erkenntnissen überhaupt in der geplanten

Weise durchgeführt werden? Es half nichts, die Ermittlungen mussten erst wieder aufgenommen werden.

Also waren van Kauteren und seine Mannschaft wieder im Boot. Mo gab die Fingerabdrücke in die Täterkartei ein. Fehlanzeige, ein früherer Tatverdächtiger oder Krimineller war es schon mal nicht. Also musste es sich um einen bisher völlig unbescholtenen und damit unbekannten Mitbürger handeln. Wieder eine Sackgasse?

Der Prozess stand kurz davor zu platzen, als Mo eine geniale Idee hatte. Er vermutete richtig, dass von der Familie Jung im Rahmen des Zeugenschutzprogramms vor 20 Jahren auch Fingerabdrücke aller Familienmitglieder abgenommen worden waren. Und, so war es auch. Und dann: Beim Vergleich der alten Fingerabdrücke mit denen an der Pistole gab es einen Treffer. Die jetzt identifizierten Fingerabdrücke stammten ganz eindeutig von Dietrich Jung, dem Vater von Eleonore Jung beziehungsweise von Dr. Jessika Schwarz.

Weitere Ermittlungen kamen jedoch auch schnell zu dem Ergebnis, dass Dietrich Jung mit Datum vom 27.05.2005 vom Bochumer Landgericht zusammen mit seiner Ehefrau und zwei seiner Kinder für tot erklärt worden war.

Ein Toter kann aber nicht für Taten, die zehn Jahre später verübt werden, belangt werden.

Die gesamte Anklage schien in sich zusammenzubrechen. Doch dann hatte der Staatsanwalt einen Einfall, der Frau Dr. Schwarz doch noch auf die Anklagebank brachte.

Widerstrebend akzeptierte er, dass die Tötungsdelikte an Vivian König und Igor Davidov ungesühnt bleiben mussten, weil diese beiden eindeutig durch die Schüsse aus der gefundenen Pistole getötet worden waren.

Aber der Tod von Alexandra Davidov war ganz eindeutig auf eine Überdosis Insulin zurückzuführen. Und dafür hatte Dr. Schwarz das Motiv und die Gelegenheit.

So wurde sie schließlich wegen dringendem Tatverdacht, Alexandra Davidov ermordet zu haben, vor Gericht gestellt.

Kapitel 60

2016

Der Prozess gegen Dr. Jessika Schwarz vor dem Landgericht Essen war auf 5 Tage angesetzt. Er begann an einem kühlen und windigen Februartag. Die Öffentlichkeit und die Presse waren sich einig: Dies war ein Sensationsprozess. Daher herrschte dichtes Gedränge im nicht allzu großen Zuschauerraum des Landgerichts, als die Verhandlung endlich beginnen konnte.

Der vorsitzende Richter befragte die Angeklagte zunächst zur Person. Normalerweise ist dies eine schnell abzuhandelnde Formalie, in diesem Fall aber eine sehr wichtige Einvernahme, nicht zuletzt wegen der mehrfachen Namensänderungen der Angeklagten und ihrer Familie.

Dann las der Staatsanwalt die Anklageschrift vor, in der Dr. Schwarz beschuldigt wurde, Alexandra Davidov mit einer Überdosis Insulin ermordet zu haben. Von dem Gebrauch der Schusswaffe wurde bewusst nichts erwähnt.

Der Richter befragte die Angeklagte, ob sie zu dem Vorwurf Stellung nehmen wolle. Sie verneinte.

Als nächstes erläuterte der Staatsanwalt die Motivlage, und die für diesen Prozess entscheidenden Indizien. Die angebrochene Flasche mit Insulin wurde als Beweisstück eingebracht. Dann gab der zuständige Rechtsmediziner seine Stellungnahme hierzu ab und führte aus:

„Auch, wenn die Angeklagte in diesem Prozess nur wegen der Verabreichung einer tödlichen Dosis Insulin an Alexandra Davidov angeklagt ist, kann die Tatsache nicht geleugnet werden, dass auch bei zwei anderen Tötungsdelikten sehr hohe Gaben von Insulin verabreicht wurden. Addiert man die drei Mengen des entnommenen Insulins, kommt man auf fast exakt die Menge, die in der vorliegenden Flasche fehlt."

Der Verteidiger sprang auf und erwiderte:

„Soweit ich weiß hinterlässt Insulin keine Fingerabdrücke oder DNA Spuren. Wie können Sie daher so sicher sein, dass das injizierte Insulin genau aus der vor uns liegenden Flasche stammt? Außerdem wurden an der Flasche keine Fingerabdrücke gefunden. Unterstellen wir einmal, die Insulinflasche sei von der Angeklagten benutzt worden, warum sollten die entnommenen Mengen dann nicht von anderen Notfallbehandlungen stammen?"

Der Staatsanwalt antwortete: „Dass wir an der Flasche keine Fingerabdrücke gefunden haben, ist in jedem Fall damit zu erklären, dass bei einer Notfallbehandlung immer Einmalhandschuhe zum Einsatz gelangen. Somit wäre es fast ein Kunstfehler, wenn wir Fingerabdrücke gefunden hätten. Die festgestellte Gesamtmenge des entnommenen Insulins, also der tödlichen oder fast tödlichen Dosen, kann meines Erachtens nach nicht aus anderen Gründen genauso groß sein. Das wäre mehr, als jeder Zufall zulässt."

Nun ging der Richter ausführlich auf die Motivlage der Angeklagten ein. Noch einmal wurde vor Gericht von dem Überfall auf Familie Jung, deren Schicksal und von dem weiteren Lebensweg der Angeklagten berichtet. Die erlittenen Umstände könnten Grund genug sein, sich an der Familie Davidov rächen zu wollen.

Der Verteidiger intervenierte sofort:

„Frau Dr. Schwarz, unterstellen wir einmal, der Richter hätte mit seinen Ausführungen Recht, Sie wollten sich an Dimitri Davidov rächen, jenem Mann, der die ganze Katastrophe ausgelöst hat, wie behauptet wird. Daher frage ich Sie: Warum haben Sie nicht ihn als ersten getötet?"

Die Angeklagte antwortete nicht.

„Ich will es Ihnen hier im Saal sagen. Weil meine Mandantin nichts mit dem Tötungsdelikt an Alexandra Davidov zu tun hat. Es passte halt alles nur so schön zusammen."

Der Richter bemerkte eine gewisse Unruhe bei der Angeklagten. Deshalb sprach er sie direkt an.

„Frau Dr. Schwarz, haben Sie die Ausführungen Ihres Verteidigers verstanden? Möchten Sie darauf etwas erwidern?"

Nach längerem Zögern nickte die Angeklagte.

„Was möchten Sie uns sagen?"

Stockend kamen die Worte:

„Ich habe Alexandra Davidov eine Überdosis Insulin gespritzt." Dem Schweigen im Saal folgte ein anschwellendes Raunen. „Mehr habe ich dazu nicht zu sagen."

Der Verteidiger schien über das unerwartete Geständnis seiner Mandantin nicht sehr geschockt, jedenfalls stand er sofort auf und bat ums Wort.

„Hohes Gericht, ich muss zur Kenntnis nehmen, dass meine Mandantin soeben ein Geständnis abgelegt hat. Daher geht es jetzt darum, ob sie für die Tat voll verantwortlich gemacht werden kann. Ich werde dem Gericht gleich einen Brief übergeben und hier vorlesen, der meine Mandantin, versteht man ihn falsch, augenscheinlich sogar noch stärker belastet. Ich weiß aber, was ich tue.

Um Ihre Fragen vorweg zu nehmen. Dieser Brief wurde am 12. 10.2014 von einer gewissen Anne Bergmann an meine Mandantin geschrieben, damals noch adressiert an Eleonore Jung in einer Wohngemeinschaft in Düsseldorf. Diesen Brief hat mir meine Mandantin zugänglich machen können, da sie ihn bei einer Freundin vergessen hatte. Die beiden Frauen unterhielten sich damals länger über den Inhalt des Briefs, weil Frau Jung, wie sie zu diesem Zeitpunkt noch hieß, damals unschlüssig war, ob sie mit der Verfasserin des Briefes in Kontakt treten sollte oder nicht.

Frau Anne Bergmann, die den folgenden Brief geschrieben hat, dürfte, auch wenn sie hier nicht vor Gericht steht, aufgrund der Ermittlungen bekannt sein. Sie war vor fast 21 Jahren als Personenschützerin im Zeugenschutzprogramm der Familie Jung eingesetzt und war bei dem Überfall lebensgefährlich verletzt worden, während zwei ihrer Kollegen verstarben. Sie musste damals ihren Dienst aus gesundheitlichen Gründen quittieren. Sie hat, das wird aus den Ermittlungen deutlich, ein ähnlich starkes Motiv, der Familie Davidov zu schaden, wie meine Mandantin. Ich darf zitieren?"

„Ja, bitte, lesen Sie den Brief vor, wenn dies zur Erhellung der Tat beitragen sollte.", gab der Richter seine Zustimmung.

„Liebe Frau Jung,

leider habe ich auf meinen ersten Brief an Sie keine Antwort erhalten. Offensichtlich möchten Sie keinen Kontakt mit mir haben. Ich muss das akzeptieren, auch wenn ich es sehr bedauere. Vielleicht kann ich Ihnen aber auf diesem Weg einen wertvollen Tipp geben, der Ihr Leben verändern und Ihnen die Ungewissheit über das Schicksal Ihrer Familie nehmen könnte.

Ich denke, Sie leiden vielleicht stärker denn je darunter, nicht zu wissen, was mit Ihrer Familie wirklich geschehen ist. Lassen Sie sich von einer nicht ganz unerfahrenen Kriminalistin erklären, warum Ihre Familie und besonders Ihr Vater bei dem Überfall damals nicht getötet wurden. Ich vermute, dass ein gegnerischer Clan die Familie Davidov erpresst hat und noch weiter erpresst. Zumindest Ihr Vater dürfte an einem uns unbekannten Ort gefangen gehalten werden. So hatten und haben die Kontrahenten von Dimitri Davidov die einmalige Chance, von ihm über Jahre Geld oder andere Zugeständnisse zu erpressen. Würde er sich nicht mehr darauf einlassen, könnten sie jederzeit damit drohen, Ihren Vater, den einzigen Zeugen, frei zu lassen, sodass dieser doch noch gegen Dimitri Davidov vor Gericht aussagen könnte. Alles passt auch deshalb zusammen, weil der Davidov Clan nach meinen Beobachtungen sehr einträgliche Geschäftszweige sicher nicht freiwillig an andere kriminelle Vereinigungen abgegeben hat. Dimitri Davidov nagt zwar in den letzten Jahren nicht gerade am Hungertuch, kann aber allem Anschein nach nicht mehr die ganz große Welle machen wie früher.

Ich sehe nur einen Ausweg. Irgendjemand muss Dimitri Davidov Schaden zufügen, wenn ich mich so ausdrücken darf.

Ich selbst kann es nicht tun, weil ich meinen kranken Vater pflegen muss und nicht riskieren darf, ins Gefängnis wandern zu müssen.

Ich will Sie zu nichts überreden. Es ist allein ihre Entscheidung.

Aber ich denke, Sie haben das Recht, Ihr Schicksal endlich, nach jahrelangem Leid, in die eigene Hand nehmen zu dürfen.

Sollten Sie es sich noch anders überlegen und mit mir Kontakt aufnehmen wollen, würde ich mich sehr freuen.

Mit freundlichen Grüßen verbleibe ich als jemand, der es gut mit Ihnen meint,

Ihre Anne Bergmann.

Als der Rechtsanwalt geendet hatte, schwiegen alle betroffen. Dann machten sich der Richter und der Staatsanwalt Notizen. Danach wurde die Sitzung unterbrochen.

Am nächsten Tag verkündete der Richter, es würden nunmehr staatsanwaltliche Ermittlungen gegen Anne Bergmann aufgrund des jetzt vorliegenden zweiten Dokuments wegen Anstiftung zu einer Straftat eingeleitet. Mehr wäre hierzu zum jetzigen Zeitpunkt nicht zu sagen.

Der nächste Tag wurde von der Verteidigung dominiert. Schon kurz nach Eröffnung der Sitzung erteilte der Richter dem Verteidiger von Frau Dr. Schwarz das Wort.

„Hohes Gericht, ich werde im Folgenden darlegen, dass meine Mandantin für die ihr angelastete Tat nicht voll verantwortlich gemacht werden kann. Stellen Sie sich vor, mit 7 Jahren durch ein fürchterliches Ereignis von einer Minute auf die andere ihre Familie zu verlieren. Stellen Sie sich vor, in Panik über blutüberströmte Leichen zu steigen und im Morgengrauen aus einem Haus in eine Ihnen völlig unbekannte Gegend zu fliehen. Stellen Sie sich vor, als völlig verstörtes Kind von unbekannten Leuten aufgegriffen zu werden. Stellen Sie sich vor, mit nunmehr 8 Jahren in ein Kinderheim und später zu Pflegeeltern zu kommen. Stellen Sie sich vor, bis zum heutigen Tag nichts aber auch gar nichts vom Schicksal ihrer Eltern oder Geschwister zu wissen. Ich weiß nicht, was das alles mit Ihnen gemacht hätte. Ich jedenfalls behaupte, dass meine Mandantin hochgradig traumatisiert wurde und nie eine adäquate Therapie erhalten hat. Ich werde später als Zeugen der Verteidigung den Gutachter Professor Gliss aufrufen, der Ihnen Ursachen und Folgen dieser Traumatisierung noch besser erklären kann als ich.

Aber zuvor noch eins: Der von mir zitierte Brief traf auf eine psychisch mehr als angeschlagene Frau, löste möglicherweise den absurden Wunsch aus, ihre Familie vielleicht doch noch retten zu können. Was hätten Sie an ihrer Stelle getan?"

Jetzt schaltete sich der Richter ein.

„Angeklagte, eines an den Ausführungen Ihres Verteidigers stört mich. Wenn Sie schon durch die Worte der ehemaligen Polizistin animiert worden sein sollten, Ihre Familie zu retten. Warum haben Sie dann nicht Dimitri Davidov die tödliche Dosis Insulin verabreicht anstatt seiner Tochter?"

Auf Anraten ihres Verteidigers schwieg die Angeklagte.

Am dritten Verhandlungstag wurde der Gutachter aufgerufen. Er legte sehr ausführlich dar, dass Frau Dr. Schwarz an einer schweren posttraumatischen Belastungsstörung litt, die zu keiner Zeit adäquat behandelt wurde. Die damaligen traumatischen Erlebnisse hätten zu erheblichen seelischen Problemen geführt. Es sei ein Wunder, dass die Angeklagte trotz ihrer schweren Beeinträchtigungen sich eine scheinbar stabile Arbeitswelt aufbauen konnte, in einem Beruf, der ihr teilweise viel abverlangte. Umso labiler war allerdings ihr privates Leben.

Nun bat er darum, das Publikum für kurze Zeit von der Verhandlung ausschließen zu dürfen, damit er dem Gericht einige Fotos der Erkrankten zeigen könne. Nachdem das Gericht diesem Wunsch entsprochen hatte und die Öffentlichkeit ausgeschlossen worden war, leuchtete ein Bild beider

Oberschenkel der Angeklagten auf. Sie waren übersät von insgesamt an die sechzig bis siebzig Narben, die alle von Selbstverletzungen herrührten. Er habe das Einverständnis der Betroffenen, diesen Befund hier zeigen zu dürfen, der mehr als anschaulich unterstreiche, wie fragil ihre Psyche über all die Jahre war und wie sie nur kurzzeitige Erlösung von ihrer seelischen Gefangenschaft fand, nämlich dann, wenn warmes Blut über ihre Haut rann.

Betroffen hörte das Gericht den weiteren Ausführungen und den diagnostischen Erkenntnissen zu. Dann kam er zum Schluss. „Ich bin daher der Meinung, dass die Angeklagte nur vermindert schuldfähig ist und dringend therapiert werden sollte."

Noch war der Gutachter nicht entlassen. Zunächst wurde der Staatsanwalt aufgerufen, ob er noch Fragen zu dem Gutachten habe.

„Ja, eine Frage habe ich noch. War sich die Angeklagte, bei voller Würdigung ihrer seelischen Störung, dennoch bewusst, was sie tat?"

„Das ist schwer zu beantworten. Aber sie lebte ja schon 20 Jahre in dem inneren Konflikt, nichts für die Rettung ihrer Familie tun zu können und nach außen zu funktionieren. So ein zweigeteiltes Leben zu führen, hatte sie bereits bei ihren Pflegeeltern gelernt. Sie lebte damals mehr als angepasst in der Familie der Neubauers, ihren Pflegeeltern, die sich liebe- und verständnisvoll um sie kümmerten. Aber sie konnten nicht ihre Familie ersetzen, die sie nie aufgegeben hat, sondern voller Sehnsucht wiederfinden wollte. Täglich träumte sie davon, wieder mit ihnen vereint zu sein. Deshalb wollte sie in ihrem Herzen auch keine neuen Eltern. Zumindest wollte sie Gewissheit, was mit ihrer Familie geschehen sein könnte. Dieser Gedanke ließ sie zu keinem Zeitpunkt los. Und jetzt hatte sie auf einmal vermeintlich die Gelegenheit, etwas aktiv zur Rettung ihrer Familie tun zu können. Das war wahrscheinlich der Auslöser zu der Tat."

„Doch noch eine Frage: Können Sie sich erklären, warum sie die Tochter von Dimitri Davidov ausgewählt hat und nicht den Vater?".

„Dazu kann ich nur wenig beitragen. Vielleicht forderte ihre verletzte Seele einen Ausgleich der Interessen. Möglicherweise sollte Dimitri Davidov gleich stark leiden wie sie und den Tod seines einzigen Kindes beklagen müssen. Frau Dr. Schwarz hat mir zu diesem Thema allerdings keine schlüssige Antwort gegeben."

Dann wurde der Gutachter entlassen und der Verteidiger ergriff erneut das Wort.

„Hohes Gericht, ich stelle aufgrund des Gutachtens von Prof. Gliss den Antrag, Frau Dr. Schwarz vom Vorwurf des Mordes an Alexandra Davidov wegen verminderter Schuldfähigkeit freizusprechen."

Die Sensation war perfekt. Nur mit Mühe konnte der Richter den Saal wieder beruhigen. Dann gaben die Vertreter der Anklage und der Verteidigung ihre Schlussplädoyers ab.

Auch der Staatsanwalt zeigte sich beindruckt von dem Ergebnis der psychiatrischen Untersuchung. Er beantragte schließlich, die Angeklagte bei verminderter Schuldfähigkeit wegen Totschlags zu verurteilen und forderte 8 Jahre Haft, ersatzweise Unterbringung in eine Psychiatrische Klinik.

Nun begründete der Verteidiger noch einmal ausführlich seine Sicht der Dinge, indem er mehrfach aus dem Gutachten zitierte. Zum Schluss plädierte er auf Freispruch und empfahl dem Gericht, dafür zu sorgen, dass die Angeklagte endlich therapiert werden könne.

Am nächsten Tag wurde das Urteil gesprochen:

„Im Namen des Volkes ergeht folgendes Urteil: Die Angeklagte wird vom Vorwurf des Mordes an Alexandra Davidov frei gesprochen. Das Gericht ordnet jedoch wegen erwiesenen Totschlags eine Unterbringung der Angeklagten in eine psychiatrische Klinik für 6 Jahre und 6 Monate an."

Dann folgte eine ausführliche Begründung, die die verminderte Schuldfähigkeit betraf und die zur notwendigen Therapie Stellung nahm.

Unter lautstarken Wortwechseln löste sich die Versammlung auf. Die Reporter machten letzte Fotos und verschwanden eilig zu ihren Redaktionen.

Kapitel 61

Dimitri Davidov wurde nach langer stationärer Behandlung in der Universitätsklinik und nach noch längerer Rehabilitationsbehandlung im Juli 2016 nach Hause entlassen. In seinem Haus mussten etliche Umbauten vorgenommen werden, ein Treppenlift wurde eingebaut und mehrere Duschen umgestaltet. Ein Spezialbett stand ihm nun ebenso zur Verfügung wie ein Rollstuhl auf technisch höchstem Niveau. Er hatte neben einigen Knochenbrüchen und einem Lungenriss eine Fraktur des 6. Halswirbels erlitten und war von Stunde an ab dem Brustkorb gelähmt. Atmen konnte er jedoch noch selbstständig. Seinen Kopf konnte er bewegen, der Rest seines Körpers gehörte ihm nicht mehr. Die Mediziner nennen diesen Zustand eher verharmlosend Tetraplegie.

Sein bisheriges Leben hatte damit ein jähes Ende genommen. Er war nun völlig hilflos und abhängig von seiner Ehefrau, die er früher nach allen Regeln der Kunst betrogen und gemaßregelt hatte. Ihre Ehe existierte damals eigentlich nur noch auf dem Papier oder konnte aus religiösen Überzeugungen nicht getrennt werden. Nun allerdings hatte seine Frau das Sagen. Sie war es jetzt, die ihn nach ihren Vorstellungen mit dem Notwendigen versorgen oder alternativ auch vernachlässigen konnte. Er musste letztlich immer dankbar sein, nicht von ihr verlassen, sondern mehr oder weniger liebevoll gepflegt zu werden. Sie entschied unter anderem, ob und wann sie ihn spazieren fuhr. Dann lag er mit finsterer Miene in seinem Rollstuhl und ließ alles über sich ergehen, immer in der Hoffnung, wenigstens etwas umsorgt und gepflegt zu werden.

Dr. Jessika Schwarz, geboren als Jessika Keller und lange Zeit mit dem Namen Eleonore Jung versehen, wurde auf der geschlossenen Psychiatrie über drei Jahre intensiv behandelt. Sie machte sehr gut mit, ihr behandelnder Arzt konnte nach anfänglichen Schwierigkeiten große Fortschritte feststellen. Schon bald brauchte sie keine Psychopharmaka mehr. Sie hörte auch auf, sich zu ritzen, allerdings nicht zuletzt deswegen, weil ihr hierzu keine Werkzeuge mehr zur Verfügung standen. Erstaunlicherweise machte es ihr bald nichts mehr aus, über das ungewisse Schicksal ihrer Familie zu sprechen. Insbesondere mit ihrem Vater, den sie so vermisst hatte, war sie offenbar im Reinen.

Nach 4 Jahren und 6 Monaten wurde sie nach erfolgreicher Therapie vorzeitig entlassen. Sie zog vorübergehend nach Bochum Stiepel, wo sie bei einem Dr. Keller Unterschlupf fand. Ihre teure Wohnung war längst treuhänderisch von einem Anwalt verkauft worden. Zwei Jahre später- niemand weiß, wie sie es angestellt hatte - fand sie Rosi, ihre Freundin aus dem Kinderheim wieder. Schließlich zogen die beiden zusammen und heirateten.

Ihr erzählte sie unter anderem, wie es ihr gelungen war, ihr Tagebuch zu verstecken und wie sie an die ominöse Schusswaffe gekommen war. Als sie nämlich damals in völliger Panik das Haus im Sauerland verließ, nahm sie gegen jede Vernunft eine vor ihr auf dem Fußboden liegende Waffe mit. Es war die Dienstwaffe von Anne Bergmann, die nicht mehr dazu gekommen war, überhaupt einen Schuss abgeben zu können. Diese Waffe hatte Eleonore dann bei den Brückners unter einem Schrank in ihrem Zimmer so deponiert, dass sie über die Jahre niemand finden konnte. Bei ihrem letzten Besuch, kurz vor dem Tod von Frau Brückner, hatte sie dann die Pistole mitgenommen. Was sie damit anstellte, dürfte inzwischen jedem klar geworden sein, konnte aber vor Gericht nicht gegen sie verwendet werden, weil Ihr Vater bekanntermaßen seine Hände im Spiel hatte.

Anne Bergmann wurde wegen Anstiftung zu einer Straftat zu zwei Jahren Haft auf Bewährung verurteilt.

Nach dem Tod ihres geliebten Vaters, fasste sie einen Entschluss: Aus der Tragödie, die sie und Eleonore erleben mussten, schrieb sie einen Kriminalroman, den sie unter dem Titel „Mitten durchs Herz" unter einem Pseudonym veröffentlichte. Dabei war es ihr besonders wichtig, in ihrem Roman an mehreren Stellen darüber zu diskutieren, ob und wie Gerechtigkeit hergestellt werden kann, ein Thema, das sie zeitlebens nicht mehr losließ.

Schlussendlich kam die Autorin zu der Meinung, dass der Gerechtigkeit, jener so fragilen Richtschnur zwischenmenschlicher Beziehungen, im vorliegenden Fall, bis auf das schreckliche Schicksal eines gewissen Oblonsky, doch allenthalben Genüge getan worden sei. Der Leser oder die Leserin wird sich dazu bereits eine eigene Meinung gebildet haben.

Dr. Hans-Jürgen Hartmann wurde in Bad Hersfeld (Hessen) geboren und studierte in Marburg Medizin. Seit 46 Jahren lebt er, inzwischen verwitwet, im Ruhrgebiet und war lange Jahre als Arzt tätig. Nach Beginn seines Rentenalters hat er zu schreiben begonnen. "Mitten durchs Herz" ist sein zweiter Roman. Der Kriminalroman "Keine Zeit zum Leben" war sein Erstlingswerk. In beiden Romanen ermittelt Kommissar van Kauteren.

Ich danke Erika Neumann sehr für ihren unermüdlichen Einsatz bei der Korrektur des vorliegenden Romans.